Bitte schreiben Sie uns
Ihre Meinung per E-Mail an
verkauf@suhrkamp.de
oder per Post an
Insel Verlag, Verkauf
Pappelallee 78-79
10437 Berlin

LESEEXEMPLAR
Bitte keine Rezension
vor dem 21. 05. 2011

Mikhael Notovich ist ein gefeierter Pianist: ein furioser Liszt-Virtuose, unangepaßt und wild, ein Frauenheld und Exzentriker und besessen von seiner Musik. Immer mehr spielt er sich in seine eigene, dunkle Welt ... Während eines Konzerts wird Notovich plötzlich wegen Mordverdachts an seiner Freundin Senna verhaftet – er selbst kann sich an nichts erinnern. Plötzlich taucht der rätselhafte Valdin auf, der Notovich nicht nur mit seiner Musik und Besessenheit für Liszt herausfordern und übertrumpfen will. Er scheint das Geheimnis über Senna zu kennen und verstrickt Notovich in ein teuflisches Spiel ...

Ein Roman über Leidenschaft, Verlust und Obsession – und die mitreißende Macht der Musik.

Alex van Galen, 1965 geboren, studierte Literaturwissenschaft an der Universität in Utrecht und arbeitete als erfolgreicher Drehbuchschreiber für das Fernsehen. *Die Teufelssonate* (2010) ist sein zweiter Roman und wurde in den Niederlanden in kürzester Zeit zum Bestseller.

insel taschenbuch 4020
Alex van Galen
Die Teufelssonate

Alex van Galen
Die Teufelssonate

Roman

Aus dem Niederländischen
von Arne Braun

Insel Verlag

Die Originalausgabe erschien 2010 unter dem
Titel *Duivelssonate* bei A.W. Bruna Uitgevers B.V., Utrecht.

Umschlagfoto: Ilona Wellmann / Trevillion Images / Shutterstock.com

Der Briefwechsel Franz Liszt – Marie Gräfin d'Agoult
wurde zitiert nach: Franz Liszt, Briefe an Marie Gräfin d'Agoult.
Hg. von Daniel Ollivier. S. Fischer Verlag, Berlin 1933.

insel taschenbuch 4020
Originalausgabe
Erste Auflage 2011

Vertrieb durch den Suhrkamp Taschenbuch Verlag
Umschlaggestaltung: HildenDesign, München
www.hildendesign.de
Satz: Hümmer GmbH, Waldbüttelbrunn
Druck: CPI – Ebner & Spiegel, Ulm
Printed in Germany
ISBN 978-3-458-35720-9

1 2 3 4 5 6 – 16 15 14 13 12 11

Die Teufelssonate

Für Herman und Betty

»Somewhere in here I was born ... and there I died.
It was only a moment for you. You took no notice.«

Aus: *Vertigo* von Alfred Hitchcock

PROLOG

Notovich war immer für sein ausgezeichnetes Gedächtnis berühmt gewesen. Der Pianist hatte Hunderte Kompositionen im Kopf, die er problemlos hervorzaubern konnte. Selbst noch Jahre nachdem er sie einstudiert hatte. Und nicht nur die Noten, sondern auch die kleinsten Anweisungen des Komponisten, winzigste Variationen in der Dynamik. Sein Gedächtnis war ein Instrument für sich.

Bis zu jenem Abend.

Die Mitarbeiter des Theaters dachten, daß er nicht mehr kommen würde. Sie stritten schon darüber, wer sich mit einer kurzen Ansprache ans Publikum wenden sollte. Aber Punkt acht Uhr erschien er plötzlich in den Kulissen, lief auf die Bühne und setzte sich an den Flügel, ohne jemanden anzublicken.

In der ersten Reihe sahen manche Leute sofort, daß etwas nicht stimmte. Notovich war aschgrau und wirkte unruhig. Sein Haar war wirr, das Hemd hing ihm aus der Hose, und ein seltsames, nervöses Hüsteln plagte ihn. Doch das war nicht das Beunruhigendste. Jeder kannte die Geschichten über das bizarre Verhalten des Pianisten, darum waren seine Konzerte so gefragt. Er strahlte eine dämonische Kraft aus, die Angst einflößte, einen aber auch in Verzückung bringen konnte. Ganz vorn saßen meistens junge, attraktive Frauen, die beileibe nicht nur wegen der Musik kamen. Ein Abend mit Notovich war spannender als ein Blind Date, vor allem wenn man das Gefühl hatte, daß er vom Flügel aus kurz zu einem herüberschaute. Ein bißchen Wirbel war also normal.

Doch diesmal war da mehr.

Ein Raunen ging durch die ersten Reihen. Die Besucher hinten verstanden nicht, worüber die anderen sich erregten, sie saßen zu weit von der Bühne entfernt.

Notovich fing an zu spielen. Ein Präludium stand auf dem Programm, aber er hielt sich nie an Programme. Er begann mit der fünften *Transzendentalen Etüde* von Franz Liszt. Diese Etüde ist schwindelerregend schwierig, beinahe unspielbar. Kein normal denkender Mensch würde ein Konzert damit eröffnen.

Das Raunen wallte durch den Saal nach hinten und erreichte schon bald den Direktor des Pariser Theaters, der dort stand und zuhörte. Dieser erzählte anschließend in einer Talkshow seine Version der Geschichte, in der er natürlich die Hauptrolle spielte. Er war spät im Theater eingetroffen und hatte Notovich daher nicht selbst begrüßen können (er tönte immer, daß er so ein inniges persönliches Verhältnis zu »seinen« Stars habe, aber bei schwierigen Künstlern kam er regelmäßig zu spät). Er bemerkte, daß das Publikum unruhig war, doch auch er vermochte nicht zu erkennen, warum.

Im Laufschritt eilte er um den Saal herum. Leicht keuchend erreichte er den vorderen Eingang und schaute auf die Bühne. Von Notovich, der offensichtlich völlig in seiner Etüde aufging, war nur der Rücken zu sehen. Durch eine kleine Tür begab sich der Direktor in die Kulissen. Auch von dort aus konnte er nicht erkennen, was los war. In den ersten Reihen waren einige Leute aufgestanden und diskutierten, was zu tun sei. Andere gestikulierten, sie sollten sich setzen und still sein.

Er mußte eingreifen, aber wie?

Er betrat die Bühne. Der Pianist schien tief in sich versunken. Er war halb über die Tasten gebeugt, um die letzten Akkorde so gut wie möglich zu plazieren. Hinterher sagte Notovich, er wisse nicht einmal, welches Stück er gespielt habe. Als habe jemand anderes von seinem Körper Besitz ergriffen. Da sei nur die Musik gewesen. Ansonsten totale Finsternis, dumpfe Stille.

Dem Direktor stockte der Atem, als er endlich die Ursache der Unruhe entdeckte: Der Pianist hatte Blut an den Händen. Notovich näherte sich nun den letzten Takten der Etüde und ging immer noch völlig in der Musik auf. Auch sein Hals und sein linkes Ohr waren blutverschmiert. War er verwundet? War das Blut schon vor seinem Auftritt dagewesen? Als der Direktor dem Pianisten vorsichtig die Hand auf die Schulter legen wollte, hörte er schnelle Schritte.

Von beiden Seiten kamen Polizisten auf die Bühne gelaufen, angeführt von einem Ermittler in Zivil. An allen Ausgängen waren Beamte postiert. Im Saal brach Chaos aus. Die Leute schrien durcheinander und griffen zu ihren Handys, um die Außenwelt zu informieren. Manche filmten das Geschehen sogar.

»Monsieur, es tut uns sehr leid, aber wir müssen Sie festnehmen.«

Keine Reaktion. Notovich war gerade bei seinem allerletzten Akkord. Der Direktor wartete den Schluß nicht ab und legte die Hand auf Notovichs Arm. Die Musik blieb unschlüssig in der Luft hängen und schien sich dann in nichts aufzulösen. Der Saal verstummte. Der Pianist schaute erstaunt auf die fremde Hand.

Der Ermittler räusperte sich.

»Bitte kommen Sie mit aufs Revier. Es geht um das Verschwinden von Senna van Ruysdael.«

Dieser Name schien nicht zu dem Pianisten durchzudringen. Er schaute den Polizisten mit dem wilden Blick eines Kindes an, das gerade bestraft worden ist.

»Soll ich weitermachen?«

Der Direktor schüttelte den Kopf, das sei nicht nötig. Dann ließ Notovich sich unter dem Piepen und Klicken von Handys und Kameras fügsam abführen. Im Internet kursierten noch am selben Abend Aufnahmen, verwackelt und schlecht belichtet: Notovich schwebt zwischen zwei Uniformen über die Bühne, bleich, mit leeren Augenhöhlen, ein Echo aus einer anderen Welt.

Direkt vor der Bühne brach eine Frau zusammen. Eine andere begann, laut zu schluchzen. Das war *ihr* Notovich, niemand durfte ihn verletzen. Manche Leute spürten, daß dies ein historischer Moment war, und fingen an zu klatschen. Der zögernde Applaus schien den Pianisten seltsamerweise doch zu erreichen. Reflexartig drehte er sich um und machte eine elegante Verbeugung. Es war das letzte Mal, daß das große Publikum ihn spielen hörte.

1

In den ersten Tagen umgab ihn Sennas Anwesenheit noch wie ein Parfüm, das langsam verflog. Er konnte sie auf seiner Haut spüren, in seinen Kleidern riechen und neben sich im Bett liegen sehen. Aber danach begann das große Vergessen, gnadenlos wie das Fortschreiten der Zeit. Die Details verblaßten. Die kleinen Flaumhärchen auf ihrer Wange, die seltsame Ausstülpung ihres Nabels und der Geschmack ihrer Haut – alles wurde unschärfer. Manchmal kam auf einmal eine ihrer bizarren Bemerkungen in ihm hoch, doch dann zweifelte er wieder: Hatte sie wirklich genau diese Worte gebraucht? Auch die entglitten ihm immer häufiger.

Aber das war nicht das einzige, was er verloren hatte. Ihre letzten Stunden waren vollständig aus seinem Gedächtnis gelöscht.

Der Tag, an dem sie verschwand, hatte angefangen wie alle anderen. Er hatte lange im Bett gelegen und gelesen. Als er Hunger verspürt hatte, war er lustlos zu einem Restaurant geschlendert. Danach war er stundenlang durch die Straßen gestreift, wie er es öfter tat. Seit die Beziehung mit Senna vorbei war, fehlte seinem Leben jede Richtung. Doch was an jenem Tag sonst noch geschehen war, wußte er nicht mehr.

Die Polizei unternahm zunächst nicht viel, als die Meldung über Sennas Verschwinden einging. Eine Streife schaute bei seiner Wohnung vorbei, aber er war nicht zu Hause. Niemand hatte ihn gesprochen oder gesehen. Bis eine Nachbarin abends beobachtete, wie er in ein Taxi stieg, um zu seinem Auftritt zu fahren. Sie sah die Blutspuren auf seiner

Haut und den wilden Blick in seinen Augen. Sie rief sofort die Nummer an, die die Polizisten ihr gegeben hatten.

Da wurde Alarm geschlagen.

Notovich war ein paar Wochen zuvor in Zusammenhang mit einem anderen Zwischenfall schon einmal vernommen worden. Senna war damals nach einem Verkehrsunfall ins Krankenhaus gekommen, und jemand hatte der Polizei den Tip gegeben, daß Notovich den Unfall absichtlich verursacht habe. Man hatte ihn verhört, aber das Opfer hatte keine Anzeige erstattet.

Dieser Vorfall machte Notovich nun zusätzlich verdächtig.

Er wurde inhaftiert.

In seiner Wohnung fand die Polizei nichts, was auf ein Verbrechen oder Selbstmord hingewiesen hätte. Jemand von der Spurensicherung kam in seine Zelle, um eine Probe des getrockneten Bluts von seinem Hals und seinen Händen zu nehmen. Notovich ließ ihn gewähren. Seine Kleidung wurde mit Schwarzlicht gescannt, doch man fand keine Blutspuren darauf. Sie wollten unter seinen Fingernägeln nach Hautpartikeln des möglichen Opfers suchen, nur waren diese zu kurz, wie bei vielen Pianisten. Immer wieder stellten die Ermittler dieselben Fragen und hielten ihn stundenlang fest. Notovich erinnerte sich an nichts.

An gar nichts.

Sie glaubten ihm natürlich nicht. Aber die Zeit drängte, denn ohne Beweise konnten sie ihn nicht unbegrenzt festhalten. Nachdem sie ihn eine Nacht lang verhört hatten, wurde er zu einer medizinischen und psychologischen Untersuchung in eine geschlossene Anstalt gebracht. Dort bekam er etwas zu essen und durfte sich duschen. Zum ersten Mal war er für einen Moment allein.

Als er sich auszog, roch er Sennas Parfüm auf dem T-Shirt unter seinem Oberhemd. Unbestimmte Gefühle wallten in ihm auf. Sie hatte dieses T-Shirt nachts oft getragen, darum trug auch er es so gern; es half ihm, in die richtige Stimmung für einen Auftritt zu kommen. Erst als er es weglegen wollte, bemerkte er, daß Blutflecke darauf waren. Er hatte das saubere Oberhemd offenbar vor dem Konzert über das T-Shirt gezogen. Die Polizei hatte es übersehen.

Sie hatten gesagt, daß er seine gesamte Kleidung in die Plastiktüte, die auf dem Bett lag, stecken solle, aber er stopfte das T-Shirt in ein Nachtschränkchen, bevor jemand hereinkam. Er wußte selbst nicht genau, warum.

Zwei Tage lang wurde er von Neuropsychologen untersucht. Zuerst wurde überprüft, ob er Verletzungen am Kopf hatte, dann wurden mehrere CTs gemacht, die ebenfalls nichts ergaben. Jeder Experte zog seine eigenen Schlußfolgerungen. Der eine sprach von einem verdrängten Trauma. Das würde von selbst wieder hochkommen (viel Reden sei die Lösung). Der zweite wies darauf hin, daß Notovich schon öfter Blackouts gehabt habe. Das könne auf verschiedene neurologische Erkrankungen hindeuten, von Parkinson bis zu beginnender Demenz. Experte Nummer drei war wortkarger. Er wolle keine Anschuldigungen äußern, die er nicht mit absoluter Sicherheit beweisen könne. Auf Drängen hin formulierte er nach sorgfältiger Abwägung des Für und Wider so nuanciert wie möglich seine Meinung: Notovich lüge wie gedruckt. Daraufhin wurde ein ausführlicher Persönlichkeitstest durchgeführt. Das Ergebnis war vorhersagbar. Er neige zu Labilität und neurotischem Verhalten. Jugendtrauma. Bindungsprobleme. Und noch ein paar interessante Erkenntnisse, die Notovich schnell wieder vergaß.

Seinem Anwalt reichte es. Die Polizei konnte Notovich nicht länger festhalten, denn es war noch nicht einmal eine Leiche gefunden worden. Also ließ man ihn vorläufig frei. Bevor er ging, zog er das T-Shirt unter seine anderen Sachen.

Die Polizei hatte in seiner Wohnung ziemlich gewütet. Er machte sich nicht einmal die Mühe, alles wieder aufzuräumen. Er klammerte sich an die letzten Reste von Sennas Geruch, die dort hingen: der Tee, den sie trank, das Deo, das noch auf dem Waschbecken stand. Fotos hatte er nicht, die waren für ihn immer nur kraftlose Waffen gegen die Sterblichkeit gewesen. Jetzt hätte er viel für ein einziges Paßbild gegeben.

Die Polizei unternahm inzwischen eine großangelegte Suchaktion nach Sennas Leiche. Sie wurde nicht gefunden. Auch die Blutanalyse erbrachte zur Verwunderung der Ermittler keinen schlüssigen Beweis. Die Proben enthielten nicht genügend DNA, um eindeutig feststellen zu können, ob sie von Senna stammten. Wahrscheinlich hatte er sehr geschwitzt oder Bodylotion auf der Haut gehabt. Niemand hatte mit diesem Ergebnis gerechnet.

Eine halbe Stunde später standen sie wieder vor Notovichs Tür. Es müsse doch irgendwo Kleidung mit Blutflecken liegen. Notovich sagte, seinen Anzug und sein Hemd habe er der Kripo bereits ausgehändigt. Sie wollten die Wohnung noch einmal durchsuchen. Aber Notovich, der durch seinen Anwalt darauf vorbereitet war, weigerte sich, die Polizei hereinzulassen; er habe nun genug mitgearbeitet. Die Stimme des Kriminalbeamten klang heiser vor unterdrückter Abneigung: »Wir kommen heute nachmittag mit einem Durchsuchungsbeschluß wieder. Sie verstehen, daß Sie sich für unsere Ermittlungen zur Verfügung halten müssen. Wenn Sie Paris verlassen, betrachten wir Sie als flüchtig.«

Notovich verstand das nur allzu gut. Er verstand, daß sein Leben vorbei war. Daß sie nie glauben würden, daß er sich an nichts erinnerte. Und daß sein Verlust nur noch größer werden würde, wenn er in dieser Wohnung bliebe, in dieser Stadt, wo er an jeder Straßenecke erwartete, ihr über den Weg zu laufen. Sobald die Polizei weg war, raffte er die allernotwendigsten Sachen zusammen und verstaute sie in einer Tasche. Dann holte er seine Papiere und Bankkarten. Er wußte, daß es dumm war zu fliehen, aber er hielt es hier nicht länger aus.

Er nahm die Metro zum Bahnhof und kaufte sich eine Fahrkarte nach Amsterdam. Er bezahlte in bar. Als er in den Zug stieg, hielt ihn niemand zurück. Die Fahrt schien endlos zu dauern. Er war ständig darauf gefaßt, daß jemand seinen Paß verlangen würde, und verbarg sich stundenlang hinter seiner Zeitung. Es kam niemand. Als sie die niederländische Grenze passierten, fühlte er sich kaum erleichtert.

In Amsterdam versteckte er sich zunächst eine Zeitlang in einem Billighotel für Jugendliche und ließ sich einen Bart wachsen. Er kam fast nie aus seinem Zimmer, und niemand erkannte ihn. Er erwartete, daß die französische Polizei eine Großfahndung starten würde, doch das geschah nicht. Inzwischen hatte die Nachricht auch die Niederlande erreicht. Einer Zeitung entnahm er, daß seine Wohnung in Paris nochmals durchsucht worden war. Man hatte nichts gefunden. Die Franzosen forderten die niederländische Regierung auf, den Pianisten auszuliefern. Aber niemand wußte, ob er überhaupt in den Niederlanden war. Außerdem fand das Außenministerium, bei den Ermittlungen seien Fehler gemacht worden. Notovich sei immer noch niederländischer Staatsbürger. Er habe Rechte.

Und so versandeten alle Versuche der Franzosen. Nach ein paar Wochen Gezerre stellten sie die Ermittlungen vorläufig ein. Dann erst wagte Notovich, seinen Anwalt unter dessen Privatnummer anzurufen. Der Anwalt reagierte ziemlich förmlich, denn genau wie Notovich fürchtete er, daß das Gespräch abgehört wurde. Er sagte, Notovich habe mit seiner Flucht einen großen Fehler begangen. Aber er ließ durchschimmern, daß es vorerst keinen Grund zur Besorgnis gebe, solange er sich nur ruhig verhalte. Ins Ausland dürfe er natürlich nicht reisen.

Der Fall kam tatsächlich nicht vor Gericht. Nicht, daß es Notovich viel ausgemacht hätte. Er hätte seine Zeit ebensogut in einer echten Zelle verbringen können. Sein Gedächtnisverlust war für ihn auch ein Gefängnis, allerdings eins, dessen Schlüssel verlorengegangen war. Das einzige, was er noch von Senna hatte, war das T-Shirt mit ihrem Geruch. Er hatte keine Ahnung, warum er sich nicht davon trennen konnte. Er hätte auch etwas anderes mitnehmen können, das ihn an sie erinnerte, das wäre zweifellos schlauer gewesen. Vielleicht brauchte er etwas, das ihm bewies, daß sie wirklich verschwunden war. Oder daß sie wirklich existiert hatte. Denn das Blut stammte von Senna, das wußte er genau.

Er zog in einen alten Abstellkeller, der früher ihm gehört hatte, doch jetzt auf den Namen seiner Halbschwester Linda lief. Der Keller war zehn Minuten zu Fuß von ihrer Wohnung entfernt. Sie kaufte ein, kochte ab und zu für ihn und war lange Zeit sein einziger Kontakt mit der Außenwelt. Er lag den ganzen Tag im Bett oder auf dem Sofa, wusch und rasierte sich nicht und aß kaum etwas. Er sah niemanden.

Er wollte mit seiner Vergangenheit ins reine kommen, aber wie kommt man mit einem schwarzen Loch ins reine? Sein Gedächtnis hatte sich in einen pechschwarzen Strudel verwandelt, der alles verschluckte, was in seine Peripherie kam: Meteore, Monde, Planeten und Senna, die Sonne.

Eine überwältigende Müdigkeit kroch in seine Arme und Beine. Senna entglitt allmählich seiner verzweifelten Umarmung. Selbst an sie zu denken, wurde ihm zu anstrengend. Nachts konnte er nicht schlafen, und tagsüber konnte er nicht wach bleiben, so daß Tag und Nacht wie Sirup ineinanderflossen. Fast unmerklich und langsam wie ein Öltanker war seine Welt zum Stillstand gekommen. Sogar seine Wut verebbte. In seinen düstersten Momenten wollte er aus dem Fenster springen, aber er hatte nicht die Energie dafür. Und außerdem hockte er ja in einem Keller. Manchmal schrie er die Wände an. Vielleicht würde es Trost spenden, wenn jemand zuhörte, doch es hörte niemand zu.

Schließlich griff Linda ein. Sie steckte ihn unter die Dusche und brachte ihn zum Arzt. Widerwillig ging er mit, aber als er einmal da war, erzählte er offenherzig, wie er sich fühlte. Der Arzt erkannte ihn nicht als den großen Musiker. Er schaute die ganze Zeit auf seinen Computerbildschirm und schlußfolgerte dann: »So, es geht Ihnen also momentan nicht besonders? Das ist nicht so schön für Sie.« Dann verschrieb er ihm ein paar »Pillen«, durch die er sich besser fühlen würde.

Die Pillen halfen nicht.

Zu guter Letzt stellte Linda ihn einer Freundin vor, die hin und wieder mit Notovich reden wollte, wenn er das Bedürfnis danach hatte. Doch er roch die professionelle Fürsorge schon aus einem Kilometer Entfernung. Außerdem fand er es leichtsinnig von Linda, jemandem zu sagen, wer er war. Aber sie meinte, daß man Nicole vertrauen könne. Sie ließ das Thema vorläufig ruhen und fing eine Woche später wieder davon an. Nicole sei eine Psychiaterin, die für ihre Hilfe Fristen setze. Sie lasse ihre Patienten nicht einfach so herumwursteln. Außerdem könne er jederzeit damit aufhören. Was halte ihn noch zurück?

Eines Nachts sah er Senna im Traum vor sich. Er saß an den Tasten, und sie lag nackt bäuchlings auf dem Flügel, verspielt und herausfordernd, als wolle sie sagen: »Warum höre ich nichts? Ich warte hier schon eine Ewigkeit auf ein schönes Präludium.« Ein Teil von ihm wußte, daß er schlief und daß sie nicht echt war, aber er konnte sich nicht entsinnen, warum nicht. Er beugte sich zu ihr, und ihr Körpergeruch kroch ihm in die Nase. Tausend kleine Erinnerungen kamen hoch, tausend kleine Déjà-vus. Als er sie küssen wollte, zog sie den Kopf ein Stück zurück.

»Liebling ... wirst du auch weiterhin für mich spielen?«

»Immer.«

Er spürte plötzlich, daß sie nicht allein waren. Im Halbdunkel glaubte er den Schatten eines Mannes auszumachen. Nach einigem Starren sah er deutlich das Funkeln in dessen Augen. Der Blick hatte etwas Bösartiges. Notovich wollte den Mann fragen, wer er sei, aber tief im Inneren kam ihm die schemenhafte Gestalt vertraut vor, als würde er ihn schon seit Jahrhunderten kennen. Er hätte vielleicht Angst empfinden müssen, doch dem war nicht so. Der Mann im Dunkeln sagte nichts, sondern setzte sich an den Flügel und fing an zu spielen. Es war die ungewöhnlichste Musik, die er je gehört hatte. Der Pianist beherrschte das Instrument auf eine Weise, die Notovich nie für möglich gehalten hätte. Die seltsame Melodie führte ihn direkt zu der Stelle in seinem Herzen, wo er all seinen Schmerz versteckt hatte, einen Schmerz, den er zum ersten Mal berühren konnte, ohne davon erdrückt zu werden. Er wußte, daß er gleich aufwachen würde, aber das wollte er nicht. Er wollte der Musik folgen. Dann erstarb die Melodie wie bei einer Spieldose, die wieder aufgezogen werden muß. Und auch *sie* schien sich nun aufzulösen. Er wollte sie nicht gehen lassen. Er wollte diesen Moment so gern festhalten, *sie* festhalten.

»Laß mich gehen, du tust mir weh, Mischa! Ich kriege keine Luft, Mischa! Mischa ...!«

Schweißnaß schreckte er hoch, warf die Decke von sich und schaute sich im Keller um. Er hatte sie wieder verloren. Aufstehen. Er mußte aufstehen. Er ignorierte den Durst, den scheußlichen Geschmack in seinem Mund und das Hämmern in seinem Kopf. Er mußte zuerst seine Arme und Beine in Bewegung bringen. Die waren bleischwer. Nach ein paar Schritten stieß er im Dunkeln mit dem Zeh gegen einen Stuhl. Er wollte sich auf den Boden setzen, landete aber auf einer zerdrückten Bierdose. Ganz unten in einer Schublade fand er schließlich den Schlüssel, den er suchte.

Der Flügel stand in einer Ecke hinter dem Gerümpel. Er hatte seiner Mutter gehört; als Kind hatte er darauf zum ersten Mal vor Verwandten und Freunden gespielt. Jetzt war das Instrument mit einem Vorhängeschloß und zwei Stahlbügeln verschlossen. Die hatte er nach seiner Flucht aus Paris selbst mit einem Ziegelstein hineingerammt. Notovich hatte in der ganzen Zeit keine Note Musik gehört oder gespielt. Er war davon überzeugt, daß seine Obsession für Musik die Ursache seines Schicksals sei. Aber in der kleineren Abstellkammer neben dem Wohnraum stand ein anderes Klavier, ein altes Ding mit abgedeckten Saiten. Darauf zwang er sich, jeden Tag zu üben, um seine Finger geschmeidig und kräftig zu erhalten. Und so übte er tagaus, tagein die schwierigsten Kompositionen, ohne je einen Ton hervorzubringen. Es war ein dünnes Band zu seinem alten Leben.

Die Tasten des Flügels hatte er die ganze Zeit nicht angerührt. Er fegte zwei Kartons mit Fotos vom Deckel und steckte den Schlüssel ins Schloß. Als er das Instrument zum ersten Mal wieder öffnete, stieg Panik in ihm auf. Zögernd setzte er sich. Mit dem Zeigefinger versuchte er die Melodie nachzuspielen, die er im Traum gehört hatte, doch die Melodie war verflogen. Enttäuscht schloß Notovich den Deckel und sperrte ihn mit dem Vorhängeschloß wieder zu. Dann warf er den Schlüssel ins Klo. Der blieb auf dem Boden des Beckens liegen.

2

»Wie war deine Woche?«

»Genau wie die vorige, voller Spannung und Sensation.«

Nicole gab sich keine Mühe zu lächeln, und Notovich schwieg wieder. Wenn er andauernd darüber nachdenken sollte, wie es ihm ging, dann fühlte er sich nur noch schlechter. In das schwarze Loch zu blicken, war für ihn nicht mehr so ein großes Problem, aber er wollte doch in sicherer Entfernung am Rand stehen bleiben. Er wollte nicht davon verschlungen werden. Er blickte zur Seite und lauschte, ob es regnete.

»Bist du überhaupt mal draußen gewesen, Mikhael?«

Früher hatten ihn alle Notovich genannt, doch Notovich gab es Gott sei Dank nicht mehr. Die Anonymität paßte ihm wie eine bequeme Jeans und alte Turnschuhe.

»Ich war gestern im Gemüseladen, Äpfel kaufen.«

»Und am Tag davor?«

»Da hatte ich keinen Appetit auf Äpfel. Aber sollte ich noch was aus dem Gemüseladen brauchen, dann werde ich nicht zögern, das verspreche ich.«

»Schön zu hören«, brummte sie.

»Es geht mir besser. Das rufen zumindest alle den ganzen Tag.«

»Wer ist ›alle‹?«

»Linda.«

»Aber du findest nicht, daß sie recht hat?«

»Wie soll ich das beurteilen? Ich würde gern deine Meinung hören.«

»Na gut, schauen wir mal. Es fällt dir leichter zu reden, du bist aktiver und aufmerksamer. Das sind alles gute Zeichen.«

Es klang nicht wirklich optimistisch. Als habe sie auf einen großen Durchbruch gewartet, der einfach nicht kam. Notovich studierte ihr Gesicht. Nicole war eine kleine, stämmige Frau mit braunem Igelschnitt, riesigen Ohrläppchen und einem zarten, blassen Teint. Auf den ersten Blick wirkte sie ziemlich launisch. Das Leid ihrer Patienten hatte sich in den letzten Jahren in ihrer Haut festgesetzt wie Zigarettenrauch in einem Oberhemd. Aber dieser mürrische Blick verbarg eine Schwäche für all ihre Patienten, das wußte er inzwischen. Wenn nötig, würde sie ihn sogar bei sich aufnehmen und jeden Abend in den Schlaf singen. Nicht, daß er dort jemals würde übernachten wollen. Seiner Schwester zufolge hatte Nicole zwei gigantische Neufundländer zu Hause, die sie den ganzen Tag verhätschelte, während die Viecher ihr den Garten vollschissen und das frischgebackene Brot auf der Anrichte wegfraßen. Das wunderte Notovich nicht.

»Ich habe gestern Bier getrunken«, sagte er in einer Anwandlung von Offenherzigkeit.

»Nur zu.«

»Ich wollte mal überprüfen, ob diese hysterischen Warnungen auf den Beipackzetteln stimmen.«

»Und?«

»Sie stimmen.«

»Woher weißt du das?«

Er zuckte mit den Schultern.

»Hattest du Alpträume?«

Er wollte auf die Uhr schauen. Verdammt, er mußte sie zu Hause liegengelassen haben. Er hatte nicht vor, seinen Traum mit ihr zu besprechen, als ob es um eine Nebenwirkung ginge. Er bekam einfach Durst von diesen Tabletten. Und einen ekligen Geschmack im Mund. Darum hatte er Lust auf ein Bier gehabt, auch wenn es überhaupt nicht geschmeckt hatte. Nicole fragte, ob sie ihm lieber etwas anderes verschreiben solle, aber das hielt er nicht für nötig. Davon würde er höchstens einen anderen unangenehmen Geschmack bekommen.

Wieder Stille.

»Es wundert mich, daß du nicht von morgen anfängst. Das ist doch ein großer Tag für dich.«

»Ist das schon morgen?« fragte er scheinbar nonchalant.

Linda hatte ihm eine Stelle am Konservatorium organisiert. Das war nicht ohne Aufregung über die Bühne gegangen. Die Leitung wollte natürlich gern so einen großen Namen an ihre Einrichtung binden, nur konnten sie die ganze Sache von vor zwei Jahren schließlich nicht einfach so vergessen. Linda hatte sich darauf vorbereitet, daß das Thema zur Sprache kommen würde. Um keine Fehler zu machen, hatte sie sich sogar Tips aus einem Selbsthilfebuch geholt. Aber als das Gespräch auf eine Art Verhör hinauslief, zeigte sich, daß sie doch weit weniger *entspannt, offen und voller Frieden* war, als sie es sich eingeimpft hatte. Vor der versammelten Leitungsmannschaft bekam sie einen Wutanfall: Wer waren sie denn, daß sie ihren Bruder dermaßen verurteilten? Einen so begabten Musiker! So gestört wie Beethoven oder Schumann konnte er ja wohl nicht sein? Oder würden sie die auch als Dozenten ablehnen? Na? Na? Na dann!

Der Punkt ging natürlich an sie. Nach reiflicher Überlegung fand man eine Lösung: Notovich dürfe zunächst zwei Schüler unter seine Fittiche nehmen. Dabei mangelte es durchaus nicht an Interesse. Das Gerücht, daß der Virtuose unterrichten würde, sorgte für Aufregung unter den Studenten.

Einer aus einem höheren Semester stellte sogar eine Liste mit Bewerbern zusammen. Daß Notovich den Ruf hatte, ein gefährlicher Irrer zu sein, schreckte offenbar niemanden ab. Im Gegenteil: Auf der Liste standen sage und schreibe dreiundvierzig Namen – nicht nur Pianisten, sondern auch Geiger, Flötisten, Sänger und ein Akkordeonist (»Mein Instrument hat wenigstens Tasten«, hatte der empört gerufen).

Die Leitung beschloß, zwei Versuchskaninchen auszuwählen. Man ging dabei so demokratisch wie möglich vor: Es wurden zwei fortgeschrittene Studenten mit ausreichend Talent und einem nicht allzu schwierigen Charakter auserkoren, damit Notovich sich nicht langweilen, aber auch nicht allzusehr »provoziert« werden würde. Was der künstlerische Direktor in seinem Memo mit »provoziert« meinte, blieb offen.

Notovich war nicht erfreut über den Alleingang seiner Schwester. Er hatte wenig Vertrauen in Bildungsanstalten, wo so viele mittelmäßige Pianisten herangezüchtet wurden. Aber er fühlte sich doch geschmeichelt von dem Enthusiasmus, den alle auszustrahlen schienen. Außerdem war der September noch so weit weg.

Damals zumindest.

Ihm wurde bewußt, daß er sich morgen zum ersten Mal seit langem wieder unter Menschen begeben würde. Die Nachricht, daß er sich in den Niederlanden aufhielt, konnte die Medien also jeden Moment erreichen. Er hatte keine Ahnung, was ihn erwartete. Seiner niederländischen Anwältin zufolge bestand für ihn keine Gefahr. Die Franzosen hätten ihren Auslieferungsantrag vorläufig zurückgezogen. Es sei nie eine Leiche gefunden worden. Solange er in den Niederlanden bliebe, könnten sie ihm nichts anhaben.

Er selbst hatte da so seine Bedenken. Vorsorglich ließ er seine gesamte Korrespondenz über Lindas Adresse laufen. Linda hatte alle Beteiligten am Konservatorium gemahnt, die Presse nicht zu informieren. Er erwog, seinen Anwalt in Paris noch einmal anzurufen, aber er wollte keine schlafenden Hunde wecken.

»Was denkst du?«

»Ich weiß nicht.«

»Das Konservatorium hat dir ein schönes Angebot gemacht. Vielleicht ist es ja gut, wenn du so langsam wieder nach vorn schaust.«

Dem hatte er nichts entgegenzusetzen.

»Du bist durch die Hölle gegangen. Es war ein unvorstellbarer Verlust«, sagte sie. »Deine Schuldgefühle zeigen nur, wie sehr du sie geliebt hast. Und immer noch liebst.«

Es war wieder still.

»Ich war voller Blut«, erwiderte er schließlich.

»Vielleicht hast du versucht, sie zu retten.«

»Vielleicht auch nicht.«

»Vielleicht auch nicht, nein. Du kannst dich natürlich der Polizei stellen.«

»Wieso? Findest du, daß ich das tun sollte?«

Notovich studierte ihren Gesichtsausdruck. Sie probierte offensichtlich, ihn in Bewegung zu bringen. Nicole hatte ihm geraten, sich ganz auf eine Sache zu konzentrieren, wenn er spüre, daß ihn Angst überkam. Also hatte er sich angewöhnt, während der Sitzungen ihre riesigen Ohrläppchen zu fixieren. Doch das half jetzt nicht.

»Ich frage mich nur, ob dein Verhalten konsequent ist«, sagte sie. »Du glaubst, daß du einen Mord begangen hast, und fühlst dich schuldig. Aber du stellst dich nicht.«

»Damit löse ich meine Schuld nicht ein.«

»Nach dem Gesetz schon.«

»Aber nicht nach mir. Es geht doch darum, was *ich* fühle? Wegen dem, was ich *ihr* angetan habe? Dem muß ich ins Auge sehen.«

»Du meinst, mit einer Gefängnisstrafe würdest du nicht wirklich Verantwortung für ihren Tod übernehmen?«

»In einer Zelle zu sitzen und herumzumaulen, daß man es nicht getan hat, ist eine Art von Feigheit.«

»Und das hier?«

»Das was?«

»Dein Leben, wie es jetzt ist.«

»Ich verstehe nicht.«

»Du lebst doch auch wie ein Gefangener. Du hockst in einem Keller, der ebensogut eine Zelle sein könnte. Du kommst nicht aus dem Haus. Deine Schwester bringt dir dein Essen wie ein Aufseher. Es ist deine persönliche Form von Einzelhaft. Wie viele Jahre gibst du dir noch, Mikhael? Lebenslänglich? Für einen Mord, der vielleicht gar nicht begangen wurde?«

Er konzentrierte sich wieder auf ihre Ohrläppchen. Sie erinnerten ihn immer an Buddhastatuen. Aber heute hatte es keinen Sinn.

»Vielleicht bin ich gefährlich«, sagte er nach einer langen Pause.

»Glaubst du das?«

»Im Augenblick vielleicht nicht. Ich schlucke meine Pillen und tue brav, was die Tante sagt.«

»Mikhael, du leidest unter überwältigenden Schuldgefühlen. Das ist nicht gerade charakteristisch für einen Psychopathen oder Serienmörder. Vielleicht solltest du dir eine

Chance geben. Das ist jetzt der Moment. Versprichst du mir, daß du morgen hingehst? Notovich?«

Es war das erste Mal, daß sie ihn so nannte. Es klang wie ein Name aus einem Geschichtsbuch. Ein Name mit einer Vergangenheit. Einer belasteten, aber glorreichen Vergangenheit. Er murmelte: »Wir werden sehen«, und stand auf.

Es hatte aufgehört zu regnen. Er betrachtete den glitzernden Straßenbelag, als Linda in ihrem Twingo angefahren kam.

»Nicht mit den Füßen auf meine Pasta«, sagte sie, während sie die Einkaufstüte unter seinen Beinen hervorzog und auf die Rückbank warf. »Sonst nörgelt Wim nachher, daß meine Cannelloni nach Schweißsocken riechen. Du weißt ja, Wim riecht alles. Der Mann ist hypersensibel.«

Notovich versuchte, ein Gespräch über Lindas Männer zu vermeiden. Sie hatte eine Reihe von katastrophalen Beziehungen hinter sich. Linda war auch nicht einfach, aber sie schien immer an die Falschen zu geraten: Entweder gingen sie fremd oder waren verheiratet, schlugen Frauen oder wollten selbst geschlagen werden, standen auf kleine Jungen oder bewahrten in ihrem Portemonnaie ein Foto von Adolf Hitler auf.

»Es liegt an mir, ich ziehe es einfach an«, sagte sie dann. »Vielleicht finde ich tief im Inneren, daß ich es nicht besser verdiene.« Das hatte sie in irgendeinem Magazin gelesen. Im Laufe der Zeit wurde sie allerdings immer kritischer und mißtrauischer. Sie setzte die Männer bei der geringsten Kleinigkeit vor die Tür. Wenn es schlecht lief, nahm sie zehn Kilo ab; wenn sie wieder Single war, nahm sie fünfzehn Kilo zu. Eines Tages beschloß sie, daß es für ihre Figur besser wäre, wenn sie es bei einem Mann aushalten und diesem bedingungslos vertrauen würde. Und Wim war der Glückliche. Aber auch Wim sollte irgendwann dahinterkommen, daß es eigentlich nur einen Mann in ihrem Leben gab, dem sie bedingungslos treu blieb. Das war Mischa.

»Ich hab nicht viel Zeit. Wim möchte, daß ich da bin, wenn er nach Hause kommt. Auch wenn er sich nie traut, es zu sagen.«

Notovich nickte.

»Wie war's?« erkundigte sie sich in einem Ton, als ob er eine Klassenarbeit geschrieben hätte.

»Gut.«

»Ich gehe morgen einfach mit.«

»Kommt nicht in Frage.«

Sie schaltete aus Versehen in einen zu niedrigen Gang, der Motor heulte auf. Ruppig schaltete sie zurück und seufzte verärgert.

Linda war zwei Jahre jünger als er. Ihre Mutter, Anya Notova, war eine russische Ballerina, die in den siebziger Jahren in den Westen geflüchtet war. Sie war damals schon mit Mikhael schwanger, dank einer Begegnung mit einem hohen Funktionär der Kommunistischen Partei, der ein ungesundes Interesse für Tänzerinnen hatte. Er verlangte sofort eine Abtreibung, aber Anya war ein tief religiöses Mädchen. Sie bat in Paris um Asyl und fand eine Anstellung bei einer großen Ballettgesellschaft, die viel herumreiste.

Bei einem Empfang in Den Haag lernte sie einen niederländischen Diplomaten kennen, der ihr ein Gefühl der Geborgenheit gab. Sie heirateten schnell und bekamen noch ein Kind, Linda.

Anya war schwermütig. Es gab aber auch kurze Phasen, in denen sie die Kinder in teure Opernvorstellungen oder auf Kurztrips nach Paris und Warschau mitnahm. Manchmal verschwand sie plötzlich für ein paar Tage, ohne etwas von sich hören zu lassen. Sie schien glücklich zu sein über ihre beiden Kinder. Mit Mikhael und Linda sprach sie Russisch, wodurch der Vater die Witze bei Tisch nicht verstehen konnte.

Die offizielle Todesursache war eine verschleppte Lungenentzündung, Notovich war allerdings davon überzeugt, daß es unheilbares Heimweh nach Rußland gewesen war.

Sein Stiefvater merkte, daß Mikhael am meisten unter dem Verlust litt. Er versuchte verzweifelt, neu anzufangen, und trat eine Stelle in Madrid an, womit er seine Chance auf eine Beförderung verspielte. Doch in dieser fremden Umgebung wurden die Kinder immer mehr aufeinander zugetrieben. Nichts konnte die beängstigende Leere im Leben des kleinen Jungen füllen, auch nicht die noch jüngere Linda. Bei Tisch sprachen sie Niederländisch und ab und zu ein Wort Englisch oder Spanisch. Mikhael notierte alle russischen Vokabeln, die er von seiner Mutter gelernt hatte, um sie nicht zu vergessen. Und wenn nötig, könnte er sie dann auch Linda beibringen. Er nahm sich vor, später nach Moskau zu gehen. Die beiden Kinder schliefen in einem Bett, gingen zu zweit in die Wanne und zogen sich zusammen in eine Welt zurück, die immer kleiner wurde.

Ihr Vater sah, daß das Verhältnis allmählich etwas Unnatürliches bekam, auch wenn Mikhael erst elf war und Linda acht. Mikhael wurde ein aufsässiger Schüler. Er war ein Einzelgänger, der kein Bedürfnis nach der Anerkennung von Freunden zu haben schien. Schon allein deshalb übte er auf seine Klassenkameraden eine merkwürdige Anziehungskraft aus. Mitunter überredete er sie zu gefährlichen Spielen, und die Klagen von anderen Eltern häuften sich. Mikhael blieb manchmal tagelang dem Unterricht fern. Niemand hatte ihn im Griff.

Nach zwei Jahren kehrte die Familie wieder nach Den Haag zurück, wo die Kinder in verschiedene Schulen gesteckt wurden. Beim Umzug verlor Mikhael das Heft mit den russischen Vokabeln. Sein Vater hatte es wahrscheinlich an sich genommen, und es hatte keinen Sinn, danach zu fragen, das wußte er genau. In Den Haag wurde alles anders. Linda fand schnell Anschluß in der Schule und begann immer mehr, ein eigenes Leben zu führen. Mikhael zog sich in seine Musik zurück. Als er anfing aufzutreten, nahm er den Namen seiner Mutter an, um sie nie zu vergessen.

»Mischa ... nun sag doch was.«

Notovich schaute sie an. Wo wäre er ohne Linda? Er würde gern offener zu ihr sein. Ehrlicher. Es war ihm gelungen weiterzuatmen. Es war ihm gelungen, aus dem Bett zu kommen, auf die Straße zu gehen und eine Therapie zu machen. Aber wenn er die Kontrolle nur für einen Moment verlor, sah er sofort das strudelnde schwarze Loch wieder vor sich. Er würde sein Leben nie zurückerhalten. Nicht, solange er nicht wußte, was er Senna angetan hatte.

3

Als Linda ihn nach Hause brachte, war eine Nachricht von seinem Agenten Bröll auf dem Anrufbeantworter.

»Ich bin's, Noto. Ich habe großartige Neuigkeiten! Aber das möchte ich lieber nicht am Telefon besprechen. Ich bin um acht in ›Het Luipaard‹. Bitte komm. Wirklich, ich meine es ernst. Wir haben etwas zu feiern. Bring meinetwegen deine langweilige Schwester mit, wenn es unbedingt sein muß.« Er schwieg einen Moment, als ob ihm etwas bewußt würde, und fügte dann hinzu: »Hallo, Linda. Dir auch ein herzliches Willkommen.«

Linda schüttelte mitleidig den Kopf. Sie konnte Bröll nicht ausstehen. Er dachte ihrer Meinung nach zu viel an Sex und teilte diese Gedanken zu oft mit anderen Leuten. Außerdem vertraute sie Bröll nicht. Womit hatte dieser Mann sein Geld verdient, bevor er Notovich kennengelernt hatte? Bröll ließ das immer im Vagen. Mal war er Makler gewesen, dann wieder Zauberkünstler oder Gebrauchtwagenhändler.

»Wenn Gebrauchtwagenverkäufer der Deckmantel ist, wie schlimm muß dann erst die Wahrheit sein?« fragte sie sich laut. Notovich zuckte mit den Schultern. Er hatte eine Schwäche für den ungreifbaren Bröll. In den letzten beiden Jahren hatte ihn dieser nicht ständig bedrängt, wann er wieder aufzutreten gedenke. Und das obwohl Notovich der einzige Klient war, an dem er je etwas verdient hatte.

»Vielleicht solltest du hingehen«, sagte Linda, als sie sah, daß er nicht ganz abgeneigt war. Sie fand es wichtig, daß Mikhael so viel wie möglich rauskam. Sie hatte nur Angst, daß Bröll ihren Bruder wieder für Auftritte begeistern würde.

Unter der Dusche beschloß er, sich den Bart abzurasieren.

»Weißt du, wo der Rasierschaum steht?« fragte er. Linda blätterte gerade seine Post durch. Das war Routine, denn sie bezahlte all seine Rechnungen.

Sie schaute ihn an.

»Rasierschaum? Bist du sicher?«

»Nein.«

»In dem Schränkchen unter dem Waschbecken, glaube ich. Soll ich sonst mal nachsehen?«

»Weißt du was ... ich mach es morgen.«

»Nein, es ist eine gute Idee. Ich will dich mal ohne dieses Winterfell im Gesicht sehen.«

Er kramte in dem Schränkchen. Ganz hinten fand er eine neue Dose Rasierschaum, ein eingepacktes Rasiermesser und eine Schere, mit der er die gröbste Behaarung wegschneiden konnte.

Vorsichtig schnitt er das erste Haarbüschel ab. Es fühlte sich komisch an.

»Übrigens, ich habe einen Brief von deinem Anwalt in Paris bekommen«, sagte sie auf einmal.

Er legte die Schere aufs Waschbecken.

»Die französische Polizei will deine Adresse haben. Sie gehen offenbar davon aus, daß ich weiß, wo du wohnst.«

»Aber das weißt du nicht. Oder?«

»Darum geht es nicht. Vielleicht kommen sie demnächst vorbei, um sich danach zu erkundigen, und was soll ich dann sagen?«

»Hattest du nicht eine Anwältin?«

»Die erwische ich nicht. Aber es ist mir auch schnurzegal, was die sagt. Ich weiß einfach nicht ..., wie ich lügen soll.«

Sie wich seinem Blick aus. Endlich stellte er die Frage, die die ganze Zeit zwischen ihnen gestanden hatte, unbehaglich schweigend wie ein Gast, der weiß, daß er nicht willkommen ist.

»Linda, glaubst du, daß ich es getan habe?«

»Fängst du jetzt wieder damit an?«

»Wieder? Wir haben nie darüber gesprochen.«

»Dummkopf!« sagte sie, während sie aufstand.

»Heißt das ja oder nein?«

»Du bist mein Bruder und damit basta.«

Sie überredete ihn, sich doch zu rasieren. Danach zog sie einen Anzug aus dem Schrank, den sie in einem Online-Warenhaus für ihn gekauft hatte. Er war viel zu weit, weil Notovich sehr abgenommen hatte, aber er stand ihm gut. Linda strich über seine glatten Wangen und seufzte, was für ein hübscher Kerl er doch sei. Sie kämpfte auf einmal mit den Tränen. Er küßte sie und sagte leise: »Danke.« Sie errötete und begann aufgeregt zu plappern, bis ihr Handy klingelte.

»Ja, Wim«, stöhnte sie. »Ich weiß, daß das Essen noch nicht fertig ist. Aber ich esse heute abend außer Haus, mit einem sehr attraktiven Mann. Schieb dir 'ne Pizza in die Mikrowelle.«

Vor dem Eingang des Restaurants blieb Notovich stehen. Drinnen war es voll. Er war schon lange nicht mehr in einem Restaurant gewesen und hatte keine Ahnung, ob die Leute ihn erkennen würden, jetzt, da sein Bart ab war. Außerdem sah er Bröll nicht.

»Ist auch schwierig bei jemandem, der mit dem Kopf nicht

über den Tisch reicht«, fand Linda. Bröll maß tatsächlich nicht mehr als einen Meter sechzig. »Vielleicht sitzt er im Ballbecken und macht sich an jemanden in seiner Größe ran.«

Sie schob ihren Bruder hinein. Bröll erwartete sie in einem engen, glänzenden Anzug mit schwarzem Hemd.

»Maestro!«

Notovich beugte sich vor, damit Bröll ihn umarmen und über seine glatten Wangen streichen konnte. Linda gab er brav die Hand. Das Licht und das Klirren von Besteck taten Notovich weh, als ob alles zu laut aufgedreht wäre. Bröll bestellte sich einen Whisky und fragte, was die anderen wünschten. Notovich wollte nur Wasser. Bröll kicherte angespannt und bestellte ihm übermütig einen Orangensaft, wobei er der Kellnerin verschwörerisch zuzwinkerte. Danach studierte er zehn Minuten lang schweigend die Speisekarte und orderte, ohne die Meinung seiner Gäste einzuholen, ein ausgiebiges Menü für alle drei.

Dann erst kam er zur Sache. Er habe eine Plattenfirma dazu gebracht, eine CD mit älterem Material von Notovich zu veröffentlichen. Es gehe um eine drei Jahre alte Aufnahme mit Präludien von Rachmaninow. Er habe eine Beteiligung ausgehandelt, und zwar eine hohe; bei Vertragsunterzeichnung würden sie einen großzügigen Vorschuß empfangen.

Als sie nicht sofort begeistert reagierten, fragte er, was an diesem Deal falsch sei.

»Ich denke, Mikhael wird die Aufnahmen erst hören wollen, bevor er etwas dazu sagen kann«, meinte Linda.

»Nun, dann fragen wir den Maestro selbst. Noto?«

Notovich wußte genau, um welche Aufnahmen es sich handelte. Sie waren in Paris gemacht worden. Im Geist sah er Senna wieder im Studio sitzen und verträumt mitdirigieren.

Später an jenem Abend waren sie schweigend an der Seine entlanggestreift, und er hatte Senna das Zigarrerauchen beigebracht. Die Plattenfirma wollte damals unbedingt, daß Notovich eine CD mit diesen Präludien aufnahm, obwohl er es nicht so damit hatte. Er tat, was sie verlangten, bat aber immer wieder, auch etwas von Liszt einspielen zu dürfen. Glücklicherweise gab die Plattenfirma im letzten Moment nach. Die CD mit Etüden von Liszt wurde ein Riesenerfolg. Und jetzt hatte jemand diese alten Rachmaninow-Aufnahmen wieder ausgegraben, wahrscheinlich auf Drängen von Bröll. Der war nämlich immer knapp bei Kasse, dank einer Reihe sorgfältig verschwiegener Süchte, die er einmal in einem Anflug seltener Offenherzigkeit (er war betrunken) sein »Glückspaket« genannt hatte: teure Kleidung, teures Essen, teure Frauen und dazu trinken, zocken und ab und zu eine Nase Koks. In willkürlicher Reihenfolge.

»Ich weiß nicht«, sagte Notovich.

Er hatte seit Ewigkeiten kein Klavier mehr angerührt, trotzdem gingen jeden Monat Schecks von seinen CD-Verkäufen ein. Je länger er von der Bühne weg war, desto spannender schien er in den Augen des Publikums zu werden. Sennas Verschwinden und Notovichs rätselhaftes Verhalten waren ein unerschöpflicher Quell von Tratsch, Gerüchten und Theorien. Im Internet erlangte er allmählich Kultstatus. Der Verkauf stieg immer weiter, aber Notovich wollte nichts davon wissen. Er beauftragte Linda, das ganze Geld für wohltätige Zwecke zu spenden. Sie sträubte sich zuerst, doch er war unerbittlich. Seine Musik hatte Senna in den Tod getrieben. Das stand für ihn fest. Es war Blutgeld.

In regelmäßigen Abständen legte Linda ihm nun eine Liste von Hilfsorganisationen vor. Praktisch, wie sie war, ging sie systematisch heran. Sie überwiesen zunächst große Summen an die Nierenstiftung, die Augenstiftung und die Magen-Leber-Darm-Stiftung. Als sie alle Organe durchhatten, wechselten sie zu den Krankheiten über. Notovich konnte nicht beurteilen, welche die schlimmste war, also wurde alphabetisch verfahren: A wie Asthmafonds und Aidsfonds, D wie Diabetesfonds, K wie Krebsfonds, M wie ME und, nicht zu vergessen, MS. Danach nahmen sie internationale Probleme in Angriff. Zuerst mit Kindern: War Child, Chancen für Kinder, Child Care Afrika. Dann vertieften sie sich in erwachsenere Probleme, wie die Hungerfrage und die Erwärmung (oder Abkühlung, wie hartnäckige Querköpfe behaupten) der Erde.

Linda muckte hin und wieder auf.

»Du kannst doch nicht dein ganzes Geld verschenken und selbst in einem feuchten Keller verrotten?«

Bröll wußte davon, mischte sich aber nicht ein.

»Das ist ein brillanter Deal«, sagte er.

»Für dich vielleicht«, entgegnete Linda.

Notovich bedeutete ihr, den Mund zu halten. Sie machte eine entschuldigende Geste und legte ihre Hand auf die ihres Bruders.

»Ich will kein Geld verdienen mit dieser Musik. Das weißt du«, sagte Notovich.

»Aber ich dachte, weil es um Rachmaninow geht und nicht um Liszt ...«, begann Bröll. »Es war doch nur Liszt, womit du ... ein Problem hast?«

»Wir überlegen es uns noch«, sagte Linda mit einem vernichtenden Blick auf Bröll. »Nicht wahr, Mischa? Der Stiftung Eichhörnchenasyl haben wir noch nie etwas gespendet.«

Bröll nahm einen kräftigen Schluck Whisky und rührte

seine Vorspeise nicht an. So angespannt hatte Notovich ihn nicht oft gesehen. Er bereute es, daß er sich in das Restaurant hatte locken lassen. Er spürte die neugierigen Blicke der anderen Gäste. Als der erste Gang abgetragen wurde, tippte ihn ein älterer Mann auf die Schulter.

»Sind Sie vielleicht Notovich, der Pianist?«

»Na und?« fragte Bröll in drohendem Ton, um seinen Klienten zu schützen.

»Laß sie doch, Jan«, sagte die Frau neben dem Mann, der das Gespräch eröffnet hatte. »Du siehst doch, daß die Leute in Ruhe essen wollen.«

»Nein«, sagte der Mann entschieden. »Ich finde, daß sie das hören sollten.«

Noch bevor Bröll das Ehepaar vertreiben konnte, begann der Mann mit seiner Geschichte.

»Unser Sohn ist voriges Jahr bei einem Unfall ums Leben gekommen. Meine Frau hat seinen Tod nicht verwunden. Ich selbst bin ja ziemlich nüchtern, doch sie nimmt alles viel schwerer. Ich vermochte sie nicht zu trösten. Wir drifteten auseinander; ich sah, wie meine Frau immer tiefer in ihrem Kummer versank, und konnte ihr nicht helfen. Aber Ihre Musik hat ihr geholfen. Tagaus, tagein hat sie Ihre Aufnahmen gehört, und mit jedem Tag ging es ihr ein Stück besser. Es ist ein Wunder. Ich verstehe nichts von Musik, doch ich weiß, daß Ihr Spiel etwas hat ... etwas, das mit Harriets Schmerz zu tun hat.«

Die Frau wurde bleich bei der Erinnerung an ihr Leid und nickte ab und zu. Als ihr Mann ausgeredet hatte, legte sie ihre Hand auf Notovichs Arm.

»Danke«, sagte sie leise. »Sie wissen nicht, was mir das bedeutet.«

Sie weinte. Ihr Mann strich ihr sanft über den Rücken. Es war eine Geste, die Notovich hätte rühren müssen. Stattdessen schob er die Hand der Frau weg und sagte: »Mensch, mach doch 'ne Therapie.« Dann lief er ohne Jacke in die Nacht hinaus.

Die älteren Leute zogen sich rasch zurück. Bröll reichte Linda ein Taschentuch, mit dem sie sich die Augen abtupfen konnte. Danach blieben sie eine Weile schweigend sitzen, wie ein Ehepaar, das sich schon seit Jahren nichts mehr zu sagen hat.

4

Linda hatte den Pariser Anwalt angerufen, aber nichts Neues erfahren. Dieser hatte tatsächlich eine förmliche Anfrage nach Mikhaels Adresse erhalten, es gab jedoch noch keine konkreten Hinweise darauf, daß der Fall wiederaufgenommen worden sei. Notovich nahm es zur Kenntnis. Er machte sich fertig für seinen ersten Arbeitstag.

Bröll stand eine halbe Stunde zu früh vor der Tür, er wollte Notovich unbedingt hinbringen. Vielleicht vermißte er den Kontakt zur Musikwelt und sein Leben mit einem der bedeutendsten Pianisten der Welt.

»Behältst du das an?« fragte er erstaunt, als er den Anzug sah, den Linda im Internet gekauft hatte.

Die überhörte die Beleidigung. Sie gab Bröll eine ganze Liste von Anweisungen, zog Mikhaels Kragen zurecht und wischte ihm ein paar Krümel vom Mund. Dann erst ließ sie die Männer gehen, nicht ohne Bröll noch einen bösen Blick zuzuwerfen, der heißen sollte: Wenn du das vermasselst, dann kannst du was erleben. Bröll nickte demütig und trat aufs Gas, so daß das Auto ein klein wenig zu schnell um die Ecke quietschte und beinahe einen betagten Radfahrer gestreift hätte.

Notovich war noch nie im Konservatorium gewesen. Er betrachtete das Gebäude mit übertriebener Aufmerksamkeit, um nicht an den Unterricht denken zu müssen. Es lag am IJ zwischen lauter fortschrittlich gemeinten Neubauten. Als sie vor dem Eingang keinen Parkplatz fanden, wurde er unruhig. Er wollte allein weiterlaufen, aber Bröll hatte Lindas drohenden Blick noch nicht vergessen. Er quetschte den klapprigen BMW geschickt zwischen zwei Behindertenparkplätze in der Nähe des Konservatoriums.

»Was machst du denn jetzt?«

»Wenn sie mir ein Knöllchen verpassen, sagen wir einfach, daß es dein Auto ist. Du bist unzurechnungsfähig.«

Notovich grinste. Er war froh, daß er nicht allein hineingehen mußte. Er hatte keine Ahnung, wie die Studenten auf ihn reagieren und was sie über ihn denken würden. Daß die Leitung seiner Einstellung zugestimmt hatte, brauchte nichts zu bedeuten. Vielleicht hatten die Studenten ja Angst vor ihm. Selbst Bröll schaute sich scheu um, als sie die große Halle betraten. »Hmm ... der Geruch endloser Wiederholungsprüfungen«, sagte er munter. Notovich reagierte nicht; er hatte noch nie ein Konservatorium von innen gesehen.

Als er fünfzehn war, gab es im Grunde nicht mehr viel, was man ihm noch hätte beibringen können. Man lud ihn ein, sein Talent in einem Privatinstitut in der Nähe von Wien zu vertiefen, das von einem weltberühmten Geiger gegründet worden war. Der war einst selbst ein Wunderkind gewesen und wußte, daß eine zu verschulte Ausbildung manchmal mehr kaputtmachen als fördern konnte. Dort genoß er nicht nur Betreuung und Meisterkurse bei weltbekannten Virtuosen, sondern auch Unterricht in Literatur, Poesie, bildender Kunst, Architektur und Philosophie. Der junge Notovich sog all diese schönen Dinge begierig in sich auf. Diese glückliche Zeit fand abrupt ein Ende, als die Presse davon Wind bekam, daß kurz hintereinander zwei Studenten Selbstmord begangen hatten. Schüler wurden von der Schule genommen, und der Geldstrom versiegte. Notovich stand auf der Straße.

Er war einundzwanzig. Wie die meisten diplomierten Solisten landete er in der erbarmungslosen Welt der internationalen Wettbewerbe – der einzigen Möglichkeit für einen jungen Musiker, auf sich aufmerksam zu machen. Er hoffte, daß die Konkurrenz das Beste aus ihm herausholen würde, wie jeder behauptete, und versuchte mit aller Macht, den Erwartungen zu entsprechen. Aber sein Talent gedieh nicht in Wettbewerben. Seine sehr persönlichen und mitunter exzentrischen Interpretationen fanden nicht bei allen Jurymitgliedern Anklang. Nicht selten bekam er für denselben Auftritt sowohl die niedrigste als auch die höchste Bewertung. Er scherte sich nicht um die anderen Teilnehmer, und seine zurückgezogene Haltung wurde schon bald als unkollegial und arrogant aufgefaßt. Die Jurys schienen diese Signale mitzubekommen. Nach ein paar herben Enttäuschungen und drei zweiten Plätzen war er das Reisen und rastlose Herumtigern in kühlen Garderoben leid. Er war zu lange aus dem Haus, um wieder bei seinem Vater einziehen zu können. Und bei der Pflegefamilie, wo er während seines Studiums drei Jahre gewohnt hatte, war er nach einem Vorfall mit der ältesten Tochter nicht mehr willkommen. Er ließ sich in Paris nieder, auf der Etage eines amerikanischen Geigers, dem er in einer Kneipe über den Weg gelaufen war. Sie kannten beide niemanden in der Stadt. Sein Vater schickte ihm ab und zu Geld.

Eine Zeitlang hörte man nichts mehr von Notovich, und damit hätte er sich abgefunden, wenn nicht jene eine Begegnung sein Leben verändert hätte. Unter einer Eiche in Paris wurde er von Senna wachgeküßt, der Liebe seines Lebens.

Sie wurden von einem nervösen künstlerischen Direktor begrüßt, der sich sofort in Entschuldigungen erging. Bröll fragte, ob der Unterricht abgesagt worden sei, aber das war nicht der Fall. Im Gegenteil.

»Ich hoffe, es macht Ihnen nichts aus, daß wir die Zusammenkunft in Saal 005 geplant haben. Das tun wir natürlich nur dieses eine Mal. Dann wird die Neugier unter den Studenten wohl etwas verebbt sein.«

»Saal 005?« fragte Bröll mißtrauisch.

»Der Sweelincksaal. Hier entlang.«

»Wir hatten vereinbart: ein paar Mann, kein öffentlicher Unterricht«, sagte Notovich. »Hat meine Schwester das nicht gesagt? Das war eine klare Forderung.«

Der künstlerische Direktor trat instinktiv einen Schritt zurück und suchte Unterstützung bei Bröll. Der legte seinen Arm väterlich um Notovich.

»Na komm schon. Niemand kann dir etwas anhaben.«

Die Türen wurden geöffnet. Sie standen in einem Auditorium mit mehr als hundert Plätzen.

Diese waren bis zum letzten Stuhl besetzt.

Notovich blieb auf der Schwelle stehen, im Begriff, wieder zu gehen. Darauf war er nicht vorbereitet.

Im Saal herrschte tiefe, erwartungsvolle Stille. Bröll fragte, ob alles in Ordnung sei. Notovich reagierte nicht. Jemand schob ihn in den Saal, und als ihm klar wurde, daß er nicht ungesehen verschwinden konnte, lief er zögernd den Gang entlang. Alle starrten ihn ungeniert an, als wollten sie sehen, ob die Geschichten stimmten.

In der Totenstille stieg Notovich auf die Bühne. Er überlegte, was von ihm erwartet wurde. Als er den Flügel stehen sah, verspürte er auf einmal dieselbe Panik wie nach seinem

Traum von Senna. Er hatte schon so lange keine Musik mehr gehört. Er hatte keine Ahnung, was das in ihm auslösen würde.

Ein älterer Mann, der nach Schweiß und Tabak roch, legte ihm ein Mikrofon an. Der künstlerische Direktor stellte Notovich zwei Studenten vor: einen Jungen mit Flachshaar, der ein wenig dösig dreinschaute, und ein Mädchen mit tiefbraunen Augen, dunklen Locken und einer robusten Lederjacke. Notovich gab ihnen die Hand und fragte, wer anfangen wolle. Nervöses Gekicher.

Notovich bat das Mädchen, am Flügel Platz zu nehmen. Er nahm an, daß sie der Anspannung besser gewachsen sein würde als der verträumte Junge. Er fragte, ob sie etwas vorbereitet habe. Sie stammelte, es sei ihr eine große Ehre, vor ihm spielen zu dürfen, und überreichte ihm Noten von Schumann und Liszt. Sie hatte ihre Schularbeiten gemacht; es waren zwei seiner Lieblingskompositionen. Aber er spürte sofort, daß sich Widerstand in ihm regte. Nicht jetzt, nicht diese Musik. Er legte die Noten resolut beiseite und bat sie, etwas von Mozart zu spielen. Sie blickte ihn erstaunt an.

Die Sonaten von Mozart wirken beim ersten Hören recht einfach, doch Notovich war der Meinung, daß sie oft unterschätzt würden. Denn gerade hinter den kargen Noten Mozarts könne sich kein Pianist verstecken, wußte er: Sie stellen eine enorme musikalische Herausforderung dar, man sieht sofort, was jemand auf dem Kasten hat. Und außerdem brauchte Notovich so nicht mit Musik konfrontiert zu werden, die ihn wirklich berührte.

Das Mädchen nickte bedächtig. Sie wolle die *Sonate Nr. 3 KV 281* spielen.

»Geschmack hast du jedenfalls«, sagte Notovich ermutigend. Neben dem Flügel stand ein Ledersessel. Er setzte sich und hörte zu, wie die Studentin sich durch die Sonate kämpfte. Sie hatte einen schönen, leichten Anschlag, mit dem sie den Noten Inhalt zu geben verstand. Aber ihr flüssiges Spiel war ziemlich vorhersehbar. Als sie fertig war, rang sich Notovich mit einiger Mühe ein paar Komplimente ab. Anschließend bat er sie, das Stück einmal halb so schnell vorzutragen.

Wie vermutet, hatte sie nun deutlich größere Schwierigkeiten. Er erklärte ihr etwas über Muskelbeherrschung, und im Saal wurde die Erleichterung langsam spürbar. Was hatten sie eigentlich erwartet? Daß er jemandem mit einem Messer zu Leibe rücken würde oder so?

Jetzt war der Junge an der Reihe. Notovich trug ihm auf, ein Nocturne von Chopin zu spielen. Der Student entschied sich für *Opus 62 Nr. 2*. Er hatte einen spritzigen Stil, der leicht ins Ohr ging. Mitten im Stück ließ Notovich ihn einen bestimmten Übergang ein paarmal wiederholen, und zwar jedesmal in einer anderen Interpretation. Schon beim dritten Versuch stellte sich bei dem jungen Pianisten Frustration ein. Die musikalischen Klischees waren ihm jahrelang von einem Heer gutmeinender Musikdozenten fachmännisch eingetrichtert worden. Notovich forderte ihn auf, notfalls mit den idiotischsten Einfällen zu kommen, aber es gelang nicht. Als der Student weiter herumstümperte, wurde Notovich unruhig.

»Nein, nein! Nicht so!«

Er schob den Jungen, ohne nachzudenken, von der Bank und fing an, die Passage selbst zu spielen. Das Publikum hielt den Atem an, während Notovich sofort völlig in seiner Interpretation aufging. Die Leichtigkeit, mit der ihm die Töne aus den Fingern perlten, erstaunte ihn erst im nachhinein. In dem Moment selbst spürte er nur, wie die Musik einen Kokon der Ruhe und Intimität um ihn errichtete, fern von der Außenwelt.

Er konnte nicht mehr aufhören zu spielen. Aus seinen Händen floß die Melodie gleichsam wie Gesang. Hin und wieder ließ er das Thema in der Begleitung aufleuchten wie ein Dirigent, der sein Orchester vollkommen unter Kontrolle hat. Das Ergebnis war Musik, die klang, als ob sie noch nie jemand gespielt hätte, reich wie eine komplette Sinfonie, aber intim wie eine geflüsterte Liebeserklärung.

Nach dem letzten Akkord starrte er auf die Tasten, überrascht über das, was er gerade getan hatte. In diesem Augenblick brach ohrenbetäubender Beifall aus. Die Studenten johlten, pfiffen und trampelten, dankbar, Zeugen dieses einzigartigen Moments zu sein. Notovich schaute verdattert in den Saal. Der Applaus drang nur langsam zu ihm durch. Schließlich stand er zögernd auf und machte eine Verbeugung. In der vordersten Reihe sah er Bröll heftig mitklatschen, zwei dicke Tränen in den Augenwinkeln. Zum ersten Mal seit langem durchströmte Notovich ein Gefühl der Wärme. Er verbeugte sich noch einmal und entschuldigte sich bei dem Studenten für sein impulsives Verhalten.

Als der Applaus verebbte, fragte das Mädchen, ob er noch etwas anderes spielen würde. Der Saal johlte wieder. Notovich machte eine abweisende Geste und suchte Unterstützung bei Bröll. Aber der zuckte lächelnd mit den Schultern. Die Ratte. Es wurde nach einer Improvisation gerufen. Die kapriziösen und mitunter schockierend originellen Improvisationen Notovichs waren legendär. Viele Leute hätten schon allein für diese Zugaben eine Konzertkarte gekauft. In seinen Glanzzeiten schrieben Zeitungen sogar Kompositionswettbewerbe unter ihren Lesern aus. Das Siegerthema wurde dem Pianisten vorgelegt.

Notovich bekam Beklemmungen. Er war jetzt nicht in der Lage zu improvisieren. Ein Stückchen Chopin, das ging ja noch, das war sicheres Terrain, es war nicht einmal ein richtiger Test gewesen. Aber es widerstrebte ihm ungemein zu improvisieren. Es wäre nicht das erste Mal, daß er so in einer Improvisation aufging, daß er sich darin verlor. Seine Blackouts hatten meistens damit angefangen.

Notovich gab Bröll zu verstehen, daß er wegwollte, doch der Saal war nicht mehr zu stoppen. Der künstlerische Direktor ergriff das Mikrofon und bat um Ruhe. Für einen Moment dachte Notovich, daß er nun von einem erneuten Auftritt erlöst sei, aber der Direktor fragte seelenruhig, ob jemand ein Thema für eine Improvisation vorschlagen könne. Die Studenten fingen an durcheinanderzurufen. Jemand pfiff das Thema von *In Holland steht ein Haus.* Ein älterer Dozent stand auf und sang mit knarzender Stimme ein Thema aus einer Sonate von Beethoven: »*Le-be-wohl . . .*«

Das mußte ein Ende haben. Notovich beschloß, dem Publikum mitzuteilen, daß er gern den Unterricht fortsetzen würde, andernfalls würde er jetzt gehen. Aber jemand hinten im Saal kam ihm zuvor.

»Warum spielen Sie nicht das Motiv der *Teufelssonate* von Liszt?«

Raunen im Saal.

»Sie verwechseln das vielleicht mit einem anderen Komponisten«, sagte der künstlerische Direktor. »Meines Wissens hat Liszt keine Teufelssonate komponiert.«

»Dann irre ich mich sicher«, sagte der Mann, der nicht wie

ein Student klang. Notovich konnte nicht richtig in den Saal schauen, denn das Bühnenlicht stach ihm in die Augen.

Da begann der Mann das Thema zu summen. Notovich fühlte sich, als würde ihm die Haut vom Leib gerissen, so daß er den hundert Blicken, die auf ihn gerichtet waren, schutzlos ausgeliefert war. Die Musik kam ihm nur allzu bekannt vor: Es war die Melodie aus seinem Traum.

5

Während der Fahrt nach Hause schwieg Notovich.

»Es lief gut. Lief es nicht gut? Absolut, ganz gewiß. Und es waren ein paar nette Studentinnen dabei, fandest du nicht?« begann Bröll. »Und sie werden immer schöner, was? So viel Talent auf einem Haufen.«

Notovich ignorierte ihn.

»Gibt es in den Niederlanden eigentlich rein weibliche Streicherensembles? Ich denke, das würde sich gut verkaufen. Vielleicht ist das eine Mission für mich. Ich habe ja was Väterliches«, plapperte Bröll weiter. »Besprechen wir das bei einer Kleinigkeit zu essen?«

Er hatte das besondere Talent, Teile seines Glückspakets auf eine Weise miteinander zu verbinden, die ihm zusätzlichen Genuß einbrachte.

»Die Melodie, die der Mann im Publikum gesummt hat«, sagte Notovich plötzlich, »hattest du die schon mal gehört?«

Bröll zuckte mit den Schultern.

»Du?«

»Ich bin mir ziemlich sicher, daß ich sie kenne. Aber ich komme nicht darauf, woher.«

»Franz Liszt, oder? Hat das der Typ nicht gesagt?«

Die Vorstellung, daß Liszt ein solches Werk geschrieben haben soll, kam Notovich vertraut vor. Und doch konnte der Mann im Publikum es fast nicht gesagt haben. Liszt hatte sehr viel komponiert, und viele seiner Stücke verwiesen auf den Tod, den Teufel oder die Hölle: die *Faust-Sinfonie*, die *Mephisto-Walzer*, eine *Mephisto-Polka*, der *Totentanz* und eine Reihe von Kompositionen, die durch das Werk Dantes angeregt waren. Aber eine Teufelssonate war nicht dabei.

Die Legende von der *Teufelssonate* war mit Guiseppe Tartini verbunden, einem Komponisten aus dem 18. Jahrhundert, der seiner Zeit weit voraus war. Tartini behauptete, er habe in einem Traum dem Teufel seine Seele verkauft, im Tausch dafür habe dieser ihn zu seinem allerbesten Werk inspiriert: der *Teufelssonate*, einer Komposition für Violine mit nahezu unvergleichlichem Tiefgang und hohem Schwierigkeitsgrad. Von Liszt war solch eine Geschichte nicht bekannt. Zumindest nicht in den offiziellen Biographien.

Es war ein bizarrer Zufall, daß jemand genau die Melodie gesummt hatte, die Notovich in seinem Traum gehört hatte. Es war, als ob das Schicksal ihm etwas einzuflüstern versuchte. Er mußte diese Woche in der Bibliothek des Konservatoriums nachforschen, was die Literatur über eine Teufelssonate von Liszt sagte.

Er sank tiefer in seinen Sitz, schloß die Augen und spürte, wie die Müdigkeit langsam zurückkehrte. Er fühlte sich leer, aber es machte ihm nichts aus. Der Kontakt zu den Studenten, die Wärme des Publikums und die Musik hatten ihm gutgetan. Heute morgen hatte er noch befürchtet, er würde nicht genug Energie haben, um in ein Auto zu steigen, doch kaum hatte er den Saal betreten, waren alle Ängste verflogen. Dumm, daß er bei dem Gequengel um eine Improvisation so abgeblockt hatte. Sie würden wohl wieder denken, daß der exzentrische Notovich sich keinen Deut geändert habe.

»Bröll?«

»Spucks aus, alter Junge.«

»Es tut mir leid.«

»Was?«

»Na einfach ... alles.«

Bröll nickte, als ob er es verstehe, als ob sie über diese Dinge nicht zu reden brauchten, weil sie sich untrüglich in den anderen einfühlen konnten. Wie Männer, die zusammen in einem Krieg gekämpft hatten, dessen einzige Überlebende sie waren. Und irgendwie war es auch so. Notovich lebte noch, und zum ersten Mal seit langem schreckte ihn dieser Gedanke nicht ab. Vielleicht hatte Nicole doch recht, vielleicht war das jetzt der Moment.

Aber als sie zu Hause ankamen, war seine Stimmung bereits wieder umgeschlagen. Er hatte fast nicht die Kraft, den Schlüssel ins Türschloß zu stecken. Er wollte nicht hinein. Es war, als würde seine ganze Verzweiflung dort auf ihn warten. Er fragte, ob Bröll noch etwas trinken wolle, auch wenn wahrscheinlich nichts da war. Bröll hatte noch ein bißchen Zeit (die hatte er meistens).

Auf der Fußmatte lag ein teuer aussehender Umschlag.

Notovich schätzte das Gewicht. Schweres Material. Sein Name war mit der Hand geschrieben, in altmodischen Schnörkeln, als ob der Brief aus dem 19. Jahrhundert stamme. Von ungeöffneten Briefen ging immer eine Bedrohung aus, fand Notovich.

»Hast du jemandem meine Adresse gegeben?«

»Natürlich nicht.«

Er riß den Umschlag auf. Es war eine Einladung, aber die merkwürdigste, die er je gesehen hatte:

Wir laden Sie zu einem einmaligen, geschlossenen Konzert ein.

Programm

Sonate in h-moll – Franz Liszt
Années de Pèlerinage – Franz Liszt
Après une lecture du Dante – Franz Liszt

Beginn 20.00 Uhr
Großer Saal des Concertgebouws
Heute abend

Diese Einladung ist streng persönlich.

»Die haben Nerven«, sagte Bröll erstaunt. »Der Auftritt ist bereits heute abend, und es steht nicht einmal dabei, wer der Pianist ist. Hast du das schon mal erlebt? Ob das ein Trick ist, um einen unbekannten Pianisten zu promoten?«

Notovich schwieg.

»Das muß fast so sein«, fuhr Bröll fort. »Andererseits, es ist schon ein irre schweres Programm für einen Debütanten. Kein Stückchen Scarlatti oder Chopin dabei, sehr gewagt. Oder sehr dumm, natürlich. Gibt es andere Pianisten, die dahinterstecken könnten? Ein etablierter Name, der einfach Lust auf ein Konzert vor ein paar Connaisseurs hat, ohne Topfgucker?« Er schwieg aufgeregt, während er in Gedanken alle Pianisten durchzugehen schien, die er kannte. »Nein, es ist bestimmt ein billiger Trick«, beschloß er dann, »aber nicht unkreativ. Was meinst du?«

Notovich starrte noch immer auf das Papier.

»Denkst du, daß es ein Scherz ist?« fragte Bröll.

»Ein Scherz?« erwiderte Notovich ungläubig. »Fällt dir denn nichts auf?«

»Nicht wirklich.«

»Dieses Programm ist eine exakte Kopie meines Debüts in Paris.«

Warum dieser Verweis auf seine Anfangszeit in Paris? Sollte er das als Ehrenbezeugung auffassen? Nein, je länger er darüber nachdachte, desto klarer wurde die Botschaft, die der Absender ihm hatte geben wollen: *Wir haben dich gefunden, Notovich.*

Als Bröll gegangen war, blieb Notovich auf dem Sofa liegen und gab sich einem Strom von Bildern hin. Sein erster Auftritt in Paris. Das Publikum hatte Zugabe um Zugabe gefordert, die Presse war hellauf begeistert gewesen. Er hatte endlos gefeiert, in Gesellschaft von Senna und ungefähr acht Flaschen Champagner. Sie hatten sich in ein Hotelzimmer eingeschlossen und auf einem Bett aus Zeitungsausschnitten geschlafen.

Er richtete sich auf und betrachtete die Einladung noch einmal. Das Programm kannte er noch auswendig: Er hatte die Kompositionen zusammen mit Senna ausgewählt. Nächtelang hatten sie darüber gestritten. Er hatte eigentlich mehr Abwechslung gewollt. Warum kein Bach oder Schubert? Oder Prokofjew? Aber Senna war unerbittlich geblieben. Liszt sei der Komponist, der ihn unsterblich machen würde. Dies sei die Musik, die von nun an für immer mit seinem Namen verbunden sein würde. Wirkliche Argumente hatte sie nicht dafür, das sei nun mal etwas, das er ihr überlassen solle. Das sei ihr Talent. Diese Kompositionen seien durch irgendein magisches Gefühl mit seinem Schicksal verknüpft, das wisse sie genau. Er müsse ihr vertrauen. Und das hatte er getan. Er hatte sein ganzes Leben in ihre Hände gelegt.

Notovich beschloß, nicht mehr an sie zu denken. Er stand wieder auf und kochte sich einen Beruhigungstee, den Linda ihm aufgedrängt hatte. Nach ein paar Tassen wurde seine Unruhe nur noch größer. Er lief im Zimmer hin und her; die Anwesenheit seines Flügels störte ihn.

Heute nachmittag hatte er Klavier gespielt. Nicht in Gedanken oder in irgendeinem Traum, sondern vor einem echten Publikum mit echten, lebendigen Menschen. Er konnte die Berührung der Tasten noch in seinen Fingern spüren, die Harmonien in seinem Kopf hören. Aber er hatte nur ein Nocturne gespielt, an die großen Werke hatte er sich nicht gewagt. So weit war er noch nicht, dafür war er zu labil, zu verletzlich. Der Flügel, die Einladung auf dem Eßtisch und der Stapel Klavierbücher in seinem Regal schienen alle dasselbe zu flüstern: Du bist dazu noch nicht in der Lage. Und heute abend tritt ein anderer Pianist auf, der es wohl ist.

Wütend ging er ins Badezimmer und öffnete das Medizinschränkchen. Er würde zwei Schlaftabletten nehmen, und morgen wäre die ganze Sache vergessen. Als er die Kapseln aus der Folie drückte, fielen sie ins Waschbecken. Er pulte sie aus dem Abfluß, mit Haaren und allem. Verdammt, warum mußte er eigentlich unbedingt schlafen? Hatte er im letzten Jahr nicht genug geschlafen?

Draußen war es frischer geworden, aber er hatte keine Lust, wieder umzukehren und seine Jacke zu holen. Er wollte laufen, nur laufen. Es wunderte ihn, daß er nicht müde wurde. Normalerweise war er schon erschöpft, wenn er sich vom Bett zum Kühlschrank bewegte. Doch nun fühlte er eine merkwürdige Art von Spannung, die seinen Körper antrieb.

Nach einer Viertelstunde merkte er, daß er in Richtung Concertgebouw gelaufen war. Noch zwei Straßen, und er wäre da. An der Ecke sah er eine Uhr an einem Giebel hängen; es war fast acht Uhr. Das Konzert würde gleich beginnen. Aber er hatte nicht vor hinzugehen. Er war nicht einmal neugierig, oder höchstens ein bißchen. Er bog um die Ecke und sah, wie das warme Licht aus den Fenstern des majestätischen Gebäudes ihn einzuladen schien. Ein Mann und eine Frau in Abendkleidung stiegen aus einem Taxi und eilten hinein. Notovich beschloß, noch ein Stück näher heranzutreten. Einfach um zu sehen, ob es voll war.

Als seine Füße den roten Teppich am Eingang berührten, blieb er stehen. Er verspürte einen starken Drang, hineinzugehen und herauszufinden, wer hier heute abend *sein* Programm spielte. Doch als ein Portier sich zu ihm umdrehte und ihn fragend anschaute, murmelte er eine Entschuldigung und lief wieder in die Dunkelheit hinaus. Der Schweiß brach ihm aus, und seine Beine fingen an, so heftig zu zittern, daß er sich einen Moment an die Wand des Concertgebouws lehnen mußte.

»Notovich, bist du es?«

»Du hast gesagt, daß ich anrufen kann, wenn ich … falls …«

»Wo bist du genau?« fragte Nicole in gebieterischem Ton. Sie war es offenbar gewohnt, in Notsituationen zuerst die Fakten ans Licht zu holen: Wo befand sich der Patient, wie viele Tabletten hatte er geschluckt, mit oder ohne Alkohol?

Notovich beruhigte sie auf der ganzen Linie. Nicole hörte ihm geduldig zu und sagte dann, daß seine Angst ein gutes Zeichen sei.

»Du willst mehr, als du im Moment verkraftest. Aber daß

du etwas willst, ist gut. Verlangen ist Leben. Du wendest dich wieder der Welt zu. Außerdem ist deine Neugier verständlich. Genau wie deine Angst hineinzugehen, übrigens. Jeder Mensch hätte Angst davor. Ich auch.«

Er war froh, daß er seine Scham überwunden und sie angerufen hatte. Sie verabredeten, daß er am nächsten Morgen zu ihr kommen würde. Er steckte sein Handy wieder in die Tasche und setzte sich auf einen steinernen Sims. Das Telefon war ein Geschenk von Linda gewesen. Sie hatte mit vorausschauendem Blick Nicoles Nummer eingespeichert. Damals hatte er sich nicht vorstellen können, daß er das Ding je brauchen würde. Aber heute war viel passiert.

Er kam langsam zur Ruhe. Der Wind trieb die Wolken auseinander, und Sterne traten hervor. Er stellte sich vor, wie es drinnen sein würde, in dem Saal, wo das Konzert stattfand. Er sah sich selbst am Flügel sitzen, in die Wärme der Lampen getaucht, alle Blicke auf sich gerichtet, Senna in der ersten Reihe, mit diesem fast erstaunten Lächeln, das sie immer hatte, wenn sie ihm zuhörte.

Er vernahm Applaus und Bravorufe aus der Ferne. Kam das Geräusch aus dem Gebäude oder aus seiner Erinnerung? Er stand auf, um noch einmal genau zu lauschen, doch es war still geworden. Vielleicht war es der Wind gewesen. Er beschloß, nach Hause zu gehen.

Das Konzert mußte noch in vollem Gange sein, da kam plötzlich eine Frau in einem hellgrauen Abendkleid heraus. Sie wirkte gehetzt und verstört. Während das Klappern ihrer hohen Absätze auf dem Straßenbelag ertönte, blieb Notovich stehen, als ob er in einem unsichtbaren Netz gefangen wäre. Dieses Gesicht kannte er so gut, daß es keinen Zweifel gab.

Senna war bereits am Taxistand, ehe er in der Lage war, ihr nachzulaufen. Mit klopfendem Herzen fing er an zu rennen. Er wollte ihren Namen rufen, brachte aber keinen Ton heraus. Er hob noch den Arm, doch das Taxi war schon verschwunden.

6

Das erste Mal hatte er sie vom Fenster seines Pariser Übungsraums aus gesehen. Raum konnte man es eigentlich nicht nennen; es war eine stickige Bruchbude, in der sein Klavier stand. Brian, der amerikanische Geiger, hatte sie ihm organisiert. Franzosen waren für einen Außenstehenden schwer zu durchschauen, aber wenn man einmal zu einem Netzwerk gehörte, bekam man die absonderlichsten Dinge geregelt – behauptete zumindest Brian.

Und tatsächlich, eines Tages konnte Notovich sein Klavier in ein leerstehendes Zimmer einer kleinen Werbeagentur stellen. Dort durfte er nachts und an den Wochenenden üben, soviel er wollte. Die Nachbarn störte es nicht, denn in dem ehemaligen Speicherhaus hatten nur hippe Firmen ihren Sitz, die etwas mit Werbung oder neuen Medien zu tun hatten. Die Rückseite blickte auf ein Appartement, in dem Maler und Schriftsteller wohnten. Aber auch diese wurden nicht von dem Geräusch gestört, solange er bei geschlossenen Fenstern spielte. Notovich war es zufrieden; er scherte sich so wenig wie möglich um die Franzosen und sie sich um ihn. Tage vergingen, ohne daß er mit jemandem sprach. Manchmal fühlte er sich wie ein Schatten unter den echten Menschen, als ob sein Körper nur ein Lichtbild wäre, durch das sie auf der Straße hindurchlaufen konnten. Um sich besser zu fühlen, stellte er sich dann vor, es sei umgekehrt: er sei der einzige echte Mensch auf Erden. Diese wimmelnde Masse von Millionen Menschenartigen, die sich redend, arbeitend, essend, streitend, hupend und lachend durch die Stadt bewegte, sei nur eine virtuelle Kulisse, um ihn zu amüsieren.

Hinter seinem Übungsraum befand sich zwischen zwei Gebäuden ein kleiner Rasenplatz mit Bänken und ein paar schönen alten Bäumen. Dort sah er sie manchmal mit einem Buch sitzen. Sie sprach nie mit jemandem, sie las nur oder hörte Musik. Anfangs achtete Notovich nicht auf sie. Nicht, daß er in dieser Zeit fanatisch geübt hätte, Auftritte waren nicht geplant, und er wußte nicht, was er mit seiner Zukunft anfangen sollte. Der Funke fehlte. Es lag nicht an der Musik, sondern an dem lächerlichen Hochleistungssport des Konzertierens, manchmal dreihundert Auftritte im Jahr. Er durfte gar nicht daran denken, wieder in diese Welt der hochgespannten Erwartungen, Angstanfälle und Neurosen zurückzukehren. Er war auch kein geschickter Karrierist mit Talent für PR, kein Pianist, der einem Publikum genau das geben konnte, was es wollte. Er erwog ernsthaft, seine Karriere an den Nagel zu hängen, aber was sollte er dann tun? Unterrichten vielleicht? Niemals.

Er hatte keine anderen Ambitionen als zu spielen. Meistens begann es gegen sechs in ihm zu kribbeln. Dann ging er in die Agentur, kaufte sich unterwegs ein kaltes Bier und eine Tüte Paprikachips, die er im Laufe der Nacht mit einer Pinzette aufaß, um sich die Finger nicht fettig zu machen. Wenn er irgend etwas nicht ausstehen konnte, waren es Flecke auf den Tasten. Während er übte, kam sie manchmal mit ihrem Buch heraus.

Eines Tages hing er träge am Fenster und hörte, wie sie jemanden grüßte. Sie sprach Französisch mit einem leichten Akzent, den Notovich sofort erkannte: Sie mußte aus den Niederlanden kommen. Er war lange nicht dort gewesen und dachte auch nicht oft daran, aber es schuf eine Art Verbindung. Von diesem Moment an assoziierte er mit ihr ein vages Gefühl von Heimweh, das jeder hat, der im Ausland lebt.

Nach einer Weile ertappte er sich immer öfter bei kleinen Pausen am Fenster. Es war ein milder Frühling, und sie saß meistens ab etwa sieben Uhr da, noch vor dem Abendessen der Franzosen. Sie hatte langes, schwarzes Haar, das sie häufig offen ließ. Sie trug herunterhängende Jeans mit Löchern oder einen kurzen schwarzen Rock und lief oft in Flip-Flops oder barfuß herum. Manchmal kam sie zwei Wochen nicht, und dann vergaß er sie wieder.

Eines Abends wollte ihm das Üben wieder einmal nicht gelingen. Er fühlte sich in letzter Zeit lustlos, ihm fehlte ein Ziel. Er warf den Deckel des Klaviers zu, nahm sein Bier und trat hinaus. Es war ein warmer Sonntag gewesen, und er hatte keine Lust, nach Hause zu gehen. Also lief er um das Gebäude herum und legte sich auf eine der Bänke unter einem Baum. Er genoß die Kühle des Abends und den Duft der Blüten. Er las eine Partitur von Beethoven.

Als er aufwachte, lag sie auf der Bank neben ihm, die Beine über der Rückenlehne, während ihr Fuß hin und her wippte. Er wagte nicht, sie anzustarren, und tat daher, als schliefe er noch. Durch seine Wimpern sah er zwei schön geformte nackte Beine, die sich hinter dem Licht verbergen zu wollen schienen.

»Du bist also der Klavierspieler«, sagte sie auf französisch, ohne von ihrem Buch aufzublicken. Es war niemand sonst in der Nähe, sie mußte ihn meinen. Offenbar hatte sie die Partitur neben ihm entdeckt.

»Äh ... kannst du das denn hören?«

Er hatte seine Stimme lange nicht benutzt; sie klang fremd,

als ob sie aus der Ferne käme. Sie schaute ihn einen Moment amüsiert an und vertiefte sich wieder in ihr Buch. Haarsträhnen hingen wirr über ihre Schultern, sie trug kein Make-up. Unter ihrem T-Shirt lugte ein Stück von ihrem Bauch hervor. Auf einmal hatte er überhaupt keine Lust mehr, nach Hause zu gehen, und aus dem Klavierspielen würde nun auch nichts mehr werden.

»Warum machst du das Fenster nie auf?« fragte sie plötzlich. »Dann haben alle was davon.«

»Ich glaube nicht, daß ich mich damit sehr beliebt machen würde«, sagte er, während er sich aufrichtete. Sie legte ihr Buch beiseite und schaute ihn direkt an.

»Wenn du dich beliebt machen willst, solltest du keine Klassik spielen.«

»Schade. Mit Popmusik habe ich es nicht so.«

»Echt? Ich auch nicht, aber das hört man ja selten.«

Er hatte Angst, rot zu werden. Nicht, daß es einen Grund dafür gäbe, aber das machte es nur zusätzlich unangenehm.

»Du spielst wirklich schön.«

»Danke.«

»Nicht alles. Die schnellen Stücke spielst du meiner Meinung nach nur, um zu zeigen, wie gut du bist« – das mußten die Etüden sein –, »aber das letzte, das du gestern abend gespielt hast, war voller ... ich weiß nicht ... Kummer.«

Er fühlte sich gleichzeitig geschmeichelt und beleidigt.

»Das war Liszt, glaube ich. Aus den *Années de Pèlerinage.*«

»Ich mußte aufhören zu lesen und habe klammheimlich ein wenig geheult. Ganz schön peinlich.«

Sie schwiegen einen Moment.

»Du kannst übrigens Niederländisch sprechen.«

Er sagte es erst jetzt, als habe er nicht gewagt, den Zauber zu brechen.

»Ach, echt? Zweimal Fritten *mit*, bitte.«

Sie kicherte. Notovich hatte nicht vor, das Gespräch künstlich in Gang zu halten, als würde er etwas von ihr wollen. Aber das war auch nicht nötig. Sie wirkte so vertraut, daß er das Gefühl hatte, sie schon immer zu kennen. War es möglich, daß Seelen von Leben zu Leben wanderten und einander beim ersten Blick erkannten? Früher war ihm dieser Gedanke lächerlich sentimental vorgekommen, doch jetzt fragte er sich, ob sie dasselbe empfand.

»Warum bist du aus den Niederlanden weggegangen?«

»Was weiß ich«, sagte sie. »Ich bin eines Tages einfach in den Zug gestiegen. Bei uns zu Hause lief alles so unter dem Motto: ›Benimm dich normal, dann benimmst du dich schon verrückt genug.‹ Das habe ich nicht mehr ertragen.«

»Ist auch eine bescheuerte Lebensphilosophie«, lächelte er.

Ihr nackter Fuß machte kreisende Bewegungen, ganz entspannt. An der Fessel trug sie ein goldenes Kettchen mit kleinen blauen Perlen. Notovich hatte Mühe, nicht ständig hinzuschauen.

»Was liest du?«

»Byron.«

»Nicht gerade die stabilste Persönlichkeit.«

»Er ist mein Lieblingsdichter, das ist also wirklich eine Sackgasse.«

»Hatte ich schon erwähnt, daß ich ihn für ein Genie halte? Ich habe alle seine Comics.«

Sie lachte.

Man! Thou pendulum between a smile and tear, wollte

er zitieren, doch sie war mit den Gedanken bereits woanders. Auf einem Balkon stand ein Mann und beobachtete sie. Er war wohl etwas jünger als Notovich, trug aber ein klassisches blaues Jackett mit einem dunkelgrünen Poloshirt darunter. Eine Farbkombination, auf die Italiener und Franzosen offenbar das Patent haben.

Sie schlug das Buch zu.

»Wer ist das?«

»Niemand. Ich muß gehen.«

»Kann er nicht einen Moment warten?«

Sie wich seinem Blick aus. Sie schien vor irgend etwas Angst zu haben.

»Spielst du das letzte Stück noch mal für mich?« fragte sie schnell.

»Morgen abend, bei offenem Fenster«, versprach er.

Als sie weg war, fiel ihm ein anderer Satz von Byron ein, den er sich in der Schule einmal in sein Aufgabenheft geschrieben hatte.

She walks in beauty, like the night.

Am nächsten Abend spielte er bei offenem Fenster, doch sie kam nicht heraus. Jeden Abend schaute er in den Hof hinunter, und tagsüber ertappte er sich dabei, daß er an sie dachte. Es dauerte drei Wochen, bis er sie wieder mit ihrem Buch unter dem Baum liegen sah. Rasch öffnete er das Fenster, aber sie blickte nicht hoch. Er setzte sich ans Klavier und spielte ein Präludium von Rachmaninow. Er wußte, daß sie es hören mußte, und dadurch bekam die Musik eine besondere Bedeutung für ihn. Es wurde *ihr* Präludium.

Als er fertig war, lag sie noch immer da und las, als sei nichts geschehen. Nun ja, vielleicht war auch nichts geschehen. Er schlug seine Noten wieder auf und übte weiter. Er konnte sich nicht konzentrieren. Nach einer halben Stunde hörte er draußen Stimmen. Er angelte sich mit der Pinzette noch ein paar Chips aus der Tüte und ging zum Fenster.

Sie sprach mit dem Mann, den Notovich schon einmal gesehen hatte. Sie stritten sich offenbar. Der Mann hielt sie am Arm fest und redete heftig auf sie ein. Notovich hatte das Gefühl, ihre Privatsphäre zu verletzen, schaute aber trotzdem weiter zu.

Plötzlich zeigte der Mann zweimal in die Richtung von Notovichs Fenster. Der trat schnell einen Schritt zurück und verbarg sich, um das Schauspiel weiter verfolgen zu können. Sie riß sich los und machte eine abweisende Geste. Dann lief sie weg. Der Mann rief ihr etwas hinterher, doch sie reagierte nicht. Er fluchte und lief dann ebenfalls weg. Notovich hatte sich an den mitunter hysterischen Ton französischer Streitereien gewöhnt. Aber die Art, wie dieser Mann mit ihr redete, hatte etwas Ungewöhnliches. Sein Ton bekam auf einmal etwas Drohendes.

Das Buch blieb auf der Bank zurück. Notovich nahm sich vor, es mitzunehmen, wenn es am nächsten Tag noch dort liegen würde.

Hatten sie über ihn gesprochen, seinetwegen gestritten? Er konnte es sich kaum vorstellen. Er hatte nur ein wenig mit ihr geplaudert, mehr nicht.

Abermals vergingen ein paar Tage, ehe er sie wiedersah. Es war mitten in der Nacht, und es regnete stark. Davor war es brütend heiß gewesen. Er spielte träge vor sich hin, ohne wirklich bei der Sache zu sein. Als das Gewitter losbrach, machte er das Fenster zur Abkühlung weit auf. Kurz darauf hörte er draußen eine Männerstimme.

Im strömenden Regen stand sie mitten auf dem Rasenplatz. Sie trug nur ein langes T-Shirt. Der Mann auf dem Balkon rief ihren Namen. Notovich zögerte nicht lange und rannte hinaus. Zwei Nachbarinnen versuchten, sie hineinzubringen. Aber was sie auch sagten, sie blieb einfach stehen in ihrem durchweichten T-Shirt und reagierte nicht. Sie schaute wie ein Kind, das den Streit der Eltern nicht hören will. Notovich zog seine Jacke aus und legte sie ihr um. In diesem Moment schien sie kurz zu erwachen; sie sah ihn an.

»Hast du auch manchmal Heimweh?« fragte sie.

»Hin und wieder.«

Sie klammerte sich an ihn. Sie fühlte sich eiskalt an. Notovich versuchte, sie warm zu rubbeln. Da erst fielen ihm ihre Unterarme auf: die tiefen Kratzer, durch die das Blut lief wie durch Rinnen. Als er sie genauer betrachten wollte, kam der Mann eilig heraus. Er schaute Notovich kalt und durchdringend an, tat aber nichts. Die Frauen zogen das Mädchen schließlich von Notovich fort und lotsten es aufgeregt redend hinein. Der Mann warf noch einen letzten Blick auf den jungen Pianisten, mit einer Mischung aus Wut und Scham. Als Notovich seinen Übungsraum wenig später abschloß, sah er das Blaulicht eines Krankenwagens.

Zuerst dachte er jeden Tag an sie, aber nach einer Weile verblaßte das Bild. Sein Leben nahm seine alte, vorhersagbare Form wieder an: ohne Applaus zu spielen und mit der Pinzette Chips zu essen. Seine Sehnsucht wurde in die Vergangenheit verdrängt.

Drei Monate später wollte er in der Nähe des Place Vendôme gerade in ein Taxi steigen, als er sie erblickte. Er zweifelte einen Moment, doch dann hielt er sie an. Sie schien ihn nicht zu erkennen.

»Ich bin der Pianist, weißt du nicht mehr? Der Pianist aus den Niederlanden. Du bist doch das Mädchen, das Byron so liebt?«

»Oh? Ist das so?«

»Natürlich. Ich habe noch dein Buch.«

»Welches Buch?«

»Von Byron. Das hattest du auf der Bank liegenlassen. Ich kenne inzwischen ein paar von den Gedichten auswendig. Manche sind gar nicht so schlecht. Oder willst du etwa sagen, daß du Byron nicht magst?«

»Hab' vielleicht mal was von ihm gelesen.«

Sie log, das sah er daran, wie sie die Augen wegdrehte. Aber er beschloß, nicht zu bohren. Vielleicht schämte sie sich für das, was in jener Nacht geschehen war.

»Das Buch liegt bei mir zu Hause. Wenn du kurz mitkommst, gebe ich es dir«, sagte er.

»Dein Taxi ist schon weg.«

Er zuckte lächelnd mit den Schultern.

»Dann nicht«, sagte er und wollte weiterlaufen, in der festen Überzeugung, daß er sich nicht verletzt fühlte. Doch seine Beine bewegten sich nicht.

»Hast du noch manchmal Heimweh?« fragte er.

»Nicht so oft.«

Er wußte nicht mehr, was er sagen sollte.

»Dann zitier doch mal«, meinte sie auf einmal.

When we two parted
In silence and tears,
Half broken-hearted,
To sever for years,
Pale grew thy cheek and cold,

Colder thy kiss;
Truly that hour foretold
Sorrow to this.

»Das ist so schön«, sagte sie und lächelte vage über eine Erinnerung, von der er für immer ausgeschlossen sein würde. Er hatte plötzlich das Bedürfnis, eine Jacke oder eine Decke um sie zu legen, als ob der Wind sie jeden Moment umwehen könnte. Aber er tat nichts. Sie trug lange Ärmel, so daß ihre Unterarme nicht zu sehen waren.

»Willst du mich ein Stückchen begleiten?« fragte sie. »Es ist ewig her, daß ich mit jemandem aus den Niederlanden gesprochen habe. Ich vermisse diese alte Krämersprache. Du nicht?«

»Ab und zu.«

Und sie liefen stundenlang zusammen durch die Stadt. Erst als sie sich verabschiedeten, kam er auf die Idee zu fragen, wie sie hieß. Sie dachte einen Augenblick nach, bevor sie es sagte, als müsse sie Notovich erst noch prüfen.

Senna.

Er hatte das Gefühl der Erregung und der Verheißung, das er an diesem Tag verspürt hatte, völlig vergessen. Es kehrte erst zurück, als er sie aus dem Concertgebouw kommen sah.

7

Familienangehörige vermißter Personen klammern sich an jeden Strohhalm, um glauben zu können, daß ihr Kind oder Geliebter noch am Leben ist. Aber Notovich war vom ersten Tag an vom Schlimmsten ausgegangen. Für ihn war sie einfach tot. Was andere sagten – daß keine Waffe gefunden worden sei, kein Abschiedsbrief, keine Leiche –, darauf hatte er nie etwas gegeben. Das lag vor allem an dem Blut, dem verdammten Blut an seinen Händen und auf seinem T-Shirt. Dieses Blut färbte all seine Gedanken über Sennas Schicksal, die Farbe von Schuld und Verdammnis.

Es war auch eine Form von Selbstschutz. Die Vorstellung, daß Senna vielleicht irgendwo in Amsterdam herumlief, beunruhigte ihn. Am frühen Morgen verließ er das Haus, um einen Spaziergang an den Grachten zu machen. Er sah das Tageslicht langsam durchbrechen, die Zeitungsausträger auf ihrer Runde, das warme Licht, das in Wohnzimmern und Küchen anging, den Verkehr, der zu rollen begann, und schließlich die Läden, die ihre Türen öffneten. Er kaufte sich eine Tasse Kaffee und ein Käsebrötchen, obwohl er keinen Hunger hatte. Er wollte wieder am alltäglichen Leben teilnehmen, auch wenn er damit rechnete, irgendwie enttarnt zu werden.

Wo hatte das Taxi sie hingebracht? Zu einer Privatadresse? Zum Zug? Zum Flughafen? Vielleicht konnte er den Fahrer über das Unternehmen auftreiben, für das er arbeitete. Doch Notovich hatte keine Ahnung, um welches Unternehmen es sich handelte. Das beste war wohl, zum Taxistand vor dem Concertgebouw zurückzukehren, möglicherweise würde er das Logo ja wiedererkennen. Es war sehr unwahrscheinlich, daß er den Fahrer erwischen würde, aber er mußte es versuchen.

In der Nähe des Concertgebouws lag Brölls Büro. Dort würde er vorher noch rasch vorbeischauen. Er wollte gerade eintreten, als er durchs Fenster sah, wie Bröll mit jemandem redete. Der Besucher trug eine Lederjacke und war so groß, daß er Bröll noch im Sitzen überragte. Der schien mitten in einem Plädoyer zu sein, doch der Mann mit der Lederjacke wirkte unbeeindruckt. Er hatte eine gelangweilte Haltung, von der etwas Unangenehmes ausging. Als er aufstand, kreiste Bröll nervös um ihn herum.

Notovich beschloß, nicht hineinzugehen, aber kaum hatte er sich umgedreht, da kamen Bröll und sein Besucher heraus. Das Gesicht des kahlköpfigen Mannes war voller tiefer Furchen und Gruben. Er schaute Notovich an, als ob er sich vage an ihn erinnerte.

»Zwei Wochen und keinen Tag länger«, murmelte der Mann Bröll zu und lief weiter.

»Wer war das?« fragte Notovich.

»Tomas. Ein ehemaliger Kollege. Kam mal kurz auf einen Schwatz vorbei.«

»Sah aber nicht besonders gemütlich aus. Worum ging es? Gebrauchtwagen?«

Bröll versuchte zu lachen, doch sein Gesicht war starr.

»Was habe ich mit Gebrauchtwagen zu tun? Ich habe früher was mit Versicherungen gemacht, das habe ich dir schon so oft erzählt.«

Notovich konnte sich nicht erinnern. Bröll hatte Geldprobleme, danach sah es eher aus. Aber als Notovich weiterfragen wollte, wechselte Bröll verärgert das Thema.

»Hast du es schon gelesen?« fragte er, während er eine aufgeschlagene Zeitung auf den Tisch warf. »Wir wissen inzwischen, wer der geheimnisvolle Pianist ist, der gestern abend das Konzert gegeben hat. Die ganze Stadt redet davon.«

»Ist das eine Rezension?«

»Nein, es waren keine Journalisten eingeladen. Sehr schlau eingefädelt, denn dann wollen die Jungs von der Presse natürlich beweisen, daß sie über alles informiert sind. Maximale Publicity. Lies mal.«

Es war ein kurzer Artikel:

Geheimnisvolles Konzert eines Virtuosen
im Concertgebouw

Hinter hermetisch verschlossenen Türen wurde die Elite der Amsterdamer Kunstliebhaber gestern abend Zeuge des Debüts eines anonymen Klaviervirtuosen. Das Konzert fand in einem halbverdunkelten Saal statt, in dem nur ein paar Kerzen brannten. Selbst nach dem beeindruckenden Auftritt wußte keiner der Gäste, wen sie hatten spielen hören. Ein cleverer Marketingtrick oder die bizarre Idee eines exzentrischen Künstlers, der eine Abneigung gegen die Medien hat? Dem Publikum machte es offenbar nichts aus, es holte den Pianisten gleich sechsmal für Zugaben zurück. Ein Besucher sagte im Anschluß: »Er hatte uns völlig im Griff mit seinen diabolischen Künsten. Darauf warte ich seit Jahren: Ein neuer Notovich ist auferstanden!« Hartnäckigen Gerüchten zufolge handelt es sich um einen Franzosen, der sich Valdin nennt.

Bröll schaute ihn erwartungsvoll an, doch Notovich verstand die Aufregung nicht.

»Dieser Valdin hat also mein Programm geklaut, und dank dieser Heimlichtuerei steht sein Name nun in allen Zeitungen. Aber natürlich hat ihn kein einziger wahrer Kenner spielen hören. Vielleicht ist er einfach nur ein Amateur.«

»Die Leute, mit denen ich gesprochen habe, waren aber sehr beeindruckt.«

»Die Leute, die du kennst, sind vor allem empfänglich für Hypes.«

»Irgendwas stimmt da nicht«, sagte Bröll. »Ich habe mich nach diesem Valdin erkundigt, aber nichts über ihn in Erfahrung bringen können. Auch ein Kollege von mir in Paris wußte nichts über ihn. Alle tappen völlig im Dunkeln.«

»Und?«

»Kein Pianist kann sich jahrelang verstecken und dann mit so einem furiosen Debüt kommen. Ich sehe nur eine Möglichkeit: Es gibt diesen Valdin schon länger, er hat jetzt bloß einen anderen Namen angenommen.«

»Warum sollte jemand das tun?« fragte Notovich. »Und warum gibt er sein Debüt dann ausgerechnet in den Niederlanden?«

»Ich hatte gehofft, daß du das weißt.«

»Ich?«

»Er imitiert dich, er hat dir sogar eine Einladung geschickt, und wenn er aus Frankreich kommt, dann ist er vielleicht mehr als ein Bewunderer?«

»Wovon sprichst du?«

»Ich hatte heute morgen einen Anruf von Valdins Agenten. Valdin behauptet, dich persönlich zu kennen.«

Notovich verstand nicht.

»Valdin will dich treffen.«

Notovich nahm seine Jacke. Für so etwas hatte er keine Zeit, er mußte zum Taxistand.

»Warte doch mal, Mikhael. Renn nicht gleich weg. Kann das stimmen, was dieser Mann behauptet?«

»Ach komm. Was glaubst du denn? Woher sollte ich ihn kennen?«

»Diesem Agenten zufolge kannte Valdin *sie* auch.«

»Wen?«

»Er hat keinen Namen genannt.«

Notovich schüttelte den Kopf und lief hinaus. Bröll folgte ihm.

»Du sagst immer, daß du viel dafür geben würdest herauszufinden, was damals passiert ist, Noto. Vielleicht hat dieser Franzose ja ein Teil von dem Puzzle.«

»Jeder kann behaupten, daß er mich gekannt hat, oder sie. Und daß ich es vergessen habe. Gerade das gefällt mir nun mal nicht, Bröll! Das solltest du wissen.«

»Du willst doch nicht behaupten, daß ich etwas damit zu tun habe?«

»Sorg einfach dafür, daß er mich in Ruhe läßt.«

Am Standplatz wartete ein einziges Taxi. Notovich rief die Nummer an, die auf dem Dach des Wagens angegeben war. Die Telefonistin der Taxizentrale konnte nicht mehr ermitteln, wer die Dame im hellgrauen Abendkleid am Vortag befördert hatte. Notovich wußte nämlich nicht genau, wann er sie in das Auto hatte einsteigen sehen. Und Abendkleider waren bei Konzerten nun nicht gerade eine Seltenheit. Er steckte sein Handy ein und fühlte sich auf einmal todmüde. Er hatte die ganze Nacht nicht geschlafen, und seine beiden kleinen Zehen brannten vom Laufen. Er ließ sich von dem wartenden Taxi nach Hause bringen und fragte den Fahrer, ob er gestern abend Dienst gehabt habe, aber der Mann sprach kaum ein Wort Niederländisch. Als sie bei seiner Wohnung ankamen, parkte Lindas Twingo auf dem Bürgersteig. Sie stiegen gleichzeitig aus.

»Wo warst du denn?«

»Was geht dich das an?«

»Du hattest einen Termin bei Nicole«, sagte sie vorsichtig. »Sie meint, daß du sie gestern in Panik angerufen hast. Sie hat zwei Patienten dafür abgesagt.«

Er hatte es vergessen, zum x-ten Mal etwas vergessen. Der Taxifahrer hupte, und Notovich fragte Linda, ob sie Geld bei sich habe. Sie holte ein rotes Strickportemonnaie hervor und klaubte die Summe Münze für Münze heraus. Der Fahrer hatte keine Geduld für die letzten paar Cents, brummte, daß sie den Rest steckenlassen könne, und fuhr verärgert davon. Linda winkte ihm grinsend nach.

»Danke für das Trinkgeld!«

Notovich mußte lachen, und sie umarmten einander.

»Ich rufe Nicole an, und dann schauen wir, ob sie heute nachmittag noch eine Lücke hat«, sagte sie.

»Nein.«

»Nein? Was meinst du mit ›nein‹?«

»Ich bin müde. Ich brauche ein bißchen Zeit für mich alleine.«

»Mischa, ich mache mir Sorgen. Was ist gestern abend passiert?«

»Ich ruf dich an.«

Was sollte er Linda oder Nicole sagen? Daß er Senna gesehen hatte? Aber daß es auch jemand anderes gewesen sein könnte? Er wußte schon jetzt, daß ihm das nur besorgte Blikke einbringen würde. Oder vorsichtige Fragen nach der Dosierung seiner Medikamente. Und wahrscheinlich zu Recht.

Vielleicht war er doch durchgedreht, vielleicht sah er Dinge, die nicht da waren. Er brauchte Ruhe. Schlaf, einen tiefen, traumlosen Schlaf. Und dann würde er weitersehen. Für nächste Woche war die erste richtige Unterrichtsstunde am Konservatorium geplant. Der Kontakt mit den Studenten würde ihm guttun. Die gab es wenigstens. Senna nicht, Senna war tot.

8

Als er nach einem unruhigen Traum von Senna auf dem Sofa erwachte, hatte Notovich plötzlich Lust, seine Küche auf Vordermann zu bringen. In den letzten beiden Jahren war sein angeborener Hang zu Ordnung und Sauberkeit fast völlig verschwunden. Er kratzte den verkrusteten Herd mit einem Löffel sauber und polierte ihn, bis er glänzte. Doch es ging ihm danach nicht viel besser.

Er rief Bröll an und fragte, in welchem Hotel Valdin wohne.

»Ist das dein Ernst? Du willst ihn treffen?«

»Wenn ich ihn aus Paris kenne, dann ... wer weiß ...«

»Die Puzzleteile, ich verstehe.«

Notovich wollte nicht, daß Bröll mitkam. Er würde sich auch nicht mit Valdin verabreden, dafür fühlte er sich noch nicht stark genug. Das Hotel lag an der Prinsengracht, das war nicht weit. Er würde hinlaufen und dann weitersehen. Er machte sich selbst keine Versprechungen.

Es war schon spät, als er das Hotel erreichte, ein schmales Gebäude an der Kreuzung zweier Grachten. Er schlenderte zunächst ein paar Minuten vor dem Eingang hin und her. Als der Portier ihn mißtrauisch beobachtete, betrat er die Lobby.

»Hier wohnt niemand mit dem Namen Valdin«, sagte ein pummeliger Junge mit fettiger Haut, der hinter einem Computer saß. Notovich ließ ihn die Liste noch einmal durchgehen, jedoch ohne Ergebnis. Er holte den Manager dazu und erklärte, daß es sich um einen bekannten Pianisten handele.

»Der Herr ist sicher von der Presse?« erkundigte sich der Manager mit einem herablassenden Lächeln. »Sie sind nicht der erste, der versucht, den Namen herauszufinden.«

»Ich bin kein Journalist. Er hat mich selbst eingeladen. Rufen Sie ihn doch an, und fragen Sie ihn.«

»Sie verstehen, daß wir unsere Gäste vor neugierigen Bewunderern schützen müssen.«

»Wissen Sie nicht, wer ich bin?«

Der Manager und der junge Mann blickten ihn mit neuem Interesse an, aber ohne ein Zeichen des Erkennens.

»Ich bin Notovich.«

»Notovich?« sagte der Manager in die Ferne starrend. »Sie meinen ... der Pianist? Ich dachte, der ist tot?«

»Offensichtlich nicht.«

»Ich kann ihn mal schnell googeln«, sagte der Junge mit der fettigen Haut. Er tippte den Namen ein und drehte den Bildschirm mit den Suchergebnissen zu seinem Chef. O ja, sah Notovich sie denken, ich wußte doch, daß irgendwas mit dem war. Der Manager schaute ein paarmal hin und her, um die Ähnlichkeit zwischen dem echten Notovich und der Abbildung zu überprüfen. Das kostete ihn anscheinend einige Mühe. Notovich wurde klar, daß er mit seiner jüngeren, digitalen Version längst nicht mehr viel gemeinsam hatte. Er fragte sich, ob im Internet schon durchgesickert war, daß er sich in den Niederlanden versteckt hielt.

Der Manager wählte eine Nummer.

»Es tut mir leid, Herr Valdin nimmt nicht ab.«

Notovich war mehr oder weniger erleichtert, denn er hatte eigentlich keine Ahnung, was er Valdin fragen sollte.

Es nieselte. Er verließ das Hotel. Nach ein paar Metern blieb er unschlüssig stehen. Die Gracht war so gut wie ausgestorben, und ihm war kalt. Zwei Passanten liefen vorbei. Was mochten die wohl über ihn denken? Was dachten normale Menschen über einen Mann, der hier unschlüssig im Regen stand und wartete, daß sein Leben wieder eine Richtung bekam? Würden sie Mitleid mit ihm haben, ihn für einen Schwächling halten oder nur verachten? Vermutlich konnte jeder sehen, daß er Hilfe brauchte. Und die brauchte er.

In diesem Moment hörte er leise, aber eindringliche Musik aus einem offenen Fenster über ihm in den Abend schweben. Die Töne vermischten sich mit dem Geräusch des Nieselregens, doch er wußte sofort, welches Stück es war. *Après une lecture du Dante* von Liszt, die Komposition, die er bei seinem Pariser Debüt gespielt hatte. Dieselbe Musik, die gestern abend im Concertgebouw auf dem Programm gestanden hatte. Notovich drehte sich um und schaute durch den Regen hinauf. Es war keine Aufnahme, dort spielte wirklich jemand. Trotz der Entfernung und der Straßengeräusche gelang es dem Pianisten, ihn direkt hineinzusaugen in die Geschichte der seltsamen Klänge, die aus einer anderen Welt zu kommen schienen. Und das auf so ungezwungene Weise, als könnten diese nur so und nicht anders gespielt werden. Es war lange her, daß er diese Komposition gehört hatte; jede Note war wie ein Wiedersehen mit einem alten Freund. Die Musik rief ihn, und er gehorchte. Er ging wieder in das Hotel. Mitten in der Lobby blieb er stehen, um die Töne aufzufangen.

»Kann ich Ihnen helfen?« fragte der Manager, der sofort herbeieilte.

»Wo steht der Flügel?«

»Ich weiß nicht ...«

»Die Musik ... diese Musik!«

Er wartete die Antwort nicht ab und lief eine kleine, schmale Treppe hinauf, der betörenden Melodie entgegen. Am Ende des Ganges lag ein kleiner Saal. Ein Mann im schwarzen Anzug war über einen Steinway gebeugt. Der Pianist spielte gerade eine besinnliche Passage und schien seine Umgebung nicht wahrzunehmen. Er war mager, strahlte aber Kraft aus. Seine langen schwarzen Haare hingen ihm ins Gesicht. Notovich war, als habe er eine frühere Version seiner selbst vor sich.

In der ersten Reihe saßen ein paar Leute. Auch einige Mitarbeiter und Gäste waren nach und nach eingetreten und hörten zu, ganz still, als dürften sie eigentlich nicht hier sein. Notovich hatte keinen Blick für sie. Er blieb reglos stehen und saugte alles in sich auf, jeden Ton und jede Geste des Pianisten, dessen Gesicht noch immer nicht zu sehen war. Dieser bereitete sich nun auf den grandiosen Höhepunkt vor. Seine Hände landeten mit immer größerer Wucht auf den Tasten. Am Ende des Stücks schwollen die Töne an, als ob ein Sturm aufkäme, und der Flügel vibrierte unter den sonderbaren Harmonien. Der allerletzte Akkord klang dann überraschend ruhig, als nähme der Pianist mit Wehmut Abschied von der Welt, die er soeben selbst erschaffen hatte.

Notovich hatte keine Kraft mehr in den Beinen, wagte aber nicht, sich zu setzen, denn er wollte Valdin so nicht unter die Augen treten. Während die zufälligen Zuhörer dankbar applaudierten, lief er so unauffällig wie möglich zum Ausgang. Hinter dem Türpfosten verborgen, versuchte er, das Gesicht des Pianisten zu erspähen. Der war nun aufgestanden und schüttelte den Leuten in der ersten Reihe die Hände. Dabei lachte er selbstsicher und scherzte. Offenbar genoß er all die

Aufmerksamkeit. Sein Gesicht kam Notovich nicht bekannt vor, und er dachte, daß ein Gespräch mit Valdin keinerlei Sinn haben würde. Doch als er sich anschickte zu gehen, waren auf einmal zwei Augen auf ihn gerichtet.

»Arrêtez!«

Notovich murmelte ein paar Entschuldigungen und wollte sich einen Weg durch das Grüppchen von Menschen hinter ihm bahnen, aber es war schon zu spät.

»Notovich?«

Valdin kam mit großen Schritten auf ihn zu. Notovich blieb stehen und schaute den Pianisten an.

»Erkennst du mich nicht?«

Der Pianist sprach Niederländisch mit einem starken französischen Akzent. Notovich hatte ihn in der Tat nicht gleich erkannt; der Franzose hatte nicht nur seinen Namen, sondern auch sein Äußeres verändert. Es war die Stimme, dunkel und heiser, die jeden Zweifel beseitigte. Sie versetzte Notovich sofort in eine Studentenkneipe zurück, wo er Abend für Abend verbracht hatte.

Er log, daß er sich nicht an Valdin erinnerte. Das stimmte zum Teil sogar. Um die letzten Monate in Paris hing ein Nebel, durch den er nur mit Mühe hindurchblicken konnte.

»Unglaublich«, antwortete Valdin, nun auf französisch.

Seine Hand fühlte sich geschmeidig und kräftig an und ließ Notovich nicht mehr los. Valdin lächelte, doch seine Augen drückten etwas anderes aus. Notovich vermochte nicht genau zu benennen, was es war: verborgene Verachtung oder Wut. Er fühlte sich unbehaglich. Wie bei einer Vernehmung.

Die Aufmerksamkeit der Leute richtete sich nun auf Notovich. *Kann das wahr sein*, hörte er sie denken, *ist das No-*

tovich, das Genie, Notovich, der Verrückte? Mochten sie doch gaffen, soviel sie wollten; da konnten sie mal sehen, wie tief man sinken kann. Er gab Menschen nicht gern die Hand, und wenn es sich nicht vermeiden ließ, beschränkte er den Kontaktmoment auf ein Minimum. Aber Valdin hielt ihn fest und fragte, ob Notovich ihn in seine Suite begleiten würde. Nein, auf keinen Fall. Er sei nur zufällig in der Nähe gewesen und habe gleich noch einen anderen Termin, also ...

Er bekam seine Hand erst zurück, als er »ja« sagte.

Sie gingen mit einem kleinen Gefolge von Bewunderern nach oben. Die Suite bestand aus zwei geräumigen Zimmern, die beide eine schöne Aussicht über die Stadt boten. Auch hier saßen Leute. Notovich wurde Valdins Agenten vorgestellt (obligatorisches Händeschütteln), dessen Assistenten (wieder die Hand) und Leuten mit irgendwelchen Funktionen bei der Plattenfirma (Hand-Hand-Hand). Alle hatten sichtlich Mühe, ihn nicht anzustarren, denn die Besucher auf den Sofas setzten ihre Gespräche auf eine so forcierte Weise fort, als spielten sie in einem Infomercial. Es wurde hauptsächlich Englisch gesprochen.

»Schade, daß du gestern nicht bei meinem Konzert warst«, sagte Valdin. »Dabei habe ich dir doch das Programm gewidmet. Nicht wahr?«

Er blickte sich herausfordernd um und bekam Beifall von den Anwesenden. Daraufhin wedelte er locker mit den Händen wie ein Dirigent, der ein Crescendo hören möchte, und die anderen Gäste fingen an zu lachen und halb ernst »Bravo!« zu rufen.

»Schleimer. Sie haben natürlich überhaupt keine Ahnung davon«, sagte Valdin laut zu Notovich.

Noch mehr brave Lacher, froh, wieder zustimmen zu dürfen.

»Was willst du von mir?« fragte Notovich auf französisch.

»Pardon?«

»Hör doch auf mit diesem Unsinn. Sag einfach, was es ist.«

Das Lächeln verschwand, und Valdins Augen bekamen einen feurigen Glanz. Die Suite verstummte. Er führte Notovich zu einem Stuhl in dem zweiten Raum. Der Agent wollte sie begleiten, doch Valdin wies ihn mit einer kleinen autoritären Geste zurück. Er schloß die Schiebetür und setzte sich Notovich gegenüber, die Beine lässig übereinandergeschlagen.

»Du behauptest also, daß du mich nicht erkennst, Mikhael?«

»Müßte ich das?«

»Wir haben eine Geschichte, du und ich.«

»Das ist stark. Du hast wahrscheinlich irgendwo gelesen, daß ich an Gedächtnisverlust leide. Vielleicht sind wir uns in Paris ja mal begegnet. Aber wenn da mehr gewesen wäre, dann würde ich mich erinnern.«

Das stimmte nicht. Er wußte, daß mehr geschehen war, doch es tat zu weh, jetzt daran zu denken.

»Ach komm, Mann. Ich weiß, was in jener Nacht passiert ist.«

Notovich fühlte, daß sein Mund trocken wurde.

»In welcher Nacht?«

»Du weißt genau, wovon ich rede.«

Notovich versuchte aufzustehen, aber ihm war schwindelig.

»Du lügst. Ich habe keine Lust auf Spielchen.«

»Setz dich, Notovich. Ich tue dir nichts. *J'étais ton ami.*«

»Daß ich nicht lache.«

»Vielleicht hast du ein selektives Gedächtnis. Du hattest doch schon öfter Blackouts, nicht wahr?«

Notovich rutschte unbehaglich auf seinem Stuhl hin und her. Sie hatten seine Blackouts immer vor der Presse verheimlicht; das konnte Valdin nicht wissen. Er wußte wahrscheinlich gar nichts über jene Nacht. Was wollte er von Notovich?

»Niemand hat je von einem Pianisten namens Valdin gehört. Wie ist dein richtiger Name?«

Wenn Notovich sich anstrengen würde, käme er vielleicht darauf, aber er wollte sich nicht in die Karten schauen lassen. Valdin stellte eine Gefahr für ihn dar, das spürte er.

Der Franzose lief zum Fenster.

»Es ist ziemlich erniedrigend, meinen Namen nennen zu müssen. Ich warte lieber, bis er dir wieder einfällt. Es ist wirklich bizarr, weißt du? Ich habe dich damals oft spielen hören. Ich habe mit eigenen Augen gesehen, wie groß du warst. Ein Komet am Himmel der verschlafenen klassischen Musik. Das warst du.«

Die Verwendung der Vergangenheitsform entging Notovich nicht.

»Was willst du von mir, verdammt noch mal?«

»Daß du wieder auftrittst, Mikhael. Ich will den großen Notovich wieder auftreten sehen.«

»Warum? Was hättest du denn davon? Du gibst dir offensichtlich alle Mühe, mich zu imitieren, mir meinen Ruf zu klauen. Das letzte, was du willst, ist, daß ich wieder auftrete.«

Valdin drehte sich vom Fenster weg, seine Augen glühten.

»Unsinn! Ich bin ganz ich selbst. Weißt du, Mikhael, die Leute werden mich in der Tat mit dir vergleichen, wie du zu deinen Glanzzeiten warst. Aber das Problem ist, daß niemand mehr im Ohr hat, wie du damals geklungen hast. Ich muß es also mit einer Reputation aufnehmen, *un fantôme*. Und wie brillant ich auch spiele, gegen einen Geist kann ich niemals gewinnen.«

»Geht es darum? Ums Gewinnen?«

»Es ist nur ein Wort.«

Notovich stand auf und schüttelte den Kopf, wie um aus einem Alptraum zu erwachen.

»Valdin, es ist mir egal, was du willst. Ich habe nicht vor, jemals wieder vor einem großen Publikum aufzutreten. Du kannst mich nicht zwingen.«

»Du kommst von selbst wieder auf den Geschmack, glaub mir. Du wirst wieder spielen.«

»Ach wirklich? Warum sollte ich?«

»Weil ein alter Freund dich darum bittet. Mit Nachdruck, wenn nötig.«

Notovich bemühte sich, ihn nicht verblüfft anzuschauen.

»Ist das vielleicht ein Erpressungsversuch? Dann kann ich dir versichern, daß dir das nicht gelingen wird.«

»Aber nein«, lachte Valdin, »ich erweise dir gerade einen Dienst.«

Die Schiebetüren gingen auf, und es kam jemand herein. Notovich bemerkte es erst nicht, er ertrank in einem Schwall wütender Gedanken.

»Je viens, ma petite«, sagte Valdin. Er stand auf. Die Frau umarmte ihn kurz, und er küßte sie ausgiebig, als ob sie allein im Zimmer wären.

»Maestro, darf ich Sie mit jemandem bekannt machen?« fragte er, ohne die Antwort abzuwarten. »Liebste, das ist der große Notovich.«

Die Frau blickte Notovich neugierig an. Er konnte sie jetzt viel besser sehen als in der Nacht vor dem Concertgebouw. Da hatte sie einen Schal um den Kopf gehabt, doch jetzt sah er, daß ihr langes Haar blond war statt dunkel. Dadurch schien sie nicht älter geworden zu sein, eher jünger. Aber ansonsten war kein Zweifel mehr möglich.

»Du?« flüsterte er. »Bist du es wirklich?«

Sie fragte ihn freundlich, ob sie einander schon einmal begegnet wären. Sie gab ihm die Hand und stellte sich vor. Sie heiße Vivien.

9

Was wußte er eigentlich über Senna? Was hatte er über sie erfahren in den beiden kurzen Jahren, in denen sie zusammen waren? Über sich selbst eine ganze Menge, vielleicht mehr als ihm lieb war. Aber über sie?

Damals, als sie sich am Place Vendôme wiedertrafen, zog er am Ende des Abends in einer Kneipe eine Ansichtskarte aus einem Ständer. Darauf schrieb er seine Adresse und Telefonnummer. Sie nahm sie entgegen und lächelte über die Abbildung auf der Karte. Statt des Eiffelturms prangte dort eine knallgelbe Banane. Sie würde sehen, meinte sie. Er wollte sie zu dem Appartement bringen, wo sie sich zum ersten Mal begegnet waren, aber sie sagte, da wohne sie nicht. Sie verabschiedete sich und lief allein in die Nacht hinaus.

Wochen vergingen, und die Hoffnung, daß er sie wiedersehen würde, verflog. Als er jedoch eines Nachts von einem langen Streifzug über die verlassenen Boulevards heimkehrte, saß sie entspannt zurückgelehnt auf der Treppe in seinem Hauseingang. Sie wedelte triumphierend mit der zerknitterten Ansichtskarte und erklärte, daß sie ihr Buch mit den Byron-Gedichten vermisse. Er ließ sie schnell hinein, fest entschlossen, dieses Mal wenigstens ihre Telefonnummer zu bekommen.

Langsam ging sie durch die ganze Wohnung. Zum ersten Mal fiel ihm auf, wie muffig es roch und daß der Boden mit leeren Tellern, Flaschen und Unterwäsche übersät war. Sie schien es nicht zu bemerken. Sie streichelte über die zahllosen Stapel von CDs und gab beifällige Laute von sich, während sie hier und da eine herauszog. Auch die Bücher über Musiker interessierten sie. Ab und zu stellte sie eine Frage über einen bestimmten Pianisten: ob er noch lebte und ob Notovich ihn einmal live hatte spielen hören. Während dieser noch antwortete, lief sie plötzlich zum Schlafzimmer. Er eilte hinterher, um das Bett rasch in Ordnung zu bringen, aber sie war schneller.

»Ich wollte nur mal schauen, was auf deinem Nachttisch liegt. Damit ich weiß, woran du als letztes denkst, bevor du einschläfst.«

Es war Teil 2 der Gesammelten Briefe von Franz Liszt.

»Du lebst nur für die Kunst. Der Rest ist dir völlig egal, was? Du bist sehr intensiv.«

»Die meisten Leute halten das für verrückt.«

»Ich nicht.«

Sie nahm eine Partitur des zweiten Klavierkonzerts von Chopin vom Stapel und fragte, ob er beim Lesen all dieser Noten Musik im Kopf höre. Er hatte keine Ahnung, wie er das erklären sollte. Schließlich sang er ihr eine Passage vor. Sie war so entzückt, daß sie eine Partitur nach der anderen aus dem Stapel zog, um ihn ein Stück vorsingen zu lassen. Hin und wieder lehnte sie sich an ihn, und er hatte Mühe, sich zu konzentrieren. Sie war geradezu unirdisch schön. Ihre Schönheit durchstrahlte sie, als wäre sie davon besessen.

Bei den *Kreisleriana* von Schumann fragte sie, woran er denken müsse.

»An nichts.«

»Lügner. Dieses Werk bedeutet dir sehr viel, das sehe ich doch.«

Nach einigem Zögern erzählte er, daß seine Mutter es oft für ihn gespielt habe. Sie habe ihn auf den Schoß genommen und ihm die Fingersätze beigebracht. Seine Liebe zur Musik habe er ihr zu verdanken. Er erzählte auch, wie sie ihn bei ihrer letzten Begegnung geküßt und festgehalten hatte, bis die Krankenschwester kam, um zu sagen, daß die Besuchszeit vorbei sei. Er hatte es noch nie jemandem erzählt.

So gewährte er Senna Zutritt zu seiner Welt, erfuhr aber wenig über ihre. Als sie ging, fragte er, ob er sie anrufen dürfe. Sie lachte ausweichend und küßte ihn auf die Wange. Ihre Haut fühlte sich frisch an. Ihre langen Haare streichelten sein Gesicht.

»Ich bin sehr schlecht in Verabredungen«, sagte sie. »Ich habe überhaupt kein Zeitgefühl. Und ich kann dich doch nicht belästigen, wenn du gerade schläfst oder arbeiten mußt.«

Er ertrug es nicht, daß sie einfach so wieder aus seinem Leben verschwinden wollte, und hielt sie mitten auf der Treppe zurück.

»Wo wohnst du eigentlich?«

»Was geht dich das an?«

»Vielleicht kann ich dich ja mal besuchen.«

Sie lächelte rätselhaft verlegen, fast verschämt. Dann lief sie hinaus.

»Ich bewahre immer einen Ersatzschlüssel unter dem großen Blumentopf im Hauseingang auf«, rief er ihr nach. »Du darfst kommen, wann du willst, Senna.«

In dieser Nacht sagte er ihren Namen wieder und wieder vor sich hin und schmeckte den Klang, als ob er sie damit herbeizaubern könnte.

In dieser Woche kehrte sie nicht zurück. Er ging nicht mehr in Kneipen und begann sogar, seine Musik zu vernachlässigen. An manchen Tagen hing er nur lustlos im Bett herum.

Doch als er nach einer schlaflosen Nacht in die Küche kam, um etwas Wasser zu trinken, erschrak er: Im Wohnzimmer saß jemand. In seinem Lesesessel erkannte er ihre unscharfen Konturen. Es war Senna. Sie war über einem Roman von Victor Hugo eingeschlafen. Er schlich ins Zimmer und setzte sich leise neben sie auf den Boden, um das friedliche Gesicht zu betrachten. Streifen liefen über ihre Wangen. Er wußte nicht, ob sie wegen des Romans geweint hatte oder ob etwas passiert war. Die Zeit versank in einer unsagbaren Tiefe. Unter ihrem Ärmel entdeckte er ein Stück von der Narbe auf ihrem Unterarm, die so gut wie verheilt war.

Als sie erwachte, hatte er keine Ahnung, wie lange er dort gesessen hatte. Sie hatte wieder diesen wunderbaren, rätselhaften Ausdruck im Gesicht und schien fast überrascht zu sein, ihn zu sehen.

»Du erinnerst dich also noch, wo ich wohne?« fragte er überflüssigerweise.

»Ich mußte ein bißchen allein sein. Und ich wußte nicht, wo ich hinsollte. Und da dachte ich ...«

»... ich kenne doch noch irgendwo einen verrückten Pianisten.«

Er wagte nicht weiterzufragen, sondern begann Frühstück zu machen und Orangen zu pressen. Sie aßen schweigend. Dann wollte sie eine CD von Martha Argerich hören. Er setzte sich neben sie aufs Sofa, und sie legte ihre Füße über seine Beine. Er nestelte an dem Goldkettchen mit den blauen Perlen an ihrem Fußgelenk. Währenddessen schweiften seine Augen immer wieder ab zu ihren schönen Formen unter dem hellgrauen Kleid.

Er fragte, ob sie Lust habe, durch Paris zu spazieren. Es sei schönes Wetter und kein Mensch unterwegs. Sie sagte, sie habe nicht viel Zeit, aber er ließ nicht locker. Sie schlenderten an Buden vorbei, die aufgebaut wurden, und tranken Kaffee in einem Straßencafé, das noch halb leer war. Notovich fand es herrlich, Niederländisch mit ihr zu sprechen, so daß sie niemand verstehen konnte. Genau wie er früher mit Linda Russisch gesprochen hatte. Er offenbarte Senna freimütig seine intimsten Ängste und Sehnsüchte. Als ihnen kalt wurde, gingen sie weiter. Die Straßen füllten sich, und sie redeten nicht mehr viel. Es war, als wären sie schon seit Jahren zusammen.

Auf dem Heimweg hielt Senna ihn plötzlich an.

»Ach Gottchen, guck mal ...«

Sie hob einen halbzerquetschten Käfer auf. Wahrscheinlich war jemand draufgetreten.

»Den kannst du am besten gleich töten«, meinte Notovich.

»Niemals.«

Sie legte den Käfer in eine aufgefaltete Serviette und gab sie ihm.

»Was soll ich damit?«

»Gut für ihn sorgen. Ich sehe auch bald mal nach, wie es ihm geht.«

Dann stieg sie in ein Taxi und verschwand.

Das Tierchen war bereits tot, als er zu Hause ankam. Er wagte nicht, es in der Toilette hinunterzuspülen, sondern begrub es. Sie fragte nie mehr danach.

Zunächst kam sie sporadisch, oft abends oder mitten in der Nacht. Sie müsse mal auftanken, sagte sie dann. Zeit zum Reden oder einfach nur Nichtstun und Musik hören. Ein paar Tage später schaute sie wieder vorbei, und so flatterte sie in seinem Leben ein und aus, ohne zu verraten, wo sie wohnte oder wovon sie lebte. Sie stellte ihn nie Freunden oder Freundinnen vor, berichtete nie von Kollegen. Sie erzählte auch nie etwas über jene Nacht im Regen und ob sie den Mann von damals noch manchmal sah. Vielleicht kam sie zu ihm, um sich nach einem Streit vor dem Mann zu verstecken. Er erinnerte sich an die Kratzer auf ihren Armen. Es kamen keine neuen hinzu, oder sie wußte sie gut zu verbergen. Sie trug meistens lange Ärmel. Nach einer Weile schlug er sich den anderen Mann aus dem Kopf. Er ging davon aus, daß Senna ihn nicht mehr traf.

Vom ersten Tag an benahm sie sich in seiner Wohnung, als wäre sie dort zu Hause. Sie hatte die Angewohnheit, alles, was sie sah, aufzuheben und achtlos woanders hinzulegen: Bücher auf die Spüle, Bürsten aufs Fensterbrett, Socken aufs Klo, und eines Tages hing ein Pullover von Notovich wie eine Gardine vorm Fenster. Als er die Vorhänge zuzog, um zu zeigen, daß das viel praktischer sei, schaute sie ihn an, als habe er gerade eine neue wissenschaftliche Entdeckung gemacht. Sie konnte auch keine Pflanze betrachten, ohne sie zu nehmen und irgendwo anders wieder abzustellen.

Und immer, wenn sie auf dem Weg zu ihm ein krankes Vögelchen oder Tierchen fand, brachte sie es mit. In Notovichs Küche standen Schachteln in allen Sorten und Größen, mit Küchenpapier oder Stroh gefüllt. So gab es für jedes neue Opfer einen Platz. Manchmal sorgte sie dafür, aber dann ließ sie sich wieder tagelang nicht blicken. So starben sie alle, und Notovich begrub sie. Wenn Senna zurückkehrte, interessierte sie sich nicht mehr dafür.

Für einen Außenstehenden wirkte es vielleicht, als wären sie ein Liebespaar, doch sie blieb nie über Nacht, und sie gingen nicht miteinander ins Bett. Notovich wunderte sich zunächst darüber. Senna war nicht prüde. Wenn es warm war, lief sie in Unterwäsche durchs Haus, und sie schloß nie die Tür, wenn sie auf dem Klo war. Aber jedesmal, wenn sie einander näher zu kommen schienen, wich sie ihm aus.

Anfangs dachte er, daß sie den Moment hinauszögere, um die Spannung zu erhöhen. Oder daß sie sich erst von seinen guten Absichten überzeugen wolle. Später fing er an zu zweifeln. Fühlte sie sich überhaupt zu ihm hingezogen? Womöglich betrachtete sie ihn nur als Freund? Aber nein, dafür war ihr Verhältnis zu intim. Vielleicht ja *zu* intim, vielleicht war es ihr zu viel Nähe. Er wußte genau, daß sie mehr für ihn empfand.

Möglicherweise hatte sie gerade eine schlechte Erfahrung hinter sich, oder irgendein Trauma aus ihrer Jugend. Er beschloß, sie nicht zu drängen. Er war viel zu glücklich, daß sie da war, und redete sich ein, es sei überhaupt nicht nötig, miteinander zu schlafen. Es müsse spontan passieren oder gar nicht.

Doch er konnte es nicht lassen, sie hin und wieder zu streicheln. Und als sie sich eines Abends beim Lesen an ihn lehnte, vermochte er sich nicht mehr zu beherrschen. Er beugte sich zu ihr und küßte sie auf die Stirn, dann auf die Wange, den Mund. Sie ließ ihn ruhig gewähren, reagierte aber kaum. Er begnügte sich damit.

Seit ihrer Begegnung im Garten hinter seinem Übungsraum hatte sie ihn nicht mehr spielen hören. Er hatte sie zwar mal gebeten mitzukommen, aber sie hatte keine Lust gehabt. Er vermutete, daß sie nicht an den Ort zurückkehren wollte, wo der andere Mann wohnte. Sie sprach nie darüber. Notovich übte nicht mehr richtig. Er spielte mechanisch, war mit dem Herzen nicht dabei. Sein Ehrgeiz war verschwunden.

Es machte ihm immer mehr zu schaffen, wenn sie ein paar Tage nicht auftauchte, ohne Bescheid zu sagen, wo sie war. Er hatte immer stärker das Bedürfnis, bei ihr zu sein, neben ihr zu liegen, mit ihr eins zu sein. Doch er hatte Angst, davon anzufangen, Angst, etwas kaputt zu machen.

Manchmal war sie unerklärlich trübsinnig.

»Vielleicht bist du gar nicht gut für mich«, sagte sie eines Abends, während sie hinausstarrte. »Vielleicht sollte ich dir lieber aus dem Weg gehen.«

»Was meinst du damit? Was habe ich falsch gemacht?«

»Wir sind einander zu ähnlich. Tief im Inneren hast du ein schwarzes Loch, das alles einsaugt, was in seine Nähe kommt, genau wie ich. Wenn wir nicht aufpassen, richten wir uns gegenseitig zugrunde.«

»Ich kann nichts Dunkles an dir finden. Und ich habe meiner Meinung nach auch kein schwarzes Loch in mir.«

Da lachte sie auf einmal wieder und sagte, daß er lieb sei. Sie umarmte ihn. Er hielt sie ganz fest und küßte sie auf den Mund. Aber als er weitergehen wollte, hinderte sie ihn daran.

»Warum nicht? Senna, ich verstehe es nicht.«

»Was du brauchst, ist eine große unglückliche Liebe«, sagte sie. »Das ist die Triebfeder aller großen Künstler.«

»Ich habe lieber eine große glückliche Liebe.«

»Dazu hast du kein Talent. Du bist genau wie ich.«

»Das klingt deprimierend.«

»Nein. Wenn wir jetzt miteinander ins Bett gehen, dann verlierst du deine Intensität und Inspiration.«

»Und wenn mir das nun egal ist?«

»Unsinn, Mischa. Musik ist deine große Liebe. Da will ich nicht dazwischenkommen.«

Zuerst wollte sie fast nie mit ihm ausgehen oder Spaziergänge machen. Doch eines Abends konnte er sie überreden, ihn in ein Viertel außerhalb des Zentrums zu begleiten. Anfangs lief sie unbehaglich neben ihm her, als fürchte sie, jeden Moment ertappt zu werden. Notovich hatte das schon öfter bemerkt, wenn sie zusammen draußen waren. Vielleicht hatte sie immer noch Angst vor diesem anderen Mann, er fragte aber nie danach.

Sie kamen an einem großen Laden vorbei, in dem neue und restaurierte Flügel verkauft wurden. Senna zog ihn hinein. Der Laden war altmodisch eingerichtet, mit lauter roten Plüschstühlen. Es waren keine Kunden da.

»Spielst du mir etwas vor?« bat sie. Ein älterer Verkäufer mit struppigem Kopf kam aus einer Kammer hinten im Laden. Notovich fragte, ob er ein paar Klaviere ausprobieren dürfe. Der Mann musterte ihn kurz und schlußfolgerte offenbar, daß es nichts zu verdienen gab. Er machte eine träge wegwerfende Handbewegung und verschwand wieder in seinem Kämmerchen. Notovich lief an den Reihen entlang, schlug hier eine Taste an, dort einen Akkord.

»Das ist es!« rief Senna plötzlich.

Er drehte sich um und sah sie auf einem großen, braunen Flügel liegen.

»Komm von dem Ding runter, der wirft uns raus!«

»Dieser Mann kann gar nicht mehr werfen«, lachte sie. »Das ist dein Klavier, ich weiß es einfach. Ihr gehört zusammen.«

Der Flügel hatte einen ungewöhnlich reichen, warmen Klang. Die Mechanik lief wie geschmiert, Läufe und Arpeggien flossen fast mühelos heraus. Mit diesem Instrument konnte er alles: singen, brüllen und flüstern. Auf so etwas hatte er noch nie gespielt. Es fühlte sich an, als sei dieser Flügel eine Verlängerung seiner selbst.

»Spiel was für mich, mein Liebster.«

»Sagtest du gerade ›mein Liebster‹?«

»Natürlich, das gehört doch dazu?«

Notovich begann mit einem Präludium, aber Senna unterbrach ihn schon nach zwei Akkorden.

»Nichts für dich.«

»Das ist Rachmaninow.«

»Egal, der paßt nicht zu dir.«

Er stimmte Sonaten von Chopin, Beethoven und Brahms an, doch auch die wollte sie nicht hören. Auf einmal erinnerte er sich, was er ihr im Garten vorgespielt hatte.

»Vielleicht magst du lieber Liszt.«

»Es geht nicht darum, was ich mag«, sagte sie, »es geht darum, was zu dir paßt, welcher Komponist ausdrücken kann, was in dir steckt.«

So hatte er es noch nie betrachtet. Er fand immer, daß ein Pianist jedes Repertoire bewältigen, jeden Stil beherrschen müsse, von Bach bis Messiaen. Aber in Sennas unnachahmlicher Logik war der Pianist selbst ein schaffender Künstler. Die Wahl seines Repertoires war eine Form der Selbstexpression.

Er spielte *Sonetto 104 del Petrarca* für sie. Ob es nun an dem Flügel lag oder an Senna oder an Liszt, wußte er nicht, aber er hatte das Gefühl, in eine andere Welt versetzt zu werden. Senna war gerührt.

»Mal sehen, ob dieser Flügel etwas mehr Feuerwerk verkraftet«, sagte er nach einer kurzen Pause. »Noch was von Liszt?«

Sie nickte.

»Dann das *Vallée d'Obermann.* Dieses Stück schrieb Liszt, als er mit Marie d'Agoult durch die Schweiz und Italien reiste. Liszt ließ sich von allem inspirieren. Sein Werk enthält Reiseimpressionen und Eindrücke, die er gewann, wenn er ein Gemälde sah oder ein Gedicht las.«

»Wer war denn diese Marie?«

»Seine große Liebe. Es muß eine ganz besondere Frau gewesen sein. Sie war adlig und noch dazu mit irgendeinem Grafen verheiratet. Und trotzdem gab sie alles auf, um mit Liszt in die Welt hinauszuziehen. Sehr mutig in dieser Zeit. Es löste einen unerhörten Skandal aus. Liszt war damals weltberühmt, er galt als der größte Pianist aller Zeiten.«

»Und dann?«

»Ihre Beziehung hat nur ein paar Jahre gehalten.«

»Eine unglückliche Liebe also«, sagte sie zufrieden. »Spiel es für mich.«

Der Flügel klang voll und reich in den tieferen Regionen und funkelte in den höheren. Notovich fühlte sich eins mit der Musik, es war, als habe er seinen Platz im Leben gefunden. Als er fertig war, sah er, wie sich Senna die Tränen wegwischte.

»Du darfst nur noch Musik von Liszt spielen. Das mußt du mir versprechen.«

»Das ist aber ein bißchen einseitig.«

»Du mußt das machen, worin du gut bist. Warum solltest du dich mit weniger zufrieden geben? Sieh dir doch Liszt und seine Liebe Marie an.«

»Willst du dann meine unglückliche Liebe sein?«

Sie grinste und rutschte auf dem Bauch ein Stückchen auf ihn zu, um ihn zu küssen.

In dieser Nacht schlief sie zum ersten Mal bei ihm. Nur

mit einem Hemd und einem Slip bekleidet, schmiegte sie sich sanft an ihn. Er drehte sich zu ihr um und streichelte ihren Kopf, ihre Wangen, Schultern und Brüste. Sie ließ ihn gewähren.

»Mischa, du mußt mir versprechen, daß du was aus deinem Leben machst. Du mußt mehr Kompositionen von Liszt einstudieren. Ihr seid füreinander geboren, das spüre ich einfach. Du mußt die ganze Welt hören lassen, was du in dir hast.«

»Nur wenn du bei mir bleibst.«

»Genau wie Franz und Marie?«

»Genau wie Franz und Marie.«

Er küßte sie. Aber mehr ließ sie nicht zu. Er konnte seinen Ärger nicht unterdrücken und stieg fluchend aus dem Bett. Er bereute seinen Ausbruch sofort, denn nun war etwas zwischen ihnen zerbrochen. Als er am nächsten Morgen erwachte, bemerkte er gerade noch, wie Senna geräuschlos aufstand und sich aus dem Schlafzimmer schleichen wollte. Wenn er ihr nicht gefolgt wäre, hätte er sie vielleicht nie wieder gesehen.

10

»Du hältst einen ganz schön auf Trab«, sagte Linda verärgert. »Warum gehst du nicht ans Telefon?«

»Ich habe nichts gehört«, erwiderte Notovich benommen. Er war nach der Begegnung mit »Vivien« zu aufgeregt gewesen, um zu schlafen. Erst gegen Morgen war er eingeschlummert.

»Er lebt noch. Können wir jetzt fahren?« folgerte Wim, der ein bißchen zerknautscht neben Lindas Auto stand. »Ich habe heute noch eine Menge zu tun.«

Wim war ein sanftmütiger Mann, der wenig Raum für sich im Leben beanspruchte. Er hatte dünnes, kurzes Haar und eine randlose Brille. Wenn man ihm die Hand gab, war es, als ob man in ein Stück weiche Butter greifen würde. Aber Notovich hatte nichts gegen ihn. Jeder Mann, der einen Blick für Lindas Qualitäten hatte, verdiente, daß man im Zweifel zu seinen Gunsten entschied.

»Nimm du die Straßenbahn nach Hause, dann setze ich ihn bei Nicole ab«, sagte Linda.

»Was? Und warum sollte ich dann mitkommen?«

»Für den Fall, daß er verschwunden wäre«, sagte Linda. »Ich kann nicht suchen und gleichzeitig auf den Verkehr achten.«

Wim seufzte für seine Verhältnisse sehr tief, und Linda schaute ihn übertrieben schuldig an.

»Knüppel ein paar Gnome tot, wenn du wieder an deinem Computer sitzt«, sagte sie und zwinkerte ihrem Bruder zu. Wim war süchtig nach Spielen mit Zwergen und Drachen, die einander mit Schwertern und spitzen Keulen zu Leibe rückten. »Da kann er seine Aggressionen ein bißchen rauslassen«, sagte Linda immer in einem mitleidigen, aber doch verliebten Ton.

»Wim braucht nicht mit der Straßenbahn zu fahren«, sagte Notovich. »Ich gehe nicht zu Nicole.«

»Hörst du, Lin? Er geht nicht zu Nicole. Ich nehme das Auto.«

»Doch, ich habe einen Termin für dich gemacht, Mischa. Es scheint mir besser, wenn du mal mit jemandem redest.«

»Das entscheide ich schon selbst! Ich habe heute nacht kein Auge zugetan, und ich habe keinen Bedarf an Therapie!«

Die Heftigkeit, mit der er das sagte, erstaunte ihn selbst.

»Was hast du denn nur?« fragte Linda leise. »Nimmst du auch deine Tabletten?«

»Natürlich nehme ich meine Tabletten. Verdammt, wofür hältst du mich denn? Für ein kleines Kind?«

Es herrschte einen Moment lang Stille. Notovich begriff nicht, was los war.

»Du stehst mit deiner Visage in der Zeitung, aber das traut sich Linda nicht zu sagen«, meinte Wim.

Notovich blickte Linda an. Die versuchte, nicht besorgt auszusehen.

»Das kommt davon, wenn sie einen vor hundert Studenten auftreten lassen. Jetzt wissen alle, daß du in Amsterdam bist. Was soll ich der Polizei sagen?« fragte sie.

»Erzähl ihnen ruhig, wo ich wohne. Sie können mir nichts.«

Linda seufzte tief.

»Sie hat kaum geschlafen«, erklärte Wim.

Notovich fühlte sich verpflichtet, den beiden eine Tasse

Kaffee anzubieten. Wim kam höflich lächelnd mit hinein und blickte andauernd auf die Uhr. Notovich wollte ihnen klarmachen, daß es ihm gut gehe. So gut, daß er sogar einen Pianistenkollegen besucht habe. Er sagte allerdings nicht dazu, daß dieser eine Freundin hatte, die wahrscheinlich Senna war. Die Besorgnis verschwand nicht aus Lindas Augen. Sie müßten allen zeigen, daß alles »unter Kontrolle« sei, fand sie.

Sie überredete ihn, mit Nicole zu sprechen.

»Jetzt darf ich also doch die Bahn nehmen«, konstatierte Wim gutmütig. Linda gab ihm einen Kuß, drückte ihm einen abgegriffenen Sammelfahrschein in die Hand und startete den Motor.

»Heute abend koche ich dir ein leckeres Gulasch.«

Nicole empfing sie im Hausflur. Es könne ein bißchen dauern, sie sei gerade mit jemandem im Gespräch, der kürzlich einen Selbstmordversuch unternommen habe. Sie führte sie ins Wartezimmer. Dort saß noch eine Patientin. Notovich schickte Linda nach Hause, um schon mal für Wim zu kochen. Er schob sie sanft aus dem Wartezimmer und versprach, sie abends anzurufen. Linda flüsterte ihm verschwörerisch ins Ohr, daß sie dann genau wissen wolle, was der Frau fehle. Er solle sie aushorchen.

Es war das erste Mal, daß er vor einer Konsultation warten mußte. Er kam sonst immer abends. Wahrscheinlich hatte Linda das so geregelt, seiner Privatsphäre zuliebe. Er hatte nie daran gedacht, daß Nicole noch mehr Patienten hatte. Seine Gespräche mit ihr waren natürlich überaus persönlich. Die Vorstellung, daß sie zu ungefähr vierzig anderen Leuten auch ein derartiges Verhältnis hatte, gab dem Ganzen auf einmal etwas Banales.

Die Frau war mittleren Alters. Sie sah gut gepflegt aus, aber ihre Augen waren matt.

»Sie brauchen sich nicht unbehaglich zu fühlen. Ich weiß, wer Sie sind. Eine Freundin von mir wohnt gegenüber, und die hat Sie neulich hier reingehen sehen. Da war mir alles klar. Ist auch logisch, daß Sie wieder in den Niederlanden sind. Ja, wir wußten es schon eher als die Zeitung, was?«

Notovich nahm eine Illustrierte und versuchte, Blickkontakt möglichst zu vermeiden. Sie begann ungefragt von ihrem Mann zu erzählen, der sich bei einem Seitensprung eine hartnäckige Geschlechtskrankheit eingefangen habe.

Notovich stand auf und murmelte eine Entschuldigung. Er trat ins Treppenhaus und öffnete die Haustür. Draußen standen zwei Männer in zerknitterten Konfektionsanzügen.

»Sind Sie Mikhael Notovich?«

»Nein.«

Er wollte weitergehen. Doch der jüngere der beiden holte ein altes Foto von Notovich hervor und betrachtete es mit gespieltem Erstaunen.

»Mein Name ist Jurjen van der Wal, Kriminalpolizei«, sagte der ältere. »Und das ist mein Kollege Steenakker.«

»Du lieber Gott, muß das wirklich hier sein?« seufzte Notovich.

»Wir suchen Sie schon seit ein paar Tagen, aber wir verfehlen Sie immer.«

»Woher haben Sie diese Adresse?«

»Ein paar Nachforschungen. Dürften wir Ihnen einige Fragen stellen?«

Van der Wal sprach langsam, als ob er alle Zeit der Welt habe und jeder sich seinem Tempo anpassen müsse. Er war etwa fünfzig. Fast kahl, mit freundlichen Augen, die alles gesehen hatten. Raucher, seiner fahlen Haut nach zu urteilen. Steenakker war nicht älter als fünfundzwanzig. Ein Gesicht ohne Falten, aber mit dem unvermeidlichen Schnurrbart, der dem Ganzen etwas mehr Autorität verleihen sollte.

»Ich muß zu einem Termin. Worum geht es?«

Aus den Augenwinkeln beobachtete er, wie sich die Frau im Wartezimmer hinter dem Fenster den Hals verrenkte, um besser sehen zu können.

»Die französische Polizei sucht Sie.«

»Warum?«

»Sie wollen vorläufig nur wissen, ob es stimmt, daß Sie in Amsterdam wohnen.«

»Offensichtlich ja. Ich vermute, daß Sie meine Adresse inzwischen haben?«

Steenakker las die Adresse seines Kellers vor, um sie zu verifizieren. Notovich nickte.

»Sie müssen so schnell wie möglich Ihren Wohnsitz anmelden.«

»Prima. Und sonst? Wird der Fall wieder aufgenommen?«

»Offiziell laufen die Ermittlungen immer noch, denn Sie sind flüchtig. Aber die Franzosen treiben die Sache nicht auf die Spitze.«

»Weil sie nichts haben. Oder?«

»Sie sind vorläufig nicht verpflichtet, mit uns zu reden. Aber wir haben gestern Kontakt mit dem Außenministerium gehabt, und die haben auch noch ein paar Fragen. Wir würden es also sehr zu schätzen wissen, wenn Sie ...«

»Sie haben keinen Haftbefehl?«

»Nein.«

»Also haben sie keine neuen Beweise?«

»Sie haben einen neuen Ansatz. Und den untersuchen wir nun.«

Einen neuen *Ansatz*. Er fühlte, wie sich sein Magen zusammenzog. Nicht wieder. Nicht jetzt.

»Hören Sie, ich versuche gerade, dieses ganze Elend hinter mir zu lassen. Ich bin also nicht verpflichtet, mit Ihnen zu reden?«

»Kommen Sie, Herr Notovich. Es sind nur ein paar Fragen. Und Sie sind immerhin ein Verdächtiger in einem Vermißtenfall. Es wäre daher vernünftig, wenn sie sich kulant verhalten würden. Das würde es dem Außenministerium viel leichter machen, Ihnen zu helfen.«

»Aber?«

»Sie sind nicht verpflichtet ...«

»Schön. Dann belassen wir es hierbei.«

Er ließ die Ermittler vor Nicoles Haus stehen und lief um die Ecke. Dort rief er Bröll an. Seine Beine zitterten, und er fragte sich, warum er sich in einen Hauseingang gestellt hatte. Er war nicht auf der Flucht, er war nicht schuldig. Er hatte das Recht auf einen Platz im Tageslicht.

Glücklicherweise war Bröll nach ein paar Minuten da. Er war besorgt. Er kenne da ein paar Leute bei der französischen Polizei. Solle er sich mal erkundigen? Das hielt Notovich nicht für nötig. Wenn sie wirklich etwas hatten, merkte er das früh genug. Das beste sei, Linda vorläufig nichts zu sagen; die würde sonst kein Auge mehr zutun.

»Vielleicht ist es besser, wenn du doch mit ihr sprichst«, meinte Bröll. »Dann weißt du, woran du bist.«

Aber Notovich mochte nichts davon hören. Ihn beschäftigten ganz andere Dinge. Er erzählte Bröll von seiner Begegnung mit Valdin. Bröll leuchtete nicht ein, warum Notovich in das Hotel zurückwollte.

»Valdin hatte eine Frau bei sich. Sie kam mir bekannt vor. Ich würde gern noch einmal mit ihr reden.«

Das war eine Sprache, die Bröll verstand. Wenn es sich um eine Frau drehte, war sein Universum wieder in Ordnung.

Das Mädchen an der Rezeption sagte, daß kein Valdin im Hotel gemeldet sei. Notovich beschrieb die Suite, in der er am Vortag gewesen war, und fragte, wer dort wohne. Diese Auskunft durfte sie ihm nicht geben. Aber Notovich konnte so detailliert berichten, wie die Suite aussah, daß er dort gewesen sein mußte. Schließlich warf sie doch einen Blick in den Computer.

»Es tut mir leid, die Gäste sind bereits gestern vormittag abgereist.«

»Gestern vormittag? Das kann nicht sein, ich war gestern abend erst hier. Das ganze Zimmer war voller Leute.«

Das Mädchen drehte ihm den Bildschirm zu, damit er es mit eigenen Augen sehen konnte. Er verlangte nach dem Manager, der gestern dagewesen sei, doch das Mädchen kannte ihn nicht. Sie arbeitete noch nicht so lange in dem Hotel. Als Notovich nicht aufhörte zu fragen, griff Bröll beschwichtigend ein und führte ihn zum Auto zurück.

Notovich stieg nicht ein. Er wolle sich ein wenig die Beine vertreten, sagte er. Er würde nach Hause laufen. Bröll schaute ihn mißtrauisch an, willigte aber ein. Als er sich ins Auto setzte, hielt Notovich ihn zurück.

»Valdin will, daß ich wieder auftrete.«

»Da ist er nicht der einzige.«

»Du verstehst nicht. Er hat Druck auf mich ausgeübt.«

»Wie meinst du das?«

»Er hat behauptet zu wissen, wie Senna gestorben ist. Es klang wie eine Erpressung.«

Bröll versprach zu recherchieren, wo Valdins nächstes Konzert stattfinden würde. Sie verabschiedeten sich, und Notovich machte Anstalten, sich auf den Heimweg zu begeben. Doch sobald Bröll um die Ecke war, kehrte er um und setzte sich in ein Straßencafé gegenüber vom Hotel.

Er hatte Valdin gestern abend in der Suite gesehen. Die Informationen im Computer mußten falsch sein. Vielleicht war die Frau, die sich Vivien nannte, noch im Hotel, und vielleicht würde sie nie mehr wiederkommen. Er war nicht davon überzeugt, daß sie ihren richtigen Namen genannt hatte. Er würde es sich nie verzeihen, wenn er Senna ein zweites Mal entwischen ließe. Er hätte nicht weggehen dürfen, ohne mit ihr zu sprechen, aber er war zu perplex gewesen, um etwas Vernünftiges herauszubringen. Er hatte völlig die Orientierung verloren und sich so schnell wie möglich aus dem Staub gemacht. Doch das war gestern. Jetzt saß er entschlossen hier, und wenn er sie sähe, würde ihm dieser Fehler nicht noch einmal unterlaufen.

Taxis fuhren vor und wieder davon, Gäste mit Koffern oder Tüten von Bekleidungsgeschäften und Juwelieren gingen ein und aus. Stunden verstrichen. Jedesmal, wenn der Ober fragte, ob er noch etwas wünsche, bestellte er eine Tasse Tee, die er nur halb austrank. Bei seiner fünften Tasse fing es an zu regnen. Der Ober sammelte die Kissen von den Stühlen und forderte Notovich auf, drinnen Platz zu nehmen. Aber vom Café aus würde er keine gute Sicht auf den Hoteleingang haben. Der Ober zog die Markise hoch, so daß Notovich ganz im Regen saß. Er stellte sich so nah wie möglich an die Hauswand, unter einen schmalen Sims, doch er hatte nur ein Jackett an und war im Nu durchnäßt. Passanten wandten den Blick ab, als ob sie vermeiden wollten, daß er sie um ein Almosen bat.

Auf einmal entstand ein Tumult vor dem Hotel. Eine Gruppe von Leuten trat heraus, mit Kameras und grellen Lampen, die der Straße einen unnatürlich farbenfrohen Anblick gaben. In der Mitte lief Valdin, der offenbar nicht gefilmt werden wollte, denn er hielt sich eine Zeitung vors Gesicht und stieg schnell in ein Taxi. Als das Auto außer Sichtweite war, gingen die Lampen aus und der Trupp fächerte auseinander. Der Kameramann und ein Reporter stiegen aufgeregt redend in einen schwarzen Kleinbus, der in der Nähe geparkt war.

Da sah er sie herauskommen.

Er wollte ihren Namen rufen, hielt sich aber zurück. Sie schien es eilig zu haben, und er mußte seinen Schritt beschleunigen, um sie einzuholen. Als sie in eine Gasse einbog, war er außer Atem.

»Senna!«

Sie schaute sich nicht um. Er hatte sich ihr nun bis auf ein paar Meter genähert.

»Vivien«, versuchte er. Sie drehte sich um und sah ihn mit leerem Blick an.

»Erkennst du mich nicht?«

»Natürlich. Sie sind Notovich, wir sind uns gestern abend begegnet.«

»Ach komm schon ... halt mich nicht zum Narren«, sagte er, während er sie an den Schultern packte.

»Ich ... lassen Sie mich bitte los!«

»Du bist Senna, ich bin doch nicht blind? Sag, daß du Senna bist.«

»Alles in Ordnung, junge Frau?«

Zwei Bauarbeiter legten ihre Werkzeuge ab und stiegen aus der Grube, in der sie arbeiteten. Sie kamen langsam heran.

»Ich, äh ... weiß nicht, wer Senna ist. Lassen Sie mich bitte los.«

»Klingt nicht wie eine Einladung zu einer Partie Strippoker«, meinte der jüngere Bauarbeiter, während er seine Selbstgedrehte wegwarf. »Loslassen, Freundchen.« Notovich schaute die Frau flehend an.

»Ich dachte, du bist tot. Die Polizei hat mich sogar verhört. Ich ... Es war schrecklich. Mein Leben ist die Hölle ohne dich. Treib bitte keine Spielchen mit mir.«

»Ich bin nicht Senna«, sagte die Frau, sorgfältig artikulierend, als spräche sie mit einem Schwerhörigen. »Lassen Sie mich jetzt gehen.«

Notovich wollte ihr nachlaufen, doch die Bauarbeiter hinderten ihn daran.

»Es hat keinen Sinn, Junge«, sagte der ältere der beiden nun auffallend sanftmütig. »Nein ist nein. Geh nach Hause und trink einen Schnaps. Du siehst aus, als ob du einen brauchen kannst.«

Aber als Notovich in einem unbewachten Augenblick doch versuchte, an ihnen vorbeizuschlüpfen, schlug ihn der jüngere nieder. Am Boden liegend, durch einen Schleier von Schmerz und Blut, sah er sie um die Ecke laufen.

11

Er war auf einmal wieder in Paris, an jenem Morgen nach seiner ersten Nacht mit Senna. Die Stadt war noch nicht ganz wach. Er sah Senna in dem nebligen Licht verschwinden, das über den Straßen hing. Er blieb auf der anderen Seite stehen und fragte sich, ob er ihr nachlaufen solle oder nicht. Sie hatte ihm nie erzählt, wo sie wohnte. Was für Poster hingen bei ihr an der Wand? Welche Bücher standen im Regal? Was für Pflanzen auf dem Fensterbrett? Ihm wurde bewußt, daß gerade solche kleinen Dinge viel über einen Menschen verraten.

Es mußte einen Grund haben, warum sie so verschlossen war. Vielleicht hatte er sie mit seinem freimütigen Bekenntnis abgeschreckt, und sie war jetzt vor ihm auf der Flucht. Er beschloß, ihr nur zu folgen, bis er wüßte, wo sie wohnte oder arbeitete, dann würde er wieder nach Hause gehen. Er würde sie nicht belästigen, denn es hatte natürlich keinen Sinn, jemanden zur Liebe zu zwingen.

Er folgte ihr, während sie über Boulevards schlenderte, auf Bänken saß und durch Läden bummelte. Sie bewegte sich zwar in der Menge, ging aber nie darin auf. Umgekehrt schien niemand sie zu bemerken. Niemand fragte sie nach dem Weg, kein einziger Mann drehte sich um, wenn sie vorbeilief, oder pfiff ihr hinterher. Es war, als ob die Menschen spürten, daß sie nicht wirklich zu dieser Welt gehörte.

Doch plötzlich wurde sie mitten auf der Straße von einem Mann angesprochen, der mehr als freundschaftlich den Arm um sie legte, während seine andere Hand zu ihrem Hintern glitt. Diese selbstverständliche Intimität schockierte Notovich. Es war der Mann, den er in jener Nacht im Regen mit ihr gesehen hatte, als sie mit dem Krankenwagen abtransportiert wurde.

Es entbrannte eine kurze, heftige Diskussion, dann ging er. Notovich schaute ihm etwas zu lange nach, wodurch er Senna beinahe aus den Augen verloren hätte. Er mußte ihr hinterhereilen.

Nach einer Weile beschleunigte Senna ihren Schritt. Wohnte sie in dieser Gegend? Sie waren in einen Teil von Paris geraten, wo Notovich noch nie gewesen war. Er konnte nicht sagen, ob sie im Osten oder Westen der Stadt gelandet waren. Nach ein paar Vierteln mit Mietshäusern kamen sie nun in leerere Straßen, wo ältere Bürogebäude in einer verlassenen Stille ihres Schicksals harrten. Hier war zum ersten Mal auch der Wind zu spüren. Notovich würde den Weg nie allein wieder zurückfinden. Sein Mund war ausgetrocknet, und seine Füße waren geschwollen. Weit und breit war keine Metrostation zu entdecken. Er suchte in seiner Tasche nach Geld für ein Taxi. Sollte er Senna einholen und ihr anbieten, mit ihm mitzufahren? Aber wie sollte er ihr erklären, daß er ihr bis hierher gefolgt war, bis in diese vergessene Gegend von Paris? Er hatte nur noch ein paar Euro. Gerade genug, um sich an der Metro absetzen zu lassen und dann zu hoffen, daß er ohne Fahrschein nach Hause kam.

Als er hochschaute, war Senna nicht mehr zu sehen. Er rannte mit brennenden Füßen in eine Seitenstraße, doch es war eine Sackgasse. Wenn er sich nicht beeilte, würde er sie nicht wiederfinden. An der Stelle, wo sie seinen Blicken entschwunden war, konnte er sich nicht entscheiden, in welche Straße er einbiegen sollte. Er begann, auf gut Glück zu laufen, aber seine Füße waren nur noch zu einem zuckelnden Trab imstande. Er hatte sie verloren.

Es schien endlos zu dauern, ehe Senna zurückkehrte, einfach so, als ob sie bloß mal eine Flasche Milch geholt hätte. Er stellte keine Forderungen. Er entschuldigte sich nur. Es tat ihm leid, daß er so ungestüm gewesen war, und er gab ihr auf vielerlei Weise zu verstehen, daß er ihr die Freiheit lassen würde. Sie schlief ab und zu bei ihm, manchmal eine Stunde, manchmal länger, aber nie eine ganze Nacht. Er suchte keine körperliche Annäherung mehr. Er hoffte, daß sie eines Tages von selbst das Verlangen danach verspüren würde, wenn er ihr die Freiheit ließ. Er bat sie nie, bei ihm zu schlafen, und wenn sie ging, fragte er nie, wann sie wiederkomme.

Während er übte, las sie alles, was in seinem Bücherschrank über Franz Liszt und Marie d'Agoult zu finden war. Wenn er nach Hause kam, lasen sie sich gegenseitig aus den Liebesbriefen vor, die Liszt und d'Agoult sich manchmal auf Deutsch geschrieben hatten, der Geheimsprache ihrer Liebe.

»*Marie! Marie!*

Ach lassen Sie mich diesen Namen hundertmal, tausendmal wiederholen; jetzt sind es drei Tage, daß er in mir lebt, mich bedrängt und in mir brennt. Ich schreibe Ihnen nicht, nein, ich bin bei Ihnen. Ich sehe Sie, ich höre Sie ... Die Ewigkeit in Ihren Armen ... Himmel, Hölle, alles, alles in Ihnen und abermals in Ihnen ... Ach, lassen Sie mich verrückt, wahnsinnig sein ... Die kleinliche, vernünftige, enge Wirklichkeit genügt mir nicht mehr, wir müssen unser ganzes Leben, unsere ganze Liebe, unser ganzes Unglück erleben!

Franz«

Notovich las »Mischa«, wo Franz stand. Und Senna las einen der Briefe von Marie vor:

»Es schien mir, als hätten wir uns noch nicht getrennt. Dein Blick leuchtete noch zauberhaft am Himmel. Dein Atem war noch auf meinen Lippen und meinen Lidern; die Schläge Deines Herzens hallten ständig in meinem wider ...

Marie«

Sonntags grasten sie die Märkte in den Vororten ab, auf der Suche nach Büchern, in denen etwas über den Komponisten stand. Sie stellte für Notovich eine ganze Liste von Büchern zusammen, die Liszt selbst einst gelesen haben mußte: von Goethes *Faust* und Dantes *Göttlicher Komödie* bis zu obskuren Werken über Philosophie und Religion. Als sie ihre Angst, mit ihm gesehen zu werden, überwunden zu haben schien, schleifte sie ihn mit zu Adressen, wo Liszt gewohnt hatte, zu Theatern, wo er aufgetreten war, und in Museen, wo Gemälde hingen, die ihn inspiriert hatten. Sie besorgte Prospekte über Orte, die Liszt und Marie im Ausland besucht hatten, und plante sogar eine ausführliche Reise dorthin.

Je mehr Notovich sich in Liszt vertiefte, desto größer wurde seine Faszination für ihn. Eine neue Gedankenwelt eröffnete sich ihm, eine Welt, in der er sich zu Hause fühlte. Es war, als käme Liszts Musik aus den Tiefen von Notovichs eigener Seele; durch Liszt erhielt er Blicke auf sein Inneres, die ihm bisher verborgen geblieben waren.

Es faszinierte ihn auch, wie Liszt sich zum größten Klaviervirtuosen aller Zeiten entwickelt hatte. Er war ein verträumter Junge aus einem rückständigen Dorf an der Grenze zwischen Ungarn und Österreich gewesen. Ein kränkliches Kind, das ständig am Rand des Todes balancierte. Seine erste Erinnerung war ein Sarg, den seine Eltern für ihn gebaut hatten. Zeit seines Lebens würde er von Tod und Unglück verfolgt werden, und jedesmal flüchtete er in die Musik. Weil es in dem Dorf keinen guten Lehrer gab, brachte er sich das Klavierspielen selbst bei. Er hatte keinen blassen Schimmer, wie er die Finger auf die Tasten setzen mußte, aber als sein Vater ihn zu dem großen Pädagogen Czerny brachte, war dieser vom Spiel des Jungen tief berührt. Die Eltern investierten alles, was sie hatten, um ihrem Sohn den Unterricht im fernen Wien zu ermöglichen. Czerny erachtete es als seine Pflicht, dem Wunderkind zu helfen, und verlangte kein Geld für seine Stunden. Er machte sich geduldig und systematisch mit ihm an die Arbeit. Unter seiner Führung wuchs Liszt zu einem jungen Virtuosen heran und landete in Paris, wo er seine ersten Triumphe feierte. Im Herzen sollte er sein Leben lang Autodidakt bleiben. Dies war, laut Notovich, der Grund dafür, daß Liszt in der Lage war, Musik zu erschaffen, die so verblüffend originell war und sich keinerlei musikalischem Gesetz zu beugen schien.

Allmählich drang Notovich in die tieferen Schichten von Liszts Kompositionen ein. Ab und zu nahm er Senna mit zu dem braunen Flügel und spielte für sie. Sie wählten die Stunden aus, in denen keine Kunden im Laden sein würden. Wenn der alte Verkäufer sich in sein Kämmerchen zurückzog, legte sich Senna auf den Flügel, und dann spielte Notovich für sie. Für ihn war sie die Musik. Sie gab seinem Künstlertum Richtung und hauchte seinem Verlangen zu spielen neues Leben ein. Als sie eines Abends nach Hause gingen, sagte Senna, es sei an der Zeit, daß Notovich wieder auftrete.

12

Valdin weigerte sich, in den Medien zu erscheinen, und gerade dadurch wurde er mit einem Schlag zum Medienstar. Einen Tag nach dem geheimnisvollen Konzert schwirrte das Land vor Gerüchten. Aus Mangel an verläßlichen Informationen phantasierten alle drauflos. Schon bald wurde Valdin zur größten Sensation der vergangenen fünfzig Jahre hochstilisiert, ein unverstandenes Genie, ein schamloser Scharlatan, ein Schürzenjäger, der zahllose Frauen ihrem Schicksal überlassen habe, eine tragische Figur mit einem fatalen Herzfehler, ein Kinderfänger und Autist.

Seine musikalischen Qualitäten standen außer Frage, obwohl noch kein einziger Kritiker ihn hatte spielen hören. Die hielten sich daher auch bedeckt und beschränkten ihren Kommentar auf die »Zeiterscheinung«, die Valdin hieß. Es war unwahrscheinlich, daß Valdin so kurz nach seinem erfolgreichen Debüt noch ein Konzert geben würde, aber gerade das machte es wieder wahrscheinlich, denn, wie ein Blogger schrieb: »Bei Männern wie Valdin weiß man nie.«

Die Glücklichen, die das erste Konzert miterlebt hatten, wurden gegen ihren Willen vor die Kameras gezerrt. Sie erzählten, daß Valdin nicht nur Liszt spiele, sondern ihm auch ähnlich sehe. Das führte nun wieder zu Spekulationen über das mystische Band zwischen Pianist und Komponist, das Zeit und Raum überstieg. Liszts Kompositionen seien die Offenbarungen, und Valdin sei ihr Prophet. Ein Augenzeuge behauptete, der Pianist habe während des Spiels »entseelt« gewirkt, als ob er einen Pakt mit dem Teufel geschlossen habe.

Notovich war sich des Sturms, der durch die Stadt raste, kaum bewußt. Als Bröll ihn anrief, tupfte er sich gerade das Blut von seiner geschwollenen Lippe. Der Agent erkundigte sich, ob er gut nach Hause gekommen sei, aber Notovich erzählte ihm nichts von seiner Begegnung mit den Bauarbeitern. Er würde sich heute abend Essen vom Thailänder bestellen und mit einem Buch ins Bett kriechen. Er habe Hunger und eine Menge Schlaf nachzuholen. Als Bröll auflegte, rief Notovich Nicole an, doch die nahm nicht ab. Er sprach ihr auf den Anrufbeantworter, um zu erklären, warum er nicht zu seinem Termin erschienen war.

Gegen sieben Uhr abends klingelte es. Als er öffnete, war weit und breit kein Thai-Lieferant zu entdecken. Statt dessen lag ein Umschlag auf der Fußmatte. Er sah genauso aus wie der vorige, aber die Mitteilung war diesmal viel kürzer:

Valdin
Villa Beukenhorst
Heute abend, 20.00 Uhr

Er starrte auf das Papier. Die Vorstellung, einem Konzert von Valdin beizuwohnen, erfüllte ihn mit einem an Angst grenzenden Widerwillen. Doch es war vielleicht die einzige Möglichkeit, sie noch einmal zu sehen. Es war ihm egal, ob sie sich Vivien oder Senna nannte. Er mußte sie noch einmal sprechen. Bröll würde wütend sein, wenn er ohne ihn hinginge, aber Notovich rief sich lieber ein Taxi.

Die Villa Beukenhorst lag zehn Minuten außerhalb der Stadt. Der Fahrer hatte noch nie davon gehört, und es war schnell dunkel geworden, so daß sie unterwegs dreimal umkehren mußten, trotz des Navigationssystems. Notovich fragte sich, wie viele Gäste kommen würden und ob sie die Einladung auch so spät empfangen hatten. Bestimmt. Niemand würde sich ein Konzert von Valdin entgehen lassen. Und diesmal würden Kritiker anwesend sein: die hatten wahrscheinlich all ihre Beziehungen eingesetzt und hohe Summen geboten, um das nächste Konzert nicht zu verpassen.

Durch ein großes Stahltor fuhren sie auf das Landgut. Dort herrschte totale Finsternis. Der Fahrer hielt kurz an und schaltete das Fernlicht ein, um sich zu orientieren. Am Ende einer langen Auffahrt sahen sie ein weißes Herrenhaus. Es war nicht beleuchtet.

»Sind Sie sicher, daß es hier ist?«

»Das stand auf der Einladung.«

Sie waren spät dran, das Konzert hatte womöglich schon begonnen. Notovich stieg aus und zweifelte, ob er die große Treppe hinaufgehen sollte. Ein Schild verwies auf einen Parkplatz hinter dem Haus. Vielleicht war der Eingang dort. Da schwangen zwei Türen auf, um ihn einzulassen. Er bat den Chauffeur, auf ihn zu warten, denn er hatte keine Ahnung, wie lange er es drinnen aushalten würde.

In der großen Eingangshalle war niemand zu sehen, nicht einmal die Leute, die die Türen geöffnet hatten. Es brannte auch kein Licht. Notovich schüttelte den Kopf, Valdin war offenbar ein Pianist, der diese Art von Show brauchte. Das sagte einiges über sein Selbstbewußtsein. Aus einem der Gänge kam ein milder Schein. Notovich schlich auf zwei hohe Türen zu. Er hörte gedämpftes Stimmengewirr. Ein Mann in Livree wollte gerade den Saal schließen und sagte, das Konzert würde jeden Moment beginnen. Notovich war also richtig.

Durch eine Seitentür betrat er den riesigen Salon. Sofort befand er sich in der tosenden Brandung von Emotionen und Anspannung, die ihm so gut in Erinnerung war. Auf dem roten Plüsch der Stühle saßen etwa hundertfünfzig Gäste, die ihre Aufregung kaum zügeln konnten, denn sie waren auserwählt, dieses besondere Ereignis mitzuerleben. Der Raum war von Kerzen erleuchtet. Die flackernden Schatten an den Wänden und der Decke schufen eine intime, fast gespenstische Atmosphäre. Der Mann in Livree wollte Notovich zu seinem Platz führen, doch der blieb lieber an der Tür stehen. Der Lakai (anders konnte man ihn in dieser Umgebung nicht nennen) war so freundlich, ihm einen Stuhl zu bringen. Hier saß Notovich nah am Podium und hatte Sicht auf die gesamte erste Reihe. Er ließ den Blick über die Gesichter gleiten, soweit das im Schein der Kerzen möglich war. Aber *sie* war nicht dabei.

Auf einmal kamen von allen Seiten Lakaien in den Saal, die mit langen Kerzenlöschern die zahllosen Flämmchen auf den großen, runden Lüstern an der Decke erstickten. Ausgelassene Schreie ertönten aus dem Publikum. Das Licht ging langsam aus. Nur auf dem schwarzen Flügel, der einsam auf dem erhöhten Podium stand, brannte noch ein Kerzenleuchter.

Der Salon verstummte.

Ein älterer, gebeugter Mann mit Bart betrat das Podium und blieb bei dem Leuchter stehen. Im wogenden Licht der Kerzen hatten die Schatten freies Spiel auf seinem Gesicht. Er schaute in den Saal und sagte leise: »*Mesdames et messieurs* ... Valdin.«

Notovich glaubte, auf der anderen Seite eine Frau im Abendkleid hereinkommen zu sehen, die eilig in der ersten

Reihe Platz nahm. Er konnte unmöglich erkennen, ob *sie* es war. Seine Aufmerksamkeit wurde wieder zum Podium gelenkt. Eine hagere Gestalt in Schwarz hatte es lautlos betreten und setzte sich, ohne ins Publikum zu blicken, an das Instrument. Der Mann starrte auf die Tasten und schüttelte sein Haar nach hinten.

Valdin war nicht nur größer, sondern auch schwärzer als damals in Paris. Da war er eine eher langweilige, unauffällige Erscheinung gewesen. Notovich hatte mit Senna hin und wieder in einer Kneipe gesessen, in die viele Studenten des Conservatoire National kamen. Wenn Senna früh nach Hause gegangen war, hatte er manchmal mit anderen jungen Pianisten die Nacht durchgezecht. Geringere Götter, die über seine Witze lachten und für jede beiläufige Bemerkung über Musik dankbar waren. Valdin war auch gelegentlich dabeigewesen, aber damals hatte er sich noch anders genannt. Notovich hatte schon mal ein Konzert von Valdin besucht, da war er sich auf einmal ganz sicher. Er konnte sich nur nicht mehr an die Umstände erinnern. Er war nicht sehr beeindruckt gewesen. War das derselbe Pianist, den er seinerzeit gehört hatte?

Das konnte fast nicht sein.

Valdin eröffnete mit den sechs *Grandes Etudes de Paganini*. Diese basierten auf dessen schaurig-schwierigen Kompositionen für Violine. Auf dem Klavier waren sie noch vertrackter, das wußte Notovich nur allzu gut. Manche Akkorde lagen so weit auseinander, daß eine normale Menschenhand sie nicht zu umfassen vermochte. Bei diesen unnatürlichen Griffen mußte er immer seine ganze Technik anwenden, um seine Finger an die richtige Stelle zu bekommen. Und als ob das noch nicht genug wäre, barsten die Stücke von Trillern in der linken Hand, überkreuzten Armen, Arpeggien und Tonleitern, die rasendschnell in Oktaven gespielt werden mußten.

Doch diese technischen Grenzen schien es für Valdin nicht zu geben. Er spielte manche Stücke in einem Tempo, das Notovich Magenkrämpfe verursachte. Und trotzdem klang die Musik immer elegant und frisch. Unter Valdins Händen bekam die maßlos komplizierte Anhäufung von Noten die selbstverständliche Klarheit eines Kinderliedes. Andere Stükke spielte er dagegen quälend langsam, aber mit soviel Kraft und Überzeugung, daß es war, als höre man zum ersten Mal, wie der Komponist es gemeint hatte. Valdin stand über dem Stoff, man glaubte, Liszt selbst spielen zu hören.

Notovich wollte gehen, aber er war wie festgesaugt an seinem Stuhl, als ob eine dunkle Macht ihn martern wollte, ihn zwingen wollte, dieser Musik zu lauschen ... seiner Musik. Er achtete genau darauf, mit welcher Leichtigkeit Valdin Hürden nahm, mit denen er selbst jahrelang gerungen hatte. Wo bei ihm nur Gestümper zu hören gewesen war, vernahm er jetzt Musik. Nun war ihm klar, warum Valdin so darauf beharrt hatte, daß er hierher kommen sollte; er wollte ihn erniedrigen, bis ins Tiefste seiner Seele. Es fiel ihm jetzt auch auf, daß Valdin nicht ausschließlich bekannte Höhepunkte aus Liszts Œuvre spielte wie andere Pianisten. Er arbeitete die Kompositionen systematisch ab, wie ein Hund, der sein Revier mit Urin markiert. Es war ihm offensichtlich egal, was das Publikum davon hielt; das einzige, was ihn antrieb, war seine Sucht nach Perfektion und Schönheit.

Als Valdin die Etüden beendet hatte, brach überwältigender Applaus und Jubel aus. Es schien ihn kaum zu berühren. Mit dem gequälten Blick einer geplagten Seele schaute er in den Saal. Alles Pose, natürlich. Zwei Frauen liefen zum Rand des Podiums und warfen ihm Blumen zu. Eine andere schleuderte den Schlüssel ihres Hotelzimmers vor seine Füße. Valdin schob die Blumen mit einer gelangweilten Geste zur Seite, steckte aber den Schlüssel mit einem Grinsen in seine Innentasche. In den vorderen Reihen wurde gekreischt.

In einem Reflex aufsteigender Übelkeit wollte Notovich sich erheben. Er bekam hier keine Luft, es war, als ob die Dunkelheit ihn erstickte. Er wankte zum Ausgang. Doch als er die Türklinke herunterdrückte, hörte er Valdins Stimme. Auf Englisch, mit einem französischen Akzent, wandte er sich ans Publikum.

»*Ladies and gentlemen*, heute abend weilt ein legendärer Maestro in diesem Saal. Mein großes Vorbild ... Maestro Mikhael Notovich!«

Notovich fühlte, daß nun alle Augen auf ihn gerichtet waren, auch wenn ihn wahrscheinlich im Dunkeln niemand richtig sehen konnte. Zögernder Applaus ertönte. Jemand wollte Notovich wieder zu seinem Platz führen, aber er blieb stehen und nickte Valdin höflich zu. Der war noch nicht fertig.

»Ich bin einer der vielen Bewunderer, die sich sehnlichst wünschen, daß Maestro Notovich wieder auftritt. Vielleicht sitzen noch mehr Fans im Saal?«

Wieder Applaus.

»Genau! Darum! Wir müssen ihn überreden! Ich habe lange darüber nachgedacht: Wie kriegen wir Notovich wieder auf die Bühne? Wie sorgen wir dafür, daß sein monumentales Talent nicht verloren geht? Und mir ist etwas eingefallen. Darf ich Sie deshalb um Aufmerksamkeit für einen besonderen Vorschlag bitten?«

Notovich konnte nicht mehr stehen. Hatte er heute überhaupt etwas gegessen? Er wußte es nicht mehr.

»Ich, Valdin, fordere Maestro Notovich hiermit zu einem Klavierduell auf. Ja, Sie haben richtig gehört: einem Klavierduell. Ort und Zeit darf er selbst bestimmen. Was halten Sie davon, Maestro?«

Der Saal tobte. Valdin schaute Notovich an und hob die Arme, als wollte er sagen: Du kannst diese Leute nicht enttäuschen. Nun wurde Notovich klar, warum er diese Einladungen bekommen hatte. Er war darauf hereingefallen, und man hatte ihn öffentlich zum Gespött gemacht. Ein Klavierduell. Ein brillanter Trick. Es spielte nicht einmal eine Rolle, ob er die Herausforderung annahm oder nicht. Es war in jedem Fall perfekte PR für Valdin. Notovich beantwortete die fragenden Blicke aus dem Publikum nicht und machte eine Geste, die so vage wie möglich war – keine Ablehnung, keine Zusage. Er setzte sich und wartete ruhig, daß Valdin mit seinem Konzert fortfuhr. Der mahnte das Publikum zur Stille.

»Der Maestro denkt darüber nach. Und wir informieren Sie über seine Antwort.«

Natürlich. Es würde alles mächtig aufgebauscht werden von Valdins Medienmaschine. Dieses kaltblütige Reptil widmete das nächste Werk auch noch ihm.

Notovich hörte nur halb zu und schlüpfte mitten im Auftritt hinaus. Als er fast draußen war, kam ein Lakai hinter ihm hergerannt.

»Die gnädige Frau bat mich, Ihnen das zu geben.«

In der Konsternation hatte er die Frau im Abendkleid völlig vergessen. Schnell faltete er den Zettel auf, und sein Herz setzte einen Schlag aus, als er die Nachricht las.

13

Am nächsten Morgen hing ein Post-it von Linda am Kühlschrank. Sie habe eingekauft und einen neuen Termin bei Nicole für ihn vereinbart. HINGEHEN!!! stand halbfröhlich darunter. Aber dazu war er heute nicht in der Lage. Er wollte erst mit Senna, oder Vivien, reden, dann würde sich zeigen, ob die ganze Misere der letzten Zeit auf irgend etwas beruhte.

Wenn Senna noch lebte, würde er fassungslos oder gar wütend sein. Möglicherweise würde er eine öffentliche Erklärung von ihr verlangen. Aber vor allem wäre eine enorme Last von ihm genommen. Später würde er vielleicht darüber lachen, wie tragikomisch er sich in seinem Elend gewälzt hatte. Ein kleiner Mann mit kleinen Ängsten, des Virtuosen Notovich nicht würdig.

Das war überhaupt das Schmerzlichste an Valdins Auftritt: Dieser hatte ihm einen Spiegel vorgehalten. Hatte ihm gezeigt, was für ein Künstler er selbst gewesen war. Vielleicht noch immer war. Sein müßte. Nicht, daß er jemals wieder auftreten würde; dafür war es zu spät. Er würde das Publikum wahrscheinlich doch nicht mehr für sich gewinnen können. Selbst wenn Senna noch lebte, würde sein Ruf befleckt bleiben. Einmal verurteilt, immer verurteilt. In den Augen der Leute war er ein exzentrischer Idiot, netter Gesprächsstoff für Geburtstage, aber mehr auch nicht. Sein Platz war von einem neuen Talent eingenommen worden. Einem Mann, der selbstsicher genug war, ihn auf geschmacklose Weise herauszufordern.

Valdins Marketingmaschine lief; am nächsten Tag stand es in allen Zeitungen. Bröll war der erste, der anrief.

»Ein Klavierduell, Noto? Was ist das?«

Der stillschweigende Verweis auf Liszt und Thalberg war eine schlaue Idee, fand Notovich. Liszt galt heutzutage als größter Pianist aller Zeiten, doch zu seinen Lebzeiten gab es einen Rivalen, der ebenfalls Anspruch auf diesen Titel erhob: Sigismund Thalberg. Während Liszt mit seiner Geliebten Marie d'Agoult durch die Schweiz und Italien streifte, eroberte Thalberg Paris. Die Kritiker hatten Liszt schnell vergessen und riefen den Neuling zum König des Konzertpodiums aus. Liszt fühlte sich gezwungen, aus seiner Isolation zurückzukehren. Er ließ sich wieder auf die Bühne locken und ging die Konfrontation mit Thalberg ein. Die beiden Virtuosen spielten eine Reihe von historischen Klavierduellen in den Pariser Salons. Es war *das* »Medienereignis« des neunzehnten Jahrhunderts.

Am anderen Ende der Leitung war es einen Moment still.

»Valdin inszeniert sich also nicht nur als dein Erbe«, flüsterte Bröll, »sondern auch als der des großen Liszt.«

»Genau.«

»Und was wirst du dagegen tun?«

»Bröll, du glaubst doch nicht, daß ich das ernsthaft erwäge?«

»Natürlich nicht, aber ...«

»Es ist mir so was von egal, was die Leute von mir denken.«

»Früher wärst du aus der Haut gefahren.«

»Früher vielleicht.«

Verärgert legte er auf und ging unter die Dusche, um es von sich abzuspülen. Er wollte gerade den Wasserhahn aufdrehen, als ihm noch etwas klar wurde. Die Etüden von Paganini, die Valdin gestern abend gespielt hatte, waren auch kein Zufall. Es war eine überdeutliche Botschaft gewesen. Aber wie konnte Valdin das wissen? Das war unmöglich.

Er ging zum Schrank und holte unter dem Kleiderberg das T-Shirt hervor, das er aus Paris mitgebracht hatte. Die Blutflecke waren noch drauf, doch das Parfüm war verflogen. Er drückte den Stoff an seine Nase und entsann sich, wie sie manchmal tagelang beieinandergelegen hatten. Auf dem Sofa. Im Bett. Die Erinnerung tat noch immer weh, mehr als er es je für möglich gehalten hätte. Er spürte Sennas Kopf wieder in seinem Schoß, während sie aus einem Buch vorlas.

Sie konnte nicht genug bekommen von den Passagen über die Wiederauferstehung Franz Liszts. Die künstlerische Wiedergeburt, die er den *Paganini-Etüden* zu verdanken hatte. Paganini war der größte Virtuose seiner Zeit. Sein Geigenspiel war so beängstigend gut, daß die Leute glaubten, er habe einen Pakt mit dem Teufel geschlossen. Es ging das Gerücht, daß er die vierte Saite seiner Geige aus den Därmen seiner ermordeten Geliebten gemacht habe.

Notovich grinste, als er das hörte.

»Das würdest du doch nie mit mir tun, oder?« fragte Senna.

»Mit deinen Därmen nicht, aber aus deinem linken Knöchel kann ich vielleicht einen schönen Hammer für einen Konzertflügel machen.«

»›Paganini sah aus wie ein Teufel‹« las Senna weiter. »›Er hatte ein langes, hohlwangiges Gesicht mit einer scharfen Nase und glühenden Adleraugen. Seine Haut war leichenblaß, seine Zähne waren pechschwarz. Das kam vom Quecksilber, der einzigen Medizin gegen Syphilis, die es damals gab.

Die Krankheit verzehrte seinen ganzen Körper; er konnte vor Schmerzen kaum noch laufen. Er trug einen schwarzen, knöchellangen Mantel, und das schwarze Haar fiel über seinen Rücken. Wenn er die Bühne betrat, erschrak das Publikum zu Tode. Er starrte minutenlang in den Saal, ohne ein Wort zu sagen. Wenn er endlich zu spielen begann, zog ein kalter Schauder durch den Saal.‹«

Ein guter Trick, fand Notovich.

»›Eines Abends saß auch der junge Liszt im Publikum.‹ Das war 1835. Es ging ihm nicht gut. Seine Zeit als Wunderkind war vorbei, und er wußte nicht, was er mit seinem Leben anfangen sollte. Er lag tagelang im Bett und verließ nie das Haus. Er spielte fast nie mehr Klavier und wartete darauf, aus seiner Lethargie geholt zu werden. Kommt dir das bekannt vor?«

»Hm.«

»›Paganinis Spiel war eine Offenbarung für den jungen Pianisten. Paganini schrieb seine eigene Musik, weil er die von anderen nicht herausfordernd genug fand. Seine Kompositionen strotzten vor technischer Erfindungsgabe und schwindelerregenden Neuerungen. Wenn während des Vortrags eine Saite riß, spielte er unbeeindruckt auf drei Saiten weiter. Ohne eine Note auszulassen. Riß noch eine Saite, spielte er auf zwei Saiten oder gar auf einer. Der Effekt von Paganinis Spiel war so verblüffend, daß Liszt ausrief: ›Was für ein Künstler! Was für Leiden und Qualen in diesen vier Saiten!‹ Plötzlich sah er seine eigene Mission und seine Zukunft klar vor Augen: Er würde der Paganini des Klaviers werden. Das junge Genie ging ans Werk. Paganini behauptete, nie zu üben; deshalb kursierten allerlei Gerüchte über die dunklen Kräfte, die in seinem Spiel zu hören waren. Er hatte sein ganzes Image um die Geschichte mit dem Teufel aufgebaut, um das Publikum zu seinen Auftritten zu locken. Aber Liszt verstand, daß solche Meisterschaft nur Menschen vorbehalten war, die um ein Vielfaches härter arbeiteten als andere Musiker. Er begann, fieberhaft zu üben und zu komponieren.‹«

»Und was ist die Moral von der Geschichte?«

»Was Paganini für Liszt getan hat, kann Liszt für dich tun, Mischa.«

»Wie ist es mit Paganini eigentlich ausgegangen?« fragte Notovich, der es längst wußte.

»Weniger gut. Er schien an seinem eigenen Mythos zugrunde zu gehen. Er sagte, daß ihm die enorme Energie, die er bei seinen Auftritten hervorrief, die Kräfte raube. Als er starb, kehrte sich die Geschichte über den Teufel gegen ihn. Kein einziger Geistlicher wollte ihm die letzten Sakramente erteilen, weil alle davon überzeugt waren, daß er besessen sei. Seine Leiche moderte monatelang in einem Keller vor sich hin, bevor es jemand wagte, sie zu begraben.«

»Sehr appetitlich. Und das ist der Weg, den du für mich vorgezeichnet hast?«

»Mit großen Künstlern ist es wie mit großen Lieben: Es kann kein gutes Ende haben.«

Damals klang sie so naiv, aber im nachhinein hatte sie es vielleicht doch richtig gesehen. Mit großer Kunst ist es wie mit einer großen Liebe: Sie verzehrt die Menschen.

Notovich schloß sich drei, vier Monate ein, um zu üben. Er entdeckte, daß Liszt seine Geheimnisse nie ganz preisgab und daß jede Aufführung wieder neue Einsichten brachte. Er hätte endlos weitergeübt, wenn Senna ihn nicht auf die

Erde zurückgeholt hätte. Sie machte Termine bei den großen Agenten. Die meisten kannten seinen Namen noch von den Wettbewerben, aber die Gespräche kamen nie über gute Absichten hinaus. Es gab einfach zu viele gute Pianisten, und Notovich hatte nichts, wodurch er herausstach. Dann erzählte er ihnen, daß er nur Liszt spielen wolle, doch das hielten sie für künstlerischen Selbstmord. Sogar Glenn Gould, der mit Bach brillierte, machte auch Aufnahmen von Beethoven und Skrjabin. Und wenn Notovich sich nun auf Mozart oder Chopin spezialisieren würde …

»Sie können den Leuten doch keinen ganzen Abend Liszt vorsetzen, Monsieur? Mit diesen Harmonien und dem Gehämmer? Da tun einem ja die Ohren weh!«

Notovich fand, daß sie nicht ganz unrecht hatten.

Aber Senna ließ sich nicht davon abbringen.

»Natürlich sehen sie es nicht. Das hat bis jetzt ja auch noch nie jemand gemacht. Warte nur ab, Mischa. Sie werden dich alle haben wollen. Sie werden denken, daß Liszts Geist wiederauferstanden ist.«

Er rutschte langsam in eine Depression. Er fühlte sich nicht nur von den Agenten zurückgewiesen, sondern auch von Senna. Sie hatten sich noch kein einziges Mal geliebt.

»Konzentrier dich auf die Musik«, sagte Senna. »Ich kann nicht mit der Vorstellung leben, daß du nicht alles aus dir herausgeholt hast, Mischa.«

Er warf Geschirr an die Wand und ging in die Kneipe, um sich zu betrinken. Aber für andere Frauen hatte er keinen Blick. Er wollte Senna, nur Senna. Je öfter sie ihn abwies, desto heftiger wurde sein Verlangen. Manchmal hatte er Angst, daß es ihn tatsächlich verrückt machen würde, daß der Druck zu groß werden würde.

An diesem Abend nahm sie ihre Jacke und schickte sich an zu gehen.

»Wo willst du hin?«

»Schlafen.«

»Das kannst du doch auch hier?«

Aber er wagte nicht, sie zu drängen, aus Furcht, daß sie nie mehr zurückkommen würde.

Dann lernte er Bröll kennen. Was der genau in Paris machte, blieb immer im Unklaren. Er behauptete zuerst, er sei im Urlaub, bis sich herausstellte, daß er schon drei Monate da war und angeblich etwas mit Autoreparaturwerkstätten zu tun hatte. Man sah ihn allerdings nie zu Bürozeiten arbeiten. Überall hatte er Freunde verschiedenster Nationalitäten, hauptsächlich aus dem ehemaligen Ostblock. Nächtelang saßen sie in den hintersten, dunklen Kneipenecken zusammen und redeten. Mitunter lachten sie und prosteten sich die ganze Zeit zu, andere Male dagegen schaute Bröll finster drein und schlug mit der Faust auf den Tisch. In welcher Sprache sie sich unterhielten, war auch nicht herauszubekommen. Bröll stammte aus den Niederlanden, war aber in Deutschland geboren. Er beherrschte mehr Sprachen, als er zugeben wollte. Manchmal schwamm er im Geld, oft jedoch schlich er, ohne zu bezahlen, aus der Kneipe, nachdem er eine Runde ausgegeben hatte, und ließ sich dann ein paar Tage nicht blicken.

Er verstand sich auf Anhieb gut mit Notovich. Was genau die Anziehungskraft zwischen den Männern ausmachte, blieb ein Rätsel. Bröll behauptete, seine Mutter sei Zigeunerin und habe auch slawisches Blut in den Adern, aber das glaubte Notovich nicht. Senna hielt sich bedeckt und ging Bröll aus dem Weg. Notovich fragte nie, warum.

Bröll war von Notovichs Klavierspiel beeindruckt. Er hatte keine Ahnung von klassischer Musik, doch er schien ein Gespür dafür zu haben, was nötig war, um Notovich zum Erfolg zu führen. Von der Liszt-Idee war er begeistert.

»Liszt lebte also auch in Paris? Das ist perfekt. Und in welchen Sälen trat er auf?«

»Manche gibt es noch, aber die sind zu groß und zu prestigiös für das Debüt eines niederländischen ...«

»Bla, bla, bla. Ich möchte wissen, in welchen Sälen Liszt seine größten Erfolge feierte.«

Er entschied schließlich, daß der Salle Pleyel die beste Ausstrahlung für das Debütkonzert »des neuen Liszt« habe.

»Der neue Liszt? So willst du mich doch nicht etwa nennen?«

»Ich nicht, aber dein Publikum demnächst schon.«

Notovich mußte sich die Haare lang wachsen lassen wie Liszt, und Bröll bestellte mit Sennas stillschweigendem Einverständnis eine komplette neue Garderobe mit Jacketts, die einen klassischen, romantischen Stil atmeten. Und alles in Schwarz natürlich, das war Sennas Meinung nach die Farbe, die zu Liszt gehörte.

Bröll ging mit einem seiner osteuropäischen Freunde zum Manager des Salle Pleyel. Was sich dort abspielte, wurde nie aufgeklärt, jedenfalls durfte Notovich vorspielen. Und zu seiner Verwunderung wurde sofort ein Konzerttermin festgelegt. Stürmische Wochen folgten. Die Franzosen waren zunächst nicht sonderlich entzückt von Brölls Vorstellungen über den Verkauf seines Künstlers, doch er wußte, wie er sie mit teuren Essen und dem richtigen Kompliment zum richtigen Zeitpunkt bearbeiten mußte. Notovich schloß sich in seinem Übungsraum ein. Je mehr der große Abend nahte, desto seltener sahen sich Senna und er. Wenn er nach Hause kam, ärgerte er sich zunehmend über das Chaos, das sie überall hinterließ. Er vertrug kein Durcheinander und schon gar nicht, wenn er ein besonders starkes Bedürfnis nach Ordnung hatte, so wie jetzt. Senna spürte das und gab ihm Raum, seine mürrischen Launen auszuleben. Sie massierte ihm die Schultern und las ihm aus den Briefen von Liszt an Marie d'Agoult vor. Sie versuchte sogar ein paarmal, die Wohnung aufzuräumen, aber danach lag nichts mehr an seinem Platz, und Notovich flehte sie an, dies in Zukunft ihm zu überlassen. Auch das erduldete sie mit einem Lächeln.

Und doch hatte er das Gefühl, daß etwas nicht stimmte. Am Abend seines Debüts wurde ihm zum ersten Mal bewußt, daß sie beide von der Strömung ihres Schicksals mitgerissen werden würden. Es war der Abend, an dem sich das strudelnde schwarze Loch zum ersten Mal öffnete.

14

Der Tag kroch dahin. Notovichs Verabredung mit der Frau, die sich Vivien nannte, war erst abends. Um etwas zu tun, ging er bei Linda vorbei. Richtig gemütlich wurde es nicht. Wim redete die ganze Zeit über seine Arbeit, und Notovich hatte Mühe, ihm zu folgen. Linda unterbrach Wim mit einem herrischen Blick. Offenbar hatte sie etwas auf dem Herzen.

»Nicole hat mich angerufen. Die Polizei ist bei ihr gewesen.«

»Ja, das könnte sein, ja.«

»Könnte sein? Warum hast du mir nichts erzählt, Mischa?«

»Vergessen.«

»Was hast du ihnen gesagt?«

»Nichts. Daß sie mich in Ruhe lassen sollen. Sie haben nichts Neues. Und meiner Meinung nach haben sie auch nicht das Recht, meine Psychiaterin zu befragen.«

Er wollte nicht, daß Linda ihre Anwältin einschaltete, aber sie tat es trotzdem. Wim sah ebenfalls nicht, was das bringen sollte: Es hatte doch keinen Sinn, das ganze Elend wieder aufzurühren. Die Polizei würde sowieso nicht preisgeben, wonach sie suchte.

Notovich wollte das Thema wechseln und platzte heraus, daß er eine Verabredung habe.

Linda stellte ihre Tasse ab.

»Eine Verabredung? Mit einer Frau? Ist es dafür nicht ein bißchen zu früh?«

»Was soll er denn machen?« fragte Wim. »Wie lange ist es her, daß der Junge mit einem netten Mädel zusammen gewesen ist? Und so schwer dürfte das doch nicht sein für jemanden, der so gut aussieht. Zumindest, wenn er etwas öfter duschen würde.«

Linda kniff die Augen zu Schlitzen zusammen.

»Deshalb warst du also in den letzten Tagen so geheimnisvoll.«

»Vielleicht«, sagte Notovich so unbeteiligt wie möglich. Er hatte keine Ahnung, wie er Linda wieder von dem Thema abbringen konnte. Sie würde ihm so lange zusetzen, bis sie alles wußte.

»Hört zu, es ist nicht so, wie ihr glaubt. Es ist nichts Romantisches dabei. Es ist jemand, den ich von früher kenne und ... Ich dachte einfach, du würdest es schön finden, wenn ich wieder unter Menschen komme.«

»Und wer ist die Glückliche?« fragte Linda in einem eisigen Ton.

»Laß den Jungen doch«, sagte Wim. »Freu dich für ihn.«

Notovich kippte schnell seinen Tee hinunter und wollte sich auf den Nachhauseweg machen, aber Linda hielt ihn an der Tür auf.

»Ist das wirklich der richtige Zeitpunkt, um wieder etwas mit einer Frau anzufangen, Mischa? Die Polizei schnüffelt nicht umsonst herum. Und wenn sie diese alten Akten wieder auskramen, dann ... dann ... Laß uns keine schlafenden Hunde wecken.«

Verärgert zog er die Tür hinter sich zu.

Zum »Café Duke« waren es zwanzig Minuten zu Fuß. Es waren nur wenige Gäste da. Er fragte sich, ob sie absichtlich so ein schlecht beleuchtetes Lokal ausgewählt hatte, um nur ja keinem Bekannten zu begegnen. Er setzte sich in den hinteren Teil, bestellte Tee und versuchte, die Zeitung zu lesen. Es stand ein Bericht über Valdins Auftritt darin, der mit Formulierungen wie »perlende Arpeggien« und »beiläufig ausgestellte Virtuosität« beschrieben wurde. Zu seiner Verwunderung fand der Autor des Artikels, daß Valdin vor allem Notovichs Äußeres imitiere, jedoch weniger Inhalt habe. Er endete sogar mit dem Stoßseufzer, daß er viel dafür geben würde, noch einmal einem Konzert »des Originals« beiwohnen zu dürfen. Ein leichtes Triumphgefühl regte sich in Notovich, aber auch Zweifel. Ging es wirklich um das Konzert, das er besucht hatte?

Als er die Zeitung zuschlug, sah er sie hereinkommen.

»Da bin ich also.«

Sein Körper schrie sofort, daß dies Senna sei, und sehnte sich nach ihr, doch sein Geist ließ sich diesmal nicht so schnell überzeugen. Sie schwiegen beide. Geduldig, wenn auch mit Unbehagen, ließ sie sich von seinen hungrigen Blicken abtasten. Es war, als ob Senna ein Puzzle wäre, bei dem ein paar Teile nicht paßten. Die Augen waren da, die Nase, der Mund und die Wangen. Aber ihre Haarfarbe war heller, und ihre Gesten waren bedächtiger. Das Abendkleid, das sie bei dem Konzert getragen hatte, hätte Senna damals nicht getragen – zu elegant für ihren Geschmack. Ihre Augen strahlten mehr Ergebenheit aus als früher. Wenn es Senna war, dann gab sie sich alle Mühe, sich selbst nicht zu ähnlich zu sehen.

Es wurde Tee gebracht. Er sog jedes Bild in sich auf: die Finger, die die Tasse hielten, die gespitzten Lippen beim Trinken, die Augen, die durch den Dampf blinzelten.

»Du zweifelst, ob ich es bin«, sagte sie lächelnd. Sie versuchte wahrscheinlich, entspannter zu wirken, als sie sich fühlte. »Warum erzählst du mir nicht, wer Senna war?«

»Du bleibst also dabei, daß du es nicht bist?«

Sie legte ihren Führerschein auf den Tisch. Es war so ein altmodisches Dokument, das man noch aufschlagen konnte. Die Ränder waren ausgefranst, und das Foto war nicht allzu deutlich. *Vivien den Hartog, Geburtsort Waddinxveen*, stand dort.

Er war noch nicht überzeugt. Er hatte Senna nie gefragt, wo sie herkam, und ihren Nachnamen hatte er zum ersten Mal gehört, als der Gendarm ihn festnahm. Über solche Details hatten sie nie gesprochen.

Notovich schaute sie fragend an. Wenn sie nicht Senna war, warum wollte sie ihn dann sprechen?

»Du hast mich zu Tode erschreckt, da an der Prinsengracht.«

»Das tut mir leid.«

»Aber der Mann hätte dich nicht gleich niederschlagen müssen. Ich habe versucht, mir vorzustellen, wie ich mich fühlen würde, wenn ich glauben würde, daß ... mein Geliebter nach Jahren plötzlich vor mir steht.«

Sie klang aufrichtig, fast verlegen. Unbehaglich, aber doch aufrichtig. Ihre Stimme schien etwas tiefer zu sein als die von Senna, doch das konnte auch an der Akustik des Lokals liegen.

»Wolltest du mich deshalb sprechen? Um das Mißverständnis aus der Welt zu schaffen?«

Sie wich seinem Blick aus und brauchte lange für ihren nächsten Schluck Tee.

»Valdin redet oft über dich«, sagte sie.

»Hat er dich geschickt?«

»Nein, nein, gewiß nicht. Um Himmels willen, nein!« sagte sie schnell. »Er würde explodieren, wenn er es erfahren würde. Wenn du wüßtest, wie er zu dir aufschaut.«

Notovich hatte keine Ahnung, ob sie log. Vielleicht schmeichelte sie ihm ja bewußt.

»Valdin macht mir einen ziemlich selbstsicheren Eindruck.«

»Das dachte ich zuerst auch. Aber in letzter Zeit ist er nicht mehr er selbst. Er spricht über nichts anderes mehr als über diesen blöden Liszt. Man kann kein normales Gespräch mehr mit ihm führen, und er schämt sich nicht einmal dafür. Er sagt, daß er besessen sei.«

»Das sind alle Künstler ein bißchen.«

»Er meint es nicht metaphorisch.«

Notovich sah sie verblüfft an.

»Hast du schon mal von der *Teufelssonate* von Liszt gehört?« fragte sie zögernd, als dürfe sie eigentlich nicht darüber reden.

»Die gibt es nicht.«

»Laut Valdin schon. Er spricht andauernd davon. Jedesmal, wenn er grob oder gemein zu mir ist, sagt er: ›Sorry, du solltest nicht auf mich böse sein, sondern auf diesen verfluchten Notovich. Der hat die *Teufelssonate* zuerst gefunden. Und jetzt bin ich genauso besessen wie er.‹«

»Hat er das gesagt? ›Genauso besessen wie er‹?«

Sie nickte.

Er war kaum in der Lage, seine Gedanken zu ordnen. Er wollte sie berühren, umarmen, küssen. Doch zugleich war er wütend auf sie, weil sie behauptete, jemand anderes zu sein. Damit erklärte sie Senna für tot.

»Das ist nicht der einzige Grund, warum du hier bist«, begriff er. »Du kommst nicht nur, um mich zu warnen.«

»Das stimmt.«

»Valdin imitiert meinen Stil, er klaut mein Programm, und er ist fest entschlossen, mir meinen Ruf zu rauben. Und jetzt erfährst du, daß du meiner Geliebten wie aus dem Gesicht geschnitten bist. Und du fragst dich: Liebt er mich wirklich oder benutzt er mich nur?«

Das Lächeln verschwand. Sie legte ihre Hand auf seine. Er erschrak über die intime Geste.

»Bleib noch einen Moment, bitte. Ich will dich nicht verwirren. Ich weiß nicht, wie es ist, einen geliebten Menschen auf solch eine Weise zu verlieren. Möchtest du mir etwas über sie erzählen?«

Er zog seine Hand zurück. Versuchte sie, ihn aus dem Gleichgewicht zu bringen? Er wollte überhaupt nicht über Senna reden. Er hatte sie in den Tod getrieben. Und jedes Wort, das er mit dieser Frau wechselte, war ein zusätzlicher Nagel zu ihrem Sarg.

»Ich muß gehen.«

»Bitte nicht. Ich wollte dich nicht erschrecken.«

Er setzte sich wieder. Sie bestellte noch etwas zu trinken.

»Wahre Liebe – die kommt nur einmal im Leben«, sagte sie unvermittelt.

Sie sagte es mit einer gewissen Nostalgie. Senna hatte mal erklärt, daß wahre Liebe dasselbe sei wie Heimweh. Er fragte sich, wonach diese Frau Heimweh hatte.

Er ertrug ihre Gegenwart keine Sekunde länger. Sie verstand es und gab dem Ober ein Zeichen, daß er den Tee nicht mehr zu bringen brauche. Vielleicht bei anderer Gelegenheit, meinte sie, vielleicht wolle er ihr dann von Senna erzählen.

»Dann kann ich sehen, ob die Geschichten von Valdin stimmen.«

»Welche Geschichten?«

»Er hat sie auch gekannt. Sehr gut sogar, behauptet er.«

»Vielleicht lügt er ja.«

»Das glaube ich nicht.«

»Warum nicht? Woher weißt du so genau, daß er Senna gekannt hat?«

»Sonst hätte er es nicht der Polizei gesagt.«

15

Es regnete wieder. Notovich versuchte, Nicole anzurufen, erreichte aber zweimal nur ihren Anrufbeantworter. Nach fünf Minuten laufen war er außer Atem. Die lähmende Müdigkeit war in seine Glieder zurückgekehrt. Hilflos sah er sich nach einer Sitzgelegenheit um. Doch die Straßencafés waren geschlossen, und um ihn herum waren zu viele Leute, als daß er sich einfach auf den Boden hätte setzen können. Also schleppte er sich mit kleinen Ruhepausen nach Hause und ließ sich aufs Bett fallen.

Er versuchte, das Äußere von Senna und Vivien objektiv miteinander zu vergleichen, aber die Konturen ihrer Gesichter flossen jedesmal ineinander. Ihre Züge schienen sich immer wieder seiner Vorstellung anzupassen. Wenn er dachte, daß sie Senna sei, dann glich sie Senna aufs Haar. Dachte er, daß sie Vivien sei, dann war sie auf einmal eine Fremde. Er schlug die Hände vor die Augen und stieß einen verzweifelten Schrei aus.

Er war von sich selbst angewidert, weil er sich jetzt schon nach einer neuen Begegnung mit ihr sehnte. Er hatte Sennas Bild offenbar auf eine vollkommen unbekannte Frau projiziert. Alles, was er je für Vivien empfinden würde, war eine Lüge. Er spulte das Gespräch mehrfach zurück, aber bereits nach dem zweiten Mal wußte er nicht mehr genau, welche Worte sie gebraucht und wie er reagiert hatte. Wer war sie? Wie hatte Valdin sie gefunden? War »Den Hartog« ihr richtiger Name? Was hatte der Franzose tun müssen, um sie wie Senna aussehen zu lassen? Notovich hatte keine Ahnung.

Valdin hatte wie ein bedrohlicher Schatten über dem Gespräch gehangen. Sie redete über ihn, als ob sie Angst vor ihm hätte. Sie beschrieb ihn als jemanden, der Gefahr atmete, der von Liszt besessen war, so wie einst Notovich.

Valdin hatte also mit der Polizei über Notovich gesprochen. Dann hatte er ihnen wahrscheinlich auch seine Adresse gegeben. Denn wer sonst sollte ihm die Einladung für das Konzert geschickt haben? Wie war Valdin ihm auf die Spur gekommen? Warum dieses geheimnisvolle Getue mit dem Klavierduell? Vielleicht wollte er Notovich gar nicht ins Gefängnis bringen, sondern ihn aus der Reserve locken.

Unsinn!

Er ließ sich nicht verrückt machen. Sie hatten nichts gegen ihn in der Hand, absolut nichts.

Er beschloß, in Liszts Werkverzeichnis nach einer *»Teufelssonate«* zu suchen. Aber dafür müßte er zumindest wissen, in welchem Jahr diese komponiert worden war.

Möglicherweise stand in älteren Liszt-Biographien etwas über die Legende von der *Teufelssonate*. Notovich mußte erst ein paar Kartons und alte Gartenstühle vor dem Regal wegräumen, um an seine Bücher zu kommen. Er blies den Staub von den Umschlägen und nahm ein dickes Exemplar in die Hand. Als er die vergilbten Seiten aufschlug, fiel etwas zu Boden. Es war eine Feder, die Senna immer als Lesezeichen benutzt hatte. Sie stammte von einer Taube, die Senna tagelang gepflegt und dann vergessen hatte. Er blätterte auf gut Glück ein wenig durch die Seiten, bis er auf ein mit der Hand beschriebenes Blatt Papier stieß. Am Rand waren ein Name und eine Adresse notiert, die er nicht erkannte. Der Text selbst war eine Passage, die er wahrscheinlich aus einem anderen Buch übernommen hatte:

Ende des 19. Jahrhunderts kursierte in Weimar und Bayreuth ein hartnäckiges, wenn auch nie bewiesenes Gerücht über eine geheimnisvolle Klaviersonate von Liszt, die sogenannte »Teufelssonate«. Liszt soll beim Komponieren dieses Werks von, wie er es später einem Schüler gegenüber beschrieb, »einer unbestimmten, aber deutlich wahrnehmbaren, fast überwältigenden, höheren Macht« besessen gewesen sein. Als er jedoch am nächsten Tag aufs Papier schaute, erkannte er die Melodie nicht mehr, und es kostete ihn beträchtliche Mühe, eine Komposition daraus zu machen. Liszt hat die Sonate nur einmal öffentlich gespielt. Kurz darauf hat er sich für immer von der Bühne zurückgezogen und ist in einen Priesterorden eingetreten. Den Gerüchten zufolge ist die Teufelssonate ein Werk von hypnotischer Schönheit, das zum Kompliziertesten gerechnet werden muß, das der Meister je komponiert hat. Falls das Werk tatsächlich existiert hat, so ist es verschwunden oder verloren gegangen. Der Legende zufolge sollen demjenigen, der in der Lage ist, die Sonate zu spielen, außergewöhnliche Kräfte zuwachsen, die ihn wahnsinnig oder unsterblich machen. Die Klänge der Teufelssonate sollen selbst Tote zum Leben erwecken können.

An den Rand hatte er einen Namen geschrieben: *Karl Süssmeier*, aber er hatte keine Ahnung, warum. Er blätterte durch das Buch, um zu schauen, wo er die Passage herhatte, fand sie jedoch nicht. Ganz dunkel entsann er sich daran, es war ihm allerdings schleierhaft, warum Valdin sich dafür interessierte. In einer fernen Vergangenheit hatte Notovich sich in den Mythos von der *Teufelssonate* vertieft, daran erinnerte er sich nun wieder. Doch es war nicht mehr als das:

ein Mythos. Und er konnte sich vorstellen, wo er herkam. Liszts Musik hatte etwas Besonderes. Ob es an den dunklen Leidenschaften lag, die darin verborgen waren, oder an der enormen Konzentration, die es erforderte, seine Kompositionen zu spielen, wußte Notovich nicht. Aber wenn ein Pianist sich ganz in Liszts Werk einfühlte, wurden manchmal besondere Kräfte frei. Ein Moment mystischer Vereinigung. Er hatte solche Momente gekannt und auch den damit verbundenen Rausch.

Das erste Mal hatte er ein solches Erlebnis bei seinem Debüt in Paris gehabt. Damals stand die *Sonate in h-moll* auf dem Programm. Es war eines der wichtigsten Werke der Romantik, doch zu Liszts Zeiten konnte niemand etwas damit anfangen. Der Komponist Brahms schlief sogar ein, als er die Sonate zum ersten Mal hörte. Das Werk hat eine monumentale Architektur, die um ein einziges Grundmotiv herum aufgebaut ist. Senna fand, daß Notovich damit eröffnen sollte. Dieser Gedanke machte ihm angst. Noch kurz bevor er die Bühne betrat, zweifelte er. Wäre es nicht besser, mit etwas Einfachem zu beginnen, um hineinzukommen? Er mußte erst seine Nervosität bezwingen. Aber Senna wollte nichts davon hören und versuchte, ihn zu beruhigen.

Der Saal war brechend voll. Notovichs Hände waren kalt vor Anspannung. Er ging in seine Garderobe und hielt die nackten Unterarme unter den heißen Wasserstrahl, damit seine Finger etwas geschmeidiger würden. Senna stand hinter ihm mit einem Handtuch bereit.

»Du wirst sehen. Sobald du die erste Note anschlägst, bist du frei wie ein Vogel.«

Er war nicht davon überzeugt. Bröll kam in einem glänzenden, neuen Anzug herein und versuchte, etwas Witziges zu sagen, um zu verbergen, daß er noch nervöser war als Notovich. Doch der hörte gar nicht hin und trocknete sich die Unterarme ab. Bröll sagte, daß es in zwei Minuten soweit sei, und ging wieder. An der Tür küßte Senna Notovich auf den Mund.

Sie wünschte ihm Erfolg.

»Wirst du im Saal sitzen?«

Sie wich der Frage aus.

»Senna, du scheust dich doch nicht etwa immer noch, mit mir gesehen zu werden?«

»Natürlich nicht.«

Zum ersten Mal hatte er das Gefühl, daß sie log.

»Geht es um diesen anderen Kerl? Hast du immer noch Angst vor ihm?«

»Ich möchte jetzt nicht darüber reden. Du mußt gleich auf die Bühne.«

»Das ist mir egal!«

»Mischa, wenn du das hier gut überstehst, dann brauchst du mich nicht mehr«, sagte sie leise.

»Wie meinst du das?«

»Du bist bald berühmt, und dann kannst du so viele Frauen bekommen, wie du willst. Aber du mußt versprechen, daß du immer für mich spielen wirst. Versprichst du das?«

Sie wollte die Tür öffnen, doch er hielt sie zurück.

»Du kannst nicht einfach so weglaufen, verdammt noch mal! Was glaubst du denn, wer du bist?«

»Au! Laß mich gehen. Du tust mir weh, Mischa! Laß mich los!«

Als Bröll hereinkam, schlüpfte sie hinaus und verschwand.

»Bleib hier. Bleib hier!!!«

Bröll trat ihm in den Weg, es war Zeit.

Verzweifelte Gedanken rasten ihm durch den Kopf, während er das Podium betrat und hinter dem Flügel Platz nahm. Meinte sie das ernst, was sie sagte? Oder wollte sie einfach Aufmerksamkeit, in dem Moment, wo er vor seinem Durchbruch stand? Die Tasten kamen ihm fremd vor, als wüßte er nicht mehr, wofür diese weißen und schwarzen Blöcke gedacht waren. Er versuchte mit aller Macht, sich auf die *Sonate in h-moll* zu konzentrieren. Konnte er sich noch an die ersten Noten erinnern? Senna saß nicht auf ihrem Platz. Das würde er ihr nie verzeihen.

Die ersten Noten. Wenn er die hinter sich hatte, würde der Rest von selbst kommen. Aber welche Noten? Er hatte keine Ahnung mehr, wie das Stück anfing. Sollte er um eine Partitur bitten? Er holte tief Luft und legte die Hände auf die Tasten. Seine Finger würden ihm den Weg weisen müssen. Und wenn dies nicht gelänge, würde er gefaßt lächelnd weglaufen und sich vor die Metro werfen.

Langsam machten seine Gedanken den Noten Platz. Die ersten Takte gingen tastend und unsicher, doch zu seiner Erleichterung wurde er schon bald in das Stück hineingezogen. Das wußte er hinterher noch, aber sonst nichts. Den Zeitungen zufolge war das Konzert ein Riesenerfolg. Er wurde mit Größen wie Richter und Rubinstein verglichen. Das Publikum sei außer sich gewesen und habe nach Zugaben geschrien. Bröll habe ihn auf dem Podium umarmt. Und wenn er den Geschichten glauben durfte, hatte er sich genau an das Programm gehalten.

Er konnte sich nur nicht daran erinnern.

Der ganze Auftritt war ein großes, leeres Blatt. Nur ein einziges Bild war hängengeblieben. Das Bild von Liszt, der hinter ihm stand, sich über die Tasten beugte und mitspielte, als wollte er seinen Platz einnehmen. Als Notovich wieder zu sich kam (anders konnte er es nicht nennen), lag er in Sennas Armen auf einem mit Zeitungsausschnitten übersäten Doppelbett in einem Hotelzimmer. Sie lagen Stirn an Stirn und Nase an Nase. Sie streichelte ihn und ließ ihn die Rezensionen lesen.

»Ich habe doch gesagt, daß Liszt und du füreinander geschaffen seid«, meinte sie.

»Ich dachte, du kommst nicht wieder, Senna.«

»Ich konnte dich doch so nicht zurücklassen«, erwiderte sie. »Du warst hochkonzentriert während des Auftritts, aber es gelang dir nicht mehr, auf die Erde zurückzukehren. Du hast die ganze Nacht in meinen Armen geschlafen.«

Sie war offenbar nicht mehr böse. Notovich auch nicht.

»Senna, ich hatte einen Moment Angst, daß es einen anderen gibt. Siehst du nun, daß du mich ebenso brauchst? Versprich mir, daß du nie mehr von mir wegläufst.«

Sie weinte leise, und er drückte sie an sich. Es war, als hätte die Musik ihn von seiner Verzweiflung befreit. Alles würde gut werden, es mußte gut werden, redete er sich ein. Aber er dachte später so wenig wie möglich an diesen Abend zurück. Er wußte, daß der Auftritt Kräfte in ihm hervorgerufen hatte, die er letztendlich nicht würde beherrschen können.

16

Die Medien berichteten ausführlich über Valdins Herausforderung zum Duell. Bröll hatte eine Nachricht auf dem Anrufbeantworter hinterlassen. Nicole ebenfalls. Sie halte es für vernünftiger, mit der Polizei zu reden. Er rief niemanden zurück. Natürlich hätte er am liebsten sofort mit dem Franzosen abgerechnet. Aber ihm fehlte die Energie. Wie lange war das alles her?

Notovich wollte den Flügel öffnen, doch das Schloß und der Stahlbügel saßen fest. Nach ein paar Minuten erinnerte er sich, daß er den Schlüssel ins Klo geworfen hatte. Zu seiner Verwunderung sah er, daß dieser noch immer unten in der Schüssel lag: Die alte Wasserleitung hatte nicht genug Kraft, ihn wegzuspülen. Er versuchte, den Schlüssel mit Abwaschhandschuhen herauszuholen, aber die liefen voll Wasser. Er ergriff ihn schließlich mit bloßen Händen und legte ihn im Waschbecken unter den heißen Strahl. Danach wusch er sich dreimal gründlich die Hände und Unterarme.

Er öffnete den Deckel und legte seine Fingerspitzen auf die Tasten. Hier würde ihn niemand hören, was konnte es also schaden, ein Stück von Bach oder Chopin zu spielen? Viele Werke Chopins gefielen ihm besser als die Liszts. Warum hatte er sich damals nur diese unsinnige Beschränkung auferlegt? Er kannte die Antwort natürlich. Sein Schicksal war mit dem unergründlichen Komponisten verbunden. Liszt holte das Schlechteste und das Beste aus ihm hervor.

Er wollte keine Angst vor einem Komponisten haben, der schon seit mehr als hundert Jahren tot war. Es waren, verdammt noch mal, nur Noten, und an Noten starb man nicht. Also begann er mit dem *Liebestraum Nr. 3*, dem bekanntesten und beliebtesten Stück von Liszt. Keine dunklen Leidenschaften, die reine Lieblichkeit.

Mechanisch arbeitete er sich durch den ersten Teil. Als er diese Hürde genommen hatte, versuchte er, etwas mehr Gefühl in sein Spiel zu legen. Das schien ganz gut zu gelingen, und er bekam allmählich fast Spaß daran. Aber es war, als ob die Tür zu seinem Herzen sich nur einen Spaltbreit öffnen ließe. Er fing an, sein Spiel zu forcieren, dadurch klang es eher wie eine Persiflage auf Liszt. Schon bald wollten seine Hände nicht mehr. Und das war nur dieser blöde *Liebestraum*. Vielleicht war er doch schlimmer dran, als er glaubte.

Nicht, daß es etwas ausmachte. Er hatte nicht vor, wieder aufzutreten. Er durfte nicht einmal daran denken. Aber wenn er Valdin absagte, wollte er es aus freien Stücken tun und nicht, weil er der Konfrontation nicht gewachsen wäre. Er wollte Valdin ignorieren, mit der Geringschätzigkeit von jemandem, der sich nicht mit Mittelmaß abzugeben braucht. Nur ein einziger Grund fiel ihm ein, warum sein Spiel nicht mehr die Tiefe von früher hatte. Die Tabletten stumpften ihn ab. Selbst jetzt noch, nachdem er sie abgesetzt hatte.

Am nächsten Morgen rief Linda an, um zu überprüfen, ob er wach war. Um zehn Uhr mußte er unterrichten. Notovich hatte keine Mühe, munter zu klingen, denn er starrte schon seit Stunden an die Decke. Er hatte wieder von Senna geträumt und wagte nicht mehr zu schlafen.

Das Konservatorium hatte einen Raum mit einem Flügel für ihn reserviert. Natasja, die Studentin, die eine Woche zuvor Mozart für ihn gespielt hatte, war bereits da. Sie hatte die

Beine aufs Fensterbrett gelegt und schlürfte Trinkjoghurt. Als er hereinkam, erschrak sie; sie hatte offenbar nicht erwartet, daß er tatsächlich auftauchen würde. Sie warf ihre Lederjacke in eine Ecke und streckte sich, so daß ihre Brüste für einen Moment zu sehen waren. Unter den Achseln hatte sie kleine Schweißflecke, und ein paar dunkle Büschel lugten unter ihren Ärmeln hervor. Achselhaare hatten ihn immer erregt. Seiner Meinung nach war das auch ihre Funktion: Gerüche festzuhalten, mit denen das andere Geschlecht betört werden sollte.

Sie lächelte, als sie sah, daß er etwas abwesend war. Ihr Lächeln hatte etwas Trauriges. Sie fragte, ob er auch Joghurt wolle. Ohne Publikum schien sie sich freier zu bewegen, sicherer. Dadurch war eine subtile Verschiebung im Gleichgewicht zwischen ihnen spürbar, denn Notovich fühlte sich mit ihr allein gerade weniger wohl (vor allem, da er nun ihr Achselhaar gesehen hatte).

Die *Kreisleriana* von Schumann hatte er früher selbst gern bei Wettbewerben zu Gehör gebracht. Er ließ sie den zweiten Teil durchspielen, damit sie ihre Nervosität ein wenig verlor. Danach würden sie sich an die Arbeit machen. Sie fing an. Er versuchte, sich von der Musik treiben zu lassen, aber seine Gedanken schweiften immer wieder ab zu Valdin.

Als er aus seiner Grübelei erwachte, sah sie ihn mit einem mitleidigen Lächeln an.

»War es so schlecht?«

»Nein, überhaupt nicht. Ich habe heute nacht nur nicht so gut geschlafen.«

»Warum nimmst du die Herausforderung nicht an?«

»Was?«

»Ich habe es in der Zeitung gelesen. Du spielst diesen Valdin locker unter den Tisch. Ich habe dich spielen hören. Ich habe alle deine CDs.«

»Wirklich?«

»Illegal runtergeladen. Hab ich schnell gemacht, als wir hörten, daß du unterrichten würdest. Du hast also nichts dran verdient«, grinste sie.

Er lächelte ebenfalls. Ihr Humor und ihre Offenheit gefielen ihm.

»Ich habe keine Sehnsucht nach Auftritten«, sagte er. »Dieser Notovich will ich nicht mehr sein. Komm, spiel weiter.«

Sie spielte das Stück noch einmal, und jetzt gelang es ihm mehr oder weniger, mit den Gedanken dabeizubleiben. Er gab ihr ein paar Hinweise, und in einer Dreiviertelstunde arbeiteten sie sich gemeinsam durch die erste Seite. Sie nahm seine Instruktionen gut auf, aber er war nicht leicht zufriedenzustellen. Danach hatte er das Bedürfnis nach etwas anderem. Er ließ sie noch eine Komposition vortragen, mit der sie sich gerade beschäftigte. Es war eine Etüde von Chopin. Die spielte sie lockerer, mit mehr Freude. An ihrer Technik gab es nichts auszusetzen, so daß er sich auf die Musik selbst konzentrieren konnte.

»Was sagst du zu meinem Spiel?«

»Prima. Wenn wir noch ein paar Wochen an diesem Stück arbeiten, dann ...«

»Ich meine: Findest du, daß ich Talent habe?«

»Natürlich, sonst würdest du nicht hier sitzen.«

Damit gab sie sich nicht zufrieden.

»Ich übe schon, seit ich laufen kann«, sagte sie. »Tagaus, tagein. Ich habe immer alles dafür getan. Ich habe mir die Finger wundgeübt, Partys abgesagt, wenn ich vorspielen mußte, nie zu lange Ferien gemacht, um meine Geschmeidigkeit nicht zu verlieren … Und dann höre ich dich die *Sonate in h-moll* spielen und denke … was weiß ich. Ich möchte einfach, daß mir mal jemand direkt ins Gesicht sagt, ob ich es kann, wirklich kann.«

Derselbe offene Blick, doch nun verletzlich.

»Ich glaube nicht an Talent«, setzte er an. »Ich glaube mehr an Charakter, und das sage ich nicht, um mich vor deiner Frage zu drücken …«

Sie fiel nicht darauf herein und bestand auf einem Urteil. Sie wollte wissen, ob sie das Zeug hatte, die Spitze zu erreichen.

»Natasja, wenn du mir diese Frage stellen mußt, dann weißt du die Antwort selbst schon. Das schaffst du nur, wenn es dir völlig egal ist, was ich von deinem Talent halte. Das ist wahres Talent.«

»Du weichst der Frage aus.«

Hartnäckige Tante. Sie hatte alle Fluchtwege versperrt. Sie verdiente eine ehrliche Antwort.

»Du spielst ziemlich gut, überdurchschnittlich gut sogar für jemanden auf dem Konservatorium. Aber was ist ein echter Spitzenmusiker? Es ist ein Begriff, der …«

Er hatte seinen Satz noch nicht beendet, da fing sie zu seiner großen Verwunderung an zu weinen. Zwischen zwei Schluchzern entschuldigte sie sich immer wieder. Er hielt es für das beste, sie einen Moment allein zu lassen. Doch als er aufstand, dachte sie, daß er sie trösten wolle. Sie lehnte sich an ihn. Sie legte ihren Kopf auf seine Schulter und schien sich zu beruhigen. So standen sie einige Minuten (Musiker unter sich, versuchte er sich noch einzureden). Sie seufzte ein paarmal tief, und er streichelte ihre Wangen. Es war als väterliche Geste gemeint, aber sie faßte es nicht so auf. Sie schaute ihn mit ihren rot umränderten Augen an und küßte ihn plötzlich.

»Natasja, was machst du?«

»Ich dachte, daß ...«

»Ich bin fast doppelt so alt wie du.«

»Das ist nun aber übertrieben«, sagte sie.

»Ich bin wesentlich älter.«

»Okay, ich wollte nicht ... Ich meine ... Ich dachte, du empfindest dasselbe ...«

Er wollte sie von sich wegschieben, doch ihm fehlte die Willenskraft. Erneut stiegen ihr Tränen in die Augen. Er wußte nicht, was er machen sollte. Sie trösten? Oder wegrennen?

Irgendwie hatte sie schon recht. Vom ersten Moment an hatte es zwischen ihnen geknistert. Er hatte zuerst gedacht, er bilde es sich nur ein, aber offenbar hatte sie dasselbe gefühlt. Er schämte sich, daß er diese Atmosphäre nicht sofort unterdrückt hatte, vor allem in Anbetracht der Tatsache, daß die Polizei wieder hinter ihm her war und er sich redlich mühte, sich ein normales Leben aufzubauen. Sie war Studentin. Erwachsen zwar, aber zu jung für ihn. So ein schönes Mädchen verdiente er überhaupt nicht. Er hatte seine Chance auf Glück gehabt, und die hatte er verspielt.

Doch plötzlich ging ihm ein seltsamer Gedanke durch den Kopf: *Warum eigentlich nicht?* Sein Leben lang hatte er getan, was das beste für seine Kunst war. Aber wohin hatten ihn diese Disziplin und Selbstaufopferung geführt? Konnte man erbärmlicher dran sein als er? Natasjas Geschichte kam ihm bekannt vor. Er hatte sich nie erlaubt, Dinge zu genießen, die für andere Leute ganz normal waren. Nicht zuviel trinken, früh ins Bett und jeden Tag üben, üben und nochmals üben. Während die anderen auf Partys gingen oder eine Talentshow im Fernsehen sahen. Warum war eine Sonate von Schumann eigentlich besser als ein Quiz? Ein Pianist unterhielt bedeutend weniger Menschen als ein Fernsehmoderator.

Und was hatte er nun davon? Er lebte in einer Höhle unter der Erde, er verschenkte sein ganzes Geld, und auf der Straße schauten die Leute ihn mit scheelen Blicken an. Aber hier war ein Mädchen, bei dem er sich wohlfühlte. Sie rief keine dunklen Emotionen in ihm wach. Zum ersten Mal seit langem fühlte er sich zu einer Frau hingezogen, die eine frische, positive Ausstrahlung hatte. Warum sollte er sich weiter mit seiner Vergangenheit herumquälen? Es war vielleicht ein unpassender Gedanke, aber er konnte sich nicht dagegen wehren. Er wollte leben.

Die Fahrt zu ihrer Studentenbude war schon eine Offenbarung für sich. Sie wartete in einer Seitenstraße auf ihn, es war besser, wenn sie nicht zusammen gesehen wurden. Sie taten nichts Verbotenes. Sie war zweiundzwanzig, und es war noch nichts passiert. Trotzdem. Natasja hatte ihr Fahrrad dabei. Er fragte, ob er fahren dürfe. Sie lachte und übergab ihm den Lenker. Zu seinem sechsten Geburtstag hatte Notovich ein Rad bekommen, doch das hatte die meiste Zeit im Schuppen gestanden. Eine Nachbarin hatte ihn jeden Tag zum Unterricht ans andere Ende der Stadt gebracht, und wenn sie zurückgekommen waren, war es in der Regel zu spät gewesen, um draußen zu spielen. Später hatte er nie mehr ein Fahrrad gehabt.

Anfangs ging es noch recht unsicher. Als Natasja auf den Gepäckträger sprang, verlor er die Kontrolle über den Lenker, so daß er beinahe eine kleine Frau mit zwei riesigen Einkaufstaschen über den Haufen gefahren hätte. Doch beim zweiten Versuch gelang es ihm, das Rad in Schwung zu bringen.

Natasja winkte zwei Freundinnen zu. Die Mädchen stießen einander an und pfiffen Notovich bewundernd hinterher. Er fühlte sich auf einmal unbehaglich. Was, wenn Van der Wal und Steenakker ihn so sahen? Er war immer noch ein Verdächtiger in einem Vermißtenfall. *Du solltest wieder nach vorn schauen*, hatte Nicole gesagt. *Das ist jetzt der Moment.* Aber verdiente er das überhaupt?

Als sie um die Kurve bogen, faßte Natasja ihn fest um die Taille und preßte sich an seinen Rücken. Wärme durchströmte Notovich. Van der Wal und Steenakker konnten ihm den Buckel runterrutschen. Das hier fühlte sich gut an. Es war sein Leben. Die Sonne schien ihm auf die Haut, und der Wind in seinem Gesicht tat ihm wohl. Die Stadt zog an ihm vorbei wie ein Film voller pulsierender Aktivität. Sie kamen an einem Italiener vorbei, und er sog den Geruch von frischen Pizzastangen ein. Natasja umschloß ihn noch fester. Er genoß es. Was, wenn Linda ihn jetzt sehen würde? Er lächelte über diesen Gedanken.

Ihr Zimmer war mit Büchern und großen Pflanzen vollgestellt. Es gab eine winzige Spüle, einen Tisch mit zwei Stühlen auf einer Schilfmatte und eine Matratze auf dem Boden. Sie erkundigte sich, ob er etwas trinken wolle, und zog ihre Jacke aus. Unschlüssig standen sie einander gegenüber. Notovichs Mund wurde trocken, und er fragte sich, ob man die klapprige Tür überhaupt abschließen konnte. Natasja beschloß, die Formalitäten zu überspringen, und schon lagen sie auf der Einpersonenmatratze und streiften sich gegenseitig die Kleider vom Leib. Während er mit der Nase durch ihre Achselhöhle fuhr, dachte er an die Jahre, die er vergeudet hatte. Vielleicht war es noch nicht zu spät, diese Zeit wieder einzuholen.

Natasja übernahm die Initiative mit einer Geschicklichkeit, vor der er zuerst kichernd zurückzuckte. Danach drückte er sie auf die Matratze und erkundete seinerseits ihren Körper. Sie ließ ihn gewähren und zog ihn dann an sich, so daß sie wieder aufeinanderlagen. Sanft ergriff sie ihn, um ihn hineinzuführen. Doch plötzlich fühlte er Sennas Anwesenheit, so nah und intensiv, daß alle Kraft aus ihm wich.

Senna.

Senna hatte es sofort gespürt, in jener Nacht in einer farblosen Stadt irgendwo in Nordfrankreich: daß er offenbar eine Entscheidung für sie beide getroffen hatte. Er war unter der Decke zu ihr gekrochen, mit einer Zielstrebigkeit, die sie zurückschrecken ließ.

»Nein, Mischa. Bitte nicht. Du machst alles kaputt.«

»Keine Angst, Senna. Was andere Männer dir angetan haben ... So muß es nicht immer laufen.«

17

Es tat weh, an jene Nacht zu denken. Damals schob er die Schuld erst noch auf den Erfolg; er war einfach nicht er selbst. Und dann diese verdammten Reisen, rein ins Hotel, raus aus dem Hotel. Die ersten drei Konzerte nach seinem französischen Debüt fanden in kleineren Sälen in Paris statt. Danach reisten sie kreuz und quer durch Frankreich, Belgien und die Niederlande, denn alle wollten »den neuen Liszt« sehen. In den meisten Städten war die Ausstattung miserabel, und das war seiner Laune nicht zuträglich. Zugige Turnhallen mit quietschenden Stühlen, hustende Zuhörer und Flügel, die durch Feuchtigkeit verzogen waren, oder Tasten, von denen das Elfenbein abfiel, wenn man sie nur ansah. Am liebsten spielte er in intimeren Räumen vor einer erlesenen Gesellschaft von Leuten, die wirklich Musikliebhaber waren und nicht zu einem Auftritt strömten, als sei es eine Zirkusattraktion.

Senna schien es zu genießen. Sie hatte ihre Zweifel wieder in den Hintergrund gedrängt. Notovich mietete eine große Etage, in der genug Platz für einen Flügel war. Sie hatten Angebote von diversen Klavierherstellern, die ihm gern ein Instrument zur Verfügung gestellt hätten. Aber Notovich wußte genau, welchen Flügel er wollte. Der alte Verkäufer strahlte, als sie das betagte Ungetüm abholten. Er schüttelte ihnen die Hände und küßte Senna ein paarmal zu oft.

Und während Notovich mit den Vorbereitungen begann, klapperte Senna allein die Flohmärkte ab. Jeden Tag brachte sie die ausgefallensten Gegenstände mit nach Hause. Eine antike Uhr in Form des Eiffelturms, eine lebensgroße Skulptur zweier sich paarender Pudel und ein Akkordeon, dessen Balg zum CD-Regal umgebaut war.

»Guck mal, Mischa, wie entzückend, das mußt du wirklich haben«, sagte sie jedesmal.

Er nickte nur und übte, bis das Morgenlicht durch die Vorhänge kroch. Er hatte eine simple Methode, sich eine neue Komposition anzueignen. Er spielte das Werk nie ganz, sondern teilte die Musik in kleine Stückchen auf. Die erste Seite unterteilte er in Takte und die Takte in Noten. So arbeitete er sich Takt für Takt durch die Seite. Er blätterte erst um, wenn er sie ganz beherrschte.

Je mehr er sich in die Musik vertiefte, desto weniger konnte er seine Begierden beherrschen. Es war, als ob sich alle Spannungen des nahenden Konzerts in ihm aufstauten. Eines Tages ertappte Senna ihn mit seinem harten Glied in der Hand und einer Grimasse um den Mund. Sie lachte auf, doch an diesem Abend schmiegte sie sich im Bett liebevoll an ihn und bot an, die Sache für ihn zu erledigen. Er wandte sich stolz von ihr ab, entschlossen, sie fühlen zu lassen, was Abweisung war.

Je näher die Auftritte rückten, desto mehr verkroch er sich in seine eigene Welt. Wenn Senna nicht da war, merkte er es oft nicht einmal. Die Musik beanspruchte ihn völlig. Inzwischen füllte sich die Wohnung mit sonderbarem Mobiliar. Im Flur hing eine Garderobe, die aus einem Geweih gemacht war, und in der Küche ein antikes Gewehr mit Häkchen am Lauf, an die man Handtücher hängen konnte. Nicht, daß Senna je abgewaschen oder gekocht hätte. Sie aßen außer Haus oder holten sich ein Baguette und Camembert. Als er spürte, daß sich seine Zähne lockerten, kaufte er Obst und Gläser mit Vitamintabletten.

Dann kam die Tournee. Von diesem Moment an waren fast ständig Leute um ihn herum, vom frühen Morgen, wenn das Frühstück ans Bett gebracht wurde, bis zum Abend, wenn er die letzten aufdringlichen Bewunderer abgeschüttelt hatte. Sobald die ersten Neugierigen zur Tür hereinschauten, verschwand Senna. Sie reiste nicht mit ihm zusammen. Trotzdem verpaßte sie nicht ein Konzert. Wie sie das machte, wußte er nicht. Fuhr sie mit dem Zug hin und her? Oder schlief sie in einem anderen Hotel? Es war ihm ein Rätsel. In Paris selbst ließ sie sich nicht oft bei einem Auftritt blicken. Und wenn doch, saß sie irgendwo versteckt im Publikum. Aber wenn er außerhalb der Stadt spielte, saß sie immer in der ersten Reihe. Am Anfang eines jeden Konzerts suchte er ihr Gesicht. Er konnte nicht mit Worten ausdrücken, warum es ihm so wichtig war, daß sie da war, doch sie spürte es.

Die Konzentration, die er bei seinem Debüt gehabt hatte, konnte er nicht mehr aufbringen. Er war nur selten mit seinem Spiel zufrieden. Je lauter das Publikum rief, wie genial er sei, desto mehr begann er seinem Talent zu mißtrauen. Wenn er sich hinterher erschöpft in seiner Garderobe hinlegen wollte, klopften ständig Leute an die Tür.

»Siehst du?« sagte er dann zu Bröll. »Sie schreien alles nach. Ich war heute abend wirklich nicht in Form, aber niemand hat richtig zugehört. Das ist nun der Wert von Erfolg.«

Bröll grinste und schaute durch den Türspalt, ob schöne Frauen auf dem Flur standen. Wenn er der Versuchung nicht widerstehen konnte, ließ er die Meute herein. Und schöne Frauen waren immer da.

Notovich hatte kein Interesse. Er vermißte Senna vor allem nach den Auftritten, wenn er sich leer fühlte. Aber da war sie bereits zu Hause oder lief durch die Straßen der soundsovielten unbekannten Stadt. Er konnte sich nicht einfach ein Taxi nehmen, um sich davonzustehlen. Es gab jedesmal Leute, die darauf bestanden, ihn ins Hotel zu bringen. Im Auto saßen dann meistens lauter Gestalten, die irgendwie maßgeblich an der Organisation beteiligt waren oder jemanden bestochen hatten, um ein paar Minuten mit dem Pianisten allein zu sein. Manchmal waren es Frauen, die sich ihm aufdrängten und ihn sogar berührten. Französische Frauen waren indirekt, aber zielstrebig, belgische prüde, aber ungezogen und niederländische schlichtweg zudringlich. Deutsche Frauen faszinierten ihn. Doch er hielt sich zurück.

In einem verschlafenen Industriestädtchen verfolgten zwei Damen ihn mit aufgeregten Stimmchen bis zu seinem Zimmer. Als er ihnen die Tür vor der Nase zuknallte, lag Senna im Bett und erwartete ihn.

»Was machst du hier?«

»Ich habe den Portier bestochen.«

Sie schlief fast nie mit ihm in einem Hotel. Mit einem tiefen Seufzer des Glücks ließ er sich neben ihr aufs Bett fallen.

»Meinetwegen brauchst du nicht darauf zu verzichten«, sagte sie mit einem Lächeln.

»Worauf?«

»Ich habe kein Problem damit, wenn du mit anderen Frauen nach Hause gehst. Wir sind einander zu nichts verpflichtet.«

Diese Worte strömten in seinen Leib wie eine elektrische Ladung, die er auf irgendeine Weise sofort wieder loswerden mußte.

»Wieso, hast du einen anderen?«

Sie ignorierte die Frage. Hatte sie wirklich so eine Abneigung gegen ihn? Wollte sie sich von ihm trennen? Er stand auf und suchte einen Papierkorb, den er umstoßen, oder eine Vase, die er aus dem Fenster werfen konnte.

»Siehst du, ich hab es doch gesagt«, meinte Senna leise. »Wir sind nicht gut füreinander. Ich mache dich verrückt.« In ihren Augen war eine Traurigkeit zu lesen, die noch nie so zutage getreten war.

»Wie kannst du schlecht für mich sein, wenn ich dich so liebe?« fragte er. »Mache ich dich nicht glücklich?«

»Überglücklich sogar. Aber zugleich todunglücklich.«

»Todunglücklich.«

»Das liegt nicht an dir. Genauso muß es sein bei einer tragischen Liebe.«

»Senna, ich will es einfach wissen: Hat dir mal jemand weh getan?«

»Das würde nichts ändern. Man ist so, oder man ist es nicht.«

Aus ihrem Munde klang das nicht einmal merkwürdig. Im nachhinein konnte er stundenlang über Dinge nachdenken, die er nicht verstand oder die nicht stimmten, und dann nahm er sich jedesmal vor, ihr eine ganze Liste von Fragen über ihr Leben zu stellen. Aber wenn er bei ihr war, schienen diese Fragen belanglos. Dann waren Senna und er eine Einheit.

Todunglücklich.

Diesmal war er zu verwirrt, um es auf sich beruhen zu lassen. Er hatte keine Kraft, diesen bleischweren Schmerz zu ertragen. Er wollte sie aus ihrem Elend erlösen. Das einzige, was sie beide brauchten, war, zusammen zu sein, eins zu werden. Er kroch unter der Decke zu ihr. Sie wich zurück, aber er ergriff ihre Beine.

»Nein, Mischa. Tu's nicht. Deshalb bin ich nicht hier.«

»Keine Angst, Liebling.«

»Bitte, du machst alles kaputt.«

Er spürte, wie ihr Körper erstarrte. Aber er wollte ihr nur helfen. Sie würden Schritt für Schritt vorgehen. Nicht seinetwegen, sondern um sie zu heilen. *So sollte es zwischen zwei Liebenden sein. Versuch es zu genießen.*

Danach war alles ein einziger großer Nebel, undurchdringbar und erstickend. Er kam erst zu sich, als morgens das Zimmermädchen an die Tür klopfte. Senna lag noch neben ihm; sie hatte wahrscheinlich die ganze Nacht nicht geschlafen. Er wagte nicht zu fragen, was genau passiert war. Sie schwieg den ganzen Morgen, und das Zimmer füllte sich schnell mit Menschen. Als er nachmittags von einem Termin wiederkam, lag ein Zettel auf seinem Kissen: *Ich will dich nicht mehr quälen. Es tut mir leid.*

Er sagte sein Konzert ab und nahm den Zug nach Paris. Aber er wußte, daß sie nicht einfach so zurückkehren würde.

18

Natasja ... Na-ta-sja. Er konnte nicht glauben, daß er in den Armen eines nahezu unbekannten Mädchens geschlafen hatte. Gestern abend hatte er nach dem mißglückten Liebesakt so schnell wie möglich nach Hause gewollt, aber sie hatte dem offenbar keine Bedeutung beigemessen und sich an ihn geschmiegt. Vom Bett aus hatten sie ferngesehen und etwas gegessen. Danach war er in einen tiefen Schlaf gefallen.

Als er erwachte, streichelte sie ihn sanft. Wie sorglos sie ihre Jugend trug. Er hätte sie gern vor den weniger schönen Dingen des Lebens gewarnt. Aber warum eigentlich? Sie sprachen nicht und beendeten, ohne zu zögern, was sie am vorigen Abend so abrupt abgebrochen hatten. Diesmal wurde er nicht von seinen Erinnerungen gestört. Sie fühlte sich an wie eine herrliche Daunendecke, unter der er nie mehr hervorkommen wollte. Danach dösten sie noch eine Weile vor sich hin.

Dann stand er auf.

»Ich fand es schön«, sagte sie.

»Ja. Sex mit deinem Lehrer – haha.«

Sie konnten beide darüber kichern.

»Wie halten wir es mit dem Unterricht?« fragte er. »Willst du weitermachen?«

»Natürlich. Es war nicht angenehm, es zu hören, aber ich bin froh, daß du ehrlich zu mir warst. Ich spiele weiter. Ich werde versuchen, es mehr zu genießen.«

»Gut so, dann ist der Druck nicht mehr so groß.«

»Aber du bist schon streng. Du weißt doch, daß ich beim

Chopin-Wettbewerb in Warschau den fünften Platz belegt habe?«

»Ich erinnere mich dunkel«, log er. Er erinnerte sich überhaupt nicht. Eine Studentin, die den fünften Platz belegte? Das war unglaublich gut. Die internationale Konkurrenz war jetzt noch gnadenloser als zu seiner Zeit. War sie gestern so nervös gewesen, oder hatte er nicht richtig zugehört?

»Es war nur eine Meinung«, sagte er mit beginnender Reue.

»Aber eine wichtige. Denn du weißt, wie dieses Leben ist. Es ist für dich sicher auch nicht immer leicht, diese hohen Erwartungen«, sagte sie, während sie den Fernseher anstellte. In der Morgenshow waren Notovich und Valdin das Gesprächsthema. Wieder dieses verfluchte Klavierduell. Er nahm die Fernbedienung und schaltete den Apparat aus.

Er mußte Bröll anrufen. Wie spät war es?

»Du weißt, wo ich wohne«, sagte sie, als er seine Jacke anzog. »Du kannst einfach klingeln. Es macht immer jemand auf.«

Das kühle Tageslicht war ernüchternd. Er hatte das Gefühl, daß jeder auf seiner Stirn lesen konnte, was er getan hatte. Natasja verdiente etwas Besseres als ihn. Er hatte nicht vor, jemals zurückzukehren.

Vor dem Haus reparierte ein Mitbewohner sein Fahrrad.

»Schönes Rad«, sagte Notovich.

»Ist grade fertig geworden«, erwiderte der junge Mann. »Kaufen? Fünfzig Mäuse.«

Notovich blieb stehen. Er hatte vergessen, ein Taxi zu rufen.

»Ist das Ding nicht geklaut oder so?«

»Schau. Die einzelnen Teile sind strafrechtlich gesehen vielleicht auf dubiose Weise erworben worden, aber sie stammen nicht alle vom selben Rad. Und den Rahmen habe ich von einem Schrotthaufen. Also juridisch-technisch können sie dich dafür nicht drankriegen. Ich gebe dir gratis noch ein Schloß dazu. Denn es wimmelt in dieser Stadt von Fahrraddieben«, grinste er. »Einfach skandalös.«

Das Rad, der Wind, die Gerüche und der fröhliche Lärm in den Straßen: er war zurück auf Erden.

Ein paar Minuten später stellte er das Rad an die Hauswand von Brölls Büro. Der kam extra heraus, um das neue Rad zu bewundern und eine Runde auf dem Gehweg zu drehen. Er reichte geradeso an die Pedale heran, so daß sein Hintern bei jedem Tritt hin- und herschaukelte. Als sie hineingingen, erzählte Notovich, was er beschlossen hatte: Bröll sollte Valdins Agenten anrufen.

»Wegen des Duells?«

»Wir lehnen das Angebot ab.«

»Das wird die Presse als Feigheit interpretieren.«

»Was für ein Unsinn. Ich bin doch kein Boxer. Sag einfach, ich hätte nicht vor, meine Karriere wiederaufzunehmen.«

Bröll tat sich offenbar schwer damit.

»Können wir nicht erst darüber reden?«

»Es gibt nichts zu bereden.«

»Hast du eine Ahnung, wieviel Fanpost hier noch jeden Tag für dich ankommt?«

»Du weißt, daß ich nichts davon hören will. Verbrenn die ganzen Briefe von mir aus.«

»Noto ...«

»Ich will nicht mehr auftreten. Ich will ein normales Leben führen können, ohne solches Geschwafel.«

Bröll zuckte mit den Schultern. Er schaltete die Freisprechfunktion des Telefons ein und rief Valdins Agenten an. Sie tauschten ein paar Höflichkeitsfloskeln aus. Dann ging es um gemeinsame Bekannte, wie das so ist unter Fachkollegen. Danach kam Bröll zur Sache. Er erklärte, sein Klient lege keinen Wert darauf, daß Valdin ihn für seine Publicity mißbrauche. Zu ihrer Verwunderung begann der Mann am anderen Ende zu lachen.

»Herr Bröll, das hier hat nichts mit billiger Publicity zu tun. Das ist persönlich. Ich kann Ihnen versichern, daß Valdin nicht ruhen wird, bis er seine Genugtuung hat.«

»Genugtuung? Wovon reden Sie?«

»Ihr Klient wird dieses Duell spielen. Andernfalls hat Valdin ein paar belastende Informationen über Herrn Notovich, die die Polizei außerordentlich interessieren dürften.«

»Ist das eine Drohung?«

»Guten Tag.«

»O nein, so werden bei uns keine Geschäfte gemacht«, sagte Bröll. Er schaltete die Freisprechfunktion aus. »Einen Augenblick.« Er deckte den Hörer ab und schaute Notovich an.

»Wovon spricht der Mann in Gottes Namen?«

»Keine Ahnung. Ich erinnere mich an Valdin aus Paris, aber mehr nicht. Du bist ihm damals auch manchmal begegnet, in der Kneipe oder so.«

»Weiß ich nicht«, erwiderte Bröll. »Ich habe sein Foto in der Zeitung gesehen, sein Gesicht sagte mir nichts.«

»Und dein Gedächtnis ist besser als meins«, konstatierte Notovich. Bröll nickte. Dann küßte er Notovich auf die Wange, kniff ihm etwas zu fest in den Nacken und ging mit dem Telefon aus dem Zimmer. Sorgfältig schloß er die Tür hinter sich. Typisch Bröll, daß sein Klient den letzten Teil des Gesprächs nicht verfolgen durfte. Durch die geriffelte

Glaswand sah Notovich die kleine Silhouette von Bröll, der seinen Worten mit selbstsicheren Gesten Nachdruck verlieh. Das war Bröll in seinem Element. Wenn Notovich wirklich nicht mehr auftreten wollte, würde Bröll dieses Recht bis zum Tod verteidigen. Am liebsten aber würde er wieder erstrahlen als der Mann, der Notovich groß gemacht hatte.

Als er wieder hereinkam, schüttelte Bröll lächelnd den Kopf, doch seine Wut war spürbar.

»Die sind verrückt, total verrückt.«

»Bröll, eins mußt du mir versprechen. Du setzt keine osteuropäischen Freunde auf sie an. Ich muß das selbst erledigen.«

Bröll lachte laut und machte eine beschwörende Geste.

»Osteuropäische Freunde? Ich?«

Er ließ sich in seinen schwarzen Ledersessel fallen und sagte ein paar Minuten lang nichts. Notovich hatte Appetit auf Kaffee und ging zur Espressomaschine. Er bekam das Ding nicht in Gang. Bröll übernahm es.

»Was ist los mit dir, Noto?«

»Wieso?«

»Irgendwas ist mit dir. Du bist schon zweimal hier gewesen, du hast mehr Farbe im Gesicht denn je, und du versuchst sogar, Kaffee zu kochen. Können wir die Presse informieren, daß etwas Großes bevorsteht?«

Notovich erzählte ihm, daß er etwas sehr Dummes getan habe. Bröll wurde bleich. Aber als er hörte, daß Notovich mit einer Studentin geschlafen hatte, wirkte er geradezu euphorisch.

»Dieser dunkle Lockenkopf?«

Er fragte ungeniert nach Details, als wären sie zwei Teenager im Umkleideraum nach der Sportstunde. Als Notovich ging, hielt Bröll ihn fest.

»Nicht mehr lange, und du brennst wieder darauf aufzutreten.«

Notovich stieg auf sein Fahrrad und überlegte, was er tun sollte. Er strotzte vor Energie. Die Sonne schien, und er hatte keine Lust, zu Hause wieder in seinen Gedanken zu versinken. Er beschloß, an den Grachten entlangzuradeln. Nach einer Weile war er völlig erschöpft, und er mußte noch den ganzen Weg zurück.

Als er zu Hause ankam, standen Van der Wal und Steenakker vor der Tür.

»Meine Herren. War ich das letzte Mal nicht deutlich genug?«

»Uns liegt ein Antrag der französischen Polizei auf ein Verhör vor.«

Sie verhielten sich freundlich und vorsichtig, als erwarteten sie, daß er ihnen jeden Moment an die Kehle springen würde. Notovich legte seine Einkäufe auf das Schränkchen im Flur und folgte ihnen zum Auto. Er begriff zum ersten Mal, daß das Problem Valdin nicht einfach so verschwinden würde.

19

Notovich verlangte nach seiner Anwältin, doch der Polizei zufolge waren Anwälte grundsätzlich nicht bei Verhören dabei. Er wußte nicht, ob das stimmte, protestierte aber nicht. Alle waren auffällig freundlich. Van der Wal fragte ihn, ob er Kaffee wolle. Notovich bestellte grünen Tee, aber den hatten sie nicht. Dann eben Wasser. Van der Wal war geduldig; er schien sich sicher, daß er schon irgendwie seinen Willen bekommen würde. Ruhig wartete er, bis der Polizist, der das Wasser brachte, wieder aus dem Zimmer war. Dann lächelte er, um seine gute Laune zur Schau zu stellen.

»Bevor Sie Ihre Karriere begannen, waren Sie an einem Institut für musikalisch begabte Kinder in der Nähe von Wien.«

»Können Sie nicht gleich zur Sache kommen? Das ist fast zwanzig Jahre her.«

»Und davor besuchten Sie eine internationale Schule in Madrid, zusammen mit Ihrer Halbschwester Linda«, las Van der Wal sorgfältig artikulierend weiter.

»Und?«

»Sie wohnten damals bei Ihrem Vater. Diese Schule in Madrid, die mußten Sie mehr oder weniger unfreiwillig verlassen, als Sie dreizehn waren. Knapp am Schulverweis vorbei, wenn unsere Informationen korrekt sind.«

»Ist das wichtig?«

»Manche Eltern haben sich über Sie beschwert. Stimmt das? Es war sogar von einer Unterschriftenaktion die Rede, aber die wurde abgeblasen. Die Schulleitung hat den Aufruhr sofort unterdrückt.«

»Ich war ein Außenseiter, ein bißchen schwierig im Umgang. Meine Mutter war gerade gestorben. Ist das ein Verbrechen?«

»Ich weiß, wie Jungs sein können. Mein Zehnjähriger ist auch so einer. So ein Bürschchen muß Freiraum bekommen – natürlich, natürlich. Das kann man als Vater eigentlich nur genießen.«

Er lehnte sich zurück. Notovich wünschte nur, er würde sich beeilen.

»Die französische Polizei ist ein paar neuen Hinweisen nachgegangen«, fuhr Van der Wal fort, während er sich wieder vorbeugte. »Und es ist durchaus interessant, was sie herausgefunden haben. Das war schon etwas mehr als Dummejungenstreiche. Hier steht, daß Sie oft auf den Dächern der Schulgebäude herumgelaufen sind und Freunde herausgefordert haben, sich auf lebensgefährliche Kunststückchen einzulassen. Mit einem Seil von einem Gebäude zum anderen zu schwingen. Über die Regenrinne zu laufen. Solche Sachen.«

»Kann schon sein.«

»Sie erinnern sich nicht daran?«

»Ich sagte: Kann schon sein.«

»Zweimal hat sich ein Kind verletzt. Eins davon ziemlich schwer. Die Eltern dieses Jungen haben die Aktion gestartet.«

Ganz langsam schlug er eine Seite des Berichts um, als ob das Papier so kostbar wäre, daß man mit größter Sorgfalt damit umgehen mußte.

»Aber was nicht im offiziellen Bericht der Schule stand, war die Beschwerde eines anderen Ehepaars. Die behaupteten, daß Sie ihre Tochter belästigt hätten. Können Sie sich daran erinnern?«

»Helfen Sie mir eben auf die Sprünge.«

»Tania Greenfield, aus Brighton. Der Briefwechsel mit den Eltern lag noch im Schularchiv. Sie haben das Mädchen ständig angerufen, unter ihrem Fenster gestanden, sind ein paarmal ins Haus eingedrungen.«

»Ach, Tania. Ja, natürlich weiß ich das noch. Ich war verliebt. Na und?«

»Ging es nicht etwas darüber hinaus?«

»Ich bin ein ziemlich emotionaler Mensch. Das ist nun mal so. Ist das alles, was Sie haben? Das ist doch nicht genug für eine Verdächtigung.«

Er hatte keine Ahnung, worauf Van der Wal hinauswollte. Diese angeblichen Vorfälle hatten zwar stattgefunden, aber der Ermittler gab ihnen nun eine Bedeutung, die sie damals überhaupt nicht gehabt hatten.

»Ein paar Jahre später, auf diesem Musikinstitut in der Nähe von Wien, werden genau dieselben Beschwerden gegen Sie vorgebracht.«

»Das ist nicht wahr.«

»Wieder lange Fehlzeiten. Aufsässiges Verhalten. Und wieder Theater mit einer jungen Dame, Irene Sonnebeek. Nach einer kurzen Romanze machte sie Schluß. Sie akzeptierten das nicht und belästigten sie weiter. Ihr neuer Freund griff ein und knöpfte Sie sich mit ein paar anderen Jungs vor. Stimmt das?«

»Nein.«

»Nicht?«

»Ich meine: Es stimmt schon, aber Sie verdrehen alles. Das Milchgesicht kam aus dem Dorf in der Nähe unserer Schule. Die konnten uns nicht ausstehen, weil wir Musiker waren. Da mußte man in deren Augen bekloppt sein.«

»Wie dem auch sei, Irene Sonnebeek ist eines der Mädchen, die in jenem Jahr Selbstmord begingen. Nicht wahr? Sie war der Grund dafür, daß die Schule geschlossen wurde. Doch das war für Sie nicht mehr von Belang, denn Sie waren inzwischen von der Schule geflogen. Das ist immer dasselbe Muster, finden Sie nicht? Eine obsessive Aufmerksamkeit für bestimmte Mädchen. Und wenn es außer Kontrolle gerät, tauchen Sie einfach unter. Das sollte nicht das letzte Mal gewesen sein.«

Notovich kam sich vor wie die Hauptfigur in einem Roman von Franz Kafka. Die Vorfälle, die die Polizei ausgegraben hatte, hatten nichts miteinander zu tun, aber wenn man sie nebeneinanderstellte, hatte es in der Tat den Anschein, als stecke ein Muster dahinter. Die Wirklichkeit war ganz anders gewesen.

Der Name Senna war nach zweieinhalb Stunden Verhör noch immer nicht gefallen. Notovich geriet allmählich in Panik.

»Ich denke, ich habe nun genug Fragen beantwortet. Führt das noch irgendwo hin?«

Auf dem Tisch lag ein brauner Umschlag. Van der Wal öffnete ihn und holte ein Foto heraus. Darauf war ein Kettchen zu sehen. Er legte das Foto langsam hin und strich es sorgfältig glatt, obwohl es überhaupt nicht zerknittert war.

»Erkennen Sie das?«

Es gab Notovich einen Stich.

»Woher haben Sie das?«

Er konnte seine Stimme gerade noch beherrschen. Van der Wal beobachtete ihn wie eine Spinne in ihrem Netz.

»Das hat man in Paris gefunden. Einer der französischen

Zeugen behauptet, daß Senna van Ruysdael diesen Schmuck getragen hat.«

»Wo haben sie es gefunden?«

»Wir wissen nicht viel mehr als Sie. Die französische Polizei fragt nur, ob Sie bestätigen können, daß Frau Van Ruysdael so ein Kettchen besaß.«

»Es wird wohl mehrere von diesen Dingern geben.«

»Aber Sie erkennen es?«

»Jetzt möchte ich wirklich meine Anwältin sprechen.«

Er durfte endlich jemanden anrufen, kannte allerdings die Telefonnummer der Anwältin nicht. Zwanzig Minuten später traf Linda ein. Bleich vor Wut blaffte sie den diensthabenden Beamten kurze Sätze zu. Sie brachte die Anwältin mit. Durch die halbgeöffnete Tür fing Notovich Fetzen des Wortwechsels zwischen Linda, der Anwältin und einem Ermittler auf. Er versuchte das Gespräch zu verfolgen wie ein Kind, das Erwachsene über sich reden hört. Das Kind weiß nicht, ob es etwas richtig oder falsch gemacht hat. Der Ton ist zu verhalten, die Worte sind zu schwierig, und die Erwachsenen scheinen den Schlüssel zu einer Welt zu besitzen, die viel zu groß ist für das Kind.

Als Linda wieder ins Zimmer kam, nahm sie ihn an die Hand.

»Sie haben nichts, Mikhael. Es sind alles indirekte Beweise. Verdächtigungen, mehr nicht.«

»Wer hat ihnen diese Hinweise gegeben? Valdin?«

»Und wenn du mich totschlägst, ich habe keine Ahnung. Dein Name steht wieder in der Zeitung, und durch solche Publicity zieht man so was an.«

»Die Polizei hat eine Bitte«, sagte die Anwältin.

»Und die wäre?«

»Sie suchen Dinge, die du an diesem Abend getragen hast oder bei dir hattest: Kleidung, einen Kamm, ein Taschentuch, was auch immer.«

»Du meinst: an denen sich Blut von Senna befinden könnte?«

Sie nickte.

»Ich habe alles weggeworfen«, log er. Er wußte genau, wo das T-Shirt lag. Unter seinem Bett. Wahrscheinlich die erste Stelle, an der die Polizei suchen würde.

»Natürlich hast du alles weggeworfen. Das begreift doch jeder«, sagte Linda.

»Können sie einfach so meine Wohnung durchsuchen?«

»Im Moment nicht«, sagte die Anwältin. »Dazu brauchen sie die Genehmigung des Staatsanwalts. Aber ich denke, sie werden es probieren.«

Es verwunderte Notovich, daß er nicht beunruhigt war. Er fühlte sich seltsam beschwingt. Linda bot ihm an, ihn im Auto mitzunehmen, doch er wollte unbedingt mit der Straßenbahn fahren. Es war lange her, daß er in einer Straßenbahn gesessen hatte, und er genoß die Fahrt durch das Zentrum von Amsterdam in vollen Zügen. Er würde das T-Shirt heute abend an einem besseren Ort verstecken. Aber vorher mußte er noch etwas anderes erledigen. Er holte den Zettel aus der Tasche, den Vivien ihm bei dem Konzert hatte geben lassen, und wählte ihre Nummer.

Das Lokal war voller und lauter als bei ihrem ersten Treffen. Sie hatte denselben Tisch gewählt. Sein Körper reagierte diesmal viel weniger heftig auf Vivien – als akzeptierte er, daß Senna und Vivien zwei verschiedene Frauen waren.

»Warum wolltest du mich sprechen?« fragte sie.

»Ich komme gerade von der Polizei. Die Ermittlungen sind wieder aufgenommen worden. Sie haben offenbar anonyme Hinweise erhalten.«

Sie erschrak.

»Ich vermute, daß Valdin dahintersteckt.«

Sie wich seinem Blick aus.

»Ich habe doch gesagt, daß er nicht aufgeben wird«, erwiderte sie unterkühlt. »Was willst du noch von mir?«

Sie sah sich unruhig im Raum um und tippte mit dem Fingernagel an ihr Teeglas. Ihm wurde klar, daß er diese Frau überhaupt nicht kannte.

»Ich fühle mich hier nicht wohl«, sagte sie auf einmal. Sie stand auf und zog ihn mit sich hinaus. Dort schaute sie sich zweimal um. Rasch führte sie ihn in eine Gasse und wurde erst ruhiger, als sie um eine Ecke gebogen waren.

»Tut mir leid, ich mußte da einfach weg.«

Warum verhielt sie sich so verdächtig? Als ob sie ein Geheimnis mit sich herumtrüge. Sie hatte hinter dem Rücken ihres Freundes eine Verabredung mit einem anderen. Hatte sie Angst vor ihm? Als sie ihren Schritt beschleunigte, ergriff er ihren Arm.

»He, nicht so eilig.«

»Ich habe dich doch vor Valdin gewarnt!« sagte sie heftig. »Er ist nicht er selbst. Ich glaube fast, er dreht durch. Wer weiß, wozu dieser Mann in der Lage ist!«

»Du hast Angst vor ihm.«

Sie schwieg.

»Ist er aggressiv? Tut er dir weh?«

»Natürlich nicht. Was für ein Unsinn.«

Sie schien sich zu beruhigen.

»Ich möchte gern wissen, was in ihn gefahren ist. Ich möchte wissen, wer Senna war«, sagte sie, während ihre Hand die seine flüchtig berührte. »Willst du mir nicht etwas von ihr erzählen? Bitte, Mikhael.«

Sie hatte ihn noch nie beim Vornamen genannt. Er spürte einen Hauch von Enttäuschung. Als müßte diese Frau ihn Mischa nennen.

»Aber ich will das doch gerade alles hinter mir lassen.«

»Das verstehe ich. Tu's nur ein einziges Mal. Für mich.«

Zu Hause ließ er sie einen Moment auf dem Flur warten, damit er Zeit hatte, die schmutzige Wäsche, die Zeitungen, Bücher und Teller mit Essensresten in einen Schrank zu stopfen oder unter dem Sofa verschwinden zu lassen. Sie setzte sich aufs Sofa. Er suchte in einem Schrank nach sauberen Tassen und fand sogar noch eine Packung Bio-Kekse, die Linda ihm offenbar dagelassen hatte.

Als der Tee fertig war, bat sie ihn, sich zu ihr zu setzen. Er zögerte. Es war, als wolle er ihr nicht zu nahe kommen, als würde er dann doch in gewisser Weise neben Senna sitzen.

»Ich beiße nicht«, lachte sie. »Komm, so redet es sich leichter.«

Zu Linda und Nicole war er nie wirklich offen über Senna gewesen. Aber er fand, daß Vivien ein Recht darauf hatte zu erfahren, wie sie in diese Geschichte verwickelt worden war. Er suchte nach Worten. Zögernd beschrieb er die erste Begegnung mit Senna unter dem Baum hinter dem Gebäude, in dem sich sein Übungsraum befand. Und wie sie das erste Mal in den Klavierladen gegangen waren, und daß sie sich dort manchmal auf den Flügel gelegt hatte, während er spielte. Dann erklärte er ihr, daß seine Liebe zu Senna ihm das Leben gerettet, daß sie aber jede echte Intimität verweigert hatte. Er erzählte ihr sogar von der Nacht, in der er Senna gezwungen hatte, mit ihm zu schlafen. Und daß sie am nächsten Morgen verschwunden war.

Nach dieser schrecklichen Nacht hatte ein Schleier über den Tagen gehangen. Die Auftritte und der Erfolg widerten ihn immer mehr an. Ohne Senna erschien es ihm sinnlos, von Stadt zu Stadt zu ziehen, von Hotel zu Hotel, von einem leeren Bett zum nächsten. Wenn er frei hatte, streifte er durch die Straßen von Paris. Manchmal glaubte er, im Augenaufschlag einer Passantin ihren Blick aufzufangen, ihr dunkles Haar in einem vollen Laden zu erkennen oder ihre Silhouette in der Metro. Er besuchte den Ort, wo sie einander zum ersten Mal begegnet waren. Unter dem Baum auf dem kleinen Hof hinter seinem früheren Übungsraum versuchte er, sich an das Gedicht von Byron zu erinnern, das sie gelesen hatte. Von der Bank aus sah er den Balkon der Wohnung, in der sie sich damals aufgehalten hatte. Er zählte die Etagen und die Anzahl der Wohnungen, und es gelang ihm, die richtige Tür zu finden. Als er klingelte, war ihm, als ob sich jemand hinter der Tür bewegte. Aber es öffnete niemand.

Wochen vergingen. Notovich sagte immer mehr Konzerte ab. Er konnte sich nicht mehr dazu aufraffen. Tagelang schlenderte er durch Paris, an den Märkten entlang, den Brücken, den Parks und Straßencafés. Eines Morgens sah er sie im Bois de Boulogne. Sie lag auf einer Wiese neben einem Pferd, das dort graste, einem Tier mit beängstigend durchgebogenem Rücken.

Sie erkannte ihn nicht gleich. Erst nachdem er ihren Namen zweimal gesagt hatte, erschien ein vorsichtiges Lächeln auf ihren Lippen. Er stellte ihr ein paar einfache Fragen, um mit ihr ins Gespräch zu kommen. Sie antwortete zunächst auf Französisch, als ob er ein Fremder wäre. Das Pferd hatte sie auf einem schlammigen Platz neben einer Reitschule gefunden, wo es zum Abtransport in den Schlachthof bereitstand. Nach einem harten Arbeitsleben habe es etwas anderes verdient, meinte Senna. Das arme Tier hatte manchmal acht, neun Stunden am Tag Kinder auf seinem Rücken getragen. Senna hatte den Besitzer überredet, ihr das Pferd zu schenken, damit es seinen wohlverdienten Lebensabend in Ruhe verbringen konnte. Ein Tierfuttergroßhändler spendierte ihr ab und zu einen Sack Hafer, ansonsten ließ sie es in den Parks grasen. Mitunter schickten Leute vom Grünflächenamt sie weg, hin und wieder auch ein Polizist, doch sie mußte nie Strafe zahlen. Nachts stand das Tier im Garten eines verlassenen Hauses, irgendwo in der Nähe. Er fragte, wo sie selbst schlafe, aber das verriet sie nicht.

Er wollte sich entschuldigen, ihr erklären, daß er sich nie verzeihen würde, er wollte ihr sein Herz ausschütten, doch er kam nicht über ein paar unbeholfene Sätze hinaus. Also legte er sich neben sie auf die Wiese. Minutenlang sprachen sie nicht, bis das Pferd das Gras um seinen Kopf herum abzufressen begann. Sie kicherte und sagte mit einem Mal auf Niederländisch, daß das Tier ihn möge.

»Senna ... ich halte das nicht mehr aus. Komm bitte wieder nach Hause. Es ist alles mein Fehler.«

»Das darfst du nicht sagen. Die Chemie zwischen uns stimmt einfach nicht.«

»Nein, ich muß lernen, mich zu beherrschen. Wenn du wüßtest, wie schrecklich elend ich mich füh ...«

Er beendete den Satz nicht, denn er wollte kein Mitleid erregen. Sie drehte sich zu ihm um.

»Weißt du, was das Blöde ist, Mischa ... Ich vermisse dich, selbst nach dem, was du mir angetan hast. So ist es mir noch nie mit jemandem gegangen, und das ist mir unheimlich.«

»Mir auch.«

»Aber wirklich. Ich glaube, daß ich deshalb nicht mit dir ... daß ich nicht intim sein konnte. Ich fühlte mich bei dir ganz anders als bei anderen Männern.«

»Jetzt gibst du dir noch selbst die Schuld.«

»Nein, nein. So meine ich es nicht.«

»Gibt es noch andere Männer?«

»Nicht mehr.«

Diese Bemerkung beschäftigte ihn noch Wochen später, doch er fragte nie, was sie damit gemeint hatte.

»Wir brauchen nichts zu überstürzen«, sagte er, »aber komm nach Hause. Bitte.«

»Was soll ich dann mit Magda machen?«

Sie streichelte das Pferd und erkundigte sich nach seinen Konzerten. Er log, daß alles phantastisch laufe, doch sie spürte, daß er ihr etwas verheimlichte. Schließlich mußte er zugeben, daß er nicht mehr auftrat.

»Aber du übst doch, Mischa?« fragte sie. »Und du liest noch unsere Briefe?«

Sie nannte die Korrespondenz zwischen Liszt und d'Agoult immer »unsere Briefe«.

»Die erinnern mich zu sehr an dich«, erwiderte er ehrlich. »Außerdem ... es ist nicht dasselbe, wenn du sie nicht vorliest.«

»Mischa ... du mußt mir versprechen, wieder aufzutreten.«

Ihre Unruhe übertrug sich auf das Pferd. Es fing an, den Kopf hin und her zu werfen, und scharrte mit den Hufen im Gras. Senna versuchte vergeblich, es zu beruhigen. Das Gespräch war vorbei.

Er hatte keine Ahnung, was er nun tun sollte. Sie hing noch an ihm, das war das Wichtigste. Unter normalen Umständen würde er sie überreden, irgendwo eine Kleinigkeit essen zu gehen. Dann würde es spät werden, und dann würde er beiläufig bemerken, daß sie bei ihm übernachten könne; er würde auf dem Sofa schlafen. Aber mit Magda funktionierte dieser Plan nicht. Ein Pferd konnte man unmöglich mit in ein Bistro nehmen.

Er hatte nicht vor, sie gehen zu lassen. Es blieb ihm nichts anderes übrig, als sie zu begleiten, wohin auch immer. Solange sie ihn nicht wegschickte, war ihm alles recht. Das Haus am Rande des Parks war ein hölzernes Etwas mit abgeblätterter Farbe und zerschlagenen Fenstern. Es war nicht schwer zu erraten, warum niemand darin wohnen wollte. Es lag an einer Autobahn, die einen unaufhörlichen Strom von Motorengeräuschen und Auspuffgasen produzierte.

»Was für ein Glück, daß ich diesen Ort gefunden habe, was?« sagte Senna. Mit einem langen Seil hatte sie Magda im Garten an einem Stahlring in der Erde festgebunden. Notovich nickte. Der Lärm schien sogar durch den Holzfußboden hereinzudringen. Auf der Toilette lagen zwei Heroinspritzen. Das Haus wurde offenbar von Drogensüchtigen genutzt, die sich im Park herumtrieben. Nachts war der Bois de Boulogne das Revier von Prostituierten und Transsexuellen.

»Schläfst du hier?«

»Fast nie. Ich habe meine eigene Stelle.«

»Wo denn?«

»Wenn ich das verrate, ist es nicht mehr nur meine Stelle.«

»Laß uns meinetwegen in ein Hotel gehen. Wir können ein Taxi rufen.«

Sie fing an zu lachen. Auf einmal schlang sie ihre Arme um ihn und küßte ihn.

»Mischa, geh nach Hause.«

»Was? Ich kann dich doch hier nicht zurücklassen. Es wimmelt hier von Junkies.«

»Du mußt üben, du mußt an deine Musik denken.«

»Die ist mir egal. Ich gehe nicht weg, bis du mir versprichst, daß du zu mir zurückkommst, Senna. Magda ist nicht die einzige, die dich braucht. Es ist mir gleich, ob wir vor Hunger oder Kälte umkommen, aber ich laß dich nie mehr allein.«

»Das kann ich nicht. Ich habe Angst, Mischa.«

»Ich werde dir nie mehr weh tun.«

»Nicht vor dir – vor mir selbst.«

Er fühlte, wie die Dunkelheit ihn umschloß. Er fiel auf die Knie und begann zu weinen wie ein Kind. Sie legte ihre Hand auf seinen Kopf und versuchte, ihn mit sanften, tröstenden Worten zu beruhigen. Er klammerte sich an ihre Beine, sein Körper wurde vom Schluchzen geschüttelt. Alle Enttäuschung, alle Wut über sich selbst, alle Ohnmacht brachen aus ihm heraus. Er konnte nicht mehr ohne sie leben. Wenn sie nicht mitkam, würde er sich damit abfinden, hier auf diesem zugigen Holzfußboden zu sterben. Sie kniete sich neben ihn und küßte ihn noch einmal. Und während er sie umklammert hielt, schliefen sie gemeinsam ein.

20

Während Notovich erzählte, hatte Vivien ihren Tee nicht angerührt. Nun erhob sie sich rasch und wischte sich über die Augen. Sie war ergriffen.

»Entschuldige bitte, ich bin sonst nicht so«, sagte sie. »Wie ging es weiter mit euch?« Sie lief am Regal entlang und ließ ihre Finger über die Buchrücken gleiten.

»Wollen wir uns das fürs nächste Mal aufheben?«

»Ach komm, Mischa! Ich meine, ich darf dich doch Mischa nennen?« fügte sie verlegen hinzu. »Oder durfte nur *sie* das?«

»Natürlich nicht«, sagte er leichthin, während sich seine Eingeweide zusammenzogen. Sie war mit ihrem Zeigefinger am Flügel angelangt und ließ ihn nun zum Deckel hinuntergleiten.

»Ist er das?«

»Nein, dieser Flügel gehörte meiner Mutter.«

»Aber sie ähneln einander. Ich möchte wetten, daß sie fast genauso klingen.«

Es war ihm schleierhaft, woher sie das wußte. Sie studierte die Stahlbügel vor dem Vorhängeschloß. Als sie den Deckel öffnete, schrak er auf, als würde sie ihn selbst berühren. Sie streichelte die Tasten und blies etwas Staub herunter. Sie schien in einer verträumten Stimmung zu sein. Unter der Schale der Selbstbeherrschung wirkte sie wärmer, ungezwungener, fast wie ein verletzliches Mädchen. Er versuchte, den Gedanken an Senna zu unterdrücken.

»Warum spielst du nicht was für mich?« fragte sie.

»Jetzt? Ich habe schon so lange nicht mehr ...«

»Es braucht ja kein Liszt zu sein. Vielleicht etwas von Chopin.«

Sie zog ihn an den Flügel. Er sträubte sich wie ein Kind, das nicht zum Schwimmunterricht will. Doch sie gab nicht nach, und er setzte sich.

»Spiel etwas, das du für sie spielen würdest.«

»Ich weiß nicht ... ich ...«

»Natürlich weißt du es. Spiel ihr Lieblingsstück.«

Sie kniete sich neben seinen Stuhl und legte ihre Hände locker auf seinen Schenkel. Er konnte es ihr nicht abschlagen. Er hatte keine Ahnung, warum, aber er spielte *Mazeppa*, Sennas Lieblingsstück. Seine Hände wiesen ihm wieder den Weg, als ob Noten, Akkorde und Dynamik in den Hautzellen seiner Finger gespeichert wären. Er war allein mit der Musik, allein mit Liszt, allein mit ihr.

Mitten in einem Takt hörte er auf. Zwischen ihnen breitete sich Stille aus. Mit wem war er eigentlich hier: mit Vivien oder mit *ihr*?

Auf einmal stand sie auf.

»Ich muß gehen. Valdin darf nicht wissen, daß ich hier bin.«

»Er ist doch nicht Herr über dein Leben.«

Er hielt sie zurück.

»Laß mich los.«

»Vivien, was will Valdin von mir?«

»Was weiß ich. Er sagt mir nie etwas. Er sieht mich nicht an und tut, als ob ich nicht da wäre. Er sitzt den ganzen Tag an seinem Klavier, und wenn er nicht übt, dann liest er alles, was er nur kriegen kann, über Teufel und Dämonen. Er ist besessen, wirklich besessen. Halt dich von ihm fern, geh eine Weile ins Ausland oder so. Aber laß dich nicht in seine Welt hineinsaugen. Das mußt du mir versprechen.«

»Wovon redest du?«

»Er ist nicht halb so ein guter Pianist wie du, Mischa. Und genau das ist die Gefahr. Wenn du wieder auftrittst, macht er dich kaputt, und das würde ich mir nie verzeihen.«

»Gemeinsam kommen wir gegen ihn an. Du kannst hier wohnen.«

»Was? Ich kenne dich kaum.«

Er verstand selbst nicht, warum er es ihr angeboten hatte. Es war ihm herausgerutscht, ehe er darüber nachgedacht hatte. Natürlich war es absurd. Die ganze Situation war absurd, doch er konnte dem Gefühl, das sie ihm gab, nicht widerstehen. Egal, auf welch traurigen Illusionen es beruhte.

»Ich bin nicht sie.«

Sie sagte es mit einem kaum verhohlenen Bedauern, das ihm etwas Hoffnung machte.

Als sie weg war, setzte er sich wieder an den Flügel. Wie hatte er sich nur so hinreißen lassen können? Heute morgen hatte er noch bei Natasja im Bett gelegen und sich besser gefühlt denn je. Er mußte sich Senna aus dem Kopf schlagen.

Er blickte sich um. Wie hatte er die ganze Zeit in so einem düsteren Loch leben können? Er zog die Vorhänge auf und öffnete zwei Fenster, ließ Tageslicht und frische Luft herein.

Linda kam eine Stunde später mit einer Tasche voller Einkäufe vorbei. Sie schaute erstaunt, als er in Trainingshosen den letzten Karton in die Abstellkammer schleppte und Wischwasser vorbereitete.

»Nein, nein, einen Holzfußboden darf man nicht mit diesem Zeugs wischen, Mischa. Dafür habe ich ein spezielles Mittel gekauft. Guck mal unter die Spüle.«

Notovich wollte es selbst tun. Sie durfte Instruktionen geben, aber er und niemand anders würde hier saubermachen. Sie legte sich mit einem Becher Ökosaft und einer Tüte glutenfreier Chips aufs Sofa und sah ihm zu. Als sie alles aufgegessen hatte, bot sie ihm an, das Schlafzimmer auszumisten.

Er war einverstanden.

Sie schufteten zwei Stunden lang. Sein ganzes Leben hatte er sich körperlicher Arbeit entzogen, um seine Hände und Schultern zu schonen, doch nun war er nicht aufzuhalten. Es war, als ob er auch in seinem Kopf aufräumte.

Linda kam mit einem Stapel schmutziger Wäsche herein, die sie in eine große Einkaufstüte stopfte.

»Was bist du nur für ein Schwein. Guck doch mal, was alles unter deinem Bett liegt.«

»Ich habe genug Sachen.«

»Ich nehme das mit nach Hause. Hier ... Dieses T-Shirt ist voller Flecken. Ich würde sagen, es ist Blut. Hast du dich geschnitten? Warum hast du es nicht sofort ausgespült?«

Es war wie ein Schlag in die Magengrube. Er hatte das T-Shirt völlig vergessen. Das T-Shirt, das er in jener Nacht getragen hatte. Das T-Shirt mit *ihrem* Blut.

»Gib mir die Sachen.«

Er lachte so beherrscht wie möglich.

»Was willst du denn damit?«

»Linda, es ist meine Wäsche. Ich werde mir diese Woche eine Waschmaschine kaufen.«

»Du, eine Waschmaschine? Das dauert wieder Monate. Ich wasch das schnell aus, dann ...«

»Nein. Ich muß lernen, für mich selbst zu sorgen.«

»Mischa, ich ...«

»Misch dich da nicht ein. Gib her!«

Sie schien zu erschrecken.

»Was hast du?«

»Nichts. Laß mich bitte.«

Er nahm ihr die Wäsche aus den Händen und brachte sie ins Schlafzimmer zurück.

Sie schaute ihm mißtrauisch hinterher.

»Der Haufen liegt in einem Jahr noch da.«

Er ging nicht darauf ein. Gemeinsam machten sie es sich auf dem Sofa bequem, um sich auszuruhen. Sie bewunderten das saubere, helle Zimmer, und Linda schmiegte sich an Notovich. Sie sagte ihm, wie froh sie sei, daß es ihm wieder besser gehe. Sie habe sich manchmal in den Schlaf geweint. Ab und zu sei sie drauf und dran gewesen »einzugreifen«. Er versuchte, sich eine Vorstellung von der Bedeutung dieses Worts zu machen. Was meinte sie damit?

»Na, ganz einfach ... wenn es mit dir noch mehr bergab gegangen wäre, dann hätte sich doch jemand um dich kümmern müssen?«

Sie strich ihm übers Kinn und sagte, daß er sich rasieren solle.

»Was meinst du eigentlich?«

»Du kannst immer noch bei mir wohnen.«

»Bei dir?«

»Du willst doch nicht eingewiesen werden, so wie sie es mit Mama gemacht haben? Das würde ich nie zulassen.«

Er sah das große Gebäude in den Wäldern wieder vor sich. Seine Mutter hatte einen Schlafanzug angehabt, den er nicht kannte, ihr langes Haar hatte offen heruntergehangen. Sie hatte ihn geküßt und festgehalten. Sie hatten beide geweint. Sonst wußte er nichts mehr.

Er erzählte Linda, daß er wieder üben wolle – richtig üben. Das seien ja mal gute Nachrichten, fand sie. Sie sagte etwas Ermutigendes, er ging jedoch nicht weiter darauf ein. Sie merkte, daß er abwesend war, und fing an, ihm russische Wörter ins Ohr zu flüstern, die sie aus irgendeinem Buch hatte. Er ließ sie gewähren und kam langsam zur Ruhe. Aber die Wörter wurden immer anzüglicher, und sein Ohr begann von ihrem feuchten Atem zu glühen.

»Warum ziehst du nicht bei mir ein, Mischa, mein kleiner *saitschik*?«

»Und Wim?«

»Der hat noch seine eigene Wohnung.«

»Das mag sein, aber ...«

»Wim braucht mich nicht so wie du.«

Er spürte, wie ihre Brüste sich an ihn preßten, während sie ihn umarmte.

Am nächsten Tag mußte er wieder ins Konservatorium, um den anderen Studenten zu unterrichten. Im Foyer sah er Natasja, die sich mit Freundinnen unterhielt.

»He, hallo!« sagte sie fröhlich. Die Mädchen, die bei ihr standen, fingen an zu kichern. Er nickte ihr steif zu und lief schnell weiter.

Nachmittags nahm er sich die Etüden von Chopin vor. Chopin war der Komponist, der ihn als Kind ans Klavier gelockt hatte. Das erste Musikstück, mit dem er eine Freundin beeindruckt hatte, war ein Nocturne von Chopin gewesen.

Nach ein paar Stunden konzentrierter Arbeit donnerte die erste Seite der *Etüde Nr. 1 C-Dur* fehlerfrei in den Raum.

Das letzte Mal hatte er so intensiv gearbeitet, als Senna wieder bei ihm eingezogen war. Auch damals war er voller Inspiration gewesen. Bei jeder Komposition hatte er neue Möglichkeiten, neue Sichtweisen entdeckt. Senna hatte ihm versprechen müssen, nie mehr in das Haus im Bois de Boulogne zurückzukehren. Wenn sie von ihm weg wolle, würde er ihr ein anderes Zimmer bezahlen, aber diese Stelle im Wald war zu gefährlich. In der Nacht, die sie zusammen dort verbracht hatten, waren sie von einem stämmigen Kerl mit aschgrauer Haut und riesigen Brüsten geweckt worden, der versucht hatte, Notovich das Portemonnaie aus dem Jackett zu ziehen. Sie hatten ihn (oder sie) fortgejagt. Der Junkie hatte draußen noch zwanzig Minuten lang in unverfälschtem Pariser Dialekt herumgezetert.

Das war der Moment, an dem Senna sagte, daß sie nach Hause wolle. Zu ihm nach Hause. Für Magda fanden sie eine kleine Reitschule und bezahlten dem Besitzer ein paar hundert Euro, damit er sie versorgte.

In der ersten Nacht bot er an, auf dem Sofa zu schlafen, doch Senna schlüpfte hinter ihm ins Bett und schmiegte sich an ihn. Ihre warmen Hände glitten über seinen Bauch. Er blieb reglos liegen.

»Was machst du?«

»Nichts.«

Sie küßte ihn und schob ihr Bein zwischen seine.

»Senna ...«

»Laß mich nur. Ich will das. Wirklich. Ich will es schon

sehr lange. Aber ich dachte, es wäre besser für dich, besser für deine Musik.«

»Im Gegenteil, es hat mich ganz verrückt gemacht.«

»Ich hätte dich nicht so quälen dürfen. Es tut mir leid, es tut mir leid«, sagte sie zwischen ihren Küssen.

»Ich dachte, du hast einen anderen«, sagte er.

»Ich bin jetzt für dich da. Nur für dich.«

Die Erinnerung an jene Nacht erregte Notovich. Er sah wieder die Schweißtröpfchen auf ihrer nackten Haut, roch den Geruch ihres Halses und hörte ihr Stöhnen, während er sanft in sie eindrang. Ihr Körper gab seufzend nach. Er versuchte, so vorsichtig wie möglich zu sein, aber von Hemmungen oder einem unverarbeiteten Jugendtrauma war nichts zu spüren. Sie kroch auf ihn und begann langsam, sich rhythmisch hin- und herzubewegen. Er nahm ihre Brüste in seine Hände und küßte sie. Und während sie sich über ihm wand, seufzte und stöhnte, fragte er sich, ob sie nun wirklich die seine sei.

Ein lautes Piepen weckte Notovich aus seinem Tagtraum. Es war nur eine Erinnerung gewesen. Senna war nicht mehr da. Er hatte das Bedürfnis nach einer Frau, einer echten aus Fleisch und Blut. Er lauschte angestrengt in die Stille.

Das Telefon piepte wieder.

Es war Natasja. Sie klang bemüht heiter. Sie langweile sich und sei neugierig auf seine Bude. Scheinbar leichthin erklärte er ihr, daß sein Souterrain nicht sicher sei für kleine Mädchen (was auch stimmte). Sie angelte nach einer Einladung. Aus einer Anwandlung heraus sagte er, daß er zu ihr kommen würde.

Ihm war bewußt, daß er erst jetzt wirklich eine Grenze überschritt. Beim letzten Mal hatte er sich vielleicht noch hinreißen lassen, um sich aus dem Würgegriff seiner Einsamkeit zu befreien. Doch jetzt würde er vorsätzlich mit ihr schlafen. Wenn er zu ihr ging, schuf das Erwartungen, und Erwartungen schufen Verpflichtungen, und die liefen meistens auf peinliche Szenen hinaus.

Er ging also zu ihr.

Es fühlte sich gut an. Besser als er es je empfunden hatte. Auch gesünder. Sie liebten sich langsam und ausgiebig. Dann erzählte er Natasja von seinem Vorhaben. Er tat, als ob er es schon vor langer Zeit beschlossen habe, aber es war eine spontane Eingebung. Er würde wieder auftreten.

21

Es sollte kein groß aufgezogenes Comeback mit viel Tamtam werden. Er wollte in kleinen Sälen vor musikalischen Feinschmeckern auftreten, die ein Ohr für Subtilität und Tiefgang hatten. Er konnte nicht leugnen, daß ihn Valdins schamlose Herausforderung angestachelt hatte. Sie hatte zweifellos eine Art Wettbewerbsgefühl in ihm hervorgerufen. Aber er wollte unter allen Umständen vermeiden, daß die Leute es als einen Kampf ansahen, ein Duell. Nein, er würde sich nicht so verhalten, wie andere es von ihm erwarteten.

Er würde Valdin ignorieren.

Er würde sich nicht auf Liszt beschränken. Natasja flehte ihn an, ihm bei der Auswahl der Stücke helfen zu dürfen; sie würde auch die Seiten umblättern, wenn er spielte. In dieser Nacht sprachen sie über das ideale Programm. Sie kam mit überraschend guten Vorschlägen. Vielleicht hatte er ihre Musikalität doch unterschätzt. Es war ganz anders, als mit Senna zu reden; die hatte ihren Geschmack oft nicht begründen können. Natasja stand mit beiden Beinen auf der Erde und hatte einen realistischen Blick auf die Musik.

Am nächsten Morgen radelte er sofort zu Bröll, um ihm die gute Nachricht zu überbringen. Dieser reagierte mit der größtmöglichen Selbstbeherrschung, geradezu scheinheilig: Er tat, als ob ein Comeback für ihn zweitrangig sei. Er sei vor allem besorgt, ob Notovich dem Ganzen überhaupt gewachsen sei. Aber sein Kopf lief rot an, als er laut über mögliche Säle nachzudenken begann. Die Details überließ Notovich gern Bröll. Er hatte nur ein paar Forderungen: Er würde spielen, wozu er Lust hatte, und die Auftritte sollten etwas Inoffizielles haben. Er wollte auch nicht, daß zu viele Spots auf ihn gerichtet wurden. Eine Leselampe, damit er die Tasten sehen konnte, war genug. Die Leute sollten nicht ins Konzert kommen, um zu sehen, sondern um zu hören. Und schließlich das Wichtigste: Niemand durfte denken, daß sein Comeback etwas mit Valdin zu tun hatte.

»Sicher?«

»Sicher.«

»Ich meine ... Nicht, daß es am Ende noch heißt, ich hätte dich gezwungen«, sagte Bröll.

»Ich mache keinen Rückzieher. Ich hätte das schon viel eher tun sollen.«

»Aber ... hast du das mit deiner Therapeutin besprochen?«

»Mein Gott, fängst du jetzt auch noch an? Willst du nun mein Agent sein oder nicht?«

Bröll wirkte erleichtert. Er umarmte Notovich unbeholfen und murmelte so etwas wie »Hab ich's doch gewußt« und »Mußte ja mal werden«. Dann kniff er ihn viel zu enthusiastisch in den Nacken. Notovich fragte sich, wieviel Schulden Bröll eigentlich hatte.

Das Gerücht, daß Notovich wieder auftreten würde, verbreitete sich rasend schnell. Bröll selbst war wahrscheinlich das größte Leck. Die »Neuigkeiten« in der Presse nahmen immer groteskere Formen an: Der exzentrische Notovich spiele angeblich nicht mehr auf einem Flügel, sondern auf einem verstimmten russischen Klavier, das seiner Mutter gehört habe und nach dem Fall der Mauer mit Hilfe der örtlichen Mafia aus Leningrad herausgeschmuggelt worden sei. Er trage den ganzen Tag Handschuhe, um seine Finger warm zu halten.

Seine Furcht vor Ansteckung sei so groß, daß er immer jemanden bei sich habe, der die Türen für ihn öffnen müsse. Und Handlanger suchten das ganze Land nach jungen Frauen ab, die sich vor einem Konzert von dem genialen Musiker entjungfern lassen wollten. Nur auf diese Weise könne er sich noch aufputschen, deshalb sei er bei seinem letzten Auftritt auch voller Blut gewesen.

Notovich erfuhr all diesen Tratsch über Natasja (die das Detail mit dem Blut jedoch wegließ). Wenn er den ganzen Tag geübt hatte, fuhr er mit dem Rad zu ihr. Sie spielte kichernd die Rolle der unschuldigen Studentin, die entjungfert werden wollte. Notovich stürzte sich knurrend auf sie und liebte sie mit Skifäustlingen an den Händen. Es erstaunte ihn selbst, daß er so verspielt sein konnte. Er hatte sich noch nie so frei und voller Energie gefühlt. Er hatte das Bedürfnis hinauszugehen, hatte Interesse an neuen Restaurants oder Filmen, die erschienen. Seine Vorbereitung beeinträchtigte das seltsamerweise nicht. Er verabredete auch nicht mehr als zwei Sitzungen im Monat bei Nicole. Er wollte nicht mehr zurückschauen, sondern nach vorn; die Welt wartete auf ihn.

Wochenlang hörten sie nichts von Valdin. Bröll setzte Journalisten unter Druck: Wer seinen Klienten in einem Atemzug mit Valdin nenne, brauche nicht mehr mit einem Interview oder einer Einladung zu einem Konzert zu rechnen. Und das wirkte.

Inzwischen waren auch finanzielle Aufwendungen nötig. Notovich brauchte neue Anzüge, ein Flügel mußte bestellt werden, und Bröll mußte mit vielen Leuten essen gehen. Er zögerte zuerst, Geld auszugeben, doch Notovich ermutigte ihn, von allem nur das Beste zu nehmen. Die Einkünfte würden demnächst wieder hereinströmen. Bröll glaubte ihm nur allzu gern. Schon bald war er zu seinem alten Lebensstil zurückgekehrt und widmete sich mit großer Hingabe seinem Glückspaket. Er war erstaunt, wie billig Kokain geworden war und wie teuer die Frauen.

Die Leichtigkeit, mit der Notovich sein Repertoire aus der Zeit vor Paris bewältigte, war erstaunlich. Er strotzte vor neuen Ideen. Es gab nur ein kleines Problem. Bröll hatte Notovich vorsichtig klargemacht, was das Publikum von ihm erwartete. Ihm sei es ja egal – Notovich brauche sich auch nicht darum zu scheren –, aber wäre es nicht großartig, wenn er sein Konzert mit einem Stück von Liszt beenden würde? Der *Sonate in h-moll* zum Beispiel? Notovich schob die Entscheidung hinaus, übte das Stück nicht und konzentrierte sich zunächst auf andere Dinge. Er stellte die Partitur auf den Notenständer, legte sie wieder weg. Morgen vielleicht.

In dieser Nacht machte er einen Spaziergang an den Grachten. Auf einmal sah er im Dunkeln zwei leuchtende Augen, die ihn aus einem Hauseingang anstarrten. Er lief schneller und war sich fast sicher, Schritte hinter sich zu hören. Er hoffte beinahe, daß es die Polizei war, die ihn beschattete, das würde wenigstens bedeuten, daß er sich nichts einbildete. Erst eine halbe Stunde später kam er nach einem großen Umweg zu Hause an. Er war verschwitzt und außer Atem.

22

Die Panik brach mit der gnadenlosen Präzision und Geschwindigkeit einer Blitzoffensive über ihn herein. Er zwang Natasja, sich das zentrale Werk seines Programms, die *Kreisleriana* von Schumann, dreimal anzuhören, wobei er jedesmal Variationen anbrachte, die für das normale Ohr nicht wahrnehmbar waren. Natasja versuchte vergeblich, ihn zu beruhigen. Dann wollte er plötzlich die Verträge mit den Theatern sehen. Bröll wurde mit dem ganzen Papierkram herbeizitiert. Warum standen seine Forderungen da nicht schwarz auf weiß? Wieso war das eine Frage des Vertrauens? Sollte er unbesehen glauben, daß er eine Garderobe mit einem Klavier bekam? Daß die Klavierstimmer seine Anweisungen auch tatsächlich ausführten? Daß das Licht gedämpft würde? Da sei Bröll aber sehr gutgläubig. Begriff er denn nicht, daß die Kritiker und das Publikum ihn liebend gern lynchen würden, wenn er auch nur eine falsche Note spielte?

Als die Tirade andauerte, setzte Bröll Notovich kurzerhand ins Auto und brachte ihn zu Nicole. Dort drückte er so lange auf alle Klingelknöpfe, bis jemand öffnete. Oben trat Nicole in den Flur hinaus. Sie war ungeschminkt und trug einen scheußlichen Trainingsanzug. Es war ihr freier Tag. Bröll sprach die historischen Worte: »Krieg das hin, oder ich hau ihm eine runter.«

Nicole fing zunächst von seiner Medikation an. Als sie sah, daß er nicht darüber reden wollte, machte sie ihm eine heiße Schokolade. Dann gingen sie ins Arbeitszimmer. Sie hatte einen langsam schrumpfenden Sahneschnurrbart, von dem er die Augen nicht abwenden konnte. Nicoles Fragen klangen von weit her; es schien eine Sprache zu sein, die er seit Jahren nicht gesprochen hatte. Vielleicht war es ein Fehler gewesen, die Tabletten so abrupt abzusetzen, aber das würde er jetzt nicht mit ihr besprechen. Er würde es ihr später erzählen. Zum ersten Mal hatte er wieder Inspiration in sich gespürt. Das konnte niemand verstehen, auch sie nicht.

Sie ließ ihn reden. Langsam beruhigte er sich. Er versprach, sich nicht mehr um die Details des Auftritts zu kümmern. Er versprach, an diesem Abend eine Schlaftablette zu nehmen.

Endlich entließ sie ihn. Er rief sofort Natasja an.

Als sie am nächsten Morgen in seine Wohnung kamen, stand Linda in der Küche und kochte.

»Oh, schön, du bist sicher eine Studentin von ihm?« fragte sie ohne jede Spur von Ironie.

Es war einen Moment still.

»Linda, das ist Natasja. Natasja, das ist meine Schwester.«

Linda betrachtete Natasja noch einmal, als ob sie nicht richtig gehört hätte. Dann schaute sie Notovich erstaunt an. Er zog verlegen das Besteckfach auf und kramte in den Messern. Linda fragte nicht weiter und holte einen dritten Teller aus dem Schrank. Beim Essen führte sie fast ununterbrochen das Wort. Sie erzählte Geschichten aus ihrer gemeinsamen Jugend, die ihn kleiner machten, Linda größer und Natasja zu einer Außenstehenden.

»Und einmal, da wußte Mischa während der Heiligen Messe nicht, woran er sich die Nase abwischen sollte«, begann

Linda eine weitere Anekdote. Es war eine Einweihung in die Familienmythen, die für Natasja viel zu früh kam, aber sie lächelte höflich und ergriff unter dem Tisch seine Hand. Ein Gefühl der Rührung durchströmte Notovich.

Natasja bot an, die Küche aufzuräumen, damit er sich noch ein wenig mit Linda unterhalten konnte. Die machte sich natürlich Sorgen, doch das sagte sie nicht.

»Nettes Kind.« Mit der Betonung auf »Kind«.

»Es ist nicht so, wie du denkst. Du machst viel zu viel daraus.«

»Aber weiß sie das auch?«

Er seufzte verärgert.

»Ist sie dem überhaupt gewachsen? Jemand muß dir ab und zu ein Gegengewicht bieten, das weißt du.«

»Natasja ist anders.«

»Das habe ich dich schon so oft sagen hören.«

»Können wir das lassen, Linda? Ich habe einfach Panik bekommen, das ist doch nicht ihre Schuld. Sie ist ein Schatz, und ich bin ein alter Knacker, der nur mit sich selbst beschäftigt ist. Aber es ist nun mal passiert. Wir haben beide nicht darauf gewartet. Und ich habe auch keine Ahnung, wohin das führt.«

»Darüber mache ich mir ja gerade Sorgen. Und was glaubst du, wie das auf die Polizei wirkt?«

»Bitte? Du willst einfach nicht, daß ich glücklich bin. Du kannst einfach nicht zugeben, daß ich ein Recht auf Glück habe. Wir haben Spaß. Sie hält mich mit beiden Beinen auf der Erde. Das ist völlig neu für mich.«

Sie zog ihre Hand von seinem Knie.

»Wenn du dich nicht gut fühlst, dann sagen wir das Konzert ab. Okay?«

»Nein, nicht okay. Ich muß da durch. Siehst du nicht, daß das alles zu meinem Heilungsprozeß gehört?«

»Das verstehe ich, Mischa. Ich will nur nicht, daß ... nicht noch mal ...«

Sie gab ihm einen flüchtigen Kuß und ging. Sie hielt es nicht für nötig, sich von Natasja zu verabschieden. Notovich lief in die Küche und umfaßte Natasja sanft von hinten. Sie wiegte sich mit ihm im Rhythmus unhörbarer Musik. Dann zog er sie zum Flügel und drückte sie in einen Sessel. Er hatte das Bedürfnis, das Schicksal herauszufordern, seinen Dämonen ins Auge zu sehen. Und er brauchte dazu einen Zeugen, um sicher zu sein, daß es auch wirklich geschah. Ohne jedes Zögern spielte er die ersten, drohenden Noten der *Sonate in h-moll.*

23

Die Bühne war über einen kühlen Raum mit grellem Licht zu erreichen. Notovich versuchte, durch ein rundes Fenster in den dunklen Saal zu schauen. Er brauchte nur durch diese Tür zu gehen, um in ein neues Leben zu treten. Jetzt, wo er soweit war, müßte dieser Schritt eigentlich relativ leicht sein, aber die Dunkelheit im Saal flößte ihm Angst ein. Die Welt wirkte auf einmal wie eine einzige große, feindliche Zone. Würde es ihm je wieder gelingen, die Herzen des Publikums für sich zu gewinnen?

So durfte er nicht denken; er mußte seine Gedanken auf die Aufgabe lenken, die vor ihm lag. Er würde einfach mit dem Anfangsstück beginnen: einer Sonate von Beethoven. Und er brauchte sich jetzt nur auf den ersten Teil davon zu konzentrieren. Den ersten Takt. Die erste Note. Eine Note – das würde er schon hinkriegen.

Er lockerte seine Hände und spürte, daß ihn jemand in die Seite kniff. Es war Bröll. Notovich mied ihn vor Konzerten, weil er nicht auch noch von dessen Unsicherheit angesteckt werden wollte. Bröll hatte seine Nerven nie unter Kontrolle.

Sie umarmten sich. Bröll sah auf die Uhr und schaute Notovich fragend an. Der holte tief Luft und nickte entschlossen. Bröll ging durch die Tür, betrat die Bühne und wandte sich mit heiserer Stimme ans Publikum. Notovich zog seine Handschuhe aus und lief auf die Bühne. Aus den Augenwinkeln sah er Natasja mit einem angespannten Lächeln sitzen. Linda hatte er nicht eingeladen, und sie hätte auch nicht darum gebeten. Vielleicht später. Im Saal herrschte absolute Stille, wie vor einem Gottesdienst. Er konnte sich fast vorstellen, daß niemand da wäre, daß er sich nur kurz hereingeschlichen habe, um das Klavier zu testen, mehr nicht.

Die Klavierbank schien ein wenig zu hoch zu sein, oder bildete er sich das ein? Er drehte sie etwas herunter, stellte dann aber doch wieder die ursprüngliche Höhe ein. Er war abergläubisch wie viele Musiker und Spitzensportler, deren Erfolg von einem einzigen Moment abhängen kann, in dem alles stimmen muß. So mußte die Klavierbank immer nach oben verstellt werden, nicht nach unten. Wenn die Sitzfläche zu hoch war, mußte sie also zuerst ein Stück zu weit nach unten gedreht werden, damit die letzte Bewegung doch wieder nach oben führte. Nach oben war gut.

Im Saal ertönte nervöses Hüsteln, als ob das Publikum sich bereitmachte, selbst eine Leistung zu vollbringen. Notovich versuchte, seinen Geist frei zu bekommen. Die *Sonate Nr. 30* war eines der späteren Werke Beethovens.

Die Tempoangabe über dem ersten Teil lautete *vivace ma non troppo* – lebhaft, aber nicht zu sehr. »Lebhaft« hatte seiner Meinung nach nichts mit Schnelligkeit zu tun, wie viele andere Pianisten dachten. Im Gegenteil. Er spielte den ersten Teil am liebsten so langsam wie möglich. Eine Interpretation, die von Kritikern als exzentrisch angesehen wurde. Er fand jedoch, daß es der Anweisung des Komponisten eine tiefere Bedeutung verlieh.

Gleich bei den ersten Noten gelang ihm ein schöner, runder Ton. Seine Finger waren geschmeidig und treffsicher. Im Saal war es mucksmäuschenstill, Notovich genoß von der ersten Sekunde an vollste Aufmerksamkeit. Schon bald war er allein mit seiner Musik. Mittendrin erhöhte er das Tempo doch etwas. Das geschah automatisch durch die leichte Euphorie, die er aufkommen spürte. Der erste Teil war vorbei, ehe er sich's versah.

Gerade als er das *Prestissimo* anstimmen wollte, hörte er ein Knarren in den Kulissen. Hatten sie jemandem Zutritt zur Bühne gewährt? Er machte eine kurze Pause und versuchte, sich neu zu konzentrieren. Da war wieder ein Geräusch. Es war kein Stuhl; es klang, als ob sich jemand auf ein Ledersofa setzte. Er blickte hoch. Hinter dem Vorhang an der Seite der Bühne stand Valdin in einem glänzenden, schwarzen Ledermantel.

Sofort waren die Ruhe und das zarte Selbstvertrauen dahin. Sein Herz fing an, unkontrollierbar zu galoppieren. Was wollte Valdin hier? Hatte er vor, gleich auf die Bühne zu laufen, um ihn vom Flügel wegzudrängen? Damit er zeigen konnte, wer der Bessere war? War das das Duell, von dem er sprach? Valdin grinste hochmütig. Er machte mit der Hand eine Drehbewegung, als wolle er Notovich ermuntern weiterzuspielen.

Der würde sich nicht von seiner eigenen Bühne verjagen lassen. Wie krank mußte jemand sein, um einen Kollegen während eines Auftritts zu belästigen? Das war reine psychologische Kriegsführung, und Notovich hatte nicht vor, sich zu ergeben. Er griff mit einem *Prestissimo* und *Fortissimo* an. Das funktionierte. Zumindest die ersten Takte lang. Aber er war nicht mehr voll auf die Musik konzentriert. Mit einem Ohr lauschte er auf neue Geräusche aus den Kulissen. War das Valdin, der sich gerade räusperte? Oder bewegte er sich? Verdammt, er durfte sich jetzt keine Blöße geben. Er mußte der Welt zeigen, wer er war und was er konnte. Daß er noch immer mit seinem brillanten Spiel zu erstaunen, zu rühren und zu verstören verstand. Das war der Moment, Valdin in die Schranken zu weisen und den Kampf zu beenden, ehe er begonnen hatte.

Doch es war ihm, als ob er Valdin lächeln sehe. Einer falschen Note folgte noch eine und noch eine. Ein paar Takte später fing er an nachzudenken, welche Noten er spielen mußte. Das war der Todesstoß. Er hörte mitten in einer Passage auf, seine Hände blieben verkrampft über den Tasten hängen.

Die Welt um ihn herum begann sich zu drehen. Lag es an ihm, oder war aller Sauerstoff aus der Luft herausgesaugt? Nur jetzt nicht ohnmächtig werden, nicht vor einem vollen Saal. Schwankend machte er ein paar Schritte.

»Wer hat diesen Kerl hereingelassen?« fragte Notovich so beherrscht wie möglich. Und dann lauter, in den Saal: »Wer hat, verdammt noch mal, diesen Kerl hereingelassen? Es ist eine Schande!«

Gab es einen Notausgang? Nein. Die Tür – er mußte zur Tür. Er drehte sich um. Durch das runde Fenster sah er schon das erlösende Neonlicht scheinen. Im Vorbeigehen packte ihn jemand am Arm.

»Maestro? Geht es? Soll ich einen Arzt rufen?«

Notovichs Hände flogen an Valdins Kehle und verbissen sich in dem blassen Fleisch. Der Franzose wehrte sich zuerst belustigt, aber Notovich fühlte sich plötzlich von einer unaufhaltsamen Kraft getrieben. Er verstärkte seinen Griff, bis in Valdins Augen wirkliche Todesangst zu sehen war. Bröll stürzte hinzu, um die beiden zu trennen, doch Notovich trat den kleinen Agenten mit einer wilden Bewegung von sich weg.

»Was willst du von mir, du Scheißkerl?« zischte Notovich Valdin zu. Zwei Mitarbeiter eilten herbei. Sie versuchten, den Franzosen zu befreien, aber Notovich hielt seine Hände fest geschlossen. Da erst drang Brölls Flehen zu ihm durch. Er ließ Valdin langsam los und ging schweigend davon.

Er hatte keine Ahnung, wie er nach Hause gekommen war – wahrscheinlich zu Fuß. Er wollte sich aufs Bett legen, aber komischerweise sprudelte er geradezu vor Energie. Er lief im Zimmer auf und ab, während ihm Fragen durch den Kopf schossen. Hatte Presse im Saal gesessen? Oder noch schlimmer: Polizei? Hatte jemand sehen können, daß er seine Selbstbeherrschung verloren hatte?

Er fluchte vor sich hin. Es war vermutlich genau das, was Valdin wollte. Warum hatte er sich so eine Blöße gegeben? Warum war er so unsicher gewesen? Er hatte sich zu Musik verleiten lassen, die überhaupt nicht zu ihm paßte. Das war es! Früher war ihm das nie passiert. Da hatte ihn niemand aus dem Gleichgewicht bringen können. In seinen besten Tagen hatte er auf der Bühne gestrahlt. Vor einem Auftritt hatte ein inneres Feuer in ihm geglüht. Diese Hitze hatte die Leute auf Distanz gehalten, ihn unantastbar gemacht.

Mit Liszt war ihm das nie passiert. Liszt verlieh ihm eine übermenschliche Kraft. Natürlich hatte er Angst vor der intensiven Leidenschaft und Besessenheit von damals. Aber diese Zeit war vorbei. Er war jetzt reifer geworden, erwachsener. Er konnte viel besser Abstand wahren.

Seltsamerweise war er Valdin schon nicht mehr böse. Nein … eher im Gegenteil. Der Zwischenfall hatte ihm einen Schubs in die richtige Richtung gegeben. Er mußte alles dafür tun, dieses Gefühl jetzt festzuhalten. Er griff zum Telefon.

»Keine Panik, Bröll. Ich fühle mich ausgezeichnet. Wir machen einfach weiter. Ich ändere nur das Programm. Ja, ja ... erst in einem Monat. Mehr als genug Zeit. Wirklich. Glaub mir.«

Er würde Valdin beweisen, wozu er in der Lage war. Von einem Duell könne natürlich keine Rede sein. Er würde sich nicht zu einem banalen Zweikampf herablassen. Aber er würde wieder Liszt spielen. Er würde kaum Vorbereitungszeit benötigen. Liszt habe er in den Fingern. Er würde allen zeigen, daß der Komponist nicht nur eine virtuose, bombastische Seite hatte, sondern eben auch eine poetische. Nicht umsonst seien so viele seiner Kompositionen von Dichtungen inspiriert. Senna habe sie ihm alle vorgelesen.

Bröll hörte sich den Monolog geduldig an.

»Ach ja«, sagte er auf einmal. »Das hätte ich fast vergessen, Noto. Ich weiß, wo Valdin die letzten beiden Jahre gesteckt hat.«

»Nämlich?«

»Irgendwo in Deutschland. Er hatte Privatunterricht bei Karl Süssmeier.«

»Süssmeier, bist du sicher?«

Notovich erinnerte sich, daß er diesen Namen in einem Buch notiert hatte.

»Karl Süssmeier, war das nicht dieser ostdeutsche Pianist?« fragte Bröll.

»Ja, aber wir kennen ihn eigentlich nur von illegalen Tonbändern«, wußte Notovich noch. »Sie wurden in den sechziger und siebziger Jahren durch den Eisernen Vorhang geschmuggelt.«

»Was ist denn so Besonderes an diesem Kerl?«

»Süssmeier war ein Schüler eines Schülers eines Schülers von ...«

»Du meinst ... von Liszt?«

»Dem einzig wahren.«

Notovich hielt das Gerücht für unglaubwürdig. Er hatte noch nie gehört, daß Süssmeier Schüler annahm. Außerdem, wie alt mußte der Mann inzwischen sein? Das war sicher wieder eine Lüge aus Valdins PR-Maschine.

Er unterbrach die Verbindung und suchte die Nummer von Natasja, aber zu seiner eigenen Verwunderung rief er Vivien an. Er verstand zuerst selbst nicht, warum. Sie klang distanzierter als das letzte Mal und wollte nicht verraten, wo sie war. Aber irgendwie mußte er sie einfach sehen.

»Ich war gestern dabei, Mischa«, sagte sie auf einmal.

»Wobei?«

»Dein Konzert. Valdin hatte mir nicht erzählt, wo wir hingehen würden. Aber als ich hineinkam ... Wie schrecklich für dich.«

»Hast du gesehen, was hinter den Kulissen passiert ist?«

»Wir haben nur Gepolter gehört. Was war denn los?«

»Das tut nichts zur Sache. Es ist vorbei. Kann ich dich sprechen?«

Er redete sich ein, daß er sie nur sprechen wollte, um die Wahrheit herauszufinden. Er mußte Gewißheit haben. Er mußte in den Spiegel schauen können, ohne sich zu fragen, wer ihn dort aus dem Halbdunkel anstarrte. Sie zögerte zunächst, gab dann aber nach. Er sprach nicht aus, was er wirklich fühlte: Wenn er wieder Liszt spielen würde, brauchte er sie.

»Du hast aufgeräumt«, bemerkte Vivien, als sie eintrat. Sie setzten sich. Ihre vorige Begegnung war offenherzig und intim gewesen, doch es hatte den Anschein, daß sie sich nun dafür schämte. Erst nach ein paar Minuten wurde sie etwas aufgeschlossener.

Mit Valdin wechselte sie kaum noch ein Wort. Er ging völlig in seiner Musik und seinem neuen Status als musikalisches Phänomen auf. Sie verbrachte tagelang allein in ihrem Hotelzimmer. Sie hatte zwar eine Wohnung in Antwerpen, aber sie war sich sicher, daß Valdin sie dort finden und zurückholen würde. Er selbst kam oft nachts nicht nach Hause. Morgens roch er dann nach anderen Frauen.

»Warum läßt du dir das gefallen?«

»Du kennst ihn nicht.«

»Offensichtlich. Er ist eindeutig paranoid.«

»Er weiß, daß ich mit dir geredet habe.«

»Hast du ihm das erzählt?«

»Natürlich nicht. Als ich neulich nach Hause kam, wollte er wissen, wo ich gewesen bin. Und mit wem ich gesprochen habe. Ich sagte, daß er sich nicht so aufspielen solle. Da schrie er auf einmal: ›Ihr steckt doch nicht etwa unter einer Dekke?!‹«

»Er weiß es.«

»Und als ich ihn fragte, mit wem ich unter eine Decke stekken soll, fing er an, geheimnisvoll zu lachen.«

Sie wirkte verstört. Notovich blieb unbeholfen stehen, setzte sich dann neben sie und rutschte gleich wieder ein Stück zur Seite, um nicht allzu vertraulich zu werden. Valdin war argwöhnisch. Vielleicht ließ er Vivien sogar von einem Privatdetektiv verfolgen. Oder womöglich sogar von der Polizei.

Sie saßen schweigend nebeneinander. Sie war nicht Senna, aber in ihrer Gegenwart vermißte er Senna mehr denn je. Und indem er sie vermißte, schien sie wieder lebendig zu werden. Warum tat er sich das an? Er konnte diese Gefühle nicht zulassen. Er wollte wieder aufstehen, aber sie hielt ihn fest.

»Bleib noch einen Moment hier sitzen, bitte.«

»Vivien, wir kennen einander kaum.«

»Doch es fühlt sich ganz vertraut an. Geht es dir nicht auch so?«

Er zögerte.

»Vielleicht ist es nicht richtig, was wir tun«, sagte sie. »Aber ich sehe, wie du mich anschaust. Ich spüre, wie sehr du sie noch immer liebst. Eine solche Liebe ... so etwas habe ich noch nie empfunden. Es ist mir egal, was in deinem Kopf vorgeht. Dein Herz ist entscheidend. Eure Liebe war so stark. Niemand hat mich je so geliebt. Ich fände es nicht schlimm, so zu tun, als ob ich sie wäre.«

»Das ist blanker Unsinn.«

Sie erhob sich und zog ihn vom Sofa.

»Vivien, was machst du?«

»Du brauchst mich nicht Vivien zu nennen, wenn du nicht willst.«

»Du bist verrückt. Das ist doch Wahnsinn.«

Aber sein Widerstand schwand. Sie führte ihn ins Schlafzimmer und schloß die Vorhänge. Dann zog sie ihn aufs Bett, streifte ihr Top ab und leitete seine Hände im Dunkeln zu ihren Brüsten. *Ihre* Brüste. *Ihre* Haare, *ihr* Mund, *ihr* Atem. *Ihr* auf und ab wogender Bauch.

»O Mischa ... nun sag es schon. Sag ihren Namen.«

Doch er konnte es nicht. Er durfte sich jetzt nicht hingeben. Es wäre unfair gegenüber Natasja. Er wollte ihr nicht weh tun. Nie. Sie hatte ihn nicht nur in ihr Bett gelassen, sondern auch in ihr Herz. Sie gab ihm Hoffnung und eine Zukunft. Außerdem hatte er zu arbeiten. Er riß sich los und stand auf. Dann öffnete er die Vorhänge und fragte Vivien, wo er Valdin finden könne.

24

Am Ende der engen Gasse befand sich tatsächlich eine Art Laden. Vivien zufolge gelangte man durch einen Perlenvorhang neben dem Ladentisch in einen kleinen Raum, wo Valdin sich nachmittags massieren ließ. Notovich trat ein. Im vorderen Teil standen Regale voller Schalen, Töpfe und Kartons mit chinesischen Schriftzeichen. Vermutlich Produkte zur Körperpflege und asiatische Arzneimittel. Ein penetranter Weihrauchgeruch hing in der Luft, der indes nicht gesund sein konnte. Ein asiatisches Mädchen, Anfang zwanzig, telefonierte mit teilnahmslosem Blick. Er murmelte einen Gruß, als käme er öfter hierher, und schob den Perlenvorhang zur Seite. Im Flur gab es nur eine Tür.

In dem Zimmer tönte leises Geklimper chinesischer Saiteninstrumente aus winzig kleinen Lautsprechern; ein Lampion tauchte den Raum in ein beruhigendes rotes Licht, und es roch hier angenehmer und süßer als in dem Laden. Valdin war nur mit einem Handtuch bedeckt und lag auf einem Massagetisch. Eine bildschöne Chinesin mit langem Haar und einem kurzen schwarzen Kleid knetete sanft seine Schultern. Auf einem Stuhl saß noch eine Frau, die sowohl ihre Schwester als auch ihre Tochter sein konnte. Sie sagte etwas auf chinesisch über den hereinkommenden Notovich, und die andere fing an zu lachen. Valdin drehte sich um und schien nicht sonderlich überrascht.

»Sieh an, wen haben wir denn da«, sagte er auf französisch. In Valdins Nacken bemerkte Notovich blaue Flecke, die bei ihrer letzten Begegnung entstanden waren.

»Können wir hier reden?«

»Darf ich dir eine Massage anbieten?« fragte Valdin munter. »Das ist das mindeste, was ich tun kann, nach meinem skandalösen Fauxpas bei deinem Konzert. Lin Mei und Lin Tianhou hier geben dir eine Massage, die deine Muskeln zwanzig Jahre jünger machen. Diese Damen sind mein bestgehütetes Geheimnis.«

»Ich habe keine Zeit für ...«

»Doch, natürlich. Du wirst es nicht bereuen. In der Umkleidekabine liegt ein Handtuch.«

Das Mädchen auf dem Stuhl lachte ermutigend und sagte in gebrochenem Niederländisch etwas von »das Qi ins Gleichgewicht bringen«. Notovich hätte Valdin am liebsten durchgeschüttelt, aber er begriff, daß er ihn so nicht zum Reden bekommen würde. Er ging in die Umkleidekabine, und ein paar Minuten später lag er neben Valdin auf einem Tisch. Die warmen Hände von Lin Mei wanderten über seinen Rükken, kniffen hier und da sanft zu. Aus den Augenwinkeln nahm er wahr, daß Valdin sich auf den Rücken drehte. Unter dessen Handtuch war eine kräftige Erektion zu sehen. Valdin schien sich nicht dafür zu schämen.

»Ich will ja gerade, daß du wieder auftrittst«, erklärte Valdin, »es war absolut keine Absicht. Das verstehst du doch?« Notovich wußte nicht, wie er reagieren sollte, aber das konnte auch an dem süßen Geruch und den angenehmen Händen von Lin Mei liegen.

»Es ist alles bestens.«

»Du hast deine Konzerte doch nicht abgesagt, hoffe ich?«

»Nein, warum sollte ich?«

»Es tut mir wirklich leid. Ich wollte dich nur noch kurz begrüßen, bevor du auf die Bühne mußtest. Aber als ich nach hinten kam, hattest du schon angefangen. Ich habe mich nicht mehr in den Saal getraut, und einer von den Organisatoren sagte, daß ich mich zwischen die Kulissen stellen dürfe. Wenn ich gewußt hätte, daß dich das aus der Konzentration bringt, dann …«

»Womöglich war es doch zu etwas gut. Ich habe beschlossen, mein Programm zu ändern.«

Ein Lächeln erschien um Valdins Mund, das sowohl bewundernd als auch abwertend interpretiert werden konnte.

»Liszt, hoffe ich.«

»Vielleicht«, sagte Notovich, obwohl er selbst nicht wußte, warum er so vage blieb.

»Natürlich wirst du Liszt spielen. Es ist eine Sucht. Es macht etwas mit einem. Wenn Liszts Geist von einem Besitz ergreift, macht einen das größer, als man es je zu hoffen gewagt hätte. Dann ist man zu allem in der Lage.«

Um seinen Worten Nachdruck zu verleihen, legte Valdin seine Hand auf Lin Tianhous linke Brust. Sie schrak zurück, fuhr dann aber leicht errötend mit ihrer Arbeit fort. Valdin schaute Notovich triumphierend an.

»Ich habe ein Recht darauf, denn ich bin ein großer Künstler«, verkündete er strahlend. Er schob seine Hand zwischen zwei Knöpfen hindurch unter die Bluse und knetete die Brustwarze. Notovich hatte keinen Humor dafür. Es war ihm unbegreiflich, wo der Mann die Arroganz hernahm. War er früher selbst auch so gewesen?

Er schob Lin Meis Hände fort und setzte sich auf, während er das Handtuch ängstlich festhielt.

»Ich habe gehört, du warst bei der Polizei«, sagte Valdin auf einmal.

»Von wem?«

»Sie haben mich auch vernommen. Irgend jemand muß ihnen gesagt haben, daß wir uns kennen.«

»Ach komm, Mann, warst du der anonyme Tipgeber?«

»Ich?« brachte Valdin hervor, als ob er absolut unschuldig wäre. »Warum sollte ich so etwas tun? Ich hätte dich vielleicht warnen können, aber ich wollte dich nicht beunruhigen. Ein Künstler muß sich auf seine Kunst konzentrieren.«

Notovich glaubte ihm nicht.

»Hängt das vielleicht alles mit der *Teufelssonate* zusammen?«

»Welche *Teufelssonate*? Ich kenne keine *Teufelssonate*.«

Valdins Intonation war wieder übertrieben naiv, als ob er Notovich innerlich auslachte.

»Vivien meint, du redest von nichts anderem.«

»Vivien? Hat sie dir das erzählt?«

»Ich weiß nicht, was du mit ihr willst. Aber du machst sie unglücklich.«

Valdin fuhr hoch. Sein plötzlicher Stimmungsumschwung schien den ganzen Raum zu elektrisieren.

»Du schwafelst doch bloß«, sagte er.

»Ich will sie nur beschützen.«

»Beschützen?«

Valdins Blick bekam langsam etwas Prüfendes, und dann kehrte das Grinsen um seinen Mund wieder zurück.

»Du willst Vivien beschützen? So wie du Senna beschützt hast? Verstehe.« Valdin setzte sich neben Notovich auf den Tisch. Der dachte mit Bedauern daran, daß er nur ein Handtuch trug, so war es schwierig, schnell wegzulaufen; seine Kleider befanden sich noch in der Umkleidekabine. Der Franzose legte einen Arm um ihn.

»Notovich, der Frauenretter.«

Notovich versuchte, sich loszuwinden, aber Valdin war stärker als er erwartet hatte.

»Und was wirst du tun, um sie zu retten, Notovich? Sie in Stücke schneiden und den Wölfen zum Fraß vorwerfen? Was hast du denn eigentlich getan, um Senna zu retten? Weißt du das noch?«

»Laß mich los.«

»Natürlich. Du hast ein Blackout gehabt, gehen wir also mal davon aus, daß du dich nicht an alles erinnern kannst, was in jener Nacht geschehen ist. Aber tief im Innern weißt du, was passiert ist, nicht wahr? Du hast sie umgebracht.«

»Das weiß ich nicht.«

»Zweifelst du etwa noch daran? Und das soll ich glauben?«

»Vielleicht war es ein Unfall. Oder vielleicht hat sie ja auch Selbstmord begangen.«

»Selbstmord? Das würde Senna nie tun! Das weißt du genauso gut wie ich!« sagte Valdin auffallend heftig. »Senna hatte zwar so ihre Phasen. Dann war sie ungreifbar und launisch. Aber sie war keine Frau, die jemals Selbstmord begehen würde. Nicht meine Senna. Dafür waren wir zu glücklich.«

»Deine Senna?«

»Du hast schon richtig gehört.«

Auf einmal wurde Notovich von Bildern von einem unbekannten Ort im Tiefsten seines Gedächtnisses überflutet. Ein lautes Lokal in Paris. Blauer Dunst. Weinflaschen. Klebrige Tische. Und in einem Grüppchen vager Bekannter steht da plötzlich Valdin: Valdin, der lacht; Valdin, der auf der Theke steht und singt; Valdin, der bei einer hitzigen Diskussion unbemerkt den Arm um Sennas Schulter legen will. Aber sie schiebt seine Hand weg und zerrt Notovich nach Hause. *Senna.* Senna im Bett. Sennas Körper, glühende, nackte Haut in einem Nebel von Schweiß. Die Bilder waren fremd und neu, als ob sie nicht zu ihm gehörten. Ein Brief von jemandem, der schon seit Jahren tot war.

»Sind wir wieder da?« fragte Valdin. Er starrte Notovich an, lächelnd wie einer, der seinen ersten Sieg errungen hat. »Du erinnerst dich an mehr, als du zugibst, was? Ich hab doch gesagt, daß es wieder hochkommen würde.«

Notovich fühlte einen Strom heißer Lava durch seinen Leib fließen, der seine Eingeweide verzehrte und aus ihm herausbrechen wollte. Er mußte an sich halten, um Valdin nicht wieder an die Gurgel zu springen.

»Na los, tu's doch«, sagte dieser selbstsicher.

»Willst du etwa behaupten, daß du eine Beziehung mit ihr hattest?«

»Sie hatte dich satt, Notovich. Sie liebte mich.«

»Daß ich nicht lache. Du bist verrückt! Warum erzählst du nicht, was damals passiert ist?«

»Du kennst meine Bedingung: erst ein Duell.«

»Warum? Was willst du bloß von mir? Vivien meint, ich hätte dich mal beleidigt. Ist es das? Etwas, das ich irgendwann vor langer Zeit mal gesagt habe?«

»Getan hast«, verbesserte Valdin ihn.

»Und was war das?«

Valdin schüttelte den Kopf.

Notovich hatte nicht vor, bei dem irrsinnigen Plan mitzuspielen. Er mußte hier weg. Er raffte seine Sachen zusammen; umziehen konnte er sich auch woanders.

»Ich will, daß du dasselbe durchmachst, was ich durch dich durchgemacht habe«, sagte Valdin leise, aber drohend.

»Und dann erzählst du mir, was passiert ist?«

»Vielleicht ist das dann gar nicht mehr nötig. Denn niemand kann sich ewig hinter seinem Gedächtnisverlust verstecken, Notovich. Irgendwann mußt du der Wahrheit selbst ins Auge blicken.«

25

Das Üben ging ihm verblüffend leicht von der Hand. Er sprühte vor Aktivität. Er kochte und machte lange Spaziergänge. Joghurt schmeckte wieder nach Joghurt, Hyazinthen rochen wieder nach Hyazinthen, und seine Musik klang zum ersten Mal wieder wie Musik. Er hatte keine Angst mehr davor. Er ließ Bröll recherchieren, wo Valdins nächster Auftritt stattfinden würde, verriet aber nicht, warum. Linda kam ab und zu vorbei, doch er erzählte ihr nicht, womit er beschäftigt war. Sie fragte ungläubig, wieso es ihm so gut gehe. Vielleicht war sie enttäuscht. An ihrer Fürsorglichkeit war gerade weniger Bedarf.

»Sag mir eins, aber ehrlich, ja? Nimmst du deine Tabletten noch?«

»Das geht dich nichts an.«

»Heilige Jungfrau Maria.«

»Linda, ich funktioniere mit diesen Dingern nicht«, antwortete Notovich geduldig. »Sie stumpfen mich ab.«

»Das hatte auch seine Vorteile, erinnerst du dich?«

»So kann ich nicht leben, mit Chemikalien, die alle Menschlichkeit aus mir heraussaugen. Wie soll ich da je wieder Musik machen?«

»Du warst doch glücklich?«

»Du meinst, ich habe mir nichts angetan? Linda, es geht mir jetzt erst richtig gut. Ich fühle mich phantastisch. Du kannst stolz auf mich sein.«

»Und was lese ich dann in der Zeitung über einen mißlungenen Auftritt?«

»Das hat mich nur stärker gemacht. Glaub mir.«

»Aber warum wußte ich nichts davon?«

»Was hätte das geändert?«

»Mischa, ich muß das mit Nicole besprechen.«

»Ich ruf sie schon selbst an.«

»Das hast du vor drei Wochen auch gesagt.«

Sie hatte es nie verstanden, und sie würde es auch jetzt nicht verstehen.

»Hat das etwas mit dieser Natasja zu tun?«

»Sie heißt nicht ›diese Natasja‹. Und was mischst du dich da ein?«

»Die Polizei beobachtet dich, und du verfällst wieder in deine alten Muster. Du nimmst deine Medikamente nicht und rennst wieder irgendeinem Mädel hinterher.«

»Du klingst fast eifersüchtig.«

»Ich habe mich die letzten zwei Wochen ganz brav zurückgehalten. Du gehst nicht ans Telefon. Dreimal hattest du die Tür von innen verriegelt, so daß ich nicht reinkonnte, und ich sehe in deinem Kühlschrank, daß du nichts ißt.«

»Ich arbeite.«

»Ich komme überhaupt nicht mehr an dich heran.«

»Weil ich deine Erbsensuppe nicht aufesse? Bin ich deshalb gleich eine Gefahr für die Gesellschaft? Ich versuche, wieder auf eigenen Beinen zu stehen. Aber das einzige, woran du denkst, ist, daß du mich dann nicht mehr bemuttern kannst.«

Er bereute seine Worte sofort. Er sah, daß er sie verletzt hatte.

»Linda, es ... es ist alles sehr kompliziert.«

»Kompliziert, ja«, sagte sie schnaubend. »Und ich verstehe das alles mal wieder nicht. Glaubst du wirklich, daß du dadurch soviel mehr bist als andere? Weil du so ›kompliziert‹ bist?«

Sie sprach das Wort aus, als ob sie einen toten Frosch ausspucken würde. Er führte sie mit sanfter Gewalt zur Tür und versprach, ihre Aufläufe künftig bis zum letzten Bissen aufzuessen.

Er hatte Natasja seit dem mißglückten Auftritt nicht mehr gesehen und ihre Anrufe nicht angenommen. Aber jetzt, da das chemische Zeug seinen Körper ganz verlassen hatte, vermißte er sie immer mehr. Er phantasierte sogar beim Klavierspielen, daß Natasja wieder in seinen Armen läge. Als er sich nicht mehr zurückhalten konnte, rief er sie an. Sie war beleidigt, daß er so lange nichts von sich hatte hören lassen. Er sagte, es tue ihm leid.

Nach langem Zögern entschied sie sich, doch zu kommen. Sie sei gegen vier im Konservatorium fertig und würde dann gleich zu ihm fahren. Er freute sich darauf, sie wiederzusehen. Pfeifend nahm er seine Jacke, um noch ein paar Besorgungen zu machen. Als er aus dem Supermarkt trat, beschloß er, sich in einer Kneipe um die Ecke noch schnell ein Bierchen zu genehmigen. Natasja hatte einen Schlüssel für seinen Keller. Falls sie vor ihm dasein würde, käme sie selbst hinein. Als er den ersten Schluck nahm, klingelte sein Handy. Es war Natasja.

»Ich bin gleich zu Hause. Gedulde dich noch einen Moment.«

»Mischa. Die Polizei ist hier.«

»Wo?«

»In deiner Wohnung. Sie haben einen Durchsuchungsbefehl dabei.«

»Hast du sie reingelassen?!«

»Was sollte ich denn sonst tun? Was ist los?«

Er hatte das T-Shirt mit den Blutflecken völlig vergessen. Das lag noch unter seinem Bett. Oder nein, es lag zwischen der anderen schmutzigen Wäsche in seinem Wäschekorb. Verdammt, warum hatte er das Ding nicht weggeworfen? Was sollte er jetzt machen?

»Natasja, bleib ganz ruhig.«

»Ich bin ruhig.«

»Wo sind sie gerade?«

»Im Wohnzimmer.«

»Sorg dafür, daß sie nicht ins Bad gehen. Nein, warte. Halt sie vom Schlafzimmer fern!«

Er wußte nicht mehr, wo der Wäschekorb stand.

»Warum? Was ist denn?«

Sie sprach auf einmal leise. Die Ermittler bekamen wahrscheinlich jedes Wort mit. Notovich rannte aus der Kneipe und wollte auf sein Rad springen, aber es war noch angeschlossen. Als er die Schlüssel aus der Tasche holte, fiel sein Handy herunter.

»Natasja, bist du noch dran?«

»Ja. Was soll ich machen?«

»Ich ... Nichts. Ich bin gleich da.«

Das Schloß sprang auf. Als er wegfuhr, kam die Wirtin heraus. Er hatte vergessen zu bezahlen. Aber Notovich hörte sie schon nicht mehr. Die Pedale waren schwer wie Betonblöcke. Seine Beine fühlten sich schlapp an, der Schweiß brach ihm aus. Er versuchte, sich zu erinnern, wo er den Wäschekorb hingestellt hatte. Würden sie den auch durchwühlen? Und was würden sie tun, wenn sie ein blutverschmiertes T-Shirt darin fanden?

Er hatte das Gefühl, überhaupt nicht voranzukommen, und es lag noch eine ganze Straße vor ihm. In der Ferne sah er zwei Polizeiautos auf dem Bürgersteig. Vor der Tür war ein Beamter postiert. Notovich fuhr langsamer, er durfte sich seine Panik nicht anmerken lassen. *Das Schlafzimmer.* Auf einmal war er sich ganz sicher: Der Wäschekorb stand im Schlafzimmer.

Die Haustür war offen. Als er eintreten wollte, hielt ihn der Polizist zurück.

»Ich wohne hier.«

»Ihr Name?«

»Mikhael Notovich.«

»Ich muß das kurz bei meinem Kollegen überprüfen.«

»Ich werde doch wohl noch in meine eigene Wohnung dürfen?!«

Er versuchte, sich an dem Beamten vorbeizuwinden, aber der baute sich vor ihm auf. Plötzlich erklang eine Stimme am Ende des Flurs.

»Laß ihn durch, Sjoerd.«

Es war Van der Wal. Der war wieder die Ruhe selbst.

»Ich sagte Ihrer Freundin gerade, daß wir gleich fertig sind.«

Notovich wollte hineingehen, um zu schauen, ob sie schon im Schlafzimmer waren, doch Van der Wal war offensichtlich auf ein Schwätzchen aus.

»Ich hatte bei unserem letzten Gespräch gar nicht mitbekommen, daß Sie eine neue Beziehung haben.«

Er lachte Natasja an. Die stand verloren da. Gott weiß, was er ihr alles für Horrorgeschichten über Notovichs Vergangenheit erzählt hatte.

»Es ist noch ganz frisch«, antwortete Notovich bissig.

»Darf ich mal durch? Ich will nicht, daß sie was kaputtschlagen.«

»Wir sind versichert. Der niederländische Staat bezahlt. Wenn Sie also einen Moment hier warten, dann können die Männer ihre Arbeit tun.«

»Was sucht ihr denn genau?«

»Alles, was uns mehr über Senna van Ruysdael erzählen kann.«

»Das war in Paris. Was sollte hier noch liegen?«

»Die französische Polizei möchte offenbar auf Nummer Sicher gehen. Vielleicht haben Sie Sachen aufbewahrt, die uns etwas nützen. Die Menschen klammern sich oft an persönliche Dinge, nicht wahr?«

»Ja, oder Sie wollen mich einfach unter Druck setzen, natürlich. Sie hoffen, daß ich eine Dummheit mache.«

Notovich lief ins Wohnzimmer. Van der Wal folgte ihm und beobachtete ihn. Notovich tat, als ob er seinen Flügel inspiziere. Aus den Augenwinkeln sah er, daß schon zwei Männer im Schlafzimmer zugange waren.

»Schönes Instrument«, sagte Van der Wal. »Diese Dinger sind sicher ziemlich teuer?«

Notovich nickte abwesend und schaute noch einmal ins Schlafzimmer. Das Bett stand an der Wand, und die Decken lagen daneben. Vor dem eingebauten Kleiderschrank häuften sich seine Oberhemden, Unterhosen und Socken. Den Wäschekorb hatten sie noch nicht angerührt, aber es war klar, wonach sie suchten.

»Geht's denn ein bißchen voran, Jungs?« fragte Van der Wal. »Der Herr wird langsam nervös.«

»Fast fertig.«

Aber es dauerte noch eine Ewigkeit. Notovich tigerte im

Zimmer auf und ab. Natasja rückte die Sofakissen wieder an ihren Platz und setzte sich.

Endlich kamen sie heraus.

»Und?« fragte Van der Wal.

Der Kriminalbeamte schüttelte den Kopf. Notovich fühlte, wie er auf einmal leichter wurde. Hieß das, daß sie nichts gefunden hatten?

»Warte, hast du den Wäschekorb schon kontrolliert?« fragte der Beamte seinen Partner.

Der verneinte.

»Sie brauchen doch meine schmutzige Unterwäsche nicht zu untersuchen?« wandte Notovich noch ein. Aber der Beamte griff mit seinem Arm tief hinein und holte ein Handtuch hervor.

»Sieht aus, wie ein ganz normales Handtuch«, scherzte Van der Wal. Notovich gab sich Mühe, ihn nicht ungläubig anzuschauen. Er ging ins Schlafzimmer und warf seitlich einen Blick in den Korb.

Der war leer.

Sie hatten nichts gefunden. Notovich verstand überhaupt nichts mehr. Als sie endlich weg waren, rief er Linda an.

»Linda, hast du meine Wäsche mitgenommen?«

»Bist du mir böse?«

»Ja oder nein?«

»Du wolltest dir doch eine Waschmaschine kaufen, erinnerst du dich? Aber das hast du natürlich nicht getan. Ich habe also alles mitgenommen. Wieso, was ist denn?«

»Auch das T-Shirt mit den Blutflecken?«

»Die sind noch nicht alle raus. Aber man sieht sie fast nicht mehr.«

»Du hast es *ausgewaschen*?«

»Bei sechzig Grad, aber es ist nicht eingegangen. Brauchst du das Ding schnell wieder?«

»Nein, alles gut. Du bist ein Schatz.«

Als er auflegte, vermochte er einen Freudenschrei kaum zu unterdrücken. Jetzt konnte er endlich wirklich nach vorn schauen.

Natasja wollte wissen, was es mit diesem T-Shirt auf sich hatte.

Er fragte, was Van der Wal ihr erzählt hatte.

»Nicht viel.«

»Sag schon, Natasja. Hat er dir Angst gemacht?«

»Angst? Vor dir?«

Sie lachte, aber er wußte nicht, ob es aufrichtig gemeint war. Er erzählte ihr offen von der Nacht, in der er verhaftet worden war. Von den Blutflecken, die er beim Ausziehen auf dem T-Shirt entdeckt hatte. Und daß er sich damals nicht davon hatte trennen können. Natasja nickte und nahm alles ruhig in sich auf.

»Ich vermute, daß das meiste nichts Neues für dich war«, sagte er.

»Ich habe es in der Zeitung gelesen, wie alle. Denkst du, daß du ihr ... etwas angetan hast?«

»Ich weiß es nicht. Ich weiß es wirklich nicht.«

Sie schien ihm zu glauben.

»Mit mir war damals etwas nicht in Ordnung. Die ganze Situation war völlig anders als jetzt, ich war anders.«

»Du brauchst dich nicht zu entschuldigen.«

»Ich meine, ich hatte mich nicht unter Kontrolle. Und es gibt keine Garantie, daß ...«

Sie wollte nichts davon hören

»Ich sagte doch, daß ich keine Angst vor dir habe.«

»Aber ...«

»Frag mich nicht, warum. Ich spüre einfach, daß du mir nie etwas antun wirst. Es ist vielleicht noch zu früh, um zu wissen, ob ich dich liebe, Mischa, aber ich fühle mich total sicher bei dir.«

Er küßte sie. Und dann liebten sie sich auf dem Fußboden, schnell und heftig, als ob sie viel nachzuholen hätten. Danach hatte Notovich Lust, Klavier zu spielen. Und an diesem Abend spielte er Liszt für sie, während er selbst laut mitsang. Die Angst war verschwunden, der Kampfgeist war in ihm erwacht. Wenn er Natasja anschaute, wollte er sie beschützen. Gegen jeden, der die Vergangenheit wieder heraufholen und ihn hinunterziehen wollte. Er konnte das Verlangen nach Rache jetzt deutlich spüren.

26

Es war fünf vor neun, als sie ankamen. Valdins Konzert hatte schon vor vierzig Minuten begonnen. Die Parkplätze waren voll, und die Schließer des Theaters unterhielten sich über Fußball. Bröll hatte die Karten organisiert. Er war für seine Verhältnisse auffallend schweigsam. Gott sei Dank. Als sie eintraten, hätte Notovich eine stärkere Anspannung empfinden müssen, doch zu seiner Verwunderung stellte sich diese nicht ein. Das konnte ein schlechtes Zeichen sein. Vielleicht war er übermütig oder nicht fokussiert genug. Aber das war nicht der Fall. Er fühlte sich wie ein Sprinter vor dem Hundertmeterfinale. Jemand, der seinen Platz in der Geschichte einfordert.

Durch den langen, hohen Flur mit den roten Teppichen tönten ihnen Klänge einer Sonate von Rachmaninow entgegen. *Sonate Nr. 2 b-moll*, eine Komposition, die er in seiner Anfangszeit auch gern gespielt hatte. Ein Mitarbeiter des Theaters wollte ihn aufhalten; während des Konzerts durfte niemand hinein. Aber Notovich sagte ihm, wer er sei, und ging einfach weiter. Es funktionierte noch, keiner folgte ihm. Er fing fast an, an seine eigene Unverletzbarkeit zu glauben.

Der Saal war bis auf ein paar Leuchter mit Kerzen vollständig verdunkelt. Notovich überließ Natasja und Bröll ihrem Schicksal und lief auf gut Glück nach vorn. Irgendwo in der Mitte stieß er auf einen freien Sitz am Gang. Er setzte sich so unauffällig wie möglich. Valdin bemerkte ihn von der Bühne aus nicht.

Notovich sog die Musik in sich auf. Als er Valdin das erste Mal hatte spielen hören, war er beeindruckter gewesen, als er zugeben wollte. Aber damals hatte er seit Monaten keine Musik mehr gehört. Inzwischen war sein Ohr wieder daran gewöhnt, und er war objektiver. Er hörte die kleinen Patzer und Passagen, die nicht richtig zur Geltung kamen. Valdin wurde dadurch kleiner, ein normaler Mensch.

Valdin war gerade am Ende seiner Sonate angelangt. Der Applaus fühlte sich für Notovich an wie verräterische Dolchstiche. Der Franzose verbeugte sich tief. Er hatte sein langes Haar mit Gel nach hinten gekämmt und trug einen langen Ledermantel. Er sah aus wie eine Kreuzung aus einem Rockstar und einem tschechischen Hundezüchter. Drei junge Frauen stürmten mit Rosen und Päckchen nach vorn. Valdin öffnete eines der Päckchen und holte mit theatralischer Geste einen weißen Slip hervor. Erstaunte Ausrufe und unterdrückte Schreie ertönten. Valdin schnupperte an dem Slip und schaute die Geberin des großzügigen Geschenks strafend an. Diese wurde unter hohen, angespannten Lachern zu ihrem Platz zurückgebracht. Der Saal fand es großartig. Notovich fragte sich, ob das das richtige Publikum für ihn und seine Musik sei.

Ein Mitarbeiter betrat die Bühne und flüsterte Valdin etwas ins Ohr. Sie berieten sich kurz, dann verschwand der Mitarbeiter wieder. Valdin schaute beunruhigt in den Saal. Man hatte ihn offenbar informiert, daß sich Notovich im Publikum befand. Notovich erkannte, daß das sein Zeichen war, erhob sich aber nicht sofort. Er war nun doch nervös, und er hätte nicht vernünftig spielen können; seine Hände waren kalt.

Aber für Zweifel war es zu spät. Als sich das Publikum

beruhigte, stand er auf. Langsam lief er den Mittelgang entlang zur Bühne. Valdin wollte gerade am Flügel Platz nehmen, als er Notovich erblickte. Er blieb einen Moment unschlüssig stehen und ging dann wieder nach vorn. Notovich hatte inzwischen die Stufen erreicht. Seine Beine waren unsicher, und er spürte klamme Feuchtigkeit unter dem Hemd. Bilder seines allerersten Wettbewerbs schossen ihm durch den Kopf. Welchen Preis hatte er damals noch mal errungen? Das tat jetzt nichts mehr zur Sache. Sollte sie doch alle der Schlag treffen.

Ein runder, schnaufender Mann hielt ihn auf. Valdins Agent.

»Was machen Sie?«

»Sie wollten doch, daß ich spiele?«

»Aber nicht jetzt. Ich wußte überhaupt nichts ...«

»Ach, wenn ich nun schon einmal da bin.«

Notovich lief zum Flügel. Der Agent sah Valdin fragend an. Der verbeugte sich steif vor Notovich.

»Maestro, was für eine Überraschung«, rief er.

»Ja, raffiniert, was?«

»Eine riesige Ehre.«

»Meine Bedingung ist die:«, sagte Notovich leise, »Ich tue das ein Mal. Und danach erzählst du mir die Wahrheit über Senna. Denn dann kann ich das endlich hinter mir lassen. Ich bin mir nämlich sicher, daß du bluffst.«

Valdin antwortete nicht. Sein Gesicht war fahl, und er hatte Ringe unter den Augen. Notovichs Name pulsierte bereits durchs Publikum.

»Erst mal sehen, wie du hier abschneidest«, sagte Valdin mit angespanntem Grinsen. »Soll ich ein paar Worte zu den Leuten sagen?«

Notovich war es gleich. Er spähte in den Saal. War sie auch da? Von der Bühne aus sah man fast nur Dunkelheit.

»Meine Damen und Herren, darf ich um Ihre Aufmerksamkeit bitten?«

Sofort war es mucksmäuschenstill.

»Wie sehr viele Menschen bin ich ein großer Bewunderer von Maestro Mikhael Notovich«, fuhr Valdin fort. »Und wie diese habe auch ich mir sehnlichst gewünscht, daß er wieder auftritt. Deshalb habe ich ihn vor ein paar Wochen öffentlich zu einem Klavierduell herausgefordert. Zu meiner großen Freude hat er zugestimmt.«

Applaus.

Valdin machte eine beschwörende Geste.

»Es ist nicht in Ihrem Programm angekündigt, wir müssen also ein wenig improvisieren. Und vielleicht werden Sie denken: ein Klavierduell? Was ist das? Hier kommt ein kleines Stück Musikgeschichte ins Spiel. Lassen Sie mich bei einem Herrn namens Franz Liszt beginnen ...«

Notovich hatte genug gehört. Seine Finger wurden immer kälter und steifer. Außerdem wollte er nicht, daß Valdin die Gelegenheit bekam, die Zügel in die Hand zu nehmen. Er holte langsam und tief Luft und erinnerte sich an das, was Nicole zu ihm gesagt hatte.

Das ist jetzt der Moment, Notovich.

Er setzte sich an den Flügel. Er hatte nicht überprüfen können, ob das Instrument gut gestimmt war, aber auch das tat jetzt nichts mehr zur Sache. Er würde ihnen zeigen, was er konnte, notfalls auf einem alten Klimperkasten. Während Valdin noch mitten in einem Satz war, hob er die Hände über die Tasten wie ein Adler, der eine Beute im Visier hat. Valdin spürte an der Reaktion des Saals, daß hinter ihm etwas passierte. Er schwieg abrupt und drehte sich um. Da griff Notovich an ...

Natasja erzählte ihm später, was geschehen war. Er hatte das Publikum mit einer intensiven, spannungsgeladenen Version des *Danse Macabre*, des *Totentanzes* hypnotisiert. Das erstaunte ihn. Er hatte vorgehabt, mit der *Tarantella* aus *Venezia e Napoli* zu eröffnen. Er konnte sich nicht erinnern, was er vorgetragen hatte, aber es war kein totales Blackout gewesen.

Während des *Totentanzes* war er sich seines Spiels durchaus bewußt. Nicht auf die normale Weise. Die Bewegungen seines Körpers, das Gefühl in seinen Händen und die Musik drangen vage zu ihm durch, wie durch einen dicken Schleier. Als ob sich alles in einem anderen Raum abspielte. Als ob er seinen Körper verlassen hätte und von einer anderen Ebene aus zuschaute.

Aber das war nicht das einzige. Er hatte das dumpfe Empfinden, daß sich noch etwas hinter diesem Schleier befand und ihn beobachtete. Etwas Dunkles, das schon immer da gewesen war und all die Jahre auf ihn gewartet hatte. Geduldig. Uralt. Es war dieselbe Kraft, die er in seinem Traum von Senna gespürt hatte. Zwei Augen blickten ihn aus dem Schatten an und schienen ihn an sich zu ziehen. Er versuchte, sich auf die Musik zu konzentrieren, doch es war, als ob er sich in einer Art Vakuum befände. Er hatte keine Gewalt über seinen Körper und fühlte, daß er in die Dunkelheit hineingesogen wurde ...

Erst als er das Stück beendet hatte, drang die Außenwelt allmählich wieder zu ihm durch. Zuerst war ihm, als ob jemand in der Ferne seinen Namen riefe. Und noch jemand. Er schaute hoch und sah die Menschen im Publikum. Anfangs wie in einem Stummfilm, unscharf und schlecht belichtet. Erregte Gesichter, sich bewegende Hände. Langsam wurde der Ton von unsichtbarer Hand lauter gedreht, bis ein Orkan von Applaus und Jubel über ihn hinwegraste.

Notovich stand auf und verbeugte sich.

Das Publikum skandierte seinen Namen.

Johlte nach mehr. Schrie »Bravissimo«.

Er war verblüfft über das, was er ausgelöst hatte. Bröll erzählte ihm später, daß zwei Frauen während seines Auftritts in Ohnmacht gefallen seien, als hätte ihnen die Musik buchstäblich den Atem geraubt.

Valdin stand an der Seite des Podiums und klatschte ebenfalls, beherrscht und anscheinend ohne jede Spur von Angst. Als der Applaus verebbte, mahnte er das Publikum zur Stille.

»Vielleicht möchten Sie noch etwas für uns spielen, Maestro?«

Damit hatte Notovich nicht gerechnet. Aber natürlich, Valdin hatte keine Wahl: Das Publikum war zu enthusiastisch. Wenn der Franzose jetzt selbst spielen würde, wäre das künstlerischer Selbstmord. Er mußte Notovich dazu bringen, noch etwas vorzutragen, und hoffen, daß sich die größte Aufregung schnell legen würde.

Notovich räusperte sich.

»Ich dachte, daß man bei einem Duell abwechselnd spielt«, antwortete er. Das Publikum lachte und schwieg dann erwartungsvoll. Er suchte Natasja, konnte sie aber nirgends finden.

»Aber Maestro, das Publikum hat so lange auf einen Auftritt von Ihnen warten müssen«, sagte Valdin, der Blut witterte. »Ich glaube, es würde viel lieber Sie spielen hören.«

Wieder Applaus. Und wieder erklang Notovichs Name. Es

gab kein Entkommen. Während Notovich zum Flügel zurückging, hatte Valdin die Gelegenheit, endlich seine Geschichte über historische Duelle loszuwerden.

»Warum sollten zwei Pianisten sich nicht miteinander messen können? Im Jahre 1837 trafen sich ebenfalls zwei große Pianisten zu einem solchen Kampf: Franz Liszt und Sigismund Thalberg. Jetzt fragen Sie sich vielleicht: Wer war Thalberg? Genau! Damit wissen Sie auch schon, wer das Duell gewonnen hat.«

Alles lachte.

»Ein Klavierduell hat keinen offiziellen Schiedsrichter. Sie, das Publikum, werden entscheiden.«

Es hatte den Anschein, daß Valdin sich vorbereitet hatte. Notovich wünschte, er würde sich beeilen; seine Hände wurden wieder kalt. Während Valdin nicht aufhörte, über das Duell zwischen Liszt und Thalberg zu schwadronieren *(ein historischer Moment!)* schaute Notovich in den Saal.

Er erzitterte. Senna saß in der ersten Reihe, genau da, wo sie immer saß. Doch nein, schlagartig wurde ihm bewußt, daß es Vivien war. Sie trug dasselbe Kleid wie an jenem Abend vor dem Concertgebouw, aber etwas war verändert, etwas Entscheidendes: Sie hatte sich die Haare schwarz gefärbt. Das Ergebnis war beängstigend. Er suchte ihre Augen, doch sie schaute zu Boden, als schäme sie sich.

Valdin hatte Vivien offenbar überredet, noch mehr zu Sennas Doppelgängerin zu werden. Aber warum? War er so besessen von Senna, daß er sie wieder zum Leben erwecken wollte? Oder versuchte er, Notovich aus dem Gleichgewicht zu bringen?

Valdin war endlich fertig mit seiner Geschichte. Er wandte sich zum Flügel um und grinste. Hatte er das alles geplant?

Hatte Valdin gewußt, daß Notovich ihn mit einem Überraschungsauftritt überfallen würde? War seine Verblüffung gespielt gewesen? Das konnte nicht sein, dann hätte ihn jemand informieren müssen. Notovich hatte seinen Plan nur mit Bröll und Natasja besprochen.

»Maestro Notovich und ich werden abwechselnd spielen. Und danach dürfen Sie uns kundtun, wer Ihrer Meinung nach der Sieger ist.«

Er blickte Notovich fragend an. Der hob den Zeigefinger: noch ein Stück, und dann sei das Spielchen vorbei. Er nahm ein Taschentuch und wischte über die Tasten. Als er seine Arme gelockert hatte und die Hände wieder in seinen Schoß legte, überkam ihn eine unerwartete Ruhe. Er schaute noch einmal zu der dunkelhaarigen Vivien und wußte schon, was er vortragen würde. Er hoffte nur, diesmal nicht in ein Blackout zu gleiten.

27

Von allen Kompositionen Liszts hatte Senna nur ein wirkliches Lieblingsstück. Nicht den *Liebestraum* oder eine andere schwärmerische Melodie, sondern die meisterhafte Etüde *Mazeppa*. Dieses Werk geht auf ein Gedicht von Victor Hugo zurück, das von einem jungen Liebhaber, Mazeppa, handelt, der mit der Frau eines mächtigen Mannes ertappt wird. Er wird schwer bestraft: Sie binden ihn nackt auf ein wildes Pferd und geben dann dem Pferd die Sporen. Es folgt ein höllischer Ritt, den Mazeppa mit knapper Not überlebt. Die Geschichte hatte Senna sehr gerührt. Nicht wegen Mazeppa, sondern wegen des armen Tiers, das am Ende der Geschichte erschöpft zusammenbricht.

Notovich schlug die ersten Akkorde an.

Er war einer der wenigen Pianisten, die sich an den eigenartigen Fingersatz hielten, den Liszt sich für manche Passagen ausgedacht hatte: mit Zeige- und Ringfinger zugleich werden immer zwei Noten in einem rasanten Tempo angeschlagen. Das war schwierig und unhandlich, aber so klang es wie galoppierende Hufe. Eine glänzende Erklärung, wie Senna fand.

Senna.

Es war ihm gleichgültig, was Valdin über ihn dachte. Was die Leute von ihm hielten. Es war ihm sogar gleichgültig, ob sie echt war, dort in der ersten Reihe: Er spielte es für sie. Während er sich in die Musik hineinbegab, verlor die Welt um ihn herum ihre Konturen. Das Gefühl, daß Senna bei ihm war, wurde immer stärker. Als würde die Musik sie wieder zum Leben erwecken.

Senna.

Sie war jedesmal wie Wachs in seinen Händen gewesen, wenn er dieses Stück gespielt hatte. Sie hatte mit Mazeppas Pferd mitgelitten. Kurz bevor es zusammenbricht, zwingt sich das arme Tier noch einen tapferen Galopp ab. Es sei eine Ode an die Erniedrigten und Beleidigten, hatte sie einmal gesagt. Im nachhinein erschien ihm ihre Obsession mit diesem Stück fast prophetisch, aber daran versuchte Notovich jetzt nicht zu denken.

Abermals merkte er, wie er allmählich aus seinem Körper herausgezogen wurde. Er wollte sich wehren, doch er durfte die Konzentration nicht verlieren. Schon bald hatte er keine Gewalt mehr über sich. Er fühlte sich wieder von etwas belauert, das ihn aus dem Schatten beobachtete. Er bekam Beklemmungen, spürte, wie die Dunkelheit ihn umfaßte. Irgendwo weit unter ihm spielte jemand *Mazeppa.* Es war die Musik, die das mit ihm machte, die die Dunkelheit heraufbeschwor. Er konnte sich nicht befreien, und das Schwarz verschluckte ihn langsam, aber sicher. Dann verschwand alles im Nichts.

Es dauerte eine Ewigkeit, bis er in der Lage war, aufzuschauen und den Applaus entgegenzunehmen. Schwankend stand er auf, ihm war übel. Er verbeugte sich mühsam. Der Beifall hielt minutenlang an. Er wußte, daß er einen Schlag ausgeteilt hatte. Und alle schienen dasselbe zu denken: *Notovich ist zurück.* Und das war auch so. Er war zurück.

Valdin lief nach vorn und warf die Arme in die Luft, als wollte er sagen: Was soll ich dagegen noch ausrichten? Aber er schien keine wirkliche Unsicherheit auszustrahlen. Notovich fragte sich, ob er ihn unterschätzt hatte. Wie lange hatte

Valdin sich auf diese Konfrontation vorbereitet? Was hatte er vor? Notovich ging die Treppe hinunter und passierte seinen Rivalen, der das Podium bestieg.

»Ich will es jetzt wissen«, flüsterte Notovich.

»Bitte?«

»Sennas Tod. Was hast du mir zu erzählen?«

»Muß das jetzt sein? Wir können die Leute nicht warten lassen.«

»Ich will es jetzt wissen. Ich habe ein Recht darauf.«

Es war ihm egal, ob das Publikum ihn hören konnte. Er wollte den Spielchen ein Ende machen. Das Lächeln wich aus Valdins Gesicht. Er beugte sich vor, so daß Notovich ein scharfer Schweißgeruch in die Nase stieg.

»Sie wird dich immer verfolgen, solange du nicht zugibst, was du ihr angetan hast.«

»Warst du dabei? Sag doch was!«

»Ganz ruhig«, entgegnete Valdin. »Ich halte immer Wort. Aber eins nach dem anderen. Zunächst werde ich dir einmal zeigen, wie gut ich geworden bin. Also nicht einschlafen, ja? Wie beim ersten Mal.«

»Einschlafen? Was meinst du damit?«

Valdin warf den Kopf in den Nacken und lachte laut, wie um das Publikum glauben zu lassen, daß Notovich gerade einen großartigen Witz erzählt habe. Dann setzte er sich an den Flügel.

Sein Name war damals nicht Valdin gewesen, sondern Dubois. Notovich sah ihn auf einmal klar vor sich, auf einer Ankündigung: *Heute abend, Jean-Luc Dubois, Debütkonzert.* Jetzt kam alles wieder zurück. Er hatte mit Senna in der ersten Reihe gesessen. Er wußte nicht mehr, was der junge Dubois genau gespielt hatte. Notovich war inmitten der Rezensenten eingeschlafen. Natürlich gab es mildernde Umstände: Er hatte zwei Nächte durchgearbeitet und beim Abendessen anderthalb Flaschen *Vin de table* getrunken. Senna hatte ihn wahrscheinlich geweckt. Hatte Notovich sich damals vom Publikum auf die Bühne locken lassen, um selbst ein Stück zu spielen? Um zu zeigen, wie man es machen mußte? Vielleicht hatte er Dubois danach herausgefordert, genau wie er zu improvisieren. Er erinnerte sich nicht mehr.

Im nachhinein hatte er sich gefragt, ob er Dubois bewußt hatte erniedrigen wollen. Senna glaubte ihm nicht, daß er wirklich geschlafen hatte. »Was sollte das, Mischa? Sonst schnarchst du nie.« Dubois war kein richtiger Freund von ihnen gewesen. Ein Kollege, mehr nicht. Aber Senna war hinterher zu ihm gegangen und hatte ihn im Beisein von Notovich und allen anderen direkt auf den Mund geküßt. Nur um Notovich eine Lektion zu erteilen.

Doch das Unheil war bereits geschehen. Der Vorfall wurde in der Presse lang und breit beschrieben, und der Ruf seines Kollegen war dadurch ein für allemal befleckt. EINSCHLÄFERNDES DEBÜT DES JUNGEN DUBOIS. Ein Foto des schlafenden Notovich und darunter der Text: SCHLAFPROBLEME? RUFEN SIE DUBOIS AN. AUCH FÜR LOGIERBESUCHE. Senna hatte zwei Tage nicht mit ihm gesprochen.

War das der Grund, warum Valdin unbedingt Rache wollte? Wegen so einer kindischen Sache?

Valdin machte sich bereit zu spielen, und Notovich wurde auf einmal bewußt, daß er noch stand. Es gab nur einen freien Platz, und das war der neben Vivien. Er zögerte. Vivien schaute unsicher zur anderen Seite, während er sich zu ihr setzte.

»Es tut mir leid«, sagte sie leise, ohne ihn anzusehen.

»Was sagst du?«

»Es tut mir so leid, Mikhael. Du hättest nie kommen dürfen.«

Er verstand nicht, was sie meinte, aber sie konnten nicht weiterreden. Das Publikum war wieder still geworden, und Valdin schickte sich an, mit seinem Teil des Auftritts zu beginnen. Dies war also der Moment, auf den sein Rivale die ganze Zeit ausgewesen war. Notovich fragte sich, was der Franzose vorhatte und wo er diese irritierende Sicherheit hernahm.

Bei den ersten Tönen wurde ihm klar, daß Vivien recht hatte. Valdin blickte herausfordernd in den Saal, als wollte er fragen: *»Erkennen Sie die Melodie?«*

Es waren wieder die ersten Akkorde von *Mazeppa*.

Erregter Applaus ertönte, der durch Valdins Spiel schnell erstickt wurde. Notovichs Eingeweide zogen sich zusammen. Einen Pianisten so ungeniert mit seinem eigenen Repertoire herauszufordern, das war schon ein Sieg für sich. Denn die meisten Anwesenden konnten doch nicht hören, wer besser spielte. Valdin hatte tatsächlich vor, Notovich zu demütigen.

Aber es kam noch schlimmer.

Nach den ersten Takten erklang auf einmal ein anderer Akkord, als Liszt geschrieben hatte. Und dann noch einer. Ein spürbarer Schauder ging durch den Saal, doch Valdin fuhr unbeirrt fort und nahm den Faden wieder auf. Plötzlich spielte er eine unerwartete Modulation. Notovich rutschte unbehaglich auf seinem Stuhl hin und her. *Der Hund impro-*

visiert über mein Stück. Valdin benutzte *Mazeppa* wie eine Straßenkarte. Er machte unterwegs Abstecher. Mal frivol, mal ernst und mitunter überraschend inventiv. Das Publikum hatte es schnell durchschaut, und erregte Schreie waren zu hören. Manche Leute konnten es nicht lassen, zwischendurch zu klatschen. Valdin zog jetzt alle Register. Durch die Linien von *Mazeppa* webte er nun auch andere Melodien. Zuerst den Anfang von Beethovens *Fünfter*. Dann *Alle Menschen werden Brüder*. Und schließlich ging er zum Walzer aus *Der Pate* über.

Die Leute fanden es großartig. Sie gaben ihr Bestes, bei jedem Einfall zu zeigen, daß sie das Stück erkannten. Währenddessen folgte der Pianist stets der Struktur von *Mazeppa*. Es war virtuos. Es war verblüffend. Und eine schamlose Anbiederei ans Publikum. Darauf hatte Notovich keine Antwort. Er hatte seit Ewigkeiten nicht mehr improvisiert. Er wußte nicht, ob er es noch konnte, aber er wußte genau, daß er es nicht wagte. Seine Blackouts kamen fast immer bei einer Improvisation. Valdin war das natürlich bekannt. Vivien hatte recht: Er hatte Notovich genau da, wo er ihn haben wollte.

Auf einmal wallte etwas Bedrohliches aus der Musik auf. Mit der linken Hand spielte Valdin fast unmerklich ein Thema, das Notovich kannte. Wiedererkannte. Note für Note, für ungeübte Ohren kaum hörbar, webte der Pianist die Melodie in das Netz von Akkorden, Arpeggien und protzigen Trillern. Wie eine verschlüsselte Botschaft. Es war die Melodie, die Notovich nun schon zweimal gehört hatte, erst in seinem Traum und später im Konservatorium. Konnten diese leisen, unheimlichen Klänge aus der *Teufelssonate* stammen? War es möglich, daß Valdin der *Teufelssonate* bei Karl Süssmeier in Deutschland auf die Spur gekommen war?

Unsinn.

Er bildete sich das alles ein.

Auf einmal löste sich die seltsame, gespenstische Melodie in nichts auf. Valdin ließ das Thema von *Mazeppa* wieder aufleuchten und schloß die Improvisation ab. Die populären Themen echoten noch einen Moment nach und gingen dann nahtlos in Liszts Noten über. Valdin beendete das Stück exakt so, wie Notovich es gerade gespielt hatte.

Der Applaus war der Gnadenstoß für Notovich. Er blieb wie betäubt sitzen, während sich das Publikum in Scharen erhob. Valdin nahm die Ovationen mit gespielter Demut entgegen und machte dann eine einladende Geste in die erste Reihe. Notovich wollte Unterstützung bei Vivien suchen, doch ihr Platz war leer. Er begriff, daß er aufstehen mußte, aber es kostete ihn Mühe, das Gleichgewicht zu halten, so unsicher waren seine Beine. Sein Mund war trocken, und seine Augen brannten.

Er konnte den Ausgang nicht finden. Es war, als ob die Dunkelheit im Saal einen dicken, undurchdringlichen Brei bildete, der seine Arme und Beine verlangsamte, so daß er sich in Zeitlupe nach hinten bewegte. Der Gang wirkte schmaler denn je, immer wieder prallte er gegen Stühle und Menschen. Er hörte seinen Namen flüstern und glaubte, Leute lachen zu hören.

Jemand versperrte ihm den Weg, und er stolperte über zwei Rollstühle. Hatten die vorhin auch schon dagestanden?

Jemand streckte ihm die Hand entgegen.

»Nicht hinfallen, Herr Notovich.«

Er erkannte die Stimme. Es war Van der Wal. Wer hatte den Mann eingeladen? Warum ließ dieser Mistkerl ihn nicht in Ruhe? Er stieß die ausgestreckte Hand rüde weg und lief weiter.

Er hatte keine Orientierung und fuchtelte mit den Armen, um zur Tür zu gelangen. Es schien endlos zu dauern, bis er das Ende des Ganges erreichte. Das Flüstern wurde lauter. Er konnte nicht verstehen, was die Leute sagten. Bis auf ein Wort, das eine Frauenstimme hinter ihm leise, aber deutlich artikulierte, als ob es schon viel eher hätte ausgesprochen werden müssen.

Mörder.

28

Die ganze Nacht lagen sie eng aneinandergeschmiegt und starrten auf die bizarren blau-gelben Lichtformen, die an der Decke hin- und herkrochen. Ab und zu schaute Natasja, ob er schlief, und küßte ihn. Als er aufstand, saß sie mit Bröll am Küchentisch.

»Morgen, Noto. Willst du Kaffee zu den Schlagzeilen?«

Er warf einen Blick auf die Tageszeitungen, die über den Croissants und Eiern verstreut waren. DER NEUE TICK VON NOTOVICH: WEGLAUFEN NACH MAGISCHER AUFFÜHRUNG. Die nächste: SENSATIONELLES KLAVIERDUELL ENDET UNENTSCHIEDEN. Und eine andere: NEUROTOVICH IST ZURÜCK!

»Geht doch, oder?«

»*Neurotovich*. Warum haben sie den nur wieder aus der Versenkung geholt?«

»Weil Journalisten keine Phantasie haben. Die recyceln ihre Texte immer gegenseitig. Sei froh, daß du so glimpflich davonkommst. Nein, es war doch ein sehr gelungener Abend.«

»Dein Zynismus ist nicht zu überhören.«

»Tja, du hast behauptet, daß du dich wieder großartig fühlst.« Bröll legte eine Scheibe Lachs auf sein Brötchen. »Und daß ich mir überhaupt keine Sorgen zu machen brauche, nicht wahr?«

Notovich seufzte entschuldigend.

»Ich hätte wissen müssen, daß Valdin mit einer Improvisation kommen würde.«

»So brillant war die nicht. Ich hab schon Besseres gehört.

Tausendmal Besseres sogar. Von einem gewissen Pianisten, den ich nicht bei seinem russischen Namen nennen werde.«

»*Mazeppa* ist nicht gerade ein leichtes Stück zum Improvisieren. Ich war einfach ... beeindruckt.«

»Ja, das habe ich gemerkt. Und nun können es die ganzen Niederlande in der Zeitung lesen. Schon witzig, wie sie das beschreiben: ›*Bleich vor eingebildeten Ängsten irrte Notovich hinaus und ließ das Publikum in totaler Konsternation zurück.*‹«

Natasja legte das Brotmesser mit einem lauten Klick auf die Tischplatte, um darauf hinzuweisen, daß noch niemand sie um ihre Meinung gefragt hatte.

»Ich kapiere das nicht. Seid ihr taub, oder was? Das war überhaupt keine Improvisation. Das war eindeutig vorbereitet.«

»Oh? Und woran hörst du das?« fragte Bröll, während er Notovichs Reaktion auslotete.

»Ganz einfach«, fuhr Natasja fort. »Es war zu raffiniert gebaut: wie die Themen sich abwechselten, und dann diese Modulationen immer genau im perfekten Augenblick. Es hatte einen fast klassischen Aufbau. Da hätte Mozart ihn nicht übertroffen. Und sogar Beethoven hat nicht einfach so drauflos improvisiert; er hat Läufe und Themen vorbereitet, die er in jedem Moment einsetzen konnte. Das macht Valdin echt nicht besser. Ich meine, diese angebliche Improvisation war viel strenger komponiert als *Mazeppa* selbst. Niemand würde es wirklich wagen über ein so höllisch schwieriges Stück zu improvisieren.«

Bröll zog die Augenbrauen hoch.

»Du meinst also, Valdin ist ein Schwindler?«

Notovich trank einen Schluck Orangensaft. Natürlich hatte

sie recht. Warum hatte er das nicht sofort durchschaut? Er hatte sich einschüchtern lassen wie ein unsicherer Anfänger. All seine alten Ängste waren hochgekommen, und dadurch hatte er jegliche Sicht auf die Realität verloren.

Bröll stand auf. Er sah müde und angespannt aus, aber er wich Notovichs Blick aus.

»Was machen wir?« sagte er sachlich. »Soll ich deine Tour absagen? Mir ist alles recht. Ich rechne mit nichts mehr.«

»Unternimm nichts. Ich ruf dich an.«

Als Bröll weg war, zog er Natasja auf seinen Schoß.

»Was bist du nur für ein schlaues Mädchen.«

»Ich spiele auch ganz passabel Klavier.«

Sie küßten sich.

Doch es blieben Fragen. Daß Valdin nicht überrascht war, als Notovich auftauchte, das mochte ja noch angehen. Er selbst hatte Notovichs Konzert gestört, die Chance war also groß, daß dieser ihn mit einem Besuch beehren würde. Darauf hatte Valdin sogar gehofft. Auch auf diese angebliche Improvisation hatte er sich gut vorbereitet. Das war alles noch nachvollziehbar. Aber woher wußte er, daß Notovich ausgerechnet *Mazeppa* vortragen würde? Es war eine spontane Entscheidung gewesen; er hätte jede andere Komposition auswählen können. Und er ging nicht davon aus, daß Valdin übersinnliche Fähigkeiten hatte.

»Warum hast du eigentlich dieses Stück gespielt?« fragte Natasja. »Ich habe es noch nie von dir gehört.«

Er wußte nicht, wo er anfangen sollte.

»Es hat etwas mit ihr zu tun, nicht wahr? Mit Senna.«

Er schob sie vorsichtig von sich herunter und ging zur Spüle, obwohl er dort nichts zu suchen hatte.

»Okay, du wirst es mir also nicht freiwillig erzählen«,

sagte sie. Sie hatte ihre Frage wahrscheinlich die ganze Zeit für sich behalten. Doch jetzt hatte sich diese zwischen sie gezwängt wie ein Ballon, der kurz vor dem Platzen steht: »Wer war die Frau in der ersten Reihe?«

»Wo hast du denn gesessen?« fragte er, um Zeit zu gewinnen.

»Nun sag schon, Mikhael.«

»Sie ist die Freundin von Valdin.«

»Hat sie auch einen Namen?«

»Äh ... Vivien.«

»Soll das bedeuten: Ich-kenne-sie-nicht-wie-heißt-diese-Person-doch-gleich? Oder: Ich-weiß-verdammt-genau-wie-sie-heißt-aber-das-geht-dich-einen-feuchten-Dreck-an? Du willst mir doch wohl nicht weismachen, daß du sie nicht kennst. So wie du sie angesehen hast und sie dich. Ist da etwas, was ich wissen sollte?«

Er verstand ihre Reaktion, aber es gab nun einmal Dinge, die er ihr nicht erklären konnte. Die er sich selbst nicht einmal erklären konnte.

»Sie sieht Senna ziemlich ähnlich«, sagte er. »Aber vielleicht bilde ich mir das auch nur ein.«

»Oh.«

Der Ton, in dem sie das sagte, hatte etwas Endgültiges, als wäre ihr nun alles klar. Auf einmal erinnerte er sich, daß er Vivien die ersten Takte von *Mazeppa* vorgespielt hatte. Er hatte auch mit ihr über die Komposition gesprochen. Natürlich. Es war alles Absicht. Vivien wollte Senna ähneln; sie wollte ihn verrückt machen, das war ganz offensichtlich. Hatte er ihr auch erzählt, daß er das Stück immer spielte, wenn Senna im Saal saß? Daß das ihrer beider Geheimnis gewesen war, als sie noch lebte?

Diese Komposition war sogar der Anlaß seines Streits mit Senna gewesen. Sie wolle das nie wieder hören, sagte sie nach einem der letzten Auftritte, bei dem sie dabei gewesen war. *Das Pferdestück* nannte sie es. Er gab die gekränkte Unschuld.

»Du meinst *Mazeppa*?« fragte er. »Kann ich was dafür, daß die Frauen in der ersten Reihe alle geseufzt und gekichert haben? Es kommt kein normaler Mensch mehr in meine Konzerte. Ich fühle mich wie ein Zirkusaffe.«

»Du genießt es, und du übertreibst so. Du spielst es, als ob du gleich einen Orgasmus bekommst.«

»Na, dann kriege ich wenigstens auch mal wieder einen Orgasmus«, sagte er. Es war ein ganz neuer Ton, den sie ihm gegenüber anschlug, einer, der nicht zu ihr paßte.

»Ich muß weg«, sagte sie.

»Weg? Jetzt?«

Er begriff überhaupt nichts mehr. Sie standen mit einigen Leuten im Foyer des Theaters, und es war schwierig zu reden, während andauernd jemand auf Notovich zukam, um ihm zu gratulieren. Es waren auch ein paar Musikerkollegen da. Sie wollten wissen, ob sie noch in eine Kneipe gehen würden. Notovich konnte gar nichts sagen, so verärgert war er. Senna lief zu den Toiletten, und Notovich folgte ihr.

»Ich finde *Mazeppa* nicht einmal schön«, sagte er entschuldigend. »Ich spiele es nur für dich.«

»Davon habe ich heute abend wenig gemerkt. Wolltest du deshalb so gern berühmt werden? Um die Aufmerksamkeit solcher Frauen zu gewinnen?«

Er war zu wütend, um zu antworten, vor allem, weil sie recht hatte. Er genoß die Schreie, die aus den vorderen Reihen aufklangen, wenn er während eines Stücks kurz in den Saal schaute, als wollte er sagen: *Das spiele ich für dich.* Es gehöre dazu, das erwarteten die Leute von ihm, redete er sich ein. Und Bröll meinte, es sei gut für den Verkauf. Doch Senna war der Ansicht, daß sein Spiel darunter leide. Das verstand er nicht. Er war in der letzten Zeit gerade zum ersten Mal zufrieden mit seinem Spiel. Er war selbst erstaunt darüber, aber er konnte es zum ersten Mal genießen. Er fühlte sich von seiner ewigen Selbstkritik erlöst.

»Applaus zu bekommen ist etwas anderes als gut zu spielen«, fand Senna. Sie ging in die Damentoilette, und die Tür fiel vor seiner Nase zu.

Er hatte genug von ihrer Eifersucht. Er stiefelte aus dem Theater und nahm sich ein Taxi.

Das lag alles an dieser Herumreiserei. Er hatte nicht genug Zeit zum Üben. Es war, als hätte er sich irgendwo in einem Hotelzimmer verloren.

Senna kam in dieser Nacht nicht in sein Zimmer, doch am nächsten Morgen sah er sie im Frühstücksraum des Hotels mit einem Schälchen Obst. Sie hatte sich offenbar ein anderes Zimmer genommen. Er setzte sich zu ihr und entschuldigte sich. Sie reagierte kühl, wie sei es öfter tat, wenn andere dabei waren. Er versprach, daß er *Mazeppa* an diesem Abend nur für sie spielen würde, aber das wollte sie nicht. Das Werk war von Außenstehenden besudelt. Sie sagte es nicht, doch er wußte es.

Vielleicht hatte sie recht. Vielleicht machte er es sich zu bequem. Er könnte ein paar Auftritte absagen und ein neues Stück einstudieren. Als Bröll von diesem Plan hörte, schob er ihm sofort einen Riegel vor. Wenn Notovich jetzt wieder Auftritte absagte, würde das seinem Ruf ernsthaft schaden. Es seien zwei große Städte und wichtige Säle dabei. In einem oder anderthalb Monaten vielleicht, aber nicht jetzt.

Nach und nach wurde Notovich immer mehr von Publicity-Verpflichtungen aufgefressen. Er ging diesen auch immer weniger aus dem Weg. Senna und er sahen einander fast nur noch in der Öffentlichkeit. Senna wurde trauriger, sie hatte einen abwesenden Blick in den Augen. Er machte sich Sorgen um sie. Eines Abends eröffnete sie ihm, daß sie nach Paris zurückfahren werde. Er redete den ganzen Abend auf sie ein, aber sie ließ sich nicht davon abbringen.

»Es ist doch kein Beinbruch, Mischa«, sagte sie leichthin. »Es ist gut für einen Künstler, wenn er sich unglücklich fühlt. Versprichst du mir, daß du dich sehr unglücklich fühlen wirst?«

Er schrie wütend, daß er es verspreche.

Sie hatte wieder recht. Sobald sie weg war, suchten seine Einsamkeit und sein Schmerz sich über die Musik einen Weg ins Freie: Sein Spiel bekam mehr Inhalt und blühte auf. Der örtliche Rezensent mußte während des Konzerts an diesem Abend sogar mit den Tränen kämpfen, während seine Frau neben ihm Notovich schöne Augen machte. Sie war die erste, mit der er fremdging, doch er fühlte sich danach nicht besser.

29

Sie verabredeten sich in einem Hotelzimmer. Notovich fand die Idee lächerlich, doch Vivien wollte nicht mit ihm gesehen werden. Seine Bleibe war auch kein guter Treffpunkt, denn Natasja schlief nun fast jeden Tag dort.

Sie lag im Mantel auf dem Bett und sah fern. Ihr Haar war immer noch schwarz. Notovich setzte sich auf den Stuhl, der unpraktisch zwischen Bett und Tisch gezwängt war. Sie sprachen eine ganze Weile kein Wort. Vivien zappte nervös von Kanal zu Kanal, der Ton war aus. Draußen klingelte eine Straßenbahn. Er stand wieder auf, aber in diesem klaustrophobisch kleinen Raum war es nicht möglich, hin und her zu laufen.

»Ich habe doch schon gesagt, daß es mir leid tut«, fing sie auf einmal an. »Also was willst du noch von mir?«

Sie versuchte, ihn festzuhalten, aber er ergriff ihr Handgelenk und drehte es um, so daß sie einen Schmerzensschrei unterdrücken mußte.

»Du hast ihm erzählt, daß ich *Mazeppa* spielen würde, oder nicht? Ich habe dir das Stück damals vorgespielt.«

»Na und?«

»Und wessen Idee war es, das hier zu färben?« fragte er. Und er zog sie so heftig an den Haaren, daß ihr Nacken bedrohlich nach hinten knickte.

»Au! Laß mich in Ruhe!«

»Wessen Idee? WESSEN IDEE?!«

»Niemands.«

Er riß ihren Kopf noch einmal nach hinten.

»Niemands?«

»Okay, es war seine Idee. Seine Idee! Er will dich verrückt machen!«

Sie begann so herzzerreißend zu schluchzen, daß er nicht wußte, wie er sich verhalten sollte. Er war zu wütend, um sie zu trösten, aber er setzte sich auf die Bettkante und wartete, bis sie sich einigermaßen beruhigt hatte, entschlossen, die Wahrheit herauszufinden.

Die Geschichte kam zögernd in Gang.

»Ich lernte Valdin auf einer Party eines Freundes meiner Eltern kennen. Ich wußte nichts über ihn. Er war charmant und gutaussehend und schien ein aufstrebendes Talent zu sein. Ich ließ mich von ihm einwickeln. Ich bin mir nicht mal sicher, ob ich wirklich verliebt war. Die Tatsache, daß jemand *mich* stehen sah, an *mir* interessiert war, versetzte mich in einen Rausch, den ich für Liebe hielt. Aber inzwischen weiß ich, daß unsere Begegnung kein Zufall war. Er hat große Anstrengungen unternommen, um unsere Familie zu finden. Er hat unsere ›zufällige‹ Begegnung inszeniert. Als wir ein Wochenende in Paris waren, wurde ich mißtrauisch, weil er sich ab und zu versprach und mich beim falschen Namen nannte. Da gab er zu, daß er meine Schwester gekannt hatte.«

»Deine Schwester?«

»Senna war vier Jahre älter als ich. Wir glichen einander wie ein Ei dem anderen. Aber ich war ›normal‹ und ›fröhlich‹ – zumindest meinte das meine Mutter immer: ›Vivien, Gott sei Dank habe ich eine, die sich normal benimmt‹, sagte sie dann.«

»Senna war deine Schwester?«

»Meine ›nicht-normale‹ und ›nicht-fröhliche‹ Schwester.

Sehr ungerecht, denn darum durfte ich nie Schwierigkeiten machen oder unangepaßt sein. Das durfte nur sie, das schwierige Kind.«

»Warum habt ihr nicht denselben Nachnamen?«

»Sie lebte in Paris offenbar unter dem Mädchennamen meiner Mutter. Wir wußten am Anfang nicht mal, daß sie in Frankreich war. Ihr Verhältnis zu meinen Eltern war nicht... optimal. Meins übrigens auch nicht; diese Leute können so unmöglich starrköpfig und spießig sein. Und dann Senna dagegen. Die stieg schon, als sie zwölf war, mit einem Freund in den Zug nach Amsterdam, um sich im Van Gogh Museum ein bestimmtes Gemälde anzusehen. Sie war verrückt nach moderner Malerei. Aber wenn sie nach Hause kam, ging es hart auf hart. Gegen meinen Vater zog sie freilich immer den kürzeren, und dann verkroch sie sich tagelang in ihrem Zimmer. Sie malte auch selbst, doch mein Vater lachte sie aus. ›Wofür hältst du dich? Du hast überhaupt kein Talent!‹ Das sagte er ihr knallhart ins Gesicht.«

Notovich hörte mit Bestürzung zu. Senna hatte ihm nie etwas über ihre Vergangenheit erzählt, und nun zeigte sich, daß sie ein ganzes Leben gehabt hatte, bevor er sie kennenlernte, ein Leben mit einem Vater und einer Mutter in irgendeinem ganz gewöhnlichen niederländischen Wohnviertel. Das konnte er sich kaum vorstellen.

»Eines Tages verschwand sie mit einem Burschen, dem mein Vater nicht traute«, fuhr Vivien fort. »Sie schickte eine Ansichtskarte und ließ danach nie wieder etwas von sich hören. Ein Jahr später behauptete ein Ex-Freund von ihr, daß er Senna in Paris getroffen habe und daß sie mit allerlei Künstlern verkehre. Ich wagte nicht, es meinen Eltern zu erzählen. ›Künstler‹, das war für meinen Vater gleichbedeutend mit ›Gesindel‹. Monatelang schmiedete ich nachts im Bett Pläne, in den Zug zu steigen und sie zurückzuholen. Aber ich war so jung. Ich hatte kein Geld, und ich war noch nie in Paris gewesen.«

»Warum hattest du denn das Gefühl, daß du sie retten mußtest?«

»Wegen der Art und Weise, wie sie weggegangen war.«

Vivien seufzte unwillig.

»Du mußt es mir erzählen, Vivien«, sagte Notovich, jetzt sanfter. »Ich habe ein Recht darauf.«

»Senna hatte manchmal düstere Phasen, besonders, wenn sie sich von allen unverstanden fühlte. Was so ziemlich immer der Fall war. Eines Abends sah ich, wie sie sich in ihrem Zimmer mit einer Schere in den Unterarm ritzte. Ich hatte für einen Moment Angst, daß sie Selbstmord begehen wollte, aber sie stand auf und warf mir einfach die Tür vor der Nase zu. Da wurde mir erst klar, warum sie immer lange Ärmel trug. Ich dachte am Anfang, daß es eine neue Mode sei oder so.«

Notovich nickte. Er erinnerte sich an jene Nacht in Paris, im Regen. Das Blut auf ihren Armen. Die Kratzer. Und später hatte er ein paarmal die Narben gesehen.

»Hat sie das öfter gemacht?«

»Das weiß ich nicht. Sie hatte es sehr schwer. Senna hatte einen Freund, und der Junge taugte nichts. Fanden meine Eltern natürlich, aber ich glaube, sie hatten recht. Der letzte Streit mit meinem Vater verlief nicht gerade angenehm. Es wurde mit Möbeln geschmissen, und er hat ihr sogar zwei Ohrfeigen gegeben. Das hat er später sehr bereut, aber das half dann auch nichts mehr. Eine Woche später kam Senna in mein Zimmer und sagte, daß wir eine kleine Spritztour machen würden, sie wollte nur nicht verraten, wohin. Ich hatte überhaupt keine Lust dazu, doch ich sah ihr an, daß ich keine Fragen stellen sollte. Sie nahm die Autoschlüssel meines Vaters von dem Schränkchen im Flur und lief zur Garage. Ich sagte: Du spinnst wohl? Was, wenn Papa gleich nach Hause kommt? Aber der war auf irgendeinem Kongreß, und sie flehte mich an einzusteigen. Das mußt du dir mal vorstellen: Sie konnte überhaupt nicht Auto fahren, doch sie behauptete, daß sie es von einem Freund gelernt habe. Sie startete den Motor, und wir fuhren los. Es ging sogar ziemlich gut, außer daß sie überall bei Rot durchfuhr, weil ihr das Anhalten zu kompliziert war mit der Kupplung und so.

Sie fuhr in irgendein Dorf. Bei einem flachen Gebäude hielt sie an. Ich durfte nicht mit hinein, ich durfte niemanden fragen, was dort geschah, ich mußte im Auto warten. Sie ging rein und blieb zwei Stunden weg. Ich dachte, ich werd verrückt.«

»Was war das für ein Gebäude?«

»Eine Art Gesundheitszentrum.«

»War sie krank?«

»Nicht wirklich.«

»Wie meinst du das?«

»Es war eine Klinik, okay? Eine Abtreibungsklinik.«

Sie stockte.

»Erzähl weiter.«

»Als sie wieder ins Auto stieg, sah sie blaß und elend aus. Ich fing an zu weinen, aber sie sagte, daß ich es niemandem verraten dürfe. Niemandem. Sonst würde sie weggehen und nie mehr zurückkommen. Ich mußte es versprechen.«

»Und dann?«

»An diesem Abend tat mein Vater etwas, was er noch nie

getan hatte: Er kam in mein Zimmer und setzte sich auf mein Bett. Dann sagte er ganz sanft, daß ich ihm alles erzählen müsse, er wisse das mit dem Auto. Irgendein Nachbar hatte uns verpfiffen. Und ich ... Du hast keine Ahnung, wie mein Vater sein konnte ...«

Tränen stiegen ihr in die Augen.

»Du hast es erzählt. Du hattest keine Wahl.«

»Senna sah das nicht so, glaub mir. Zuerst gab es eine große Szene zwischen meinen Eltern, das kannst du dir vorstellen. Meine Mutter war total hysterisch; sie sperrte meinen Vater in sein Arbeitszimmer, weil nun er mal seinen Mund halten sollte. Senna mußte in ihrem Zimmer bleiben, und meine Mutter zog gleich einen befreundeten Psychiater hinzu. Als ob man für so ein Gespräch einen Psychiater braucht. Noch in derselben Nacht ist Senna verschwunden. Ich habe nie mehr mit ihr gesprochen, nie mehr etwas von ihr gehört, nichts. Und als ich erfuhr, daß sie tot ist ...«

»Vivien, es war nicht deine Schuld.«

Sie erhob sich vom Bett und ging zum Fenster. Draußen klingelte eine Straßenbahn. Notovich wollte sie trösten, aber da war noch zu vieles, was er nicht verstand. Er ließ sie einen Moment Atem holen.

»Und dann tauchte Valdin auf«, fuhr sie kurz darauf fort. »Er erzählte mir, daß du sie umgebracht hast. Und daß ich nun wiedergutmachen könne, was ich damals verschuldet habe. Er sagte es nicht explizit, aber er suggerierte es.«

»Sagte er auch, wie ich sie umgebracht haben soll?«

»Meine Eltern hatten von der französischen Polizei erfahren, daß sie bereits eine ganze Weile verschwunden war. Wir wußten natürlich von nichts, denn wir hatten keinen Kontakt mehr zu ihr. Meine Eltern halfen noch bei einer

Suchaktion mit, aber nach zwei Wochen kamen sie wieder nach Hause. Sennas letzte Jahre sind mir immer ein Rätsel gewesen, daher nahm ich alles, was Valdin mir erzählte, begierig auf. Senna war mein großes, falsches Vorbild. Die einzige, zu der ich wirklich aufsah und mit der ich mich identifizieren konnte, wenn ich mich insgeheim mies fühlte. Vorige Woche nach dem Konzert habe ich ihn über Senna ausgefragt. Da hat er es erst zugegeben.«

»Was? Wovon redest du?«

»Daß er Senna geliebt hat, daß sie seine große Liebe war. Da habe ich erst begriffen, daß er mich nur benutzen wollte, um sie zu rächen.«

»Was für ein Unsinn. Er hat nie eine Beziehung mit ihr gehabt. Der Mann ist verrückt. Wir wissen nicht einmal, ob sie überhaupt tot ist.«

Vivien erwiderte nichts, wich aber seinem Blick aus.

»Was, Vivien?«

»Valdin behauptet, daß die Polizei Sennas Leiche gefunden hat.«

»Bist du sicher?«

»Das sagt er.«

Notovich bekam kein Wort heraus. Es war, als ob er auf einmal in eine Tiefe hinabgleiten würde.

»Ich konnte sie nicht sehen«, fuhr Vivien fort. »Sie war schon eingeäschert. Er wollte mir auch nicht erzählen, wo man sie gefunden hatte. Es sei zu grauenvoll, meinte er. Die Polizei hatte die sterblichen Überreste einer Frau gefunden, konnte sie aber nicht identifizieren. Erst ein Jahr später kam Valdin mit Beweisen, daß sie es gewesen sein muß. Monatelang lag er ihnen in den Ohren, um Informationen über nicht-identifizierte Leichen zu erhalten. Nach einigem Hin und Her legte ihm die Polizei etwa zehn Fälle vor. In einem der Berichte erkannte er sofort das Kettchen, daß sie neben ihrer Leiche entdeckt hatten.«

»Aber wenn sie schon eingeäschert war, ist das doch kein schlüssiger Beweis.«

»Seiner Meinung nach schon. Sie haben eine Leiche, und sie haben jemanden, der am Abend ihres Verschwindens voller Blut war. Das einzige, was sie noch tun müssen, ist, das eine mit dem anderen in Zusammenhang zu bringen ...«

»Womit wollen sie das Blut denn vergleichen? Haben sie DNA von Senna?«

»Es dürfte nicht so schwierig sein, da ranzukommen. Ein paar Haare aus einem alten Kamm, zum Beispiel. Sie brauchen nur meine Eltern zu fragen.«

Notovich stand auf und versuchte vergeblich, seine sich überschlagenden Gedanken zu zügeln. Darum waren sie also plötzlich wieder auf der Suche nach einer Blutprobe. Die Luft in dem stickigen Hotelzimmer schien ihm auf die Brust zu drücken, als würde er Hunderte Meter tief unter Wasser schwimmen. Er ging ans Fenster und hielt seinen Kopf in die kühle Außenluft. Vielleicht hatte er sie wirklich umgebracht. Oder Valdin hatte gelogen. Vielleicht hatten sie nur das Kettchen. Das würde ein Gericht nie als schlüssigen Beweis akzeptieren.

Vivien legte ihre Hand auf seine Schulter. Sie schwiegen eine Weile.

»Du sitzt also hier mit dem Mörder deiner Schwester in einem Zimmer?«

»Das glaube ich nicht.«

»Nicht?«

»Als ich dir zum ersten Mal die Hand gab, wußte ich noch

nicht, daß du der angebliche Mörder bist. Das hat er mir erst an diesem Abend erzählt. Ich war so wütend, daß er mich auf diese Weise mit dem Mann konfrontiert hatte, der meine Schwester getötet hatte. Aber er sagte, daß er nicht anders konnte, sonst hätte ich mich nicht normal verhalten. Und du durftest natürlich nichts ahnen.«

»Was will er? Warum dieses Duell?«

»Valdin hat einen Plan. Und dazu braucht er mich.«

»Was für einen Plan?«

»Er will keine Gerechtigkeit, sondern Rache.«

»Und wie?«

»O Mischa, es tut mir so leid. Ich wußte, daß es falsch war, doch ich hatte mich ihm bereits völlig ausgeliefert. Es war so leicht, einen Feind zu haben. Mein Leben wurde auf einmal ein Stück klarer. Aber als du mir in der Gasse gefolgt bist, fing ich eigentlich schon an zu zweifeln. Du wirktest so hilflos.«

»Vivien, was ist das für ein Plan?«

Sie lief in dem kleinen Zimmer auf und ab. Er hielt sie fest.

»Bist du sicher, daß du es hören willst?« fragte sie.

Er erwiderte nichts, schaute sie nur an.

»Okay. Er sagt, daß du krank seist. Daß er dich schon kannte, als du noch in Paris gewohnt hast, und daß du Blackouts bekamst, wenn du Liszt gespielt hast. Und daß du während dieser ›Phasen‹ manchmal Wutanfälle hattest, an die du dich später nicht erinnern konntest. Er scheint es ein paarmal hautnah miterlebt zu haben. Er wollte dich dazu bringen, wieder zu spielen.«

»Was will er damit erreichen?«

»Das ... sagt er nicht.«

Er spürte, daß sie mehr wußte, als sie preisgab.

»Warum hat er jemanden gesucht, der wie Senna aussieht?«

»Valdin meint, daß Senna die einzige war, die dich inspirierte, Musik zu machen. Er half mir über meine Angst hinweg, so daß ich das erste Mal mit dir zu reden wagte, damals in dem Lokal. Und da lernte ich den Mann kennen, den Senna offenbar so geliebt hat. Du warst ganz anders, als ich erwartet hatte: sensibel, intensiv, zuvorkommend. Ganz gewiß kein Monster. Und ich genoß es heimlich, Senna zu sein. Es war eine Art Phantasie, in der ich lebte, meine Weise, etwas nachzuholen, was ich immer vermißt hatte.«

»Und?«

»Du warst mir auf Anhieb sympathisch. Ich empfand zunehmend mehr für dich. Du bist ganz anders als Valdin. Dabei war das natürlich genau das, was Valdin wollte: daß ich mich zu dir hingezogen fühle.«

»Warum hast du dir die Haare gefärbt?«

»Das hat er verlangt.«

»Erzähl weiter.«

»Ich fand diese Idee zuerst ein bißchen gruselig, denn ich zweifelte inzwischen, ob du wirklich so schuldig warst, wie Valdin behauptete. Ich mochte dich, Mischa, sehr sogar. Ich hoffte, wenn ich Senna noch ähnlicher sehen würde, dann würdest du dich mehr für mich ... interessieren. Ich weiß, daß es nicht richtig ist, aber ich kann es auch nicht ändern.«

»Und doch hast du mitgemacht. Woher wußte er sonst, daß ich *Mazeppa* spielen würde? Das hast du ihm erzählt.«

»So war es nicht, ich habe das einfach nicht durchschaut! Er wußte schon, daß du ihn während eines Konzerts überfallen würdest; das war nur eine Frage der Zeit. Er hatte also ein paar Stücke vorbereitet. Als ich ihm erzählte, daß du mir spontan *Mazeppa* vorgetragen hast, war er euphorisch. Ihm war sofort klar, daß du das spielen würdest.«

»Woher konnte er das so genau wissen?«

»Er erinnerte sich, daß das ›euer‹ Stück gewesen ist. Daß du es immer gespielt hast, wenn sie im Saal saß. Stimmt das?«

Notovich setzte sich auf das Bett. Das konnte Valdin überhaupt nicht wissen, das konnte ihm niemand erzählt haben. Er verstand gar nichts mehr.

»O Mischa, ich habe das nicht gewollt! Wenn ich gewußt hätte, daß er dich so demütigen würde, hätte ich ... Das habe ich nicht gewollt. Ich begreife jetzt erst, daß er derjenige ist, der besessen ist. Daß er derjenige ist, von dem ich mich fernhalten sollte. Ich glaube einfach nicht, daß du sie umgebracht hast. Ich habe Angst vor ihm.«

»Verlaß ihn doch!«

»Dann tut er mir was an.«

»Das glaube ich nicht. Warum sollte er? Du machst genau, was er sagt. Du bist seine Handlangerin.«

»Nein, Mischa, so darfst du nicht reden.« Sie fing wieder an zu weinen. »Ich glaube, ich empfinde mehr für dich, als gut für mich ist.«

Er glaubte ihr. Sie saßen zusammen auf dem Fensterbrett und schauten eine ganze Weile hinaus, ohne etwas zu sagen. Valdins Geschichte glaubte er nicht. Es gab überhaupt keine Leiche. Valdin hatte auch keine Beziehung mit Senna gehabt, das war alles Einbildung. Er war vielleicht auf Rache aus, aber nicht ihretwegen. Es war künstlerische Rache. Valdin wollte der größte Pianist aller Zeiten sein, und deshalb mußte er Notovich vom Thron stoßen.

Und auf einmal fing er an zu lachen. Vivien schaute ihn

erstaunt an, doch er konnte es nicht erklären. Auf seltsame Weise war das eine Befreiung. Viviens Geschichte erhellte sehr vieles. Er wurde nicht von Dämonen oder Hirngespinsten aus seiner paranoiden Phantasie verfolgt. Er war nicht verrückt! Sie hatten ihn nur verrückt machen wollen. Und es wäre ihnen beinahe gelungen. Aber für all seine wahnhaften Gedanken gab es eine logische Erklärung. Von jetzt an konnte er tun, wozu er Lust hatte. Er würde wieder auftreten und CDs aufnehmen und Furore machen und der Welt zeigen, daß mit ihm nicht zu spaßen war. Niemand konnte ihn mehr aufhalten. Er war frei.

Vivien kämpfte wieder mit den Tränen.

»Du haßt mich.«

»Überhaupt nicht.«

»Ich hatte keine Ahnung, daß er mich so benutzen würde.«

Er bekam fast Mitleid mit ihr. Woher sollte sie auch wissen, was er durchlitten hatte? Eigentlich müßte er ihr eine Tracht Prügel verpassen oder sie bei der Polizei anzeigen. Aber das konnte er nicht. Sie war schließlich eine nahezu perfekte Kopie von Senna. Das waren Sennas Gene, Sennas Fleisch und Blut. Zum ersten Mal wagte er, sich einzugestehen, wie sehr er sich nach diesem Körper gesehnt hatte. Er hatte von Anfang an versucht, das Gefühl zu unterdrükken, doch es war zu stark für ihn. *Sie* war zu stark für ihn. Es war, als ob *sie* ihm ins Ohr flüsterte: *Du bist frei. Du darfst küssen, wen du willst.*

30

Einige Leute sollten vorläufig lieber nicht wissen, daß er eine Revanche wollte. Linda hatte die Berichte über seine Konfrontation mit dem Franzosen in der Zeitung gelesen und tat wahrscheinlich kein Auge mehr zu, bis er dem Klavier ein für allemal abgeschworen hatte. Den kritischen Blick von Nicole konnte er jetzt auch nicht gebrauchen. Und Natasja hielt er schon ein paar Tage auf Distanz. Der Nachmittag mit Vivien war ein Ausbruch der Lust gewesen. Ihr Hunger war kaum zu stillen. Er hatte das Gefühl, Viviens Körper besser zu kennen, als den jeder anderen Frau. Er liebte die Wölbung dieses Bauchs, in dem er immer seine Nase begrub. Den Hals und die Schenkel, die er so vermißt hatte. Sie war weich und warm, genau wie beim ersten Mal, als er mit *ihr* geschlafen hatte.

Er konnte an fast nichts anderes mehr denken. Er wagte nicht, Natasja unter die Augen zu treten. Er wollte ihr nicht weh tun, das verdiente sie nicht. Doch er hatte sich nicht in der Hand. Vielleicht lag es daran, daß er seine Tabletten nicht mehr nahm, seine Emotionen waren heftiger und tiefer. Ehrlicher. Er liebte Natasja, aber er hatte nicht genug Widerstand gegen jene andere Liebe – seine ewige Liebe zu Senna.

Der einzige, an den er sich wenden konnte, war sein treuer Agent. Als er bei Brölls Büro anlangte, war eines der Fenster mit einer Kunststoffplatte bedeckt. Glasstücke ragten aus dem Falz, in dem die Scheibe gesteckt hatte. Die Tür war angelehnt, und er kam an zwei Handwerkern vorbei. Im Flur hing ein beißender Geruch, der aus Brölls Zimmer zu dringen schien. Notovich ging hinein, und sofort schlug ihm ein erstickender Qualm auf die Kehle. Bizarre schwarzgesengte Formen liefen über Wände und Decken, wo Feuerzungen ihre Arbeit verrichtet hatten. Überall lagen Scherben, Papiere und kaputte Möbel. Der Teppich triefte vom Löschwasser. Mitten in einer rußigen Lache saß Bröll auf einer umgefallenen Kommode und starrte an die Wand.

Bröll versuchte ihn mit einer unglaubwürdigen Geschichte über einen durchgebrannten Toaster abzuspeisen. Notovich zog ihn hoch und drückte ihn an die Wand. Wer hatte das getan? Er werde sich auf der Stelle einen anderen Agenten suchen, wenn Bröll ihm nicht die Wahrheit sagte. Die ganze Wahrheit.

Bröll war im Grunde erleichtert, daß er sein Elend mit jemandem teilen konnte. Kriminelle hatten eine Brandbombe hereingeworfen. Seit Notovich nicht mehr auftrat, hatte Bröll Schulden. Große Schulden bei den falschen Leuten. Er hatte angefangen zu zocken, um seinen alten Lebensstil aufrechterhalten zu können. Gerade jetzt, wo es ihm schlechter ging, kam er ohne sein Glückspaket nicht aus: Frauen, Alkohol und ab und zu eine Nase Koks. Aber er hatte keine glückliche Hand am Pokertisch. Anfangs hatten sie keine Schwierigkeiten gemacht; es waren nette Kerle, die ihn beruhigten und eine freundschaftliche Atmosphäre schufen. So war er ihnen langsam ins Netz gegangen. Doch jetzt war es an der Zeit, die Rechnungen zu begleichen. Er hatte sie lange mit Versprechungen ruhig halten können. Er würde demnächst mit Notovich eine Reihe von Rachmaninow-Einspielungen herausbringen. Als sein Klient das nicht wollte, war die Atmosphäre grimmiger geworden.

Dann hatte Notovich auf einmal beschlossen, wieder aufzutreten. Bröll war überglücklich gewesen. Er hatte sich sogar noch zusätzliches Geld geborgt, um die Kosten des Comebacks zu finanzieren. Er hatte ein paar Tausend Euro für Säle bezahlt. (Notovich wußte nichts davon.) Aber als der Auftritt danebenging, fingen sie an, ihn mit Drohungen zu belästigen. Diese Brandbombe sei erst der Anfang gewesen. Er habe zwei, höchstens drei Tage, bevor sie wirklich zuschlagen würden.

Notovich sagte, daß Bröll keine Angst mehr zu haben brauche. Er würde sich seinen Platz auf dem Podium zurückerobern. Diesmal kein halbherziges Comeback. Er habe sein Selbstvertrauen wieder. Außerdem werde er jetzt vom gesündesten Motiv getrieben, das ein Mensch nur haben kann: Rache.

Bröll reagierte skeptisch. Darauf würden seine Gläubiger nie hereinfallen. Er habe ihnen schon so viel versprochen. Womit er eigentlich meinte, Notovich habe schon so viel versprochen.

»Nützt es was, wenn ich mal mit denen rede?« fragte Notovich.

»Ich will dich da nicht mit reinziehen«, sagte Bröll, »das ist lebensgefährlich.«

»Hör zu, Bröll, wenn dieses Duell stattfindet, dann müssen wir es groß aufziehen. Ich will der ganzen Welt zeigen, daß ich zurück bin, damit wir die Vergangenheit hinter uns lassen können. Und aus so einem Duell können wir Gewinn schlagen. CDs, Fernsehaufzeichnung – stell dir mal vor, was für eine Publicity das erzeugt.«

»Die Sender und Plattenfirmen kriegt man erst, wenn man selbst einen Sponsor mitbringt. Glaub nicht, daß Valdins Leute auch nur einen Cent investieren.«

»Das verstehe ich.«

»Und du verstehst auch, warum, oder?«

»Ich bin ein zu großes Risiko. Ich bin das unberechenbare Genie, das aus Konzerten wegläuft. Wir müssen also selbst Geld reinstecken.«

»Du bist gut. Hast du irgendeine Vorstellung, über welche Summe wir hier reden? Mindestens hunderttausend.«

»Das holen wir locker wieder rein. Bröll, paß auf. Du bist durch mich in diesen Schlamassel geraten, ich übernehme also die volle Verantwortung. Arrangiere ein Treffen mit deinen Geldgebern.«

»Bist du verrückt? Du willst diese Leute fragen ...«

»Was sonst? Würdest du zu einer Bank gehen, mit meiner Vergangenheit?«

»Ich denke, du willst mit deiner Musik kein Geld mehr verdienen?«

»Das Geld interessiert mich nicht, aber soll ich dich etwa hängenlassen? Außerdem, dieses ganze Theater mit Valdin hat mich wachgerüttelt. Ich kann es viel besser. Wirklich.«

»Das versuche ich dir seit Monaten klarzumachen.«

»Aber ich begreife jetzt erst, was das Problem war. Es war nicht die Angst. Ich habe mich eigentlich nie vor der Bühne gefürchtet.«

»Ich habe keine Ahnung, wovon du redest.«

»Es war Schuldgefühl. Kapierst du das denn nicht? Als ob ich kein Recht hätte, wieder zu leben, während Senna ...«

Bröll stand mühsam auf. Er sah sich noch einmal im Zimmer um und seufzte. Notovich wußte nicht, was er sagen sollte, um ihm zu verdeutlichen, daß er es ernst meinte. Daß es geschehen würde, mit oder ohne Bröll. »Wir werden wohl ein wenig Gewinn machen müssen, Bröll. Wie willst du sonst deine Schulden loswerden? Vereinbare einen Termin mit diesen Leuten. Dann zeige ich ihnen, daß ich nicht gestört bin. Ich spiele ihnen was vor. Etwas Romantisches, diese Kriminellen haben meistens einen weichen Kern.«

»Verdammt, Noto, das ist kein Witz. Die haben Bodyguards mit Maschinengewehren.«

»Hast du eine bessere Idee? Sorg dafür, daß sie den Geldbeutel zücken.«

Zuerst mußte das Duell organisiert werden. Unter strengster Geheimhaltung ließen sie Valdins Agenten wissen, daß Notovich Revanche forderte. Valdin reagierte zunächst abwartend. Er behauptete, daß er seinen »Sieg« bereits errungen habe, von ihm aus müsse es also nicht unbedingt sein. Bröll wies listig darauf hin, daß in keiner einzigen Zeitung gestanden habe, daß Valdin der Gewinner sei. Für einen Anfänger wie ihn sei es eine Ehre, wenn eine Koryphäe wie Notovich das Podium mit ihm teilen wolle. Es würde sehr schwierig werden, die von Natur aus konservative Presse auf seine Seite zu bekommen. Und Notovich könne Valdin natürlich auch öffentlich herausfordern, wenn ihm das lieber sei.

Der Franzose erbat sich Bedenkzeit.

Es war wahrscheinlich gespielter Zweifel, Valdin hatte Notovich genau da, wo er ihn haben wollte. Und das war beunruhigend, denn es würde nur eine Möglichkeit geben, seinen Rivalen beim nächsten Mal wirklich zu Fall zu bringen: Notovich mußte bei dem Duell improvisieren. Das war immer seine Spezialität gewesen. Er brauchte eine Improvisation nicht vorzubereiten wie Valdin. Früher hatte er jedes Thema bewältigt, das man ihm vorgelegt hatte. Aber das war zu einer Zeit gewesen, als er noch nicht von Blackouts geplagt worden war.

Er mußte den Sprung in die Tiefe wagen, wenn er wieder der Pianist werden wollte, der er einmal gewesen war, sonst hatte sein Leben keinen Sinn mehr. Das schlummernde Verlangen nach einem Comeback hatte ihn in seiner dunkelsten Zeit auf den Beinen gehalten. Er hatte es zwar verdrängt, fast nicht mehr daran geglaubt durch Lindas Ermahnungen und das abgestumpfte Gefühl von den Tabletten. Aber genau dieses Verlangen hatte ihn davon abgehalten, aus dem Fenster zu springen, das wußte er.

Einen Tag später biß Valdin an.

Rasch wurde eine Versammlung mit Brölls »Finanzier« anberaumt, einem kahlköpfigen Fünfziger im Dreiteiler, der stark nach After-shave roch. Er stellte sich als Luboš vor und fügte in gebrochenem Niederländisch hinzu, daß Luboš *friedliebend* bedeute. Er sei *friedliebend* gegenüber all seinen Freunden. Notovich nickte und hoffte, daß der Mann seine Hand schnell loslassen würde. Aber Luboš war jemand, der die Dinge offenbar festhalten mußte, um sich wohl zu fühlen. Er betrachtete Notovich mit einer Art amüsiertem Staunen, als ob er ein exotischer Affe wäre. Einen echten Künstler hatte er offenbar noch nie in seinem Griff gehabt. Und Notovich kannte seinerseits nicht viele Leute, die zwei Bodyguards zu einer Lunchverabredung mitbrachten. *Bewaffnete* Bodyguards, nach den eckigen Ausbuchtungen unter ihren straff sitzenden Jacketts zu urteilen. Notovich fragte sich, woher Bröll ihn kannte.

Sie organisierten einen Saal, wo Notovich vorspielen konnte. Luboš hörte anscheinend ungerührt zu. Er schien auch das viel zu teure Essen in Brölls Lieblingsrestaurant nicht zu genießen. Wenn er etwas sagte, strich er über Brölls Rücken, und wenn er etwas bestellte, mußte er der Kellnerin ans Bein fassen. Seine Hände hinterließen einen durchdringenden After-shave-Geruch auf allem, was sie berührten.

Luboš wollte zwar über Geschäfte reden, aber nicht über Summen. Er wirkte nicht sehr begeistert. Notovich erklärte, daß er bereit sei, seinen Flügel als Pfand einzusetzen. Luboš willigte nicht ein. Er verstand nichts von Klavieren; er wußte nicht, wieviel so ein Ding wert war. Außerdem, was sollte er mit einem Flügel? Aber er wäre vielleicht für einen Deal zu haben, wenn Notovich ihm den Erlös all seiner CDs abtreten würde. Das war für Bröll indiskutabel. Da zuckte Luboš mit den Schultern und schaute ihn träge an.

»Ich mit dir zu tun, Bröll. Ich dir Geld geben, und nicht diesem ...«

Er bezeichnete Notovich als etwas, was der Pianist nicht verstand, doch der Tenor war klar.

Bröll nickte fast unterwürfig. Notovich begriff, daß Bröll schon bei Luboš in der Kreide stand.

Der hatte seine eigenen Bedingungen für den Deal. Ein Vertrag sei nicht nötig, fand er. Er sei schließlich *friedliebend*, und Geschäfte mit so einem friedliebenden Menschen seien Vertrauenssache. Oder, wie er es zusammenfaßte, als sie das Restaurant verließen: »Du mich nicht bescheißen. Dann ich dich nicht bescheißen.«

Das schien Notovich ein vernünftiger Vorschlag.

Die Agenten der beiden Pianisten hielten eine gemeinsame Pressekonferenz ab. Es würde das »Klavierduell des Jahrhunderts« werden. Ein Ort wurde gefunden und ein Datum festgesetzt. Bröll warnte Notovich vor dem Medieninteresse, mit dem zu rechnen sei, aber selbst Bröll hatte da noch keine Vorstellung, welches Ausmaß dieses annehmen würde.

Und dann konnte das große Tauziehen beginnen. Amüsante Details sickerten an die Presse durch. Beide Pianisten verlangten ihren eigenen Flügel, das war zu erwarten gewesen. Aber Valdin wollte, daß sein Flügel so aufgestellt wurde, daß er beim Spielen keine Sicht auf Notovichs Instrument hatte. Des weiteren gab es langwierige Besprechungen über die Beleuchtung, den Luftfeuchtigkeitsgrad des Saals und die Höhe, den Bezug und die Farbe der Sessel auf dem Podium, in denen die Pianisten sitzen konnten, während der andere spielte. Notovich plagte Bröll ständig mit neuen Ideen. Das Duell nahm langsam die Form eines Spektakels an.

Die Publicity-Maschine wurde täglich mit Gerüchten, Erfindungen und Lügen gefüttert. Vor allem über geheime Forderungen, die die Pianisten angeblich stellten. In der Phantasie der Außenwelt waren die von Notovich am exorbitantesten. In der Garderobe müsse den größten Phantasten zufolge eine Kommode mit fünfzig verschiedenen Sorten Handschuhen bereitstehen, die die Hände des besessenen Pianisten warm halten sollten. Und Notovich würde seine Helfer natürlich wieder losschicken, um eine frische Mädchenblume anzuheuern, die am Abend des Konzerts von ihm gepflückt werden wollte. Die Handschuhe, die Notovich dabei tragen würde, mußten zur Augenfarbe des Mädchens passen.

Fanpost für beide Pianisten strömte herein. Im Internet wurden Diskussionsforen eröffnet: *Wer ist der sexieste Pianist?* In den Medien debattierten Kenner über die Frage, ob derartige Veranstaltungen gut seien für die Welt der klassischen Musik. Ob hier nicht ein Kniefall vor dem Kommerz getan werde. Ob dies nicht ein schlechtes Vorbild für junge Musiker sei, die sich von Wettbewerb zu Wettbewerb schleppten. Buchmacher erlebten goldene Zeiten. Es wurde massenhaft gewettet. In Tabakläden, in Kneipen und vor allem online.

Unangenehmer war, daß auch das Verschwinden *der mysteriösen Freundin des Pianisten* wieder aufgerührt wurde. Neue »Fakten« über die Art ihrer Beziehung und das Motiv für den »Mord« kamen ans Licht. Als die Flut von Gerüchten und Halbwahrheiten gerade nachzulassen schien, verplapperte sich die Schwägerin eines Polizeibeamten. Sie verriet, daß Notovich erst vor ein paar Wochen noch verhört worden war. Und so rollte die Lawine weiter. Inzwischen war auch eine politische Unruhe ausgebrochen. Der Außenminister lag mit seinem französischen Kollegen über einen Handelsvertrag mit China im Clinch. Und irgendwie war seine Verärgerung über die Starrheit der Franzosen in den Verhandlungen übergeschlagen auf die Ermittlungen in Sachen Notovich. Notovich sei ein großer Name, und der dürfe nicht unnötig von der französischen Polizei besudelt werden, fand die Regierung auf einmal. Die Franzosen kochten. Es war auch keine besonders kluge Äußerung des Ministers gewesen, und die Polizei teilte seine Meinung wahrscheinlich nicht. Notovich hatte den Eindruck, daß die Kripo ruhig abwartete, bis der Sturm vorüber war. In der Zwischenzeit machten sie einfach ihren Job. Zweimal hatte er auf der Straße das starke Gefühl gehabt, verfolgt zu werden. Darum blieb er soviel wie möglich drinnen und konzentrierte sich auf seine Arbeit.

Natasja mußte aus der Zeitung erfahren, was Notovich vorhatte. Er log sie an, daß sie einander jetzt weniger sehen könnten, weil er üben müsse. Er hatte ihr geraten, sich auch wieder ihrem Studium zu widmen. Sie sei eine junge Pianistin mit Leidenschaft für ihr Fach, es wäre eine Sünde, das alles zu vergeuden. Zumal an einen egomanen Pianisten, der hinter ihrem Rücken das Bett mit einer anderen teilte, weil er die Vergangenheit nicht loslassen konnte. Aber das hatte er nicht dazugesagt. Er würde es ihr später erklären.

Natasja kehrte widerwillig in ihre kleine Studentenbude zurück und nahm noch widerwilliger ihr Studium wieder auf. Mit einem untrüglichen Gefühl für Selbstzerstörung weigerte sie sich, für eine wichtige Prüfung zu lernen, und tauchte unvorbereitet bei einem Vorspielnachmittag des vierten Studienjahres auf.

Zu seiner Verwunderung vermißte er sie. Nicht nur ihren musikalischen Beitrag, sondern auch ihre frische Anwesenheit. Er versuchte, nicht daran zu denken. Je mehr er mit ihr umging, desto mehr würde er ihr weh tun. Glücklicherweise kannte er die meisten Stücke, die er bei dem Duell spielen wollte, bereits, dafür brauchte er sie nicht. Seine Strategie stand fest.

Linda kam kurz vorbei und erkundigte sich, ob sie noch was einkaufen solle.

»Nein, das mache ich schon selbst.«

Es gab etwas anderes, das er sie fragen mußte, doch er wußte nicht, wie er das so beiläufig wie möglich tun könnte. Sie hatte vor ein paar Tagen seine Wäsche gewaschen und gebügelt zurückgebracht, aber das T-Shirt, auf dem Sennas Blut gewesen war, fehlte.

»Übrigens danke für die Wäsche. Hilft mir wieder eine Weile weiter.«

Sie strich ihm über den Kopf.

»Ich muß weg. Ich will mit Wim essen gehen.«

»Ich kann nur das T-Shirt nirgends finden.«

»Welches T-Shirt?«

»Du weißt schon, wo die Flecke drauf waren. Blutflecke.«

»Echt? Dann hab ich es wohl aus Versehen bei Wim in den Schrank gelegt. Ich seh heut nachmittag mal nach. Wenn du versprichst, bei Nicole vorbeizugehen.«

Sie lag ihm schon seit Tagen in den Ohren.

»Okay. Ich schaue, ob sie heute abend Zeit hat.«

Dabei brauchte er gar keine Therapie; er würde allen beweisen, daß er keine brauchte.

Das Gespräch mit Nicole verlief zunächst normal. Sie hielt ihm keine Predigt. Sie schaute nicht besorgt. Er erzählte ehrlich, was er dachte und fühlte.

Dann kam die unvermeidliche Frage.

»Nimmst du deine Tabletten noch, Mikhael?«

»Nein. Und du wirst sicher anderer Meinung sein, aber ich weiß genau, daß ich sie nicht mehr brauche.«

Der Ausdruck auf Nicoles Gesicht war ein Meisterwerk an Selbstbeherrschung. Ihre Lippen saugten sich fast unmerklich nach innen und bekamen eine blasse, bläuliche Farbe. Sie richtete ihren Blick auf einen Punkt in der Unendlichkeit, dann wieder auf ihn.

»Das ist sehr gefährlich für jemanden in deinem Zustand.«

»Ich war depressiv, aber jetzt nicht mehr.«

»Du warst mehr als depressiv.«

»Aber jetzt nicht mehr.«

»Das ist gerade die große Fallgrube.«

»Nicht, wenn ich recht habe.«

»Wenn du deine Medikamente nicht nimmst, denkst du,

daß du der ganzen Welt gewachsen bist. Daß du fliegen und zaubern kannst. Und danach erlebst du einen Absturz, der viel tiefer und schmerzhafter ist als beim ersten Mal. Denn eines kann ich dir vorhersagen: Die Euphorie verflacht im Laufe der Jahre immer mehr, die Depressionen werden dafür immer tiefer.«

Es folgte eine verbissene Diskussion, die fast eine Stunde dauerte. Dann hatte Notovich genug von dem ganzen Gerede.

»Nicole, mit Chemie zu leben ist kein richtiges Leben. Mein Entschluß steht fest.«

Zu seiner Verwunderung erschien ein müdes Lächeln um ihren Mund.

»Das steht dir natürlich frei, Mikhael. Du bist erwachsen und triffst letztendlich deine eigenen Entscheidungen. Du kennst die Risiken, aber ich kann dich zu nichts zwingen. Du weißt, wo du mich findest.«

Und dann umarmte sie ihn wie eine Mutter, die sich für immer von ihrem Sohn verabschiedet.

31

Er sah Vivien regelmäßig. Er wußte, daß seine Gefühle für sie auf einer Lüge beruhten, doch er konnte nicht ohne diese Lüge leben. Vielleicht würde er durch sie wieder zur Inspiration in ihrer reinsten Form finden, der Inspiration, die Liszt zu einem der größten Künstler aller Zeiten gemacht hatte.

Vivien hatte es immer schwerer bei Valdin. Sie fühlte sich stark genug, ihn zu verlassen, aber Notovich schien es viel zu früh. Jeden Abend schickte er sie zurück.

»Ich will nicht, ich ertrage seinen Blick nicht mehr. Er ahnt, daß etwas zwischen uns ist.«

»Ach was, er kann sich nicht einmal vorstellen, daß eine Frau auf einen anderen fliegen könnte. Du mußt noch ein bißchen durchhalten, bis zum Duell.«

»Aber was ist, wenn er entdeckt, daß es ernst ist zwischen uns? Er tut mir was an.«

»Ich beschütze dich.«

»Warum kann ich nicht einfach hierbleiben?«

Vivien war die einzige, die Valdin beobachten konnte. Wenn sein Rivale etwas plante, würde er es über sie erfahren. Das hoffte er zumindest. Denn tief im Inneren hatte er noch Zweifel, ob Vivien ganz offen zu ihm gewesen war. Auch darum hielt Notovich sie vorläufig auf Distanz. Und darum übte er jetzt Tag und Nacht. Tagsüber, wenn Vivien dabei war, trainierte er vor allem seine Technik mit Kompositionen, die er nicht beim Duell spielen würde. Und nachts, wenn sie wieder bei Valdin war, übte er sein wirkliches Programm. Wo er die Energie hernahm, war ihm selbst nicht klar.

Es war, als könne er sie direkt aus dem Sonnenlicht auffangen. Und das wunderte ihn nicht einmal.

In der folgenden Nacht improvisierte er zum ersten Mal etwas im Stil von Liszt. Er begann mit langsamen, einzelnen Noten. Vorsichtig und fast berechnend. Er wollte sich nicht in einem Strudel von Gefühlen verlieren. Aber allmählich baute er die Motive zu schwereren Akkorden und größeren Gesten aus. Und schließlich erhob sich eine Kathedrale von Klangharmonien und thematischen Einfällen, die inventiv und doch ausgewogen war. Als er den letzten Akkord gespielt hatte, starrte er noch einen Moment auf die Tasten, erstaunt über das, was er gerade gehört hatte.

Am nächsten Abend konnte er es kaum erwarten, daß Vivien aus dem Haus war. Er schloß schnell die Fenster und Vorhänge und setzte sich an den Flügel. Heute mal ein Thema von Liszt selbst – einfach spielen und schauen, wo er ankommen würde.

Aber als er gerade angefangen hatte, stand Vivien wieder im Zimmer, mit ihrer Handtasche und einem treudoofen Grinsen.

»Ich habe dich auf der Straße spielen gehört«, sagte sie unschuldig. »Ich dachte, du bist fertig mit dem Üben.«

»Bin ich auch.«

»Es klang spannend. War das eine Improvisation?«

»Muß ich dich dafür um Erlaubnis bitten?«

»Das sage ich doch gar nicht.«

»Ich habe nur ein bißchen herumgeklimpert, mehr nicht. Was willst du eigentlich?«

»Meine Tasche holen. Oder muß ich dich dafür um Erlaubnis bitten? Mein Gott!«

Sie schlug die Tür hinter sich zu.

Notovich konnte in dieser Nacht nicht mehr spielen und wälzte sich in seinem Bett. War Vivien absichtlich zurückgekommen, oder wurde er langsam paranoid? Unsinn. Natürlich vertraute er Vivien immer noch; er würde sich morgen wieder mit ihr vertragen. Aber man durfte Valdins Überzeugungskraft nicht unterschätzen. Dieser Mann wollte ihn um jeden Preis demütigen. Er mußte also mit der Möglichkeit rechnen, daß sie Valdin erzählen würde, daß Notovich vorhatte, bei dem Duell zu improvisieren. Valdin würde das schon aus ihr rauskriegen, und dann würde er sicher genau wissen wollen, welche Themen Notovich zum Ausgangspunkt nehmen würde.

Der warme Schein der Laterne vor seinem Schlafzimmer ging allmählich in kühle Morgendämmerung über. Notovich erkannte, daß seine Vorbereitung professioneller werden mußte. Dies würde ein richtiger Wettkampf werden. Er durfte sich nicht in die Karten schauen lassen. Vivien hatte ihn auf der Straße spielen hören, jeder konnte ihn ohne weiteres hören. Valdin brauchte nur jemanden vor dem Fenster zu postieren, der einfach aufschrieb, welches Programm Notovich einstudierte.

Die fünf hohen, schmalen Fenster des Kellers ließen die meisten Geräusche durch. Decken vor den Fenstern waren keine Option, die waren zu schwer, um hängenzubleiben. Schaumgummi war leichter, den konnte man davorkleben. Als er im Telefonbuch nach einem Baumarkt suchte, kam ihm eine bessere Idee. Die Wände der Tonstudios, in denen er früher Aufnahmen gemacht hatte, waren mit einer speziellen Art Schaumstoff ausgekleidet gewesen, der den Schall absorbierte.

Er rief Bröll an.

»Treib einen Aufnahmetechniker auf und frag, wo man diesen schalldämpfenden Schaumstoff bekommen kann.«

»Was? Alles in Ordnung mit dir?«

»Alles bestens. Aber ich brauch ihn heute nachmittag. Ich denke, fünfundzwanzig Quadratmeter dürften genügen. Oder warte ...«

Eine Zimmerdecke läßt auch Töne durch, wurde ihm auf einmal bewußt, denn Holzböden leiten den Schall sehr gut. »Sagen wir sicherheitshalber mal fünfzig Quadratmeter.«

»Noto, was faselst du ...«

»Tu's einfach. Es eilt, hörst du? Ich hinke meinem Zeitplan hinterher!«

Die vier riesigen Pakete auf dem Fußweg waren fest mit Plastik umwickelt. Sie schienen vakuumverpackt zu sein. Notovich schleppte sie gemeinsam mit dem Jungen von dem Spezialgeschäft in den Flur, während Bröll aus seinem Auto stieg.

»Schneller Service, was?« sagte Bröll. »Ich habe gleich noch zwei Eimer Montagekleber bestellt und ein nagelneues Cuttermesser. Außerdem reicht dieser Schaumstoff nicht aus, man muß dem Ganzen mehr Masse geben. Dafür sind diese Gummimatten. Frag nicht, warum ich das tue, denn ...«

»Perfekt, danke. Den Rest schaffe ich schon allein.«

»Noto, du willst doch nicht behaupten, daß du das selbst machen willst?«

Notovich schloß die Tür, bevor Bröll hereinkommen konnte.

Um vier Uhr morgens war der Boden mit Plastik und Gummi übersät. Dazu große Stücke Schaumstoff, kleine Stücke Schaumstoff und eine ganze Menge Schaumstoffkrümel. Notovich hatte Montagekleber im Haar. Um seine Hände zu schützen, trug er rosa Gummihandschuhe. Er hatte die Fenster mit einer doppelten Schicht zugeklebt. Das einzige Licht in seinem Wohnraum kam nun von der Leselampe auf seinem Flügel und zwei Glühbirnen an der Decke. Die Lampen hatte er entfernen müssen, um die Decke über die volle Breite des Kellers zu verkleiden. Die übriggebliebenen Schaumstoffstücke hatte er mehr oder weniger gerade an die anderen Wände geklebt.

Als er sich ausgeruht hatte, rief er Bröll noch einmal an. Er wollte schnell wieder an die Arbeit.

»Verdammt, Noto, es ist halb sechs.«

»Aber kannst du trotzdem mal kurz kommen? Ich muß sicher sein, daß es funktioniert.«

Und während Bröll in Schlafanzughose und Regenjacke auf dem Fußweg stand, hämmerte Notovich, so laut er konnte, ein paar Akkorde von Rachmaninow in seinen Flügel.

»Ich komme hier um vor Kälte«, sagte Bröll durchs Telefon.

»Du hörst also nichts?«

»Nein, Mikhael, ich höre nichts.«

»Auch nicht auf der anderen Seite?«

»Auch nicht auf der anderen Seite. Noto ... muß ich mir Sorgen machen?«

»Wir sehen uns nächste Woche.«

»Warte, ich kriege doch wohl eine Tasse Kaffee? Das ist das mindeste, was du tun kannst.«

»Ich bin beschäftigt.«

Er hatte Vivien noch nicht wissen lassen, daß sie kommen konnte. Er durfte nicht mehr spielen, wenn sie dabei war, das Risiko war zu groß. Aber das bedeutete nicht, daß er sie nicht sehen wollte. Am nächsten Tag erschien sie von sich aus. Sie erschrak über das Durcheinander im Zimmer und fing an, die Schaumstoffreste wegzuräumen. Notovich hatte nicht darauf geachtet, er hatte eine Menge verlorene Zeit aufzuholen.

»Du bist mir also nicht mehr böse wegen gestern?«

»Vivien, es war mein Fehler.«

»Du brauchst dich nicht zu verteidigen. Du bist einfach angespannt. Das wäre ich auch. Aber es wird alles gut, ganz bestimmt.«

Er sagte, daß er selbst um einiges weniger optimistisch sei. Das war auch so, doch es konnte nichts schaden, etwas zu übertreiben, denn er brauchte sie. Valdin habe gewußt, daß Notovich beim vorigen Auftritt *Mazeppa* spielen würde. So einen Vorsprung dürfe der Franzose beim nächsten Mal nicht haben. Vivien sei die einzige, die Notovich helfen könne. Natürlich habe sie ihn nicht *bewußt* ausspioniert, sie brauche sich also überhaupt nicht schuldig zu fühlen. Sie sei damals auch noch nicht seine Geliebte gewesen. Liebende tun einander so etwas doch nicht an, oder? Aber es wäre eine große Erleichterung, die Sicherheit zu haben, daß Valdin nichts plante.

Vor allem interessiere ihn, ob der Franzose noch manchmal über die *Teufelssonate* sprach.

Nicht mit ihr, antwortete Vivien.

Er fragte sich, ob sie die Wahrheit sagte. Er rückte ganz nah an sie heran und legte den Arm um sie. Dies sei der Moment, da sie ihm wirklich helfen könne. Ob sie ihm verriete, wo Valdin übte? Nicht, daß er vorhätte, ihn auszuspionieren, sondern nur so ... Wenn er die Gewißheit hätte, daß Valdin brav arbeitete und sich nicht um ihn kümmerte, würde er wesentlich besser schlafen. Denn er schlafe nicht allzu gut in letzter Zeit. Valdins Spielchen hätten sein Vertrauen doch mehr erschüttert, als er gedacht hätte.

32

Er konnte den kleinen, weißen Bunker durch die Bäume sehen. Der quadratische Betonbau befand sich mitten auf einem Landgut und war von hohen Zäunen und Stacheldraht umgeben. Alle zehn Meter hing ein Schild am Gitter, auf dem stand, daß das Landgut von einem *bewaffneten* Wachdienst beaufsichtigt werde. Diese Schilder wechselten sich sicherheitshalber mit Abbildungen von Dobermännern ab.

Ein Bunker mit bewaffneter Bewachung? Notovich mochte ab und zu etwas übers Ziel hinausschießen bei seiner Vorbereitung, aber Valdin tat, als ob Krieg wäre. Notovich kannte diesen Bunker vom Hörensagen; er hatte früher als Aufnahmestudio gedient. Ein idealer Ort, um sich ungestört vorzubereiten: nirgends ein Fenster zu entdecken und zwei Meter dicke Mauern. Die Bewachung stammte vermutlich noch aus der Zeit, als weltberühmte amerikanische und englische Popgruppen sich hierher zurückzogen, um ihre kreative Flaute zu überwinden. Hier wurden sie nicht abgelenkt von Groupies, Dealern und Fehden zwischen Freundinnen, die sich in alles einmischten. Doch diese angebliche Bewachung von damals gab es wahrscheinlich nicht mehr, und Hunde sah er auch keine. Trotzdem schien es ihm besser, nicht den Haupteingang zu benutzen. Über den Schlagbäumen hing eine klapprige Kamera, die vielleicht noch funktionierte.

Er drapierte seine Jacke über den Stacheldraht und setzte den rechten Fuß auf einen Holzpfahl neben dem Zaun an der Seite des Geländes. Der Stacheldraht hing durch und pendelte hin und her, als Notovich hinüberklettern wollte. Er schwang seinen linken Fuß ungeschickt über die Jacke, dabei landete sein entblößter Unterschenkel auf einem Stück Draht. Vor Schreck zog er das Bein zurück und riß sich die Wade auf. Er probierte, das Blut mit einem Taschentuch zu stillen. Es gelang nicht. Erst nach zwei Versuchen schaffte er es, über den Zaun zu kommen. Zuerst zerriß er sich das Hemd. Dann verlor er oben auf dem Zaun das Gleichgewicht, als er über dem Stacheldraht hin und her schwankte. Mit zitternden Händen suchte er Halt am Gitter, aber die eisernen Spitzen bohrten sich gnadenlos in sein Bein und zwischen seine Schenkel.

Der Bunker wirkte verlassen. Notovich hörte nur das Rauschen der Straßen in der Umgebung. Für einen Moment durchschoß ihn der Gedanke, daß Vivien ihn vielleicht absichtlich zu einer falschen Adresse geschickt hatte, aber dann sah er neben der Eingangstür ein Auto stehen. Valdin war also tatsächlich da.

Es war absurd. Das hatte er, verdammt noch mal, nicht nötig. Er war der große Notovich, und der brauchte sich keine Sorgen über minderwertige Konkurrenten zu machen. Doch jetzt, wo er so nah dran war, siegte die Neugier über sein wankendes Ehrgefühl. Weit und breit war kein Fenster zu erkennen, genau wie er es erwartet hatte. Blieb zu hoffen, daß Valdin allein war. Seine Intuition sagte ihm, daß es so war; er selbst würde auch allein sein wollen.

Die Tür war offen.

Noch konnte er umkehren: Dies war die letzte Chance, sein beschädigtes Selbstwertgefühl wiederherzustellen.

Aber er ging hinein.

Überall brannte Licht. Ein Klavier war nirgends zu hören. Das war natürlich auch nicht möglich in einem schalldichten Aufnahmestudio. Wie sollte er vorgehen bei all diesen geschlossenen Türen? Ohne Plan schlich er hinein. Die ersten beiden Türen versuchte er nicht einmal zu öffnen. Valdin hatte seinen Flügel bestimmt irgendwo in die Mitte des Bunkers gestellt; das würde Notovich selbst auch tun. Jetzt erst fiel ihm auf, daß seine Schuhe ein hohes, saugendes Geräusch machten. Er zog sie aus und sah, daß seine Wade immer noch blutete. Auf dem Boden war eine Blutspur. In einem Putzschrank fand er einen muffig riechenden Scheuerlappen, den er sich ums Bein band. Er lief weiter den Gang entlang und kam an eine Kreuzung: auf beiden Seiten lagen Gänge mit Türen. Links brannte Licht. Auch hier war kein Laut zu hören. Er probierte eine Tür nach der anderen. Die dritte gab in klein wenig nach. Er legte sein Ohr an das schwere Holz.

Keine Musik.

Vorsichtig versuchte er, die Tür weiter aufzudrücken, aber es gelang nicht. Er stieß mit der Schulter dagegen, und sie öffnete sich mit einem trockenen Geräusch. Weißes Neonlicht fiel in den Gang. Es war ein Raum mit Reglerpulten neben einem Studio. Durch die gläserne Zwischentür drang Musik. Es war niemand anderes da. Valdin konnte ihn nicht hören. Notovich ließ die Tür angelehnt und setzte sich auf den Fußboden. Die Musik klang dumpf und weit entfernt, doch er konnte die meisten Töne erkennen.

Valdin spielte ein Stück, das er nicht kannte, aber es war von Liszt, da war er sich ganz sicher. Außerdem war es keine Improvisation. Dafür war es zu perfekt. Die Komposition begann mit einem einfachen Motiv aus wenigen Noten, die man mit einem Finger spielen konnte. Und doch hatte es von Anfang an etwas Mitreißendes, etwas Betörendes. Das simple, kindliche Motiv wurde nun mit rhythmischen Dissonanzen ausgebaut, die über die Tasten sprangen wie tanzende Hexen, von den tiefen Tönen links bis zu den hohen rechts. Der Komponist sog einen hinein in sein Universum.

Es war, als höre er Liszt zum ersten Mal. Die Empfindung war genauso stark wie damals, als sein Vater ihn als Zwölfjährigen in ein Konzert des russischen Meisterpianisten Lazar Berman mitgenommen hatte, der im Concertgebouw den *Danse Macabre* spielte. Dieselbe Kraft und Subtilität, verspielt und verführerisch, mit scharfen Harmonien und sich überschlagenden Motiven. Aber mit einer schaurigen, gespenstischen Atmosphäre, die das Gefühl heraufbeschwor, daß der Tod anwesend sei und mit einem tanze.

Ein Danse macabre schien es zu sein, keine Sonate.

Valdin war nun beim Mittelteil angelangt. Notovich wollte ein Stück weiter in den Raum hineinkriechen, um die Musik besser hören zu können, als er an seinem Ohr ein Hecheln vernahm.

Es war ein Dobermann.

An dem Dobermann hing ein Mann in Uniform, der etwas in sein Walkie-Talkie sprach. Der Geifer aus dem Maul des Wachhundes fiel auf Notovichs blutende Wade. Mit aller Kraft, die er in sich hatte, pflanzte Notovich seine Faust in die feuchte Schnauze des Tiers. Der Dobermann krümmte sich winselnd zusammen. Dann trat Notovich dem Wächter gegen die Kniescheibe und lief halb stolpernd aus dem Gang. Während er sich der Tür näherte, hörte er, daß Valdin einfach weiterspielte, nicht ahnend, was da gerade vor sich ging. Wieder ertönte das rätselhafte Motiv, das so vertraut erschien und doch so fremd, als ob es aus einer anderen Welt käme.

Er rannte auf bloßen Füßen in den Wald, gefolgt von dem

fluchenden, hinkenden Wächter und dem aufs äußerste gereizten Hund. Und während Notovich nach zehn Metern bereits außer Atem geriet und in der Ferne ein Auto kommen hörte, fragte er sich, ob es wirklich so etwas wie eine Teufelssonate geben konnte. Und ob es möglich war, daß er diese Musik früher schon einmal gehört, aber vergessen hatte. Oder daß er diese Melodie aus seinem Gedächtnis hatte verschwinden lassen, in der Hoffnung, nie mehr erfahren zu müssen, was für eine Welt der Düsternis sie in ihm wachrief.

33

Sie setzten Notovich in ein kahles Vernehmungszimmer, verhörten ihn aber vorläufig nicht. Sie brachten ihm alle halbe Stunde Kaffee (von dem er Magenkrämpfe bekam) und Kekse (die eine glasige Fettschicht auf seinen Fingern hinterließen). Er versuchte, nicht auf seinen schmerzenden Hintern und das brennende Gefühl zu achten, das von seiner Wade zu seinen Schenkeln zog. Er philosophierte über die Auswirkung von Neonlicht auf den menschlichen Geist. Wäre je romantische Klaviermusik geschrieben worden, wenn Wohnungen und Konzertsäle im neunzehnten Jahrhundert mit Neonröhren statt Kerzen beleuchtet gewesen wären?

Durch das vertikale Fenster in der Tür sah er, wie Van der Wal sich mit einem der Polizisten beriet, die Notovich mit aufs Revier genommen hatten. Danach verschwand er kurz. Ein paar Minuten später öffnete er endlich die Tür: Linda und Nicole durften herein. Das wunderte Notovich. Sollte er nicht verhört werden?

Lindas Augen waren rot umrändert, doch Nicole trat hart und professionell auf: die Standhaftigkeit eines Kindes auf einem Schulhof voller Quälgeister.

»Mischa, was ist passiert?« fragte Linda mit unsicherer Stimme.

»Haben sie dich gut behandelt?« fragte Nicole.

»Was ist passiert?« fragte Linda abermals.

»Was weiß ich. Darf ein Künstler heutzutage nicht mal einen Kollegen besuchen?« Er hatte genug Zeit gehabt, diese Geschichte vorzubereiten. »Ich meine ... ist das vielleicht verboten? Was denken die denn, was ich vorhatte? Ihn umzubringen oder so? Und mit welcher Waffe? Meinem linken Schuh etwa?«

»Natürlich nicht, Mikhael«, sagte Nicole. »Wir haben dich bald wieder draußen.«

»Ja, Wim wartet im Parkhaus.«

Das war sehr beruhigend: Sie hatten immerhin noch Wim.

»Aber wir machen uns schon Sorgen«, fuhr Linda fort. »Die Polizei stellt Fragen über deine psychische Verfassung.«

»Ja, mir ist auch klar, wie das auf einen Außenstehenden wirken muß.«

»Sie wollen, daß ich überprüfe, wie es dir geht.«

»Sie wollen mich einsperren, meinst du? Das ist Unsinn, und das wißt ihr genau. Holt mich hier raus, Herrgott noch mal! Es ist alles in Ordnung mit mir, Nicole. Du mußt mir glauben. Wir hatten neulich doch eine ausführliche Sitzung!«

»Da habe ich dir einen Rat gegeben.«

Linda und Nicole hatten ihre Rollen abgesprochen. Linda straffte sich, und Nicole legte einen Streifen mit Medikamenten auf den Tisch.

»Wir wollen, daß du die wieder nimmst.«

»Und wenn ich mich weigere?«

»Und wir kündigen den Keller«, sagte Linda, ohne ihm zuzuhören, »das war sowieso ein deprimierendes Loch.«

»Ja, Mikhael«, sagte Nicole. »Wir haben dort heute nachmittag mal reingeschaut, und ich muß sagen: Wir waren ziemlich erschrocken.«

»Oh, wenn es um den schallisolierenden Schaumstoff geht? Das hätte ich dir ganz einfach erklären können. Ich hatte auf die Schnelle keine Zeit, ein Studio zu mieten.«

»Es geht nicht nur um die Decke und die Fenster«, sagte

Linda, »sondern auch um den unglaublichen Saustall, den Gestank im Badezimmer, das verkrustete Waschbecken, die verschimmelten Pizzas und den vergammelten Auflauf, den ich dir vor drei Wochen gemacht habe. Und es laufen Mäuse in den Küchenschränken herum.«

Notovich fand, daß sie übertrieb. Vivien hatte ihm zwar ein paarmal angeboten aufzuräumen, aber er wollte nicht, daß sie seine Sachen berührte.

»Mischa, ich weiß, daß du dich nie einweisen lassen wirst«, fuhr Linda fort.

»Das siehst du völlig richtig. Und du kannst mich nur einweisen lassen, wenn ich eine Gefahr für mich selbst darstelle. Oder für andere.«

»Mischa, du bist in verbotenes Gelände eingedrungen. Du bist blutend wie ein Schwein auf dem Boden herumgekrochen, um diesen Valdin auszuspionieren. Und du bist *verhaftet* worden! Es dürfte für Nicole nicht so schwierig sein, dich zur Beobachtung einweisen zu lassen. Aber wir haben uns beraten, und ich biete dir einen Ausweg: Du kannst bei mir einziehen.«

»Bei dir?«

»Wim hat das Gästezimmer leergeräumt, und das kannst du dir einrichten, wie du willst.«

»Na, das kommt dir ja gelegen. Da kannst du für den Rest deines Lebens über mich bestimmen. Du verschwendest meine Zeit. Ich stecke, verdammt noch mal, in den Vorbereitungen für einen wichtigen Auftritt!«

»Dieses blöde Klavierduell vergessen wir jetzt mal, ja?« Linda bemühte sich um einen tröstenden Ton, als ob er sich beim Fußballspielen das Knie verletzt habe. »Zuerst müssen wir zusehen, daß es dir wieder besser geht.«

»Ich fühle mich schon viel besser, wirklich!« erwiderte er. »Ich bin höchstens ein bißchen müde.«

Nicole schüttelte den Kopf.

»Das ist nur eines der weniger besorgniserregenden Symptome, wenn man manisch-depressiv ist.«

Manisch-depressiv. Es klang wie ein Urteil.

»So nennst du es, Nicole, doch es ist eine äußerst ungenaue Bezeichnung für eine sehr vielgestaltige Reihe von Symptomen und Leiden, die die Wissenschaft noch lange nicht im Griff hat.«

»Dein Fall ist aber ziemlich klar, darüber haben wir schon öfter gesprochen«, sagte Nicole. »Die Symptome kommen in verstärkter Form wieder, wenn du deine Medikamente nicht einnimmst. Du wußtest sehr genau, welche Risiken das hatte.«

»Du kannst mir mein Leben nicht stehlen. Du kannst mir meine Kunst nicht einfach wegnehmen, als wäre es ein Spielzeugauto!«

»Ich verstehe deine Wut und deine Angst, aber so kann es nicht weitergehen.«

»Mischa, nun hör doch auf sie!« sagte Linda. »Wenn du so weitermachst, kann ich dich nicht länger beschützen.«

»Wovon redest du?«

»Die Polizei wartet darauf, daß Valdin Anzeige erstattet.«

»Na und?«

»Sie wollen dich am liebsten hier festhalten. Du kannst nicht mehr für dich sorgen. Jemand muß dich vor dir selbst beschützen.«

»Herrgott noch mal, ich bin erwachsen!« rief Notovich wütend. »Ich habe es gründlich satt, permanent bemuttert zu werden. Ehrlich gesagt, finde ich deine übertriebene Fixierung auf mich auch ziemlich beunruhigend.«

»Das ist nicht dein Ernst. Das ist die Krankheit, die spricht«, antwortete Linda mit hoher Stimme.

»Vielleicht mußt du selbst mal zum Psychiater! Du widerst mich an!«

Linda war ganz bleich geworden. Ihre Lippen zitterten. Er wollte ihr nicht weh tun, aber er dachte nicht daran, seine Worte zurückzunehmen.

»Na gut, Mischa«, sagte sie schließlich ruhig. »Du hast es nicht anders verdient.«

Er sah sie verblüfft an. Er verstand den Ausdruck in ihren Augen nicht.

»Wie meinst du das?«

Im Nebenraum schwang auf einmal eine Tür auf. Durch das Mattglas glaubte er, die magere Silhouette von Valdin zu erkennen. Zu seinem Erstaunen wurde dieser von zwei Ermittlern ins Vernehmungszimmer gelassen. Auch Nicole und Linda schauten überrascht; sie wußten offenbar nichts davon.

»Maestro!« sagte Valdin mit einem übertrieben besorgten Blick, der nur so vor unterdrückter Freude triefte. »*Ça va bien?*«

Valdin hatte der Polizei »alles« erklärt. Daß er »eine Verabredung« mit Notovich gehabt habe und daß dieser jederzeit in seinem Arbeitsstudio willkommen sei. Natürlich würde er keine Anzeige erstatten, das sei absurd! Notovich war zum ersten Mal dankbar, seinen Konkurrenten zu sehen.

»Es ist ein außerordentlich unangenehmes Mißverständnis«, fuhr Valdin fort. »Das habe ich auch der Presse gesagt.«

Der Presse?

Notovich schaute Linda fragend an.

»Es stehen ein paar Leute vor der Tür«, erklärte sie.

Valdins Team hatte also bereits geplaudert. Ein Schwarm Fotografen wartete vor dem Eingang. Kein Wunder, daß Wim im Parkhaus saß.

»Es schien mir besser, schnell selbst vorbeizukommen. Ich hatte Angst, daß sie dir vielleicht nicht glauben würden, in Anbetracht deiner ... *Vorgeschichte.*«

Valdin genoß das Wort wie ein herrliches Urteil, eine vor langer Zeit erdachte Demütigung. Und doch war er wahrscheinlich die einzige Person auf der Welt, die Notovich verstand. Valdin war der einzige, der alles dafür tun würde, den Auftritt sicherzustellen. Der einzige, der begriff, daß nichts ihrer Konfrontation im Wege stehen durfte.

»Schön.« Notovich warf einen triumphierenden Blick auf Linda. »Dann können wir ja gehen.«

»Nein, Mischa. So geht es nicht weiter. Mischa, hör auf mich!«

Aber Notovich lief schon aus dem Raum. Die Ermittler traten einen Schritt zur Seite, um ihn durchzulassen.

In der Eingangshalle gaben die Pianisten einander steif die Hand. Es war, als ob damit ein Knopf umgelegt würde: Draußen begannen die Kameras zu surren und zu klicken. Valdin machte eine Vierteldrehung zu den großen Fenstern hin, Notovichs Hand noch immer in der seinen, lächelnd wie ein Präsident, der einen Abrüstungsvertrag besiegelt.

»Danke«, sagte Notovich. »Wenn ich dich früher mal beleidigt haben sollte, tut es mir leid.«

Valdin schüttelte den Kopf, ein fast unsichtbarer Ausdruck der Ungläubigkeit, der nur für Notovich bestimmt war.

»Du gehst wirklich sehr weit, was? Junge, Junge.«

»Ich kann genau erklären, was ich da wollte.«

»Ganz bestimmt.«

»Ich muß sagen: Es wundert mich schon, Valdin. Ich dachte, du willst mich hinter Schloß und Riegel sehen. Du hast mir doch vor ein paar Wochen die Polizei auf den Hals gehetzt, oder?«

»Vielleicht. Aber nur, um dich in Bewegung zu bringen, Notovich. Mehr nicht. Sieh zu, daß du bereit bist nächste Woche. Das ist das einzige, was mich interessiert. Du nützt mir nichts, wenn du in eine Zelle oder eine Anstalt gesperrt wirst.«

»Die Musik, die du im Bunker gespielt hast, kam mir bekannt vor«, sagte Notovich. Er *mußte* wissen, was Valdin gespielt hatte.

»Ach ja? Ich spiele so viel, kannst du etwas spezifischer sein? War es eine Etüde? Eine Rhapsodie?«

»Ich konnte es nicht richtig hören. Vivien meint, daß du immer über die *Teufelssonate* sprichst. Denkst du wirklich, daß es diese Komposition gibt?«

»Oh, dieses Stück! Die *Teufelssonate*! Niemand glaubt doch, daß es die tatsächlich gibt? Außer dir.«

»Außer mir? Wie kommst du denn darauf?«

»Du hast früher von nichts anderem geredet.«

»Daran kann ich mich nicht erinnern.«

»Das ist ein bißchen dein Problem, was?« Valdin grinste. »Vielleicht hilft das hier ja deinem Gedächtnis auf die Sprünge.«

Er holte ein Stück Papier aus der Tasche und faltete es halb auf. Es waren handgeschriebene Noten. Notovich überflog die ersten Takte und erkannte die Melodie sofort. *Teufelssonate, von Franz Liszt* stand darüber.

»Was ist das?«

»Das müßtest du wissen, Notovich. Du hast es mir selbst gegeben.«

Die Teufelssonate.

Die Komposition war in langen Schwüngen, wie in großer Eile, notiert. Notovich erkannte die Handschrift, es war seine eigene.

»Du warst der Mann im Publikum bei meiner ersten öffentlichen Unterrichtsstunde im Konservatorium«, brachte Notovich hervor. »Der Mann, der diese Melodie gepfiffen hat!«

Doch Valdin hatte ihm das Blatt weggeschnappt und lief auf den Haupteingang zu, während sein langer, schwarzer Ledermantel hinter ihm herschwang.

Als Notovich sich umdrehte, sah er, daß Linda mit Van der Wal sprach. Sie hatte eine Plastiktüte in den Händen, die sie festhielt, als ob es ein Päckchen wäre. Es ging offenbar darum, denn Van der Wal richtete immer wieder den Blick darauf. Notovichs Mund fühlte sich auf einmal staubtrocken an, und ihm war, als ob eine große Bleikugel in seinen Magen rollte. Er lief zu ihnen und fragte, worüber sie redeten.

Linda schaute ihn nicht an.

»Das hier hatte ich also noch zu Hause liegen«, sagte sie zu Van der Wal. Sie öffnete die Plastiktüte und holte ein zerknittertes T-Shirt heraus, das Notovich sofort erkannte. Es war das T-Shirt mit den Blutflecken. Das T-Shirt, das er getragen hatte, als Senna verschwand.

»Was zum Teufel machst du denn da?! Ich denke, du hast das Ding gewaschen.«

»Vielleicht wirst du es irgendwann verstehen«, sagte Linda

mit Tränen in den Augen. »Ich hoffe wirklich sehr, daß du das Mädchen nicht umgebracht hast. Aber wenn es doch so ist, darf es keine weiteren Opfer geben.«

»Was?!«

»Ich tue das, weil ich dich liebe, Mischa. Herr Van der Wal sagt, daß so eine DNA-Analyse nur ein paar Tage dauert. Ich hoffe, daß es dann noch nicht zu spät ist.«

Im Parkhaus saß Wim gereizt auf der Motorhaube und wartete. Er hatte offenbar keine Ahnung, was gerade passiert war.

»Ich fahre hinter euch her«, sagte Nicole.

»Ich komme nicht mit«, sagte Notovich.

Wim stieß einen tiefen Seufzer aus.

»Na prima! Hab ich hier also umsonst gewartet?«

»Nein, Mischa fährt schön mit«, sagte Linda.

»Nach dem, was du dir gerade geleistet hast? Du bist wohl verrückt.«

»Du hörst, was er sagt«, meinte Wim. »Ich starte schon mal den Wagen. Kommst du?«

»Halt dich da raus, Wim. Wie du darüber denkst, wissen wir ja nun.«

»Ach nee, du fragst mich doch nie danach.«

Notovich hatte Wim noch nie in so einem Ton mit Linda reden hören. Es klang wie die Fortsetzung eines Streits, den sie schon öfter geführt hatten. Von derartigen Spannungen hatte sich Linda bisher nichts anmerken lassen.

»Mischa ist mein Bruder. Ich bin die einzige, die er hat. Ich kann es auch nicht ändern, wenn du eifersüchtig bist.«

Notovich traute seinen Ohren nicht. Sie tat, als ob nichts geschehen wäre.

»Begreifst du überhaupt, was du angerichtet hast, Linda? Wenn dieses Blut von Senna stammt, dann habe ich keine Möglichkeit, mich zu verteidigen. Ich kann mich nämlich nicht erinnern, was passiert ist. Ich wandere also ins Gefängnis. Für Jahre!«

»Van der Wal sagt, daß die Niederlande dich vielleicht gar nicht ausliefern. So schlimm wird es schon nicht kommen.«

»Und das glaubst du? Bist du wirklich so naiv?«

»Dein Bruder will nicht mit dir nach Hause, Linda. Das scheint mir ziemlich klar«, sagte Wim lakonisch.

»Halt dich da raus.«

»Langsam wird es ein bißchen peinlich«, fand Wim. »Ich meine, sei doch mal ehrlich: Wenn du dich entscheiden müßtest zwischen ihm und mir, wer würde es dann werden?«

Der Konflikt zwischen Wim und Linda bewegte sich mehr und mehr auf einen gähnenden Abgrund zu.

Nicole nahm Notovich zur Seite. Sie ergriff seine Hände. Ihre Haut war kühl, aber zart und geschmeidig. Ihre Augen glichen einem See mit trübem, undurchdringlichem Wasser und einem Schilfsaum aus Krähenfüßen.

»Mikhael, ich sage nicht, daß ich mit Linda einer Meinung bin, doch das nimmt allmählich beunruhigende Formen an.«

Er löste seine Hände aus ihren und ging, ohne etwas zu sagen, zum Ausgang zurück.

»Mischa«, flehte Linda, während sie hinter ihm herlief. »Mach keinen Unsinn.«

Wim hatte das Auto inzwischen gestartet.

»Ich fahre jetzt, Linda. Ich warte nicht auf dich«, sagte er mit verzweifelter Bestimmtheit. Linda drehte sich nicht einmal um.

»Mach doch, was du willst!« Sie trottete ihrem Bruder hinterher, als ob sie selbst hilfsbedürftig wäre.

»Linda, fahr mit Wim mit. Er hat recht«, versuchte Notovich. Er wollte nicht die Ursache ihrer zigsten gescheiterten Beziehung sein.

»Hörst du das? Selbst er findet, daß ich recht habe«, rief Wim. »Ich fahre jetzt, Lin. Ich zähle bis drei. Eins ... zwei ...«

»Mischa. Warte!« jammerte Linda nun mit wütenden Tränen in den Augen.

»Zweieinhalb ...«

Notovich lief weiter und sah vom Treppenhaus aus gerade noch, wie seine Schwester mutlos auf den grauen Betonboden sank, während Wim Gas gab und den Twingo mit quietschenden Reifen zum Ausgang des Parkhauses steuerte.

34

Notovich verdrängte die DNA-Analyse mit erstaunlicher Leichtigkeit. Das würde Tage beanspruchen, redete er sich ein. Er hatte jetzt keine Zeit für derlei Sorgen. Wenn es ihm gelänge, wieder der Pianist zu werden, der er einmal gewesen war, würden all seine Sorgen von selbst verschwinden. Dann wäre er unangreifbar.

Aber seine Vorbereitung geriet zu oft ins Stocken. Er hatte gehofft, daß Vivien diese alte Quelle der Inspiration in ihm freilegen würde, doch sie brachte zu viel Unruhe mit sich, zu viele schmerzliche Erinnerungen, zu viel Kummer. Sie rief etwas in ihm wach, das er nicht unter Kontrolle hatte, etwas, wovor er sich mehr fürchtete, als er erwartet hatte. Er wollte sich so weit wie möglich von dem schwarzen Loch fernhalten. Er versuchte auch, nicht an das Blatt Papier zu denken, das Valdin ihm gezeigt hatte, mit Notovichs eigener Handschrift.

Manisch-depressiv.

Diesen Begriff hatte Nicole benutzt. Er selbst hielt sich überhaupt nicht für manisch-depressiv. Und niemand hatte das Recht, ihn in eine Schublade zu stecken. Aber es war wichtig, daß er sich ruhig verhielt. Keine Dummheiten jetzt. Er brauchte jemanden, der ihm Halt gab, der ihn aufmunterte. Jemanden, dem er durch und durch vertraute.

Am nächsten Morgen erwachte er in Natasjas Armen. Sie starrte ihn an, mit wirrem Haar und besorgtem Blick. Ihre Wimperntusche war verlaufen, aber Notovich konnte nicht sehen, ob sie geweint hatte.

»Hunger?« fragte sie heiter, doch das konnte auch vorgetäuscht sein.

»Äh ... eigentlich schon.«

Er wollte sie küssen, aber er hatte keine Ahnung, wie sie reagieren würde. Er hatte auch keine Ahnung, was am vergangenen Abend passiert war.

»Die Omeletts sind fertig«, sagte sie, als er aufstand. »Spielst du das Stück noch mal, das du mir gestern vorgespielt hast?«

»Welches Stück?«

»Hast du das vergessen? Du warst so begeistert, daß du es unbedingt mit jemandem teilen wolltest. Ich mußte sofort kommen, um mir alles endlos anzuhören. Weißt du das nicht mehr? Deshalb hast du mich angerufen.«

»Doch, doch, absolut.«

»Mikhael, ist alles in Ordnung mit dir? Du warst gestern so ... ich weiß nicht, so rastlos. Als ob du auf Speed wärst. So habe ich dich noch nie gesehen.«

»Ich hatte ein bißchen den Weg verloren. Ich kann einfach nicht ohne dich sein.«

»Du hättest mich auch eher anrufen können.«

»Es tut mir leid.«

»Und du weißt, was du versprochen hast?«

»Natürlich. Wort für Wort.«

»Ich glaube, du hast keine Ahnung, wovon ich rede.«

Er versuchte, sich nicht anmerken zu lassen, daß sie recht hatte.

»Diese andere Frau siehst du von jetzt an nicht mehr.«

Er schaute sie verwundert an, versprach es jedoch feierlich.

»Ich muß verrückt sein«, sagte Natasja mit einem schmerzvollen Lächeln. »Aber ich hatte mal wieder Lust auf Sex mit jemandem, der zu alt für mich ist.«

Sie rollte sich auf ihn, streifte sein Hemd hoch und küßte seinen Bauch. Dann wanderte sie quälend langsam weiter hinunter. Sie wußte genau, wie sie ihn bis zum äußersten aufreizen konnte. Schon bald vermochte er sich nicht mehr zu beherrschen und zog sie an sich.

Als sie noch ein wenig nachdösten, bat sie ihn noch einmal, ihr etwas vorzutragen. Er lief mit geheucheltem Widerwillen ins Wohnzimmer und spielte eine übertrieben sentimentale Version vom *Liebestraum Nr. 3* für sie. Natasja zog sich die Decke über den Kopf, als ob sie es nicht hören wolle.

»Ganz schön klebrig. Aber ich hatte nach dem anderen Stück gefragt, von dem du gestern so begeistert warst.«

»Welches Stück? Sing es mir vor?«

»Was weiß ich.« Sie begann die Melodie zu summen, an die er sich schon seit Wochen zu erinnern versuchte.

»Natasja, woher hat du diese Musik?«

»Das sagte ich doch gerade.«

Er zerrte sie an den Flügel.

»Ich möchte, daß du genau nachspielst, was ich gestern gespielt habe.«

»Nun führ dich mal nicht so auf. Muß das jetzt sein?«

»Ja.«

Sie begann uninspiriert zu spielen, während Notovich in seinen Schubladen nach Notenpapier suchte, um die Melodie aufzuschreiben. Aber schon nach ein paar Takten hörte sie auf und meinte, sie habe keine Lust mehr.

»Du begreifst es nicht. Das ist das Stück, das Valdin bei dem Konzert spielen wird. Ich bin ganz sicher.«

»Na und? Was kümmert mich das? Ist das das einzige, was dich interessiert? Ich dachte, ich habe auch etwas hiermit zu tun.«

»Natasja, ich flehe dich an. Verstehst du nicht, wie wichtig das für mich ist?«

Sie seufzte und probierte dann brav, die Melodie nachzuspielen, aber viel weiter als beim ersten Anlauf kam sie nicht.

»Ist das alles, woran du dich erinnern kannst?«

»Mikhael, du hast keine fest umrissene Komposition gespielt. Es war eine einzige Improvisation, eine Achterbahn von Einfällen und Themen, bestimmt anderthalb Stunden lang, und das nonstop. Ich hatte noch nie so etwas gehört. Ich wüßte nicht, wie ich das nachspielen sollte.«

»Aber das Thema? Spiel nur das Thema.«

Sie schlug ein paar Töne an, korrigierte sich und versuchte es noch ein paarmal. Notovich notierte alles in Kurzschrift. Sie kam der Sache nahe, doch das Wesentliche entglitt ihr. Als sie aufhören wollte, packte er sie zu fest an der Hand. Für einen Moment sah er Angst in ihren Augen.

Als sie aus dem Haus gegangen war, um einzukaufen, nahm er seine Aufzeichnungen und spielte die Noten noch einmal. Sie wirkten plump und banal; es war, als würde er probieren, einen Geruch nachzuspielen. Aber nach ein paar mehr oder weniger spielerischen Versuchen flossen auf einmal fünf Töne aus seinen Fingern, die ihm bekannt vorkamen. Fünf Töne aus der Sonate, die ihn unversehens zurückführten zu etwas, das in der Dunkelheit auf ihn wartete.

Hätte er das Papier von Valdin nur studieren können. Er spielte die Töne wieder und wieder. Seine Finger wurden müde, aber seine Gedanken waren so lebendig wie nie zuvor. Er sah Senna vor sich. Es war, als ob der Schorf auf seinem verletzten Gedächtnis sich durch die Musik zu lösen begänne. Darunter spürte er eine neue, rosige Haut, die noch kein Tageslicht gesehen hatte. Es war nur noch eine Frage der Zeit, dann würde ihm alles einfallen.

Von der Polizei gab es nichts Neues. Er hatte Natasja erzählt, was in den letzten Tagen passiert war. Sie nahm alles ruhig auf und schien sich keine ernsthaften Sorgen zu machen. Dafür hatten sie jetzt auch keine Zeit, denn das Duell nahte. Bröll rief stündlich an, aber Notovich ging nicht ans Telefon. Er fürchtete, daß seine letzten Vorbereitungen im Chaos versanden würden. Er war jetzt so nah dran. Er mußte einfach arbeiten, arbeiten, arbeiten und einen klaren Kopf behalten. Dann würde alles gut werden. Natasja kochte für ihn und hörte zu, wenn er das Bedürfnis danach hatte. Sie hatte das Talent, da zu sein, ohne zu viel Aufmerksamkeit zu beanspruchen. Sie lieh Bröll ihr Ohr und wimmelte die Medien ab. Notovich lebte nach seinem eigenen inneren Rhythmus. Er schlief, wenn er Lust hatte (fast nie), übte, wenn er Energie hatte (meistens) und liebte, wenn es sich ergab (überraschend oft).

Die Nacht vor dem Duell war kühl und naß. Er hatte ein Stündchen an den Grachten frische Luft geschnappt. Als er auf Strümpfen ins Wohnzimmer schlich, um Natasja nicht zu wecken, lag im Dunkeln jemand zusammengerollt auf dem Sofa.

»Vivien, was machst du denn hier?«

Sie drehte sich zu ihm um und klammerte sich an ihn.

»Er weiß es, Mischa. Er weiß das mit uns.«

»Unsinn, er kann gar nichts wissen.«

»Ich kann kein Theater mehr spielen. Er wollte heute

abend mit mir schlafen, aber ich konnte es nicht. Ich kann diesen Mann nicht mehr um mich herum ertragen. Da wurde er natürlich wieder mißtrauisch. Er wollte unbedingt wissen, was los ist. Er hielt mich fest und hatte so einen wilden Blick in den Augen. So habe ich ihn noch nie gesehen.«

»Und dann? Was hast du gesagt?«

»Nichts. Ich hatte Angst, ihn noch wütender zu machen.«

»Er weiß es also nicht genau?«

»Mischa, er hat einen Stuhl genommen und an der Wand zerschlagen. Und dann ist er aus dem Zimmer gelaufen. Ich kann nicht mehr zu ihm zurück. Ich gehe nicht zurück.«

Sie begann zu schluchzen.

»Vivien, du mußt aber zurück. Gerade jetzt.«

»Was? Das ist ein Scherz, oder? Was in aller Welt willst du von mir?«

»Wenn du hierbleibst, wird er dir nachstellen.«

»Na und? Du wolltest mich doch beschützen?«

»Tu das jetzt nicht. Wir sind so nah dran.«

»Du meinst, du bist so nah dran, mein Gott! Ich brauche ihn nicht unbedingt zu besiegen. Und ich brauche auch nicht mehr zu wissen, was mit Senna passiert ist. Sie ist tot, Mischa. Aber ich lebe, und du lebst. Kannst du nicht einfach mit dem glücklich sein, was wir haben?«

»Natürlich will ich, daß du zu mir zurückkommst«, sagte er. Doch er wußte nicht, ob er es ernst meinte.

»Warum bist du dann so unglaublich schroff? Sag was, Mischa, ich rede mit dir!«

»Psst, nicht so laut!«

Vivien zog ihre Hände aus seinen.

»Okay, alles klar. Wir dürfen sie nicht aufwecken.«

»Es ist kompliziert.«

»Ach wirklich? So kompliziert ist es nun auch wieder nicht. Ich habe dir die Adresse von Valdin gegeben, und jetzt brauchst du mich nicht mehr. Du schläfst also wieder mit ihr.«

Er wollte sie nicht gehen lassen, wollte sie am liebsten in die Arme nehmen. Aber irgend etwas hinderte ihn daran. Unergründliche Gefühle mit einem düsteren Unterton umgaben Vivien, an denen er nicht zugrunde gehen wollte. Er durfte nicht in das schwarze Loch hineingesaugt werden. Er mußte klar bleiben, den Kopf behalten.

»Ihr seid euch wirklich ähnlich, du und Valdin. Er ist ganz besessen von seiner Musik. Will niemanden mehr sprechen, ißt nicht und schläft nicht. Sei vorsichtig, Mischa. Er wird alles dafür tun, dich bei dem Duell zu demütigen. Er will dich aus dem Gleichgewicht bringen, genau wie ... mit Senna.«

Er sagte nichts. Sie stand auf wie jemand, der alles begreift. Er wollte nicht, daß sie zu Valdin zurückging. Sein Körper schrie nach ihr, wollte sie festhalten. Aber es ging nicht, es durfte nicht sein.

»Macht nichts, Mischa«, sagte sie. »Ich verstehe es. Musik ist deine große Liebe.«

Sie küßte ihn lange auf den Mund. Vielleicht wußte sie, daß Natasja in der Tür stand und alles mit ansah. Als sie sich endlich von Notovich löste, flüsterte sie: »Schade, daß ich nicht diejenige bin, die du suchst, aber vielleicht ist es besser so. Du machst mich todunglücklich.«

Er ging ihr nicht nach. Die Stille und die Leere, die im Zimmer zurückblieben, fühlten sich an wie ein Fehler, der nicht mehr korrigiert werden konnte.

»Mikhael, was tust du denn da?« fragte Natasja. »Wenn du sie wirklich liebst ...«

Und wieder redete er auf Natasja ein, erklärte, daß es nun endgültig vorbei sei. Aber seine Gedanken waren woanders. *Todunglücklich* hatte sie gesagt. Das war genau das Wort, das Senna einst verwendet hatte.

35

Die Einzelheiten waren nicht verloren. Sie kamen in dieser Nacht unversehrt an die Oberfläche, ohne daß er sich Mühe geben mußte. Die Knitter in einem Unterrock, den sie getragen hatte, der süßlich-frische Duft von Blüten, die über den Rand des Balkons hingen, der Geschmack ihrer Lippen, wenn sie Wein trank, die rosa Narben auf ihren Unterarmen, die er ab und zu gesehen hatte. Einzelheiten, die einmal wieder da waren, gingen ihm nicht mehr aus dem Kopf. Als er aufwachte, sah er die Augen von Sennas Pferd vor sich. Wie hatte dieses Bild je aus seinem Bewußtsein entschwinden können: der starrende Blick des sterbenden Tiers?

Magda, das abgedankte Pferd mit dem durchgebogenen Rücken. Senna holte es hin und wieder von der Reitschule ab. Er folgte ihr dann manchmal in kleinem Abstand. Anfangs lief sie nur in der Gegend der Reitschule herum, später durch Parks. Und als die Abkühlung in ihrer Beziehung spürbar wurde, spazierte sie manchmal einfach mit dem Ungetüm durch die Straßen, als ob sie einen Hund ausführte. Wenn er nach einer Reihe von Konzerten nach Hause kam, suchte er zuerst die Strecken ab, die sie am häufigsten ging.

Die anderen Frauen waren nebensächlich. Nicht nur für ihn, sondern auch für sie; das hatten sie stillschweigend vereinbart. Anfangs gab er sich noch Mühe, es zu verbergen, aber es schien sie nicht zu stören, wenn er Lippenstift am Kragen hatte oder wenn sich unbekannte Frauen am Telefon meldeten.

Doch er hatte noch eine andere Geliebte. Eine eifersüchtige Buhle, die ein immer größeres Stück von Notovich für sich allein beanspruchte. Das war sein Ruhm. Oder vielleicht war es nicht so sehr der Ruhm, sondern die berühmte Seite seiner selbst: der große Notovich, der Virtuose, das unverstandene Genie, das von Luft, Wasser und großer Kunst leben konnte. Dieser andere Notovich hatte endgültig von seinem Körper Besitz ergriffen und nahm bei weitem den meisten Raum ein.

Für einen Außenstehenden wirkte es vielleicht, als ob er sie nicht mehr brauchte, aber das war Schein. Für ihn gab es keine andere Muse als Senna. Nur erlosch diese Flamme langsam. Sie wollte nicht mehr zuhören, wenn er improvisierte, wenn er gejagt nach neuen Harmonien suchte in seiner immer dünner werdenden inneren Klangwelt. Dann fühlte er sich zurückgewiesen, geriet in Panik, weinte, schrie, hämmerte an die Tür.

»Nun sieh mal, wie unglücklich wir sind«, sagte sie dann mit einem wehmütigen Lächeln. »Ist das nicht genau das, was wir wollten: *todunglücklich* sein?«

Sie bemühten sich beide, so zu tun, als ob nichts wäre. Sie grasten die Märkte ab. Sie kramten Erinnerungen an die Niederlande hervor. Sie las ihm aus »ihren« Briefen vor. Doch das Gefühl war weg, und sie konnten nichts dagegen unternehmen. Er machte ihr Vorwürfe. Daß sie eifersüchtig sei. Daß sie sich nicht wirklich für ihn interessiere. Daß er alles für sie getan habe, sein ganzes künstlerisches Leben um sie herum gebaut habe. Und je stiller sie wurde, desto rasender wurde er. Dann warf er mit Stühlen und allem, was ihm in die Hände fiel. Aber wenn er sich ausgetobt hatte, vertrugen sie sich. Sie vertrugen sich immer. Bis zu jenem Abend.

Er hatte sie gegen ihren Willen in eine Kneipe mitgeschleift.

Er war oft so ruhelos in letzter Zeit. Dann hatte er das Bedürfnis rauszugehen, in die Welt.

»Damit die Leute dich anbeten können, was?« hatte sie gesagt. Er ignorierte die Bemerkung. Er bestand darauf zu gehen, jetzt! In der Kneipe trank er zuviel, redete zuviel. Senna mochte es nicht, wenn er so lärmte, und wollte nach Hause. Er zwang sie zu bleiben. Er brauchte momentan tatsächlich Publikum, und sie war sein wichtigster Zuhörer. Sie setzte sich in einer Ecke an einen Tisch und unterhielt sich mit einem Mann, den er kaum kannte. War das Valdin gewesen? Zu Hause fragte er sie aus: Worüber hatten sie gesprochen? Und was war daran so verdammt interessant? Sie wurde wütend und wollte ins Bett, aber er hielt sie zurück. Als sie sich heftig von ihm losriß, flog seine Hand in ihr Gesicht.

Sie sah ihn bestürzt an.

Er wünschte sofort, er könnte die Zeit zurückdrehen, aber es war unwiderruflich eine Grenze überschritten. Etwas war zerstört, verletzt, verloren. Ihre Beziehung hatte sich dadurch definitiv verändert. Er war ein anderer Mensch geworden, jemand, den er nicht mehr wiedererkannte, als ob er sich in der Spiegelung eines fahlen Fensters selbst betrachtete.

Am nächsten Tag war sie weg. Er ging zur Reitschule, doch das Pferd war nicht mehr da. Er suchte sie drei Tage lang. Erst auf den gewohnten Routen; dann breitete er sein Suchgebiet immer weiter aus. Es war ihm ein Rätsel, wie sie ein so großes Tier in einer Stadt, in der es nur Wohnungen gab, verstecken konnte. Seine Sohlen nutzten sich ab. Er erschien nicht zu einem Konzert, nahm die Anrufe von Bröll nicht entgegen. Er wußte, daß Senna einen Zufluchtsort hatte, eine eigene Wohnung oder ein Zimmer, nur hatte er keine

Ahnung, wo das sein könnte. Er hatte noch mehrfach versucht, das Viertel wiederzufinden, wohin er ihr seinerzeit gefolgt war, aber Paris war zu groß. Er hatte den Stadtplan Dutzende Male studiert.

Und dann sah er sie.

Mitten auf der Straße ließ sie Magda aus einem Springbrunnen trinken. Sie zog alle Blicke eines nahegelegenen Cafés auf sich. Die Leute machten Witze und fotografierten. Senna saß auf dem Rand des Wasserbeckens, in ihrem eigenen stillen Kokon.

»Senna, komm bitte nach Hause.«

Sie schaute ihn erstaunt an. Sie war bleich und hatte schwarze Ringe unter den Augen.

»Ich flehe dich an, Senna.«

»Laß mich in Ruhe.«

»Ich spiele nicht mehr. Ich habe alle meine Auftritte abgesagt.«

»Du kommst schon drüber hinweg«, sagte sie. »Genau wie Franz und Marie.«

»Hör doch auf mit den beiden! Es geht um uns. Ich bin ein Mensch aus Fleisch und Blut. Hier ... fühl mal.«

Die Leute auf der Terrasse des Cafés verfolgten das Gespräch atemlos, auch wenn sie kein Wort Niederländisch verstanden.

Sie erhob sich, um zu gehen.

»Bleib hier, Senna.«

»Laß mich in Ruhe.«

»Ich finde dich doch wieder. Ich finde dich immer.«

Sie raunte dem Pferd beruhigende Laute zu und zog es langsam von dem Springbrunnen weg. Notovich riß ihr die Zügel aus den Händen.

»Laß das verdammte Pferd doch mal stehen.«

»Mischa, Vorsicht!«

»Ich habe noch lange nicht ausgeredet. Du kannst nicht einfach so aus meinem Leben verschwinden. Ich bringe mich um, wenn du das wirklich tust!«

»Gib mir die Zügel.«

»Kommt nicht in Frage. Der Scheißklepper bleibt bei mir!« Er wollte das scheue Pferd mit sich ziehen, aber es widersetzte sich sofort, als ob es Partei für Senna ergriffe. Notovich ruckte ein paarmal hart an den Zügeln. Das Pferd wieherte und bäumte sich plötzlich auf. Der plumpe Körper ragte weit über Notovich hinaus. Dann machte das Pferd unversehens einen hohen Sprung auf das Café zu. Tische fielen um, und Mütter rissen ihre Kinder zurück. Geschrei, Panik. Magda sprengte durch das Wirrwarr von flüchtenden Menschen und fallenden Stühlen hindurch und spurtete zwischen zwei parkenden Autos auf die belebte Straße.

Das schwerfällige Pferd Magda mit den steifen Beinen schien seine jugendliche Kraft und Grazie einen Moment lang wiedergefunden zu haben, für seinen letzten Galopp, genau wie das Pferd Mazeppa. Es flog über den Straßenbelag, als wäre es eine Weide im Frühling. Senna rannte hinterher, ohne auf den Verkehr zu achten.

Notovich konnte sich später nicht mehr genau erinnern, ob Senna die Zügel wieder erwischt hatte. Er wußte auch nicht mehr, von welcher Seite der Bus gekommen war. Er vermochte nicht zu sagen, wie weit sie und das Pferd mitgeschleift worden waren. Das einzige, was er noch vor sich sah, war Senna. Senna voller Blut. Senna, die sich an den zitternden, nassen Hals des sterbenden Tiers klammerte, während sich um sie herum ein Chaos aus Menschen und Autos bildete. Er versuchte, sich durch die widerwillige Meute hindurchzuzwängen, aber niemand ging zur Seite, niemand beachtete ihn. Auch Senna hörte ihn nicht. Sie hatte sich ganz von der Außenwelt abgekapselt.

Als Senna in den Krankenwagen getragen wurde, gelang es ihm endlich, sich aufzuraffen. Während er ihre Hand ergriff, schaute sie ihn benommen an. Der Sanitäter stellte ihm eine Frage, die er nicht verstand. Sie schoben ihn zurück und wollten die Türen schließen. Er rief: »*Non!*« und drängte sich durch die Öffnung hinein.

Er erinnerte sich, wie er geweint hatte, während sie ins Krankenhaus fuhren. Wie er ihre Hand gehalten hatte. Und wie sie ihn einen Moment angesehen hatte mit einem Blick, der sagen zu wollen schien: *Es ist nicht dein Fehler, alles wird gut.*

Es dauerte lange, bis die Wunden kuriert und die Brüche verheilt waren. Er ging jeden Tag ins Krankenhaus, aber nach einer Weile lag sie nicht mehr in ihrem Zimmer. Niemand konnte ihm sagen, wo sie sich aufhielt. Sie verweigerten die Auskunft. Sie wollte ihn offenbar nicht sehen. Er beschimpfte die Mitarbeiter der Rezeption und wurde des Hauses verwiesen. Er probierte es in allen anderen Kliniken der Gegend, doch sie war unauffindbar. Vielleicht war sie in den Niederlanden aufgenommen worden, weil sie selbst kein Geld hatte. Vielleicht hatte ihre Familie eingegriffen. Die Polizei kam vorbei und stellte ihm Fragen über den Unfall. Jemand hatte ihnen gesagt, daß es vielleicht Absicht gewesen sei. Er versuchte, nicht wütend zu werden, und erzählte ehrlich, was passiert war.

Zwei Monate später sah er sie auf einmal wieder in einer Straße, in der sie oft zusammen Kneipen besucht hatten. Sie ging noch etwas steif, aber ansonsten schien sie wieder ganz geheilt zu sein. Er rief ihren Namen, doch sie reagierte nicht. Als er noch einmal rief, schaute sich Senna kurz um. Dann lief sie einfach weiter, am Arm des lächelnden Valdin. Als ob sie ihn gemeinsam für immer ignorieren wollten.

36

Es war der Abend des Duells. Eine Limousine sollte Notovich und Natasja ins Fernsehstudio bringen. Als das Telefon klingelte, dachte er, es sei Bröll. Der behelligte ihn in den letzten Tagen ständig mit seinem nervösen Getue.

Aber es war seine Anwältin.

»Keine guten Nachrichten, fürchte ich, Herr Notovich. Darum rufe ich Sie schnell selbst an.«

Notovich ergriff impulsiv Natasjas Hand.

»Das Ergebnis der DNA-Analyse ist da. Das Blut auf Ihrem T-Shirt stimmt mit dem von Senna van Ruysdael überein.«

»Ist das ganz sicher?«

»Sie haben es mit DNA aus Sennas Elternhaus verglichen.«

»Und was bedeutet das genau?«

»Daß Sie unter Mordverdacht stehen.«

»Aber sie wissen nicht, ob das Blut auch zu den sterblichen Überresten paßt, denn die haben sie verbrannt.«

»Mir ist tatsächlich nicht bekannt, ob sie davon eine DNA-Probe genommen haben.«

»Dann hätten sie es vermutlich gesagt.«

»Das kann ich nicht beurteilen. Ich habe noch keine Vorladung gesehen. Ich wollte Sie nur über diese Neuigkeiten informieren.«

»Was geschieht jetzt? Die Franzosen können mich hier doch nicht einfach so verhaften?«

»Sie dürfen nicht vergessen, daß Frau Van Ruysdael die niederländische Staatsbürgerschaft hatte, vielleicht warten sie also gar nicht erst auf einen Antrag der Franzosen. Ich habe noch nicht selbst mit der Kriminalpolizei sprechen können; die Ergebnisse kamen per Fax. Aber Sie müssen mit dem Schlimmsten rechnen.«

»Ich habe heute abend einen wichtigen Auftritt. In den haben eine Menge Leute Geld investiert. Können Sie die Polizei nicht solange zurückhalten?«

»Ich weiß nicht, ob die dafür empfänglich sind, Herr Notovich. Sie sind schon einmal geflüchtet.«

»Aber es ist live! Es schauen vielleicht eine Million Leute zu. Wir können nicht einfach so absagen!«

»Ich werde tun, was ich kann.«

Mit leerem Blick blieb er in seinem Keller stehen. Er fühlte, wie eine Kälte aus seinen Armen in seine Hände und Finger zog.

Es klingelte.

Notovich schob Natasja an die Tür, um nachzusehen, wer es war. Die Limousine war vorgefahren.

Die bleischwere Tür des schwarzen Schlittens schwang auf. Luboš saß darin mit zwei spärlich bekleideten Frauen bei Whisky und Champagner. Die Luft in der Kabine war schwer von Alkohol und Parfüm. Luboš winkte Notovich mit einer unsicheren linken Hand; die rechte war irgendwo zwischen den Schenkeln der Damen verschwunden.

Notovich schrak zurück.

»Was ist das? Ich habe keine Lust auf Gesellschaft, verdammt noch mal«, sagte er zu Bröll. »Ich muß mich konzentrieren.«

Bröll mahnte ihn, leise zu reden.

»Ich hatte dich darauf vorbereitet, erinnerst du dich?« sagte Bröll. »Der Mann will etwas haben für sein Geld.«

Notovich nahm ihn zur Seite.

»Es kann sein, daß die Polizei hinter mir her ist«, sagte er.

»Was? Wie meinst du das?«

»Und du steckst mich in ein Auto mit einem der größten Kriminellen Europas.«

»Es war deine Idee, Luboš hinzuzuziehen, erinnerst du dich? Was soll ich machen?« fragte Bröll.

»Nichts, jetzt ist es zu spät. Sorg dafür, daß der Chauffeur ein bißchen Gas gibt.«

Hinter der Limousine stand ein gepanzerter Geländewagen. Darin saßen wahrscheinlich die Bodyguards. Und Tomas, der Mann mit dem pockennarbigen Gesicht, der Luboš überallhin begleitete. Es war derselbe Mann, der vor ein paar Wochen mit drohender Miene aus Brölls Büro gekommen war, kurz bevor das Haus in Brand gesteckt wurde.

»Du kannst Luboš nicht vor den Kopf stoßen.«

In der Ferne bog ein Auto um die Ecke. Es sah aus wie ein Polizeiauto, aber Notovich konnte nicht so schnell erkennen, ob es wirklich eins war.

Er stieg mit Natasja ein.

»Los!«

Luboš lachte erstaunt.

»Notovich, alles gut?«

Notovich nickte. Alles war gut.

Bröll versuchte, das Gespräch mit Luboš an sich zu ziehen, damit Notovich sich nicht an dem Geplauder zu beteiligen brauchte. Aber die Mädchen machten Witze über seine kurzen Beine und ignorierten ihn ansonsten. Sie waren nur an dem berühmten Künstler interessiert. Sie stellten Notovich Fragen über die Kraft in seinen Unterarmen und baten ihn, die Geschmeidigkeit seiner Finger zu demonstrieren. Doch Notovich blickte sich immer wieder um. Das Polizeiauto war nirgends mehr zu entdecken. Vielleicht war es ein gewöhnlicher Streifenwagen gewesen. Vielleicht aber auch nicht, und sie wurden nun verfolgt. Es war zu dunkel, um es richtig sehen zu können.

Natasja beobachtete ihn schweigend.

Die Freundinnen von Luboš schwärmten über die ausgezeichnete Kondition ihrer eigenen Glieder. Luboš hörte wohlwollend zu und kniff dann und wann in einen Bauch oder eine Brust, um ihre Behauptungen zu überprüfen. Als er fragte, ob Notovich auch einmal probieren wolle, schaute der Pianist mürrisch hinaus.

Während der restlichen Fahrt ins Fernsehstudio wurde nicht mehr gesprochen.

Die Organisation der Veranstaltung war an Notovich vorbeigegangen. Er hatte ab und zu ein paar Einfälle gehabt, die er mitten in der Nacht auf Brölls Anrufbeantworter gesprochen hatte. Was er genau verlangt hatte, wußte er nicht mehr, aber wenn Bröll am nächsten Morgen in Panik zurückgerufen hatte, war Notovich immer gerade beim Üben gewesen und hatte sich geweigert, ihn anzuhören. Bröll kenne doch seine Forderungen? Er dürfe alle Verhandlungen mit der Gegenseite und dem Sender führen. Er würde schon sehen, was Bröll davon zustandebrachte.

Als die Verhandlungen zu scheitern drohten, wurden Brölls flehentliche Bitten an Natasja immer verzweifelter. Die gab ihm den Auftrag, *im Sinne von Notovich* zu handeln.

»Von welchem Notovich genau?« seufzte Bröll verärgert. »Er ist so launisch, ich kann nicht einfach nur raten, was er will. Ich muß ihn wirklich sprechen. Die Pläne sind ziemlich ... hochfliegend. Und ich bin am Ende verantwortlich. Ich will nicht, daß er im letzten Moment einen Rückzieher macht.«

»Das wird er nicht«, antwortete Natasja. »Das verspricht er. Ich muß jetzt auflegen.«

Schließlich tat Bröll alles, was Notovich ihm aufgetragen hatte. Er hatte keine Ahnung, ob das im Sinne von Notovich war, aber es garantierte auf jeden Fall eine gigantische Publicity.

Vor einer Woche hatten Nicole und Linda noch versucht, den Auftritt zu verhindern. Linda hatte zwei Stunden lang heulend in Notovichs Haustürnische gesessen. Und Nicole hatte an Brölls Gewissen appelliert, doch der wurde lieber nicht allzu eindringlich mit diesem Teil seiner Persönlichkeit konfrontiert. Außerdem stand er durch die exorbitanten Pläne und Forderungen Notovichs immer tiefer bei Luboš, dem Friedliebenden, in der Kreide.

Vor dem Studio wartete bereits eine große Gruppe von Menschen. Notovich beugte sich zum Fenster. Rechts von dem quadratischen Betonbau standen zwei Polizeiautos. Waren die seinetwegen da?

»Können wir dieser Menge nicht aus dem Weg gehen?« fragte er. Luboš nickte und gab dem Chauffeur ein Zeichen. Sie fuhren auf die Rückseite des Studiokomplexes.

Auf einem sandigen Parkplatz stiegen sie aus.

Erregte Stimmen näherten sich. Wie ein Rudel Wölfe nahm die Horde Journalisten die Jagd auf. Bröll versuchte, Notovich so schnell wie möglich hineinzulotsen, doch im Nu waren überall Blitzlichter, ausgestreckte Mikrophone und greiflustige Hände, die den Pianisten vor die Kameras zerren wollten.

Aber er zog sich in seine eigene Welt zurück. Inmitten des ganzen Tumults war er der einsamste Mensch auf Erden.

Sie liefen einen großen, ungemütlichen Flur entlang; Notovich glaubte, Chlor zu riechen.

»Hat die Presse drinnen Zugang?« fragte er Bröll.

»Natürlich ist Presse dabei. Du machst doch jetzt keinen Rückzieher, oder? Du hast mich alles regeln lassen, erinnerst du dich?«

»Kann jeder einfach so hereinkommen?«

»Müssen wir dieses Gespräch jetzt auf einmal doch führen? Verdammt, Noto! Tu mir das nicht an.«

»Ich rede von der Polizei«, sagte Notovich leise. »Können die mich hier wegholen?«

»Alles gut?« ertönte auf einmal eine tiefe Stimme hinter ihnen. Es war Luboš. Das Lächeln war aus seinem Gesicht verschwunden.

»Alles gut, Luboš. Alles in bester Ordnung. Mach dir keine Sorgen«, sagte Bröll, aber er sprach sich vor allem selbst Mut zu. Luboš ließ sich nicht abwimmeln. Er schaute Notovich prüfend an.

»Alles gut, Luboš«, sagte Notovich so unbekümmert wie möglich.

Der fiel nicht darauf herein. Er grinste.

»Keine Sorgen machen wegen Polizei«, sagte Luboš.

»Polizei?«

»Meine Leute stehen an der Tür. Okay?«

Bröll und Notovich blickten ihn erstaunt an.

»Ich habe Freunde. Überall. Sie wissen, wann sie sich fernhalten müssen.«

Wieder ein breites Grinsen. Notovich sah, daß er zwei goldene Schneidezähne hatte.

»Danke.«

»Künstler – wie die Ganoven!« sagte Luboš. Und er klopfte Bröll lachend auf die Schultern. Der sah auf einmal so erleichtert aus, daß es den Anschein hatte, als würde er gleich in Schluchzen ausbrechen.

Sie liefen weiter. Es wurde immer voller. Menschen mit Kopfhörern und Drehbüchern rannten durch die Gänge. Der Chlorgeruch wurde penetranter.

»Okay.« Notovich verlangsamte seinen Schritt. »Ich möchte schon wissen, was mich da drinnen erwartet.«

»Das wirst du ja sehen.«

Notovich ergriff Natasjas Hand. Er hatte Kameraproben abgelehnt, weil er wollte, daß der Auftritt so spontan wie möglich verläuft. Jetzt fragte er sich, ob das so klug gewesen war.

Sie durchquerten einen gefliesten Raum mit Bänken und Kleiderhaken auf beiden Seiten.

»Ist das eine Sporthalle oder so?«

»Nun, äh ... das Gebäude soll abgerissen werden«, erklärte Bröll. »Es war eine einmalige Gelegenheit. Es ist vielleicht ein bißchen *over the top*, aber es war deine Idee, erinnerst du dich?«

Notovich schwieg wohlweislich. Er konnte sich nicht mehr an die Details entsinnen. Er hatte in den letzten Wochen so einiges geäußert.

»Es war ein harter Brocken, alles so schnell hinzukriegen, um es mal vorsichtig auszudrücken. Vor allem die Akustik hat uns schlaflose Nächte bereitet«, sagte Bröll, in der Hoffnung auf ein Kompliment.

»Wo kann ich mich einspielen?«

Sie wurden in einen riesigen Raum mit zartrotem Teppichboden und Samtvorhängen gebracht, in dem es roch, als wäre er erst vor einer Stunde ausgestattet worden (das war auch so). Porträts von Liszt hingen an der Wand; ein Tisch mit Getränken und Häppchen stand bereit, ein luxuriöses Ledersofa, ein Mega-Fernsehbildschirm und natürlich ein Flügel.

Luboš wollte mit seinen Damen hinter Notovich eintreten, aber Notovich schaute Bröll fragend an.

»Mach dir keine Sorgen«, sagte der. »Wir gehen in den *green room*. Du kannst dich in Ruhe einspielen.«

Er führte die Gesellschaft in einen anderen Raum.

»Wenn das nur die Garderobe ist, bin ich gespannt auf den Saal«, sagte Natasja, während sie sich auf das kolossale Loungesofa fallen ließ. Notovich zwinkerte ihr zu und setzte sich an den Flügel. Der Ärger und die Sorgen glitten von ihm ab, sobald er die Tasten anschlug.

»Was hältst du davon, wenn wir beide nach diesem Konzert eine Woche nach Rom fahren?« fragte er, während er versuchte, sich mit ein paar Arpeggien aufzuwärmen.

Natasja warf sich eine Nuß in den Mund.

»Vielleicht.«

Sie schien sich nicht besonders wohl zu fühlen. Er spielte sich die Finger warm; Natasja suchte inzwischen nach der Fernbedienung für den Fernseher. Der Bildschirm blendete auf. Sie fragte, ob es ihn störe. Normalerweise hätte Notovich keinerlei Ablenkung ertragen, doch jetzt hatten die bewegten Bilder und fröhlichen Farben etwas Beruhigendes. Er spielte eine Fuge von Bach und summte eine zusätzliche Stimme dazu, die der alte Meister selbst nicht schöner hätte erfinden können. Er spürte, daß Natasja ihn heimlich beobachtete, aber die ganze Zeit nicht wagte, ihn etwas zu fragen.

»Fertig.«

Er stand auf und streckte sich.

»Mikhael, du hast noch keine fünf Minuten gespielt.«

»Ich weiß etwas viel Besseres, um mich aufzuwärmen«, sagte er. »Komm mal her.«

»Was hast du denn?«

Er zog sie vom Sofa und begann, an den Knöpfen ihres glänzenden schwarzen Kleids zu nesteln. Sie kicherte.

»Mischa, nicht jetzt.«

»Doch, gerade jetzt.«

Er zerrte sie zum Flügel und klappte den gigantischen Dekkel zu. Dann klopfte er einladend auf das schwarze Holz.

»Was? Auf diesem Ding? Niemals.«

»Komm schon, bitte. Ich muß gleich auf die Bühne.«

»Hast du das mit ihr immer vor einem Auftritt gemacht?«

Er seufzte tief und lief demonstrativ zur Tür.

»Okay, Mischa. Aber du mußt mir eins versprechen.«

Er schaute sie abwesend an, mit den Gedanken schon beim Vorspiel.

»Laß dich nicht verrückt machen heute abend. Niemand sagt, daß du improvisieren mußt. Du brauchst nicht zu beweisen, was du kannst.«

Er wollte jetzt nicht wütend werden, also versprach er es. Er würde Valdin ja doch unter den Tisch spielen.

»Zufrieden?«

»Schließ aber ab.« Sie grinste und schob mit dem Fuß einen Stuhl neben den Flügel. Dann kletterte sie vorsichtig auf das schwarze Monstrum, als ob es einzustürzen drohte.

Es klopfte an der Tür.

»Maestro Notovich, noch zwanzig Minuten.«

»So lange brauchen wir nicht«, sagte Notovich.

Natasja kicherte. Sie zog ihn auf den glänzenden schwarzen Deckel und ließ ihre Hand in seine Hose gleiten. Ihr Gesicht war gerötet vor Erregung und widersprüchlichen Gefühlen. Als er sich auf sie legte, schien es ihm einen Moment lang, als ob er Angst in ihren Augen sähe.

Eine Viertelstunde später spielte sich Notovich doch noch ein, denn er wollte voll konzentriert sein. Auch wenn wohl niemand den Unterschied hören würde. Und das Publikum würde sowieso nicht weglaufen, dafür waren die Eintrittspreise zu hoch. Natasja hatte den Raum verlassen, um sich irgendwo frisch zu machen.

Als er aufblickte, stand die hoch gewachsene Gestalt Valdins im Zimmer, wie eine Erscheinung aus einer anderen Welt. Das einzige, was ihn real machte, war das Knarren des Ledermantels, der ihm bis zu den Fersen reichte.

»Üb nicht zu hart. Davon wirst du nur nervöser«, sagte er auf Französisch.

»Was willst du hier?« fragte Notovich so beherrscht wie möglich.

Sein Rivale lächelte.

»Eine bekannte Szene: du am Klavier und ich bei dir auf Audienz. Weißt du noch?«

»Ich habe keine Ahnung, wovon du redest.«

»Natürlich. Du erinnerst dich an viel mehr, als du zugibst. Es war in *Le Souterrain.* Da saßt du damals mit ein paar Freunden und Bewunderern. Und ich, ein junger Spund, kam herein. Ein bißchen so wie jetzt, nur bin ich nicht mehr so unsicher und unerfahren.«

»Schon möglich.«

»Du hattest mir gerade mein Debütkonzert vermasselt.«

»Geht es darum? Mußtest du mich deshalb unbedingt zu einem Duell herausfordern? Komm schon, Valdin. Es war eine lange Nacht gewesen, und ich bin bei deinem Auftritt eingeschlafen. Bist du immer noch böse darüber?«

»Du hättest dich entschuldigen können. Aber darum habe ich dich damals nicht einmal gebeten.«

»Großer Junge.«

»Das einzige, was ich wollte, war eine Chance, der Welt zu zeigen, was ich kann. Und es gab nur einen, der mir dabei helfen konnte: der Mann, der meinen Ruf ruiniert hatte. Der große Notovich.«

»Dafür habe ich jetzt keine Zeit.«

»Du wirst mir zuhören«, sagte Valdin. Er strahlte eine stille, unerschütterliche Wut aus. »Du bist nun hier. Du kannst nicht mehr kneifen, ohne dich unsterblich lächerlich zu machen. Jetzt kann ich dir also getrost erzählen, warum ich dich heute abend demütigen werde.«

Notovich seufzte ergeben. Aus dem Einspielen würde nun doch nichts mehr werden.

»Ich höre.«

»Da becherten also deine großartigen Freunde teuren Wein und Champagner, während du fieberhaft am Flügel improvisiertest.« Er klang bemüht heiter. »Ein paar Frauen lagen dir ohnmächtig zu Füßen. Ich schluckte meinen Stolz hinunter und bat dich, mir zu helfen. Du hättest öffentlich erklären können, daß der ganze Vorfall ein Irrtum gewesen sei. Oder du hättest mich in dein Vorprogramm aufnehmen können, um meiner Karriere wieder auf die Sprünge zu helfen. Aber nein ... natürlich nicht! Es sei undenkbar, daß ich das Podium jemals mit dir, dem großen Genie, teilen würde. Mehr noch: der Gedanke, daß ich dich so etwas Unerhörtes zu bitten wagte, brachte dich auf einmal furchtbar auf.«

Die Szene kam Notovich in der Tat vage bekannt vor, aber an die Einzelheiten konnte er sich nicht erinnern. Warum beeilte Valdin sich nicht ein bißchen mit seinem pubertären Gefasel? Wahrscheinlich wollte er einfach seine Konzentration stören. Er mußte sich, verdammt noch mal, für seinen Auftritt sammeln.

Es klopfte, und der Aufnahmeleiter steckte den Kopf durch die Tür, um Notovich mitzunehmen.

»Wir sind beschäftigt!« sagte Valdin scharf. Der Aufnahmeleiter schaute einen Moment verdattert und schloß die Tür wieder.

»Wir müssen auf die Bühne, Valdin! Kann das nicht warten? Warum gehst du nicht zu einem Psychiater? Den hast du anscheinend nötig.«

»Du hattest meine Karriere in der Hand, aber *nein* zu sagen, reichte dir nicht«, fuhr der Franzose unbeirrbar fort. »Eine Abweisung hatte nicht genug abschreckende Wirkung. Der junge Pianist mußte definitiv in die Schranken gewiesen werden. Weißt du das noch? Du bist explodiert. Ich bekam eine minutenlange Tirade zu hören. Es gebe nur einen wirklichen Pianisten auf der Welt, und das seist du, Mikhael Notovich! Du hast dich total hineingesteigert und bist immer lauter geworden.«

»Kann ich mich nicht dran erinnern.«

»Senna war auch dabei.«

»Das erfindest du doch nur! Geht es hier um sie? Um Senna?«

»Sie war leichenblaß, ich erkannte sie fast nicht mehr wieder. Ihr waren diese Ausbrüche wahrscheinlich nur allzu vertraut, und trotzdem trat sie für mich ein, genau wie damals bei meinem Debüt. Aber das war natürlich Öl ins Feuer: Senna durfte mich nicht einmal ansehen. Keine Frau durfte mich ansehen. Sie gehöre dir, denn du seist der einzige echte Erbe Franz Liszts. Und dann hast du wieder von der *Teufelssonate* angefangen. Du seist der einzige, der dieses Stück beherrsche. Und dank dieser Sonate sei der Geist Franz Liszts in dich gefahren. Der Meister habe das Werk eigens für dich geschrieben. Darum hättest du nun genau wie Franz Liszt eine unwiderstehliche Anziehungskraft auf deine große Liebe. Senna würde immer dir gehören, ob sie nun wolle oder nicht.«

»Blödsinn«, sagte Notovich. Aber seine Finger klopften so laut, daß er sie in die Taschen stecken mußte. Der Nebel in seinem Kopf schien sich schwadenweise zu lichten.

»Du hast mir das Blatt mit der *Teufelssonate* gegeben. Das würdest du doch nicht mehr brauchen, hast du gesagt. Deiner Meinung nach würde ich die Musik ohnehin nicht begreifen, es könne also nichts schaden. Aber da irrst du dich, Maestro. Ich habe diese Musik die ganze Zeit in Ehren gehalten. Ich bin eins damit geworden, eins mit dem Meister. Darum werde ich dich heute abend zerquetschen wie eine Kakerlake. Dies wird mein Abend. Ich werde der Welt zeigen, wer der wahre Erbe Liszts ist.«

»Du wirst die *Teufelssonate* spielen?«

»Nur wenn es nötig ist«, sagte Valdin. »Denn ich glaube, das Publikum wird solche hochstehende Kunst sowieso nicht verstehen. Und ich denke, daß ich das Duell auch ohne *Teufelssonate* gewinnen werde.«

»Du behauptest also, daß es diese Sonate gibt?«

»Natürlich. Und sie steckt mir im Blut. Ich spüre die Kraft Liszts in mir, Notovich. Er lebt in mir. Und du ... du hast das verloren. Du zehrst seit Jahren nur noch von der Reputation deiner Anfangszeit. In dem letzten Jahr in Paris hast du schon kaum noch etwas zustande gebracht, so tief warst du gesunken.«

Es klang unsinnig. Valdin hatte nie eine Beziehung zu Liszt gehabt, er äffte Notovich bloß nach. Und doch ... Valdin strahlte die Selbstsicherheit aus, die Notovich einst groß gemacht hatte. Mehr denn je verspürte er das Bedürfnis, Valdin zu demütigen.

Die Tür ging auf.

»Darf ich reinkommen?«

Es war Vivien.

Es war alles Absicht, natürlich. Der glänzende rote Stoff ihres Abendkleids: eine exakte Kopie des Exemplars, das Notovich einmal für Senna gekauft hatte. Das lange schwarze Haar, das genau so in ihrem Nacken hing wie bei Senna. Der ausgiebige Zungenkuß, den Valdin ihr gab. Und (als Gnadenstoß) die fast gierige Art und Weise, wie Vivien ihn erwiderte. Das Bild kam ihm bekannt vor. Und wie durchschaubar es auch war: Es funktionierte. Notovich spürte, daß er wütend wurde. Auf *sie*. Ohne Frage zwang Valdin sie dazu, aber es sah doch verdächtig danach aus, daß sie nur allzugern gezwungen werden *wollte*. Sie wich Notovichs Blick aus, als ob sie ein Verbrechen begangen habe. War sie zu Valdin zurückgekehrt, weil Notovich darum gebeten hatte oder weil sie wirklich etwas für den Franzosen empfand? Hatte sie tatsächlich Angst vor ihm, wie sie behauptete? Dann hätte sie doch auch einfach aus der Stadt flüchten können? Er fühlte beißende Säure aus seinem Magen aufsteigen.

»Du scheinst erstaunt zu sein, daß sie bei mir ist«, flüsterte Valdin. Sein Atem roch nach Verwesung, als ob er den Tod geschmeckt hätte.

»Ich wüßte nicht, warum ich erstaunt sein sollte«, log Notovich.

»Sieh ihr in die Augen, Mikhael. Es ist *ihr* Geist, der darin lebt, in diesem Herz pocht *ihre* Liebe. Doch sie gehört mir, wieder mir. Senna hat sich damals auch für mich entschieden. Weißt du noch?«

»Du hast versucht, sie mir wegzunehmen, aber sie hat nie jemanden so geliebt wie mich!«

Valdin beugte sich zu Notovich hinunter und sagte langsam und präzise: »Laß mich eins richtigstellen, du Stück Psychose auf zwei Beinen: Ich habe dir Senna nicht weggenommen. Du hast sie mir weggenommen. Aber als sie eingesehen hat, daß du total verrückt bist, ist sie zu mir zurückgekommen.«

»Daß ich nicht lache.«

»Warte nur. Am Ende des Abends erinnerst du dich an alles, das verspreche ich dir. Dann wirst du wieder wissen, wie du sie getötet hast.«

37

Die Virtuosen traten zusammen auf den Gang hinaus. Sofort schwärmte eine Gruppe von Leuten hinter ihnen her, dankbar, daß sie ihr nervöses Nichtstun in scheinbare Aktion umwandeln konnten. Ein Mädchen mit einem Headset gab der Regie durch, daß sie unterwegs waren; es schaute dabei sehr gewichtig drein. Am Ende des Ganges hielt eine andere Gestalt mit einem Headset die Gruppe auf.

»Drei Minuten noch.«

Bröll wartete mit Natasja. Er hatte dicke Ringe unter den Augen und blaue Lippen vor Nervosität.

»Was wollte Valdin?« fragte Natasja, während sie Notovich kurz beiseite nahm.

»Nichts. Laß mich nur.«

Die Pianisten wurden für den Auftritt jeder an einen anderen Ort gebracht. Natasja wollte bei Notovich bleiben, aber er wollte lieber, daß sie sich ihren Platz im Saal suchte. Er mußte sich konzentrieren.

Es war wie ein Traum. Die Stimme eines Moderators, die auf die große Einleitung hinarbeitete. Die enormen schwarzen Vorhänge, die sich zur Seite schoben. Und dann der gigantische Saal. Blaues Licht wogte über die hohe Decke. Die Geräusche verzerrten sich im Raum zu einer Kakophonie von Echos. Die schwarze Menschenmenge, anonym zusammengepfercht auf endlosen Reihen enger Schalensitze.

Und das Wasser, überall Wasser.

Worauf hatte er sich nur eingelassen? Vor ihm erstreckte

sich das riesige blaue Bassin, von großen Lampen auf dem Boden des Beckens beleuchtet. Die zwei dunklen Flecke inmitten dieser hellblauen See konnte er zunächst nicht identifizieren. Als er genauer hinschaute, sah er, daß zwei Plattformen auf dem Wasser schwammen, auf denen die Flügel standen. Sie waren mit Ketten und einer Laufplanke am Rand befestigt. Er erinnerte sich vage, daß er mit Bröll über ein großes Schwimmbad gesprochen hatte, aber nicht darüber, daß es auch *gefüllt* sein würde.

An der Decke hingen zahllose Stoffbahnen, und die Wände waren mit Kunststoffpaneelen verkleidet für die Akustik. Aber das hin- und herwogende Licht, die Wellen und die Echos verformten sich zu einem prasselnden Applaus. Es klang so schrill, daß Notovich Angst hatte, ihm würden die Trommelfelle platzen. Er stand oberhalb einer schmalen roten Treppe in einem Meer von Dunkelheit. Aus der Ferne kam ein dünner Lichtstrahl, der ihn blendete. Er bekam einen Stoß in den Rücken und sollte offenbar diese Treppe hinuntergehen. Warum hatte er sich hierauf nur eingelassen? Das hatte er doch nicht nötig?

Er holte tief Luft.

Doch, er hatte es nötig. Er tat es, um reinen Tisch zu machen, um die Vergangenheit mit einem Schlag auszulöschen. Heute abend würden sie sehen, was er konnte, daß er nicht verrückt war. Valdin bluffte mit seiner Phantasiegeschichte. Womöglich gab es überhaupt keine *Teufelssonate*.

In der Ferne sah er einen zartgelben Lichtkreis und darin Valdin oben an der anderen Treppe. Der lief selbstsicher hinunter und winkte dem Publikum zu. Notovich brauchte ihm nicht nachzustehen. Mitten auf der Treppe spürte er, daß er das hier genießen könnte. Daß es ihm gleichgültig war, was passieren würde. Daß niemand ihn aufhalten konnte.

Er reckte die Faust und lachte auch.

Das Publikum jubelte.

Irgendwo aus der Dunkelheit ertönte die Stimme des Moderators.

An immer anderen Stellen leuchteten kleine rote Lämpchen auf. *Kameras*, dachte er noch. *Sollen sie nur filmen, sollen sie das nur festhalten*. Er war bereit.

Der Flügel schaukelte sacht hin und her. Als Notovich die Plattform betrat, sank sie ein Stück ins Wasser ein. Er machte einen Sprung, um die Stabilität zu testen. Dann lief er scheinbar seekrank zum Flügel, wie Charlie Chaplin in *Der Einwanderer*.

Das Publikum fand es großartig.

Zwei riesige Kameras schwebten auf Kränen durch die Luft, eine andere surrte auf einer Schiene um das Schwimmbecken herum. Noch mehr Einleitung. Notovich schnappte etwas über Liszt und Thalberg auf. Beethoven und Mozart wurden auch herangezogen. Er konnte es nicht erwarten, bis er an der Reihe war. An der Seite des Beckens befand sich noch eine Plattform mit Sitzplätzen für bedeutende Gäste. Er glaubte, jemanden vom Königshaus zu erkennen und eine bekannte Schwimmerin (die hatte hier bestimmt Wettkämpfe bestritten). In der Mitte saß Natasja und ein Stück weiter ... Vivien.

Sie hatte seit dem widerlichen Kuß mit Valdin nicht mehr gewagt, ihn anzublicken. Es war dasselbe Gefühl wie damals, als er Senna auf offener Straße an Valdins Arm gesehen hatte. Zuerst hatte die Wut von seinem Leib Besitz ergriffen – tagelang, nächtelang. Daß sie ihn unbedingt betrügen mußte, mochte ja noch angehen. Aber mit Valdin? Dachte sie wirklich, daß dieser Mann so ein großer Künstler war? Es war eine Beleidigung, die denkbar schlimmste Demütigung. Warum hatte sie ihm das angetan?

Dann wurde ihm alles klar.

Natürlich hatte Senna Valdin nicht geliebt. Auf einmal hatte er verstanden, was sie mit ihrem Blick hatte sagen wollen: *Kapier es doch, Mischa! Valdin interessiert mich nicht. Ich tue das für uns. Denn unsere Liebe muß unglücklich sein. Du mußt unseren Schmerz in Musik umsetzen. Und so werde ich in deiner Kunst ewig weiterleben.*

Er durfte nicht an sie denken. Nicht jetzt.

Im voraus war in irgendeiner Fernsehsendung ausgelost worden, wer anfangen durfte. Offenbar hatte Valdin gewonnen. Denn plötzlich wurde es noch dunkler im Saal, und der Franzose nahm am Flügel Platz.

Er begann mit *Funérailles*.

Ein dummer Eröffnungszug, fand Notovich. Es war an sich kein schlechtes Stück, aber man mußte es schon interessant machen können, sonst ging man hoffnungslos unter. Technisch war nichts an Valdins Spiel auszusetzen, aber musikalisch war es ein langer Ritt. Notovich merkte, daß seine Aufmerksamkeit abschweifte und daß er Mühe hatte, ein Gähnen zu unterdrücken.

Funérailles.

Dasselbe Stück, das Valdin bei seinem mißglückten Debüt gespielt hatte, vor Jahren. Das Publikum war unruhig, rutschte hin und her und hüstelte viel. Notovich fragte sich, wo all diese Menschen herkamen. Wahrscheinlich waren die meisten gar nicht mit klassischer Musik vertraut.

Notovich schaute noch einmal zu Vivien. Es war, als ob eine unsichtbare Macht seinen Blick immer wieder zu ihr hinzöge. Als ob *sie* ihn mit diesen Augen rufen würde. Er wollte das Gefühl abschütteln, aber es gelang ihm nicht. Dies war einer der wichtigsten Momente in seinem Leben, und irgend etwas sagte ihm, daß er nun ehrlich zu sich selbst sein müsse. Wer war er tief im Inneren? Wen liebte er am meisten?

Valdin hatte recht: Sennas Geist war tatsächlich in Vivien gefahren. Darum konnte sie Valdin überhaupt nicht lieben, denn ihre Seele war dazu vorherbestimmt, Notovich zu lieben. Vielleicht hatte sie deshalb Valdins Kuß akzeptiert: weil sie begriff, daß ihre Liebe nicht glücklich sein durfte. Notovich war dazu verdammt, ihren Schmerz in die schönste Musik umzusetzen. Er stand hier in dieser riesigen Arena, aber er war nicht allein, denn Senna wachte über ihn. Er würde heute abend nur für *sie* spielen, um *ihre* Liebe wieder zum Leben zu erwecken. Dieser Gedanke machte ihn unerwartet ruhig. Er konnte endlich er selbst sein. Und die ganze Welt durfte zuschauen.

Er wartete, bis der angeheizte Applaus verklungen war, setzte sich zurecht und streckte kurz die Arme über den Tasten. Die Wahl des Stücks war lächerlich einfach. Es würde niemanden von seiner fabelhaften Technik überzeugen, aber er würde *sie* damit berühren. Er legte die Hände auf die Tasten und sah sie an, genau in dem Moment, da sie sich sicher wähnte und ihn ansah. Er schmiedete ihren Blick an seinen und nickte ihr zu, als wollte er sagen: Das ist für dich.

Als er die ersten Noten spielte, nahm er wahr, daß hinter ihm in Drehbüchern geblättert wurde. Bröll hatte zweifellos jeden darauf vorbereitet, daß Notovich sich nie an ein

Programm hielt, aber daß er das spielte, erstaunte alle. Er glaubte zu hören, wie der Name von Liszts berühmtester Komposition herumgeflüstert wurde.

Liebestraum Nr. 3? Dieses rührselige Stück, das nur noch von verliebten Teenagern und sentimentalen Senioren gespielt wurde? Ein Stück, das eigentlich am besten in Fahrstühlen zur Geltung kam? Es war ihm egal. Er würde es spielen, als ob er der allererste wäre. Als ob die Worte, die Liszt inspiriert hatten, noch geschrieben werden müßten:

O lieb', so lang du lieben kannst!
O lieb', so lang du lieben magst!
Die Stunde kommt, die Stunde kommt,
Wo du an Gräbern stehst und klagst!

Es schien, als würde Liszt die Noten selbst vorsingen, voll verhaltener Zärtlichkeit und unterdrücktem Schmerz. Es war vielleicht etwas zu sentimental, aber aufrichtige Emotionen waren nun mal überraschend simpel. Von der ersten Note an hatte er sie gefangen, das wußte er, das fühlte er. Und nach ein paar Takten wußte er, daß auch er seine Tränen nicht würde bezwingen können. Es war, als ob außer *ihr* niemand im Saal wäre. Es war lange her, daß er *ihre* Anwesenheit so stark gespürt hatte.

Nach dem letzten Ton war überall Schniefen zu hören, danach war es auffallend lange still. Und dann kam der Applaus. Zögernd zunächst, als ob ein Zauber gebrochen werden müßte. Dann stürmisch. Viele Rufe. Es wurden Blumen geworfen. Er sah, daß Vivien rot geworden war.

Valdin stand auf. Er wartete nicht, bis der Applaus verebbt war, sondern eilte zu seinem Flügel und stimmte die *Kon-*

zert-Paraphrase über eine Oper von Verdi an. Seine Verärgerung schlug sich sofort in ein paar peinlichen Patzern nieder.

38

Seit dem gewagten *Liebestraum* hatte Notovich das Publikum auf seiner Seite. Sein Auftritt war subtiler und wirkungsvoller als der Valdins. Er spielte zwei *Paganini-Etüden*, den *Danse Macabre* und das lyrische *Un Sospiro*. Ängste stellten sich nicht ein, auch keine Blackouts, trotzdem mußte er aufpassen. Er durfte sich nicht von dem Traum mitreißen lassen, denn Valdins Selbstvertrauen schien langsam zurückzukehren, wie bei einer Fußballmannschaft, die 1:0 zurückliegt, dann jedoch ein paarmal beinahe trifft und waghalsiger wird. Valdins Spiel bekam allmählich mehr Tiefgang. Nicht, daß das Publikum das durchschaut hätte, aber es war noch alles offen. Notovich brauchte nur hier und da eine Note zu verfehlen, und der Abend würde zu Valdins Gunsten ausfallen.

Doch das war noch nicht alles.

Er fürchtete, daß der Franzose für den Schluß eine Überraschung bereithielt. Eine Überraschung, die er in dem weißen Bunker unter strengster Geheimhaltung geübt hatte. Vielleicht würde Valdin ankündigen, daß er eine verloren geglaubte Komposition von Liszt entdeckt habe. Womöglich würde diese heute abend ihre Weltpremiere erleben: *die legendäre Teufelssonate*.

Wenn Valdin diese Karte ausspielen würde, hatte Notovich nur eine Möglichkeit, das zu übertreffen: Dann mußte er zum ersten Mal seit Jahren wieder vor Publikum improvisieren.

Notovich durfte noch ein Stück spielen, bevor Valdin mit

seinem Finale beginnen würde. Er holte tief Luft und versuchte, sich zwischen *Tre Sonetti di Petrarca* und einer *Ungarischen Rhapsodie* zu entscheiden, als er auf einmal Geraschel hörte. Am Rand des Schwimmbeckens standen drei Frauen mit großen Rosensträußen. Sie wurden von zwei breitschultrigen Männern in schwarzen T-Shirts auf Distanz gehalten. Notovich blickte verärgert zu seinem jüngeren Rivalen. Der machte eine ernste Miene, aber innerlich genoß er diese banale Ehrerweisung zweifellos. Sänger, Soapstars und Künstler wie Valdin ... Wie leicht Frauen doch zu verführen waren. Zu seiner Verwunderung sah er, daß ein paar Rosen auf seinem eigenen Podium landeten.

Notovich, hier ...! Hier ... Mikhael!

Standen sie seinetwegen da?

Bilder von Auftritten in Frankreich zogen vorüber. Frauen in den Gängen vor den Garderoben, Frauen, die ihn auf der Straße ansprachen, und Frauen, die kreischend in sein Hotelzimmer eindrangen.

Sollten diese Leute nicht lieber abwarten, ob er sein altes Niveau wieder erreichen würde? Hörte denn niemand wirklich auf sein Spiel? Andererseits ... seinen echten Fans brauchte er vielleicht gar nichts zu beweisen. Niemand konnte, was Notovich konnte. Das würde er heute abend ein für allemal beweisen.

Er versuchte, sich auf das Stück zu konzentrieren, das er spielen würde, als auf einmal eine Wasserfontäne über den Flügel hinwegspritzte und das Podium gefährlich zu kentern begann.

»MIKHAEL ... ICH LIEBE DICH!!!«

Eine Frau aus dem Publikum war in das Becken gesprungen und zappelte nun am Rand des Podiums herum, aber ihr Abendkleid zog sie hinunter, und sie hatte nicht genug Kraft in den Armen, um sich auf die Plattform zu hieven. Sie schluckte Wasser und fing an zu hicksen und zu prusten, während sie ständig seinen Namen wiederholte: »Mikhael... Mikhael... ich liebe dich.«

Er schoß nach vorn und versuchte, sie auf das Podium zu ziehen, doch dadurch geriet die Plattform noch mehr in Schlagseite. Der Flügel rutschte knarrend auf das Wasser zu. Sie schlang ihre eiskalten, nassen Arme um Notovichs Nacken, so daß er keine Luft mehr bekam. Sie flüsterte in einem fort in sein Ohr, daß sie ihn liebe und ihn nie mehr verlassen wolle. Warum habe er ihre Mails und Briefe denn nie beantwortet?

Er verlor die Balance und wäre beinahe ins Wasser gefallen. Im Saal brach Tumult aus. Menschen schrien. Lampen gingen an. Zwei Sicherheitsleute sprangen ebenfalls ins Wasser und hoben die Frau hoch. Das Podium richtete sich wieder auf, und der Flügel blieb stehen. Doch sie wollte Notovich nicht loslassen und verschränkte ihre Hände fest in seinem Nacken. Sein oberer Rücken brannte vor Schmerz. Aus einem Impuls heraus küßte er sie auf den Mund, lange und intensiv... und sofort lockerte sich ihr Griff. Zwei Sekunden später wurde sie von den Sicherheitsleuten aus dem Wasser gezogen. Das Publikum applaudierte verwirrt: erleichtert, aber noch nicht ganz beruhigt.

Der Flügel wurde ein Stück zurückgefahren und trockengerieben.

Notovich zeigte an, daß alles in Ordnung sei, daß er weitermachen könne. Er hatte sogar eine Eingebung und bat um das Mikrophon.

»Ich möchte das nächste Stück allen Frauen widmen, die

mein Herz berührt haben. Wo sie auch sind, in dieser Welt oder ... der anderen.«

Vivien sah ihn nicht an. Er spielte das *Ave Maria (Ellens Gesang III)*, eine Improvisation Liszts über das bekannte Lied von Schubert. Nach dem aufregenden Zwischenfall sehnte sich das Publikum nach einer Entladung und reagierte mit überschwenglichem Applaus.

Eine demütige Verbeugung.

Bravissimo-Rufe.

Valdin machte sich für sein großes Finale bereit. Danach hatte Notovich noch eine letzte Chance, das Duell zu seinen Gunsten zu entscheiden. Er mußte also dasitzen und abwarten, was sehr unangenehm war mit so viel Adrenalin im Blut. Sein Rivale ergriff das Wort und begann eine Geschichte über Liszt. *Ja, jetzt wird er natürlich von der Teufelssonate anfangen.* Aber Valdin erwähnte diese mit keiner Silbe. Er erzählte über die edle Kunst des Improvisierens. Und während er Notovich einen selbstsicheren Blick zuwarf, forderte er das Publikum auf, Themen für beide Pianisten vorzuschlagen.

»... zumindest, ... wenn Maestro Notovich damit einverstanden ist?«

Notovich spürte, wie sein Körper erstarrte. In der ersten Reihe geriet auch Bröll sichtlich in Streß. *Das ist gegen die Absprache, verflucht*, sah er ihn denken. Es war so ungefähr die einzige Forderung, die Notovich explizit gestellt hatte: Valdin durfte ihn nicht zum Improvisieren herausfordern. Denn wenn er improvisieren würde, sollte es eine Überraschung sein. Aber Valdin fühlte sich offenbar in die Enge getrieben und versuchte, Notovich aus dem Gleichgewicht zu bringen. Bröll gab Notovich mit der Hand ein Zeichen, daß er nicht darauf einzugehen brauche.

Notovich tat, als ob er zweifle, doch in Wahrheit hatte er die Entscheidung bereits getroffen.

Er nickte Valdin zu.

»Unter einer Bedingung, verehrter Kollege.«

»Und die wäre?« fragte Valdin mit einem goldenen Lächeln, funkelnd in einem Sternenhimmel von Fernsehlampen.

»Daß ich Ihre schöne Freundin heute abend mit nach Hause nehmen darf, wenn ich gewinne. Für ein Diner, einen Drink und wer weiß . . .?«

Vivien sah erst erschrocken zu Notovich und dann zu Valdin, als ob sie ertappt worden wäre. Sie hatte Angst vor dem Franzosen, soviel war klar. Wahrscheinlich hatte er ihr weh getan. Und Notovich hatte sie jeden Abend wieder zu diesem Scheusal zurückgeschickt. Doch jetzt würde er sie retten.

Valdin erbleichte. Er schaute wie ein Schüler, der an die Tafel gerufen wird und plötzlich kein Wort mehr herausbringt. Aber er faßte sich schnell. Er sagte höflich, daß die Entscheidung nicht bei ihm liege. Das Publikum lachte, und der Moderator schaltete sich ein.

»Was höre ich da, gnädige Frau . . .«, sagte er, während er sich mit seinem Mikrophon neben Vivien kniete. »Halten Sie das für einen romantischen Plan oder eher nicht? Gehen Sie heute abend mit Notovich mit, wenn Ihr Freund dieses Duell verliert?«

Vivien sah sich scheu um, von der plötzlichen Aufmerksamkeit überfallen. Notovich lächelte ihr beruhigend zu. Sie blickte Valdin giftig an, vermutlich erbost, daß er das Angebot nicht abzulehnen wagte.

»Ach«, sagte sie schließlich mit fester Stimme, »das ist vielleicht mal was anderes.«

Lauter Applaus, große Heiterkeit. Notovich war erleichtert, denn sie hatte sich nun öffentlich für ihn entschieden. Valdin konnte einfach nicht mehr gewinnen. Der Franzose stand verloren da, während die Wut in ihm gärte.

»Aber ...«, fuhr der Moderator fort und kroch weiter über das Podium ..., »was sagt Notovichs Freundin dazu? Das würde mich ja mal brennend interessieren ...«

Als er bei Natasjas Stuhl ankam, wurde die Heiterkeit noch größer: Sie hatte den Saal verlassen. Ein Stich der Reue durchzuckte Notovich. War es wirklich nötig gewesen, sie vor all diesen Leuten zu demütigen? Andererseits war das vielleicht die einzige Möglichkeit, ihr klarzumachen, daß er sich nie ändern würde, daß er für immer in der Macht einer größeren Liebe sein würde. *Ihrer* Liebe.

Er mußte diese Gedanken von sich abschütteln, denn er konnte jetzt nicht mehr zurück. Er mußte improvisieren. Das Publikum durfte zuerst ein Thema für Valdin vorschlagen. Und da tönten sie wieder aus dem Saal: die Melodien populärer Ohrwürmer, beliebter Comedyserien und Volkslieder. Doch auf einmal rief jemand irgendwo vorn im Saal nach dem *Ständchen* von Schubert. Und Valdin zeigte mit dem Finger in die Richtung der Dame, von der das gekommen war.

»Sie wissen vielleicht, daß Liszt eine schöne Komposition über dieses Thema geschrieben hat?«

Ein Spot wurde auf die junge Frau gerichtet. Die nickte eifrig und sagte, das sei eines ihrer Lieblingsstücke. Jetzt brachte Valdin erstmals wieder ein flaues Lächeln zustande. Notovichs Eingeweide preßten sich langsam zusammen: *Er hat eine Improvisation über »Ständchen« einstudiert.* Die Frau im Publikum war von Valdin angeheuert worden. Es war ein abgekartetes Spiel.

Er hätte wütend sein müssen oder ängstlich vor dem, was kommen würde. Aber er fühlte sich seltsamerweise stärker dadurch, fast amüsiert. Eine Improvisation vorzubereiten war ein Zeichen von Schwäche.

Ständchen war ein sehr bekanntes Lied von Schubert, das Senna ihm vorgesungen hatte:

Leise flehen meine Lieder
Durch die Nacht zu dir;
In den stillen Hain hernieder,
Liebchen, komm zu mir!

Laß auch dir die Brust bewegen,
Liebchen, höre mich!
Bebend harr' ich dir entgegen!
Komm, beglücke mich!

Es war, als ob diese Worte nur für Senna geschrieben worden wären. Hatte sie Valdin davon erzählt, in den Nächten, in denen sie zusammen gewesen waren? Hatten sie gemeinsam über ihn gelacht? Oder hätte der Verrat Senna zuviel Schmerz bereitet?

Für einen Moment fürchtete er, daß Valdin seinen größten Trumpf in den Streit werfen und doch noch die *Teufelssonate* spielen würde. Aber es kam keine *Teufelssonate*.

Die Improvisation über *Ständchen*, die Valdin vortrug, war ohne Saft und Kraft. Viviens Reaktion hatte ihn wahrscheinlich aus dem Konzept gebracht. Notovich hätte jubeln mögen. Ihm wurde klar, daß er wirklich gewinnen konnte.

Und auch wie.

Als Valdin mit seiner groß angelegten und viel zu ausgefeilten »Improvisation« fertig war, erhielt er überwältigenden Applaus. Der Moderator rief, seiner Meinung nach seien beide Virtuosen gleich gut. Es gebe nur eine Möglichkeit, herauszufinden, wer dieses Duell gewinnen würde. Nur eine Möglichkeit!

»Sie können jetzt schon per SMS abstimmen.«

Die Worte drangen nicht mehr zu Notovich durch, sonst wäre er sicher fassungslos gewesen. Er hätte gesehen, wie Bröll sich zusammenkrümmte, weil er einen Ausbruch seines Schützlings erwartete. Oder noch schlimmer: daß Notovich wieder davonlaufen würde.

Aber nichts drang mehr zu ihm durch.

Das gespannte Hüsteln im Publikum. Die Klimaanlage, die im Hintergrund summte. Die Regieanweisungen, die so laut in die Kopfhörer der Kameraleute gesprochen wurden, daß man sie auf dem Podium hören konnte. Und der Moderator, der rief: »Die Leitungen sind noch kurze Zeit geöffnet.«

Er nahm nichts davon wahr.

Notovich lief zum Flügel, während er seinen Gürtel löste. Ein Raunen erhob sich im Publikum. Was passierte hier? So bunt würde er es doch nicht treiben? Aber Notovich lächelte entspannt in den Saal. Mit theatralischer Geste zog er den Gürtel aus den Schlaufen und schnallte ihn an sein rechtes Handgelenk. Dann setzte er sich an den Flügel. Er winkte jemanden vom Kamerateam herbei, um das andere Ende des Gürtels an den Fuß der Klavierbank zu binden.

Bis seine rechte Hand ganz festsaß.

Er achtete nicht auf die halbunterdrückten Reaktionen im Saal. Er hörte nicht auf den Einwand des Moderators. Er schloß die Augen und stellte sich vor, wie Senna auf dem Flügel Platz nahm.

Das ist für dich, meine Liebste. Nur für dich.

Er hatte keine Angst mehr vor der Dunkelheit. Er hatte immer am Rand des schwarzen Lochs gelebt, in einer Welt voller Schatten. Hier gehörte er hin. Es hatte keinen Sinn, noch länger davor zu flüchten.

Er straffte sich und spielte seine eigene Improvisation über *Ständchen* von Schubert. Raffiniert, subtil und verblüffend originell.

Mit der linken Hand.

39

Er erwachte in einem stinkenden Bett mit lauter leeren Flaschen, Zigarrenstummeln, undefinierbaren Flecken und einem Mädchen, das er nicht kannte. Auf dem Sofa lag noch ein nacktes Mädchen. Bröll war in einem Sessel zusammengesunken mit einer Nase voll weißem Pulver und einem tragbaren Fernseher auf dem Schoß, den er festhielt wie einen Teddybären.

Sieger, mein großer Sieger. Mein Eroberer. Das hatte sie ihm andauernd ins Ohr geflüstert, in einem endlosen Auf- und Abebben von Seufzern. In der Dämmerzone zwischen Klarheit und Halluzination hatte er immer gedacht, daß sie es sei, aber nun sah er, daß er sich geirrt hatte.

Er wollte sich aufrichten, ließ sich jedoch erschöpft wieder aufs Bett fallen. Das Mädchen rollte sich zu ihm und fing an, im Halbschlaf sanft an seinem Penis zu reiben. Er stieß sie weg, und sie drehte sich mit einem tiefen Stöhnen auf die andere Seite.

Er stand auf; sein Kopf dröhnte vom Alkohol. Er schüttelte Bröll so kräftig, daß der kleine Fernseher auf dem Boden zersprang.

»Bröll, wo ist Vivien?«

Keine Reaktion.

Während der Party und der bescheidenen Orgie, die sich daran anschloß, hatte er sie verloren. Und wo war Natasja? Verdammt, was war er nur für ein Arschloch gewesen. Sie hatte ihm nie etwas getan und ihm immer geholfen. Und wie hatte er es ihr gedankt? Er konnte sich kaum erinnern, was von dem Moment an passiert war, da er mit der Improvisation über *Ständchen* begonnen hatte.

Dieses Improvisieren mit der linken Hand hatte er früher manchmal bei Geburtstagen oder Studentenfeiern zum Besten gegeben. Musikalisch stellte es nicht viel dar. Es war ein Kunststück. Ein kompliziertes allerdings, bei dem alle Zellen des Körpers auf dasselbe Ziel ausgerichtet sein mußten, denn mit einer Hand (der *linken* zumal) alle Tasten zu erreichen, war technisch außerordentlich schwierig. Irgendwie war er imstande gewesen, auch noch Gefühl hineinzulegen.

Er hatte wieder diese seltsame, beängstigende Empfindung gehabt, daß er außerhalb seiner selbst schwebe und sich der Anwesenheit von etwas Dunklem bewußt werde, das immer näher zu kommen schien. Doch auf einmal hatte es sich in nichts aufgelöst. Keine Zauberei. Einfach ein Auftritt.

Valdin hatte die *Teufelssonate* nicht gespielt. Der Franzose hatte nur wütend geschaut, ohnmächtig mit ansehend, wie er gedemütigt wurde. Wie das Publikum massenhaft für Notovich gestimmt hatte. Aber es war ein zu leichter Sieg gewesen, kein wirklicher künstlerischer Triumph. Notovich war erstaunt, daß sich das Publikum so überdeutlich für ihn entschieden hatte.

Im Hotelzimmer herrschte ein wüstes Durcheinander. Wie hatte er aus seinem Leben nur so einen Trümmerhaufen machen können? Er mußte Natasja anrufen und sich entschuldigen. Aber nicht jetzt – später. Er würde es wieder gutmachen, und sie würden als Freunde auseinandergehen. So viel empfand er schon für sie. Er würde sie bestimmt vermissen.

Es klopfte an der Tür. Dann noch einmal.

Es war ein Hotelangestellter.

»In der Lobby stehen Herren von der Polizei. Die wollen Sie gern sprechen.«

Die Polizei. Jetzt erinnerte er sich wieder, warum sie nicht im vereinbarten Hotel wohnten, sondern in einem stickigen Zimmer. Das hatten sie im letzten Moment beschlossen, vorsorglich.

»Gibt es einen Hinterausgang?«

Der Angestellte, ein junger Kerl, zögerte.

»Na los. Du kriegst hundert Euro von mir.«

Der Junge nickte.

Notovich suchte seine Kleider in dem Wirrwarr von Unterröcken, Oberhemden, BHs und Strings rund um das Bett. Hier eine Socke, da eine Hose, die ihm paßte; es spielte keine Rolle, wem sie gehörte. Er mußte hier weg. Er schüttelte Bröll noch einmal. Als der nicht reagierte, schnappte er sich dessen Autoschlüssel von einem Beistelltisch und lief in den Flur.

Er wurde durch die Küche zur Hintertür geleitet. Diese führte auf eine Gasse. Grelles Tageslicht, aber Gott sei Dank keine Polizei in Sicht.

Sie waren nicht mit der Limousine hergefahren. Sie hatten sich zunächst an Brölls Haus absetzen lassen und dann ein anderes Auto genommen. Er hoffte, daß Brölls Wagen hier irgendwo geparkt war. Als er auf gut Glück ein paarmal auf den Schlüsselanhänger drückte, hörte er, wie sich hinter ihm ein Auto entriegelte. Es war ein nagelneuer schwarzer BMW. Den hatte sich Bröll von Luboš geborgt. Er stand quer auf dem Fußweg, so daß andere Autos kaum vorbeikamen.

Notovich stieg schnell ein.

Zuerst mußte er Vivien finden. Sie war vielleicht böse. Wer

weiß, was er in seiner Trunkenheit vor ihren Augen alles angestellt hatte. Er hatte ihre Nummer nicht dabei, die lag zu Hause. Wo hatte Vivien heute nacht geschlafen? Nicht bei Valdin, da war er sich sicher, denn der hatte sich bei dem Duell anmerken lassen, daß er Notovich viel wichtiger fand als sie. Er hatte sie wie einen Stapel Jetons auf einem Roulettetisch eingesetzt. Sie hatte sich wahrscheinlich ein Hotelzimmer genommen.

Wie lange war es eigentlich her, daß er das letzte Mal am Steuer gesessen hatte? In Paris hatte er ein paar Fahrstunden gehabt. Und wer die Champs-Elysées überlebte, kam überall zurecht. Immer wieder würgte er den Motor ab, doch schließlich gelang es ihm, den Wagen holpernd in Gang zu bringen.

Er bog gerade in eine Sackgasse ein, als ein Handy klingelte. Er fischte es aus seiner Hosentasche. Es war nicht sein Handy, also vermutlich auch nicht seine Hosentasche. Das Gerät klang wie eine summende Mücke mit Orchesterbegleitung.

Es war Linda. Sie hatte Bröll am Apparat erwartet, erkannte die Stimme ihres Bruders aber sofort.

»Mischa? Wo steckst du?«

»Ähm ... ich kann jetzt nicht reden. Warte, ich lege das Telefon schnell ab.«

Er brauchte beide Hände, um das Auto zu wenden. Es war länger, als er geschätzt hatte, nach dem Geräusch von knautschendem Blech zu urteilen, das er hinter sich hörte. Ein Laternenpfahl.

»Mischa, bist du noch da?«

Ihre Stimme tönte aus den Radioboxen, Bröll hatte offenbar eine Freisprechanlage.

»Ja, ich bin noch da, Linda.«

»Die Polizei sucht dich.«

»Das weiß ich.«

»Du warst gestern im Fernsehen.«

»Toll, was?«

»Ich meine nicht das Duell, sondern danach. Wie konntest du das nur tun, Mischa? Du warst sogar in den Nachrichten.«

»Äh …«

»Der Balkon, weißt du nicht mehr? Du warst ganz schön betrunken.«

Er erinnerte sich dunkel an einen Balkon. Leute, die hinaufschauten und ihm zujubelten. Er in seinem Siegesrausch mit geballten Fäusten, schon ziemlich blau, aber nicht sternhagelvoll. Was konnte er sonst noch Schockierendes getan haben auf einem ein mal zwei Meter großen Balkon?

»Nun, vielleicht wie ein Seiltänzer mit einer Flasche Whisky auf der hauchdünnen Brüstung balancieren? Und dann zwanzigmal hintereinander schreien, daß du der *King of the world* bist?«

»Ach das.«

Daran konnte er sich dunkel erinnern.

»Und du hast auch noch gerufen: ›Ich bin Kapitän Ahab, und wir essen heute abend Moby-Dick-Sushi. Ein dreifaches Hoch auf Kapitän Ahab.‹«

Daran entsann er sich nicht. Kein Wunder, daß die Polizei wußte, wo sie ihn suchen mußte.

»Linda, ich war vielleicht ein bißchen betrunken, aber ich fühle mich schon viel besser.«

»Das ist destruktives Verhalten. Wenn die Polizei dich nicht verhaftet, dann läßt Nicole dich zur Beobachtung einweisen.«

»Ich dachte, du würdest dich für mich freuen, Linda. Aber offenbar hast du mein Talent immer als Konkurrenz betrachtet.«

»Wo bist du genau? Dann kommen wir zu dir.«

»Ich muß los.«

Er wollte sie nicht verletzen, aber ihre Besorgtheit hatte oft einen eifersüchtigen Unterton. Dann klang sie wie eine Ex-Freundin. Sie mußte doch wissen, daß er immer zu ihr zurückkehren würde? War das nicht genug? Sie fing wieder an zu reden, aber er schaltete das Handy aus.

Die Polizei würde sicher bei ihm vor der Tür stehen, trotzdem wollte er kurz dort vorbeifahren. Er parkte den Wagen hundert Meter entfernt und stieg aus.

Es stand tatsächlich ein Streifenwagen vor seinem Haus.

Aber er hätte sowieso nicht in seine Wohnung gekonnt. Sein Schlüssel steckte natürlich in seiner eigenen Hose. Erst jetzt sah er, daß Brölls Hosenbeine ihm viel zu kurz waren; er fühlte den Wind an seinen Waden. Schnell stieg er wieder ein und zog sein Jackett an, das noch über dem Beifahrersitz hing.

Ein Umschlag fiel heraus.

Er erkannte das teure Papier sofort.

Geschlossenes Konzert

Teufelssonate, Franz Liszt
Ausführender: Mikhael Notovich

Beginn: heute abend, 20.00 Uhr

Wie war das Ding in seine Innentasche gekommen? Statt einer Adresse standen Zahlen darunter, mit denen er nichts anfangen konnte. Er starrte auf das Papier. *Die Teufelssonate, gespielt von ihm selbst.* Es war die allerletzte Herausforderung des verzweifelten Valdin. Doch er hatte nicht vor, noch einmal anzubeißen; er war nicht mehr neugierig auf die Komposition, wenn es sie überhaupt gab. Er hatte Valdin bereits gedemütigt. Das Duell hatte vielleicht nicht das Niveau gehabt, das er sich erhofft hatte, aber das war nun nebensächlich.

Er nahm wieder das Handy und rief seine eigene Nummer an. Dreimal meldete sich die Mailbox, ehe jemand dranging.

»Hmm ...« Es waren schmatzende Laute zu hören. »Ja?«

»Bröll, in meiner Hosentasche steckt ein Zettel mit einer Telefonnummer. Hol sie mal schnell, sie liegt neben dem Bett.«

»Warum steckst du denn nicht in dieser Hose?«

»Ich hab deine an.«

»Oh. Und mein Handy? Sag nicht, daß du mein Handy auch hast ...«

»Und ich habe mir dein Auto geborgt.«

»Mein Auto? Laß ja die Finger davon. Das ist eine Leihgabe von Luboš. Schwör mir, daß du nicht mit diesem Auto ...«

»Nun mach schon.«

Es dauerte ein paar Minuten, bis Bröll die Nummer von Vivien endlich gefunden hatte.

»Noto, ich muß Luboš das Auto heute zurückgeben. *Ein* Kratzer und es ist um mich gescheh ...«

»Später!«

Er wählte schnell die Nummer und wartete ungeduldig

auf ihre Stimme. Er hatte ihr viel zu sagen. Daß er sie liebe, daß er sie immer geliebt habe, daß sie füreinander bestimmt seien und daß ...

Sie nahm selbst ab, aber er merkte ihrer Stimme sofort an, daß etwas nicht stimmte.

»Vivien, wo warst du gestern abend?«

»Mischa, hör zu. Hör gut zu. Du darfst nicht nach mir suchen.«

»Warum nicht? Warum bist du weggegangen?«

»Versprich mir, daß du nicht nach mir su ...«

Dann erklang ein Stöhnen, als ob sie von jemandem geschlagen würde.

»Vivien? Vivien!«

»Wie launenhaft Frauen doch sein können, was? In einem Moment schwören sie einem ewige Treue, und dann wollen sie nichts mehr mit einem zu tun haben.«

Es war die Stimme von Valdin.

»Laß sie in Ruhe, Valdin. Du hast verloren.«

»Von wegen. Wir gehen einfach zu Plan B über.«

Dann legte er mit sachlichen Worten seinen allerletzten Trumpf auf den Tisch.

40

Die Zahlen auf der Einladung waren für ein Navigationssystem bestimmt. Eine sanft sprechende Frauenstimme führte ihn nun aus der Stadt, in Richtung Süden. Es war, als ob *sie* ihm den Weg wiese, zurück nach Paris.

Zweimal sah er Polizeiautos vorbeifahren. Sie beachteten ihn gar nicht. Auch am Grenzübergang wartete niemand. Dann war er wieder in Frankreich. Wenn sie ihn hier schnappen würden, würden sie ihn nie mehr gehen lassen. In seiner Gesäßtasche fand er eine Kreditkarte, mit der er tanken konnte. Bröll würde schon nichts dagegen haben. Notovich hatte unerträgliche Kopfschmerzen, wahrscheinlich vom Alkohol, von der Anspannung und der Erschöpfung der letzten Tage. Im *Supermarché* neben der Tankstelle kaufte er eine Schachtel Aspirin. Er spülte drei Tabletten mit Cola light hinunter, aber als er ins Freie trat, begann sich alles zu drehen, und er kotzte sie wieder aus. Er zerkaute ein paar weitere Aspirin, ohne Cola.

Die sanfte Frauenstimme schickte ihn bei Paris von der Autobahn. Er hatte keine Ahnung, wo sie hinwollte. Die Route schien zuerst ins Zentrum zu führen, doch dann folgten in hohem Tempo einige rätselhafte Abzweige. Er verstrickte sich in einem undurchdringlichen Netz kleiner Auf- und Abfahrten, die sich durcheinanderschlängelten. Er war versucht, das Auto auf den Seitenstreifen zu stellen und eine altmodische Karte zur Hand zu nehmen. Aber er sah keine, und er konnte auch unmöglich erkennen, wo er sich gerade befand. Er war der Stimme ausgeliefert.

Allmählich gelangte er wieder in bebautes Gebiet. Eine Masse, grau in grau, die nicht verriet, ob dort gewohnt oder gearbeitet wurde. Vielleicht war es bloß eine Fassade aus Stein, die nur dazu dienen sollte, ihm den Eindruck einer echten Stadt zu vermitteln. Er dachte an die Zeit zurück, da er als Neuling in Paris herumgeirrt war und der Wirrwarr von Geräuschen und Gerüchen so respekteinflößend gewirkt hatte.

Die undefinierbaren Klötze wurden von langen Reihen fahler Wohnblöcke abgelöst, die kein Ende zu nehmen schienen. Doch nach einer Weile gingen die trostlosen Straßen langsam in alte Alleen über, und die Wohnblöcke verwandelten sich in große stattliche Gebäude mit Farben, die entfernt an das Zartbeige und Braun besserer Zeiten erinnerten. Es war kein Verkehr zu sehen. Abfall wehte über die Gehwege. Nirgends standen Fenster offen, nirgends war Musik, nirgends eine Kneipe. Er fuhr am ehemaligen Eingang einer alten Metrostation vorbei, der von einem hohen Zaun umgeben war. Keine Touristen oder Pendler. Es war niemand auf der Straße, als ob die Menschen sich in ihrem eigenen Elend eingeschlossen hätten. Dies war ein uralter Ort, an dem Paris sich selbst vergessen wollte. Nicht einmal Straßennamen waren mehr zu finden.

Die Dunkelheit brach schnell herein. Am Ende einer breiten Straße stieß er auf eine Absperrung mit dem Schild PASSAGE INTERDIT. Ein rot-weißer Zaun und dahinter eine ausgedehnte Trümmerfläche. Zwei Clochards saßen an einem freistehenden Mäuerchen in der Nähe eines großen Müllcontainers. Hinter einem Stahlgitter befand sich eine Baubaracke. Das Navigationsgerät sagte, daß er geradeaus müsse, doch er zweifelte. Da stand einer der Clochards auf und kam auf ihn zu. Notovich gab schnell Gas und fuhr über den Fußweg an der Sperre vorbei. Der Clochard wich laut fluchend zurück.

Notovich fuhr an einer Reihe nebeneinander geparkter Schrottwagen vorbei, an Bergen von Steinen und Schutt. Die ganze Umgebung wurde offensichtlich dem Erdboden gleichgemacht. Auf seinem Bildschirm waren die ehemaligen Straßennamen noch zu lesen, aber die Straßen selbst waren unter dem Schutt kaum noch erkennbar. Da erhob sich ein gigantisches Gebäude in der Abenddämmerung.

Sie haben Ihr Ziel erreicht.

Das kolossale Ungetüm kam ihm bekannt vor. Es sah aus wie ein altes Kaufhaus. Notovich schätzte, daß es bestimmt hundert Jahre alt war, konnte aber den Baustil nicht einordnen. Die oberste Etage war schmaler als der Rest, mit Balustraden und reich verzierten Rahmen. Die langen, schmalen Fenster in den unteren Stockwerken waren eingeschlagen, die Wände mit Graffiti beschmiert. Das Gebäude stand offenbar schon eine Weile leer. Er hatte gelegentlich von einem riesigen leerstehenden Haus gehört, in dem sich Künstler Ateliers eingerichtet hatten – beginnende Bildhauer und Maler, die große Räume für ihre Arbeit benötigten. Solange die Stadt nichts mit dem Gebäude anzufangen wußte, hatte man beide Augen zugedrückt. Und so konnte es sich zum Zentrum einer Undergroundbewegung entwickeln, die in den bekannten *galeries d'arts* nie wirklich Fuß fassen würde. Und jetzt sollte es abgerissen werden.

Hatte Valdin die Polizei informiert? Würden sie hier auf ihn warten? Er sah nirgends Autos. Es schien ihm auch nicht wahrscheinlich. Valdin wollte keine Gerechtigkeit, er wollte Rache.

Notovich erinnerte sich an diesen Ort. Durch diese Türen hatte er Senna einmal hineingehen sehen. Er war ihr gefolgt, stundenlang, mit der Verbissenheit von einem, der unbedingt bekommen will, was ihm zusteht. Aber das war lange her. Damals standen hier noch Bäume, und die anderen Häuser waren noch nicht dem Erdboden gleichgemacht worden. Es hatte den Anschein, als ob alle in großer Eile aufgebrochen wären und nur dieses Gebäude für Notovich bewahrt worden wäre. War dies Sennas Zufluchtsort, den er nie hatte finden können?

Er stieg aus und schmeckte die staubige Abendluft. Er kannte die Stille, die hier hing, wenn die Nacht in den Tag überging, wenn die Stadt den Atem anhielt. Er empfand eine schaudernde Ehrfurcht vor diesem Gebäude. Es war, als ob die Steine atmeten und ihn prüften, bevor er eintrat. Drinnen waren die Marmorböden teilweise herausgerissen. Er stieg über Balken und Schutt weiter ins Innere. Hier war er schon einmal gewesen. Sein Körper wußte, wo er sich hinwenden mußte. Dem Gefühl nach drang er tiefer in den Raum ein und stieß auf zwei große Lifteingänge. Der matte Stahl an den Türen wölbte sich vor. Notovich fand eine Rolltreppe, die schon seit Jahren außer Betrieb war. Die geriffelten Stufen waren verbogen, aber man konnte noch darauf laufen.

In den ersten beiden Stockwerken wehte der Wind durch die kaputten Fenster, doch weiter oben hing eine muffige Stille. Irgend etwas zog ihn in die oberste Etage. Bei der letzten Rolltreppe fehlten die meisten Stufen.

Was machte er hier eigentlich? Warum mußte er unbedingt dort hinauf? Er hatte keine Ahnung, was ihn erwartete. Und warum sollte er sich von Valdin in die Falle locken lassen? Der würde Vivien schon nichts antun. Noch konnte Notovich zurück. Er hatte das Duell doch gewonnen? Er konnte sein Leben endlich wieder aufnehmen, endlich tun, wovon er die letzten Jahre geträumt hatte. Unschlüssig stand er in den Trümmern.

Auf einmal glaubte er, Klavierklänge zu hören. Das mußte Einbildung sein. Er drehte sich um und wollte zum Auto zurückgehen, als wieder Musikfetzen herunterschwebten. Sprachlos starrte er durch das Treppenloch nach oben. Diese Melodie kannte er nur allzu gut. Er hatte keine Wahl. Er konnte sein Leben nicht wieder aufnehmen, als wäre nichts geschehen. Nicht solange Valdin mehr über ihn wußte, als er selbst. Er mußte hinauf.

Im Halbdunkel entdeckte er an der Seite ein normales Treppenhaus. Die Stufen lagen voller Schutt, waren aber noch begehbar. Der Staub drang ihm in die Kehle, als er den ersten Schritt machte. Die Musik schien zunächst zu verklingen, wurde dann aber wieder deutlicher. Als er endlich oben war, konnte er jede Note klar unterscheiden. Er wartete, bis sich seine Augen an die Dunkelheit gewöhnt hatten. In der Ferne wogte warmgelbes Licht über die Wände, als ob dort ein Kaminfeuer brennen würde. Die Musik verstummte plötzlich. Er fühlte, wie das Blut in seinen Adern hämmerte, und versuchte, seinen Atem zu beruhigen, damit er die Stille hören konnte, die Stille, die hier herrschte wie ein vergessener Gott.

Da ertönte die Musik wieder, diese verfluchte Melodie, die ihm schon ewig durch den Kopf spukte, die er aber nie in Noten hatte fassen können. Hinten im Raum befand sich eine lange Fensterreihe. Vor der Glut der Abendsonne erblickte er die Umrisse eines Flügels. Auf dem Instrument brannten Kerzen. Es saß niemand an den Tasten, trotzdem hörte er Musik. Wo kam die her? Aus seinem Kopf? Da sah er *sie* auf dem schwarzen Flügel liegen. In einem Kranz brennender Kerzen. Ihre Augen waren geschlossen ...

»Senna?«

Hinter sich hörte er ein hohes, abwertendes Lachen. Valdin saß in einem Sessel, die Beine entspannt übereinandergeschlagen.

»Senna, Vivien ... das ist dir völlig einerlei, was?«

Natürlich, es war Vivien. Es lag an diesem Raum und der Art und Weise, wie sie dort auf dem Flügel ruhte ... für einen Moment hatte er gedacht, daß ...

»Tröste dich, Notovich. Das ist ein Fehler, den wir alle in der Liebe machen: Wir sehen, was wir sehen wollen. Bei dir nimmt es nur größere Ausmaße an. Eine normale Liebe ist nicht genug für ein Genie wie Mikhael Notovich.«

»Es tut mir leid, Mischa«, sagte Vivien. »Ich wußte nicht, daß er vorhatte ...«

Ihre Stimme klang unsicher, als würde sie unter Drogen stehen. Sie fing an zu schluchzen. Notovich bemerkte jetzt erst, daß Viviens Arme in unnatürlicher Haltung auf ihrem Rücken hingen.

»Mach sie los! Mach ihre Hände los, verdammt.«

Er wollte zu ihr, doch Valdin schoß auf ihn zu und stieß ihn zur Seite. Dann schlug er Vivien ins Gesicht. Sie verlor das Bewußtsein.

»Was hast du ihr gegeben?«

»Ein paar Schlaftabletten. Die wirken kaum noch, aber sie wird vorläufig nirgendwo hingehen. Wir spielen dieses Spiel nun zu Ende, Notovich.«

»Wovon redest du?«

»Du weißt sehr genau, warum du hier bist. Tief im Innern hast du diesen Moment die ganze Zeit herbeigesehnt.«

»Ist das so?«

»Du willst endlich wissen, was hier passiert ist. Denn du bist hier schon einmal gewesen, nicht wahr?«

»Daran erinnere ich mich nicht.«

»Du lügst! Alles ist noch so, wie sie es hinterlassen hat. Schau dich noch mal gut um, hier hast du sie umgebracht.«

Notovich kannte den Flügel nicht. Er war mit den seltsamsten Farben und Formen bemalt. Die wunderlichsten Fische, Blumen und Notenzeichen gingen in ein Muster aus gelbroten Flammen über, die sogar über die Beine liefen, als wollten sie den Boden berühren. Notovich schaute aus den Augenwinkeln zu Vivien. Sie war mit einem Strick am Klavier festgebunden. Wenn er versuchen würde, sie zu befreien, würde Valdin ihn sicher angreifen.

»Sie spielte nie auf diesem Flügel«, erklärte Valdin. »Sie fand ihn einfach schön. Sie hat ihn für ihre Malereien benutzt.«

»Malereien?«

Jetzt erst erblickte er zwei leere Staffeleien hinter dem Instrument, aber Bilder waren nirgends zu finden. Der Raum war mit Schaukelpferden, ausgestopften Tieren und anderen bizarren Gegenständen gefüllt: ein Beistelltisch, der an einer großen hölzernen Silhouette von Marilyn Monroe hing, und ein Schrank mit einem Zigarre rauchenden Indianer darauf.

Dann sah er es.

Er nahm einen Kerzenleuchter und ging zur nächstgelegenen Wand. Dort klaffte ein Lifteingang ohne Türen, doch um das viereckige Loch herum war die ganze Wand in den phantastischsten Farben und Formen bemalt. Notovich mußte die Flamme fast in die Farbe halten, um alles richtig erkennen zu können. Gesichter, in einem beinahe naiven, aber doch überraschend expressiven Stil. Nackte Frauen auf Sofas, umgeben von Dämonen und darunter der Text: *Break on through to the other side.*

»Das stammt aus einem Titel von The Doors«, sagte Valdin, »Sennas Lieblingsband. Oder wußtest du nicht, daß sie auch manchmal Popmusik hörte?«

»Ich habe keine Ahnung.«

»Hatte ich auch nicht. Sie lebte hier in ihrer eigenen Welt. Wir haben CDs von The Doors und Radiohead gefunden. Dieser Text ist übrigens ein Zitat von William Blake, von dem hatte sie auch ein paar Bücher.«

Notovich blieb bei der Abbildung einer nackten Frau stehen, die ihr Spiegelbild in einem Fenster musterte. Auf den ersten Blick glich ihr keines dieser Porträts, diese runden, schmalen, langen rothaarigen oder kurzen blonden Köpfe. Aber es waren die Augen, der wehmütige, abwesende Blick, der ihn überall anstarrte ... Das war Senna, das war *ihre* Art, sich selbst zu betrachten und zu ergründen. *Ihre* Art, sich selbst zu finden. Es war ein Einblick in ihre Seele, den sie niemandem gegönnt hatte, nicht einmal Notovich.

Über dem Lifteingang sah er, was Valdin versucht hatte zu inszenieren: das Bild einer nackten Frau auf einem Flügel, von Kerzen umringt. Eine Männergestalt mit langem schwarzen Haar saß an den Tasten, in sich gekehrt, den Kopf in Ekstase zurückgeworfen, während sie verträumt der Musik lauschte.

Valdin hatte sich neben Notovich gestellt.

»Wie viele Beweise brauchst du noch, Notovich?«

»Was meinst du?«

»Es ist doch offensichtlich. Das bin ich, der da am Klavier sitzt. So lag sie gern bei mir auf dem Flügel.«

»Was soll das? Versuchst du mir jetzt alles wegzunehmen? Du LÜGST!«

Er schoß auf den Franzosen los, aber der trat behende zur Seite. Notovich verlor das Gleichgewicht und spürte einen dumpfen Schlag gegen den Kopf, der ihn zu Boden warf.

41

Notovich spürte, daß ihm Blut in den Mund sickerte. Er war beim Fallen irgendwo mit der Nase angestoßen. Auch an seiner Schläfe spürte er einen brennenden Schmerz. Er bemühte sich nicht, sich aufzurappeln. Valdin nahm einen Stuhl und setzte sich neben ihn. Er wischte sich imaginären Staub von den Armen.

»Du warst nicht schlecht gestern, bei dem Duell«, fing er an, »aber dieser Trick mit der linken Hand, der war ein bißchen billig, findest du nicht auch? Selbst für dich.«

Notovich antwortete nicht.

»Aber er hat funktioniert. Vor allem in dieser Umgebung, das muß ich dir lassen. Du weißt offenbar, was das Fernsehpublikum will. Aber das Duell interessiert mich nicht.«

»Und das soll ich dir glauben?«

»Kapierst du denn immer noch nicht, was ich eigentlich wollte? Auf diesen Moment hier habe ich drei Jahre lang hingefiebert. Denn du hattest vielleicht deinen Ruhm, aber ich hatte *sie*, Notovich. Ich hatte schon sehr lange eine Beziehung mit Senna, bevor du uns das Leben vermiest hast. Du hast mir mein Lebensglück genommen.«

»Daß ich nicht lache. Glaubst du wirklich, daß ich darauf reinfalle?«

»Senna war meine große Liebe und ich ihre.«

»Das muß ich mir nicht anhören.«

»Natürlich hatten wir Phasen, in denen es nicht so gut lief. Wir waren jung und unerfahren. Ich war mit meiner Musik verheiratet, und sie war auch nicht gerade einfach.«

Notovich wollte sich aufrichten, doch Valdin stieß ihn mit dem Fuß zu Boden.

»Eines Tages erzählte sie, daß in dem Gebäude hinter meiner Wohnung ein Pianist übe. Ein paar Tage später kam sie begeistert nach Hause: Es sei jemand aus den Niederlanden. Sie hatte sich unten auf der Spielwiese mit dir unterhalten. Ich war natürlich mißtrauisch, aber sie versicherte mir, daß sich das Gespräch nur um Kunst gedreht habe, mehr nicht. Ich erkundigte mich, wie der Pianist hieß, aber danach hatte sie nicht gefragt.«

»Und ich soll glauben, daß sie dort mit dir gewohnt hat?«

»Das weißt du ganz genau. Du hast mich dort mehrfach gesehen.«

Notovich sah ihn wieder vor sich, auf dem Balkon, in seinem grünen Polo-Shirt und dem blauen Jackett. Ganz anders als er jetzt aussah. Normaler. Die Erinnerung an Valdin war nie völlig verschwunden gewesen; er hatte nur versucht, ihn zu verdrängen, ihn zu zertreten wie ein lästiges Insekt.

»Senna hatte es schwer in dieser Zeit«, fuhr Valdin fort. »Sie hatte Heimweh nach den Niederlanden, wagte aber nicht, Kontakt mit ihrer Familie aufzunehmen. Vivien vermißte sie am meisten. An diesem Tag hatten wir Streit. Wir hatten öfter Streit. Das hast du selbst beobachtet, in der Nacht, in der es so stark geregnet hat.«

»Sie hatte sich die Arme aufgeritzt. Was hattest du ihr angetan, um sie so weit zu bringen?«

»Nichts. Senna war kompliziert. Sie hatte eine dunkle Seite, die sie vor der Außenwelt verbarg, die aber immer wieder hochkam. Dann wurde sie abweisend und schweigsam. Ich dachte, meine Liebe könnte sie heilen. In dieser Nacht erkannte ich dein Gesicht zum ersten Mal: Notovich, der eigensinnige Pianist, der für soviel Kontroverse in der Musikwelt gesorgt hatte.

Danach wohnte sie eine Weile allein. So war das oft bei Senna, das weißt du auch: Plötzlich war sie tage- oder wochenlang weg, und dann kehrte sie zurück, als ob nichts geschehen wäre. Ich hatte keine Ahnung, wo sie sich versteckte. Aber du hast diesen Ort gefunden. Das hier.«

»Hör auf, hör auf!«

Valdin fuhr unbeirrt fort. »Sie war nachts immer häufiger weg. Ich wurde eifersüchtig, aber sie sagte, daß nichts zwischen euch sei. Daß es bloß Freundschaft sei, weil ihr die gleichen Ansichten über die Kunst und das Leben hättet.«

»Ich war kein ›Bekannter‹ von ihr, es war von Anfang an ernst zwischen uns.«

»In deinem Kopf vielleicht.«

»Wir schliefen in einem Bett.«

»Es gab eine Zeit, in der es nicht so gut lief zwischen uns. Da brauchte sie mitunter einen Ort, um zu sich zu kommen oder zu übernachten, wenn wir uns gestritten hatten.«

»Senna hat wirklich nicht nur bei mir übernachtet.«

»Das hat sie mir erzählt«, sagte Valdin fast flüsternd. »Du hast sie vergewaltigt.« Darauf folgte ein Fluch in einem französischen Dialekt, den Notovich nicht vertand.

»Sie kam an diesem Tag verstört zu mir. Sie wollte nicht sagen, was passiert war, doch aus ihren Worten konnte ich schließen, daß du ihr etwas angetan hattest. Sie ist vor dir geflüchtet, aber du hast sie manchmal verfolgt. Einmal ist sie stundenlang durch die Straßen gestreift, bis sie dich abgeschüttelt hatte. Sie hat sich nicht zu ihrer eigenen Wohnung getraut. Sie flehte mich an, nichts zu unternehmen. Sie dachte, sie sei selbst schuld. Sie konnte so unglaublich naiv sein.

Und sie glaubte all deine stümperhaften Reuebekenntnisse. Vielleicht war es ihr Hang zur Selbstzerstörung. Dafür hat sie letzten Endes den höchsten Preis bezahlt.«

Notovich sah Senna neben sich im Bett liegen, wie sie redete, lachte, ihm vorlas. Das waren seine Erinnerungen, echte Erinnerungen. Die konnte Valdin ihm nicht nehmen.

»Als sie wieder bei dir war, habe ich sie eine ganze Weile nicht gesehen«, fuhr Valdin fort. »Ich dachte, daß es aus sei zwischen Senna und mir. Ich wurde fast verrückt vor Kummer. Ich traf sie nur noch selten. Dann wollte sie unbedingt, daß ich dich kennenlerne, weil wir soviel gemeinsam hätten. Aber ich spürte natürlich, daß sie dich benutzte, um sich von mir loszulösen. Ich war noch lange nicht imstande, mich über unsere Beziehung hinwegzusetzen.«

»Du gibst also zu, daß es vorbei war?«

»Ich bin noch nicht fertig. Du bist wieder aufgetreten, und du warst auf der Stelle berühmt.«

»Und ich hatte ein Verhältnis mit ihr.«

»Soweit das möglich war. Aber es gab immer Tage, an denen sie auf einmal weg war, genau wie bei mir. Hab ich recht oder nicht?«

Notovich schwieg.

»Dann steckte sie hier, in ihrem eigenen Kokon. Wo niemand an sie herankam.« Valdin blickte sich um.

»Ich habe ihr ihre Freiheit gelassen«, sagte Notovich. »So läuft das unter Erwachsenen.«

»Aber sie begann, an dir zu zweifeln«, entgegnete Valdin. »Eines Nachts rief sie mich an. Sie sagte, du würdest dich so merkwürdig verhalten. Erst seist du tagelang nicht ansprechbar, und dann würdest du nächtelang ununterbrochen reden, über Franz Liszt und Marie d'Agoult. Sie hatte Angst vor dir, weil du manchmal die ganze Nacht wie ein Besessener auf dem Klavier herumgehämmert und dabei singend Gedichte vorgetragen hast, während sie stundenlang zuhören mußte.«

Notovich schüttelte den Kopf. Er konnte sich kaum daran erinnern, zumindest nicht an Einzelheiten.

»Später habe ich ein paar Nachforschungen angestellt. Diese Verrücktheit tritt bei dir von Zeit zu Zeit auf. Es hat eine gewisse Regelmäßigkeit. Du hinterläßt eine Spur der Zerstörung: gescheiterte Beziehungen, Gewalt und Einschüchterung. Ex-Freundinnen, die Selbstmord begehen. Ich habe Senna gewarnt, aber sie wollte nicht hören. Und dann diese Wahnvorstellungen über Liszt und seine Muse ...«

»Das war alles Sennas Idee. Es war ihre Idee, daß ich Liszt spielen sollte. Ihre Idee, die Briefe von Marie d'Agoult zu lesen!«

»Unsinn, das spielte sich alles in deinem Kopf ab. Sie hat höchstens mal eine Bemerkung gemacht, daß Liszt dir liege als Pianist. Darum ließ sie dich auch erst gewähren. Sie fand es ganz nett, sich dieser Phantasie hinzugeben, aber irgendwann wolltest du den ganzen Tag nichts anderes mehr, als ihr diese Briefe vorzulesen. Und als du wieder aufgetreten bist, haben sich die Symptome verschlimmert. Du fingst an zu glauben, Liszts Geist sei in dich gefahren. Und der Geist seiner ewigen Liebe, seiner Muse, sollte in Senna gefahren sein. Das ängstigte sie. Du wurdest immer besitzergreifender, und immer öfter besuchte sie mich, um sich auszuheulen. Als du davon Wind bekamst, mußtest du dich natürlich rächen. Darum hast du mir mein Debüt vermasselt.«

»Wer bildet sich denn hier was ein?«

»Eines Nachts stand sie vor meiner Tür. Sie war ängstlich

und verwirrt. Ich bot an, mit dir zu reden, damit du dich in Behandlung begibst. Aber davon wollte sie nichts wissen. Sie wollte an diesem Abend nur bei mir unterkriechen und mit mir schlafen. Unsere Beziehung hatte nun mal einen stark körperlichen Charakter. Der Sex war gut.«

»Du klingst ja wie ein angeberischer Teenager.«

Valdin schaute ihn wütend an.

»Ich sage die Wahrheit. Und du wirst zuhören. Du hattest natürlich nicht vor, uns in Ruhe zu lassen. Du hast sie ständig verfolgt. Ich wollte zur Polizei, aber das wollte sie dir nicht antun. Eines Tages hast du sie auf der Straße angegriffen, als sie mit ihrem Pferd unterwegs war. Du weißt, was damals passiert ist. Sie hat nach diesem Zusammenstoß wochenlang im Krankenhaus gelegen. Doch Senna wollte keine Anzeige erstatten.«

»Sie liebte mich immer noch.«

»Sie hatte Angst. Wir ließen sie in ein anderes Zimmer verlegen, aus Furcht, daß du sie belästigen würdest, aber sie wagte nicht, dort zu bleiben, bis sie ganz wiederhergestellt war. Bis zu dem Tag, an dem sie starb, hatte sie Mühe zu laufen. Wir erfuhren, daß du überall nach ihr gesucht hast. Ich ging zur Polizei, doch die konnten nichts machen. Nach dem Unfall war Senna völlig verschreckt. Sie hatte Alpträume; dann wachte sie schreiend auf. Einmal standst du vor meiner Tür. Sie war zufällig gerade allein zu Hause. Sie rief mich in Todesangst an und traute sich nicht zu öffnen.

Zwischen mir und Senna lief es immer besser. Du hast uns sozusagen wieder enger zusammengebracht, Notovich. Und irgendwann schien es, als ob du uns nicht mehr suchen würdest. Wir dachten, daß du dich endlich mit dem Verlust abgefunden hättest. Senna begann sogar, wieder Zukunftspläne zu schmieden. Ich hoffte natürlich, daß ich darin auch vorkommen würde, aber die emotionale Wunde, die du ihr zugefügt hattest, war noch nicht verheilt.«

»Du meinst, sie hat sich nie wirklich für dich interessiert.«

Valdin lächelte gefaßt.

»Sie war einfach noch nicht soweit. Sie beschloß, die Stadt für ein paar Monate zu verlassen, und erzählte, daß das Haus, in dem sie wohnte, abgerissen werden solle. Das war dieser Raum hier. Sie müsse sich also etwas anderes suchen. Ich bot ihr an, zu mir zu ziehen, aber das war ihr noch zu früh. Ich hatte Geduld, denn ich wußte, daß sie die Richtige für mich war. Ihre Bilder hat sie anscheinend irgendwo eingelagert, die sind alle verschwunden. Ansonsten hatte sie nicht viel, wie du siehst. Eine Woche vor ihrem geplanten Umzug überredete ich sie, mit mir ein Wochenende nach Rom zu fahren. Sie sagte ja. Ich spürte, daß sie zweifelte, spürte, daß sie vielleicht doch zu mir ziehen würde. Sie wollte nur schnell ihre Sachen holen, während ich schon mal die Tickets buchen sollte. Ich hätte mir gern angeschaut, wo sie wohnte, aber das erlaubte sie nicht. Offenbar durfte niemand diese Malereien sehen.«

»Du durftest nicht sehen, daß sie mich überall gemalt hatte.«

»Nein, sie fürchtete, kein Talent zu haben. Sie versprach, mich irgendwann herzubringen, wenn alles vorbei sei. Doch an diesem Tag ging sie aus der Tür und verschwand für immer. Du bist ihr hierher gefolgt und hast diesen Ort entdeckt. Erst viel später bin ich dahintergekommen, daß ihr Leichnam hier gefunden wurde, aber da war sie sie schon eingeäschert. Du hast mir alles genommen, Notovich. Du hast mein Herz in Finsternis verwandelt.«

»Du bist doch verrückt.«

»Vielleicht gehe ich ja daran kaputt, aber dann nehme ich dich mit.«

»Nur zu. Tu, was du nicht lassen kannst.«

»Ich will dir helfen, Notovich. Betrachte mich einfach als fürsorglichen Therapeuten, der das Trauma mit dir gemeinsam heraufholen wird. Und dann werden wir alles zusammen verarbeiten. Fühlt sich das nicht gut für dich an?«

Er ging zum Flügel und löste den Strick, mit dem Vivien festgebunden war. Sie kam langsam zu sich.

»Mischa, hilf mir ...«, flehte sie mit schläfriger Stimme.

Sie begann, mit kleinen, ängstlichen Stößen zu atmen. Valdin streichelte flüchtig ihr Gesicht. Dann zog er sie roh am Arm, so daß ihr Körper vom Flügel glitt und unsanft in seinen Armen landete. Er lief zum Lifteingang; ihre Beine schleiften über den Boden. Dort setzte er sie gefährlich nah an die Öffnung, an den Rand der gähnenden Tiefe.

»Was machst du da?!« rief Notovich.

»Unten in diesem Fahrstuhlschacht hat man sie gefunden.«

»Wovon redest du?«

»Hier hast du sie hinuntergestoßen«, sagte Valdin. Er schlug Vivien ein paarmal ins Gesicht, damit sie munterer wurde. Dann drehte er ihren Arm in einen Haltegriff. »Erzähl es ihm!«

»Er ... Er hat recht, Mischa. Man hat sie wirklich hier gefunden.«

»Der Leichnam lag da unten, vier Etagen unter uns«, erklärte Valdin.

»Das muß doch nichts heißen. Vielleicht ist sie gefallen?«

»Das glaubst du doch selbst nicht. Nein, es kann nicht anders sein: Du hast es getan.«

»Du nutzt meinen Gedächtnisverlust aus, um deine Wut abzureagieren, Valdin. Du hast keinerlei Beweis.«

»Ach nein?! Und das Blut? Das Blut!«

Er neigte sich ein Stück vor, zum Schacht hin, so daß Vivien mit einem Schrei über der Tiefe hing.

Notovich konnte sich nicht rühren. Er hatte keine Kraft mehr, die Kopfschmerzen waren zu heftig, seine Augen brannten. Aber in seinem Inneren drängten sich die Bilder nun mit zerstörerischer Wucht auf.

»Laß die Finger von ihr!« schrie Notovich unbeherrscht, während er unsicher auf Valdin zulief. »Du tust ihr weh!«

»Meinst du? Ach Gottchen ...« Valdin zog sie wieder an sich und begann, sie zu liebkosen. Dann glitt er mit der Hand unter ihr Kleid.

»Was fühlst du, wenn du das siehst, Notovich? Du bist ihr hierher gefolgt, und dann hast du sie zur Rede gestellt. Sie hat sich bestimmt gewehrt, denn du warst an diesem Abend voller Blut, erinnerst du dich, Notovich? Müssen wir die Wut wieder wachrufen, die du damals empfunden hast? Was hast du getan? Hast du sie auch noch mal vergewaltigt?«

Valdin steckte eine Hand zwischen Viviens Schenkel, die andere zwängte er zwischen ihre Brüste. Er stöhnte vor Erregung.

Notovichs ganzes Wesen sträubte sich gegen diese Version der Vergangenheit. Die Fakten schienen ihm alle verdreht, wie Puzzleteile, die in eine falsche Form gepreßt werden. So war es nicht gewesen. So war es mit Senna nicht zu Ende gegangen. Er durfte sich nicht provozieren lassen, er durfte Valdin nicht geben, was er wollte. Aber warum tat *sie* nichts? Warum ließ sie ihn gewähren?

»Na los, Notovich. Du willst es, du willst sie bestrafen. Dann tu es doch ...«

Warum tat sie denn nichts? Warum ließ sie das alles geschehen? Es hatte fast den Anschein, als ob sie es genießen würde. Hatte er sich so in ihr getäuscht? Liebte sie Valdin wirklich mehr als ...?

»Warum tust du mir das an?« heulte Notovich. »Warum hast du mich verlassen, Senna?«

Valdin hatte ihr Kleid nun ganz hochgestreift, und seine Hände schoben sich in ihren Slip. Notovich fühlte, wie Wut in ihm aufstieg. Er fühlte, wie die Schleuse sich langsam öffnete und die Bilder aus der Vergangenheit unaufhaltsam über ihn hereinströmten. Ein sickerndes Rinnsal, das sich schnell in eine Wand aus Wasser verwandelte. Er ertrank in dem grellen Licht und dem Schmerz, der aus den alten Tiefen nach oben kam wie aufgewühlter Sand in einem strudelnden Fluß.

»Senna!« rief er und wollte eingreifen. Aber Valdin holte aus. Notovich hörte sie schreien. Durch einen Schleier sah er, daß sie reglos liegenblieb. Er fuhr auf Valdin zu, doch der war zu flink und gab Notovich einen Tritt in die Seite. Ein heftiger Schmerz schoß durch seinen Körper.

Reflexartig krümmte er sich zusammen und rollte sich herum. Dabei kam er dem Fahrstuhlschacht gefährlich nahe. Es war offensichtlich, was Valdin vorhatte. Er hörte dessen Atem vor Anspannung pfeifen. Wieder durchzuckte ihn ein Schmerz. Er rollte sich abermals herum.

Und noch einmal.

Und noch einmal.

Plötzlich schwebten seine Beine über dem Fahrstuhlschacht, doch sein Oberkörper lag noch auf der Erde.

»Vielleicht fällt es dir ja wieder ein, wenn du selbst da runterknallst«, sagte Valdin.

Notovich wollte von dem Schacht wegkriechen, da traf ihn erneut ein kräftiger Schlag ins Gesicht, der ein sengendes Gefühl hinterließ. Sein Körper geriet aus dem Gleichgewicht und hing nun fast vollständig über dem Rand der schwarzen Leere. Mit den Armen und Ellenbogen versuchte er, sich zu halten, um nicht in der Finsternis zu verschwinden, aber es gelang ihm nicht. Die Schwerkraft zog ihn in die Tiefe, er konnte sich gerade noch an der Leiste der Fahrstuhltüren festklammern. Ein scharfer Schmerz stach ihm wie Stahlspitzen in die Fingerkuppen. Die Muskeln seiner Hand fühlten sich an, als ob sie reißen würden.

Er versuchte hochzuschauen, als die schwarzen Lackschuhe von Valdin vor ihm auftauchten.

»Das Gebäude wird morgen abgerissen«, hörte er den Franzosen sagen. »Ich glaube nicht, daß sie dich hier finden.«

Valdin setzte seinen Absatz auf Notovichs rechte Hand und drückte ihn in das Fleisch. Notovich wurde schwarz vor Augen. Der Schmerz war unerträglich.

»Du hast die Wahl: dein Leben oder deine kostbaren Pianistenhändchen? Nun?«

Mit seinem vollen Gewicht trat er auf Notovichs Finger. Der schrie auf und wollte reflexartig loslassen, um seine Hände zu schützen, doch sie waren zwischen der Stahlleiste und Valdins Sohlen eingeklemmt.

Durch den Schleier aus Schmerz glaubte er zu sehen, daß sich hinter dem schwarzen Mantel von Valdin jemand bewegte, aber seine Aufmerksamkeit wurde zu sehr von der brennenden Schmerzquelle in Anspruch genommen, um es bewußt wahrnehmen zu können.

»Ich zähle bis drei, und dann drücke ich durch. Das wird schwierig, mit zwei gebrochenen Händchen zu spielen. Eins ... zwei ...«

Plötzlich erblickte er zwei nackte Füße hinter Valdins Schuhen. Notovich versuchte hochzuschauen, aber er sah nur ihr Kleid und etwas, das einem eisernen Schürhaken glich. Der Schürhaken schwang empor. Notovich hörte eine Art lauten Seufzer und kurz darauf den schauerlichen Schrei, mit dem Valdin in der dunklen Tiefe verschwand.

Er spürte, wie die Kraft aus seinen Händen wich. Vivien bückte sich, um ihn hochzuziehen. Er sah ihre blutunterlaufenen Augen. Er wollte ihr erklären, daß er Senna nie hätte töten können, daß er immer nur aus Liebe gehandelt habe, aber seine Finger wurden immer kraftloser und rutschiger. Langsam glitten sie ab.

»Mischa, halt dich fest!«

Doch er hatte keine Kraft mehr ... Seine Finger entschlüpften ihrem Griff, und er fiel und fiel ... in das schwarze Loch, in die Finsternis, die ihn schon so lange lockte ...

Die Bilder kamen hoch, klarer denn je.

Diesen Raum hat sie ihm nie gezeigt. Sie wähnt sich in Sicherheit; das sieht er daran, wie sie sich bewegt. Sie erschrickt, als sie hört, daß sie nicht allein ist.

»Mischa! Was machst du hier? Wie hast du mich gefunden?«

»Freust du dich, mich zu sehen?«

»Du bist mir gefolgt.«

»Hier wohnst du also, Senna? In einem Kaufhaus? Schöner Raum. Wer hat das gemalt?«

»Niemand.«

»Ich wußte nicht, daß du so viel Talent hast.«

»Ich habe nicht viel Zeit, ich muß gleich wieder weg.«

»Ist er nicht bei dir?«

»Das Thema haben wir doch schon so oft gehabt. Laß mich jetzt in Ruhe.«

»Komm zu mir zurück.«

»Wenn du mir weiter nachstellst, rufe ich die Polizei. Hast du verstanden? Ich halte das nicht mehr aus, Mischa. Du machst mir angst.«

»Ich kann dich nicht in Ruhe lassen. Ich werde immer dein sein und du immer mein. Unsere Seelen gehören zusammen, ob du willst oder nicht. Wir sind zueinander verdammt. Ich mache dich unsterblich in meiner Musik.«

Sie fleht ihn an zu gehen, sie schreit und schmeißt mit Sachen um sich, aber er bleibt beherrscht, wie er es sich vorgenommen hat. Sie müßten sich aussprechen, sagt er. Was sie miteinander hätten, dürfe man nicht einfach so wegwerfen; das sei sie nicht nur ihm schuldig, sondern auch der Musik.

Er hält sie fest und versucht, sie zu küssen, doch sie wehrt sich. Er erschrickt über ihre Heftigkeit. Sie hat Tränen in den Augen. Er fällt auf die Knie, genau wie damals im Bois de Boulogne, aber sie weigert sich zuzuhören. Er muß ihr klarmachen, daß er durchaus verstehe, was sie wolle: ihn unglücklich machen, gerade weil sie ihn liebe. Sie tue es für seine Musik, ihre Musik. Aber sie erkenne nicht, daß sie nun zu weit gehe, daß er sich gelähmt fühle an den Tasten. Sie müsse ihm noch ein bißchen Zeit geben, sich an die Vorstellung zu gewöhnen, danach könne er die Einsamkeit und den Kummer vielleicht verkraften. Dann werde er sich wirk-

lich bemühen, das schwere Opfer zu bringen, das sie von ihm verlange. Alles für die Musik, ihre Musik.

Aber sie hört nicht zu.

Sie sinkt auf die Knie und weint nur.

Und auf einmal blitzt die Schere in ihrer Hand. Was hat sie vor? Begreift sie denn nicht, daß ihm physische Verletzungen gleichgültig sind? Daß er über Schmerzen lacht? Glaubt sie wirklich, daß sein Geist sich durch so etwas Beengendes wie einen Körper beschränken läßt? Das ist fast eine Beleidigung für seine Genialität.

Dann sieht er Blut auf ihrem Unterarm. Sie hat sich einen tiefen Schnitt zugefügt. Und noch einen, an derselben Stelle. Und noch einen. Und sie blickt ihn unverwandt wütend an, während sie die Klinge wieder und wieder in ihren Arm setzt.

Laß. Mich. In. Ruhe.

Laß. Mich. In. Ruhe.

Laß. Mich. In. Ruhe.

Jetzt dreht sie die Schere in der blutigen Masse herum. Er kann es nicht mehr mit ansehen und fleht sie an, ihm die Schere zu geben. Aber sie hört nicht auf, und ihm wird übel beim Anblick ihrer Arme und des wilden Blicks in ihren Augen.

Er stürzt auf sie zu, und es folgt ein Kampf – nicht aus Wut oder Haß, sondern ein verzweifelter Kampf, um ihre Liebe zu erhalten, um sie zu retten. Sie windet sich los und weicht ängstlich zurück. Er ist über und über mit ihrem Blut beschmiert. Er will sie warnen, doch sie hat Angst, daß er ihr weh tun will, und tritt noch einen Schritt zurück … Gerade als er sie fassen kann, entgleitet sie seinen Händen und stürzt in die Tiefe.

Er schreit ihren Namen, aber es ist still da unten. Und dunkel.

Er rennt die Treppen hinab, um ihr zu helfen. Doch er weiß nicht, wie er dorthin kommen soll, an den untersten Punkt des Schachtes. Er muß einen Krankenwagen holen! Er rennt hinaus auf die Straße, aber es ist Nacht, es ist niemand unterwegs. Er rennt in eine andere Straße und klingelt wahllos an Wohnungstüren. Niemand öffnet.

Er muß rennen, vielleicht irgendwo ein Taxi anhalten, aber wo? Er kennt sich hier nicht aus. Rennt auf gut Glück in wieder eine andere Straße, doch die ganze Gegend ist ihm fremd. Da nähert sich jemand! Er hält den Mann an. Er versucht ihm zu erklären, daß ein Krankenwagen gebraucht werde. Ein Unfall, ein schrecklicher Unfall! Der Mann fragt, wo der Verletzte denn liege, aber Notovich kann das Gebäude nicht angeben, weiß nicht mehr, aus welcher Straße er gekommen ist.

Die Häuser drehen sich um ihn herum, und er sinkt langsam weg, immer weiter weg, ins Tiefste seiner Seele, wo kein Schmerz mehr herrscht und keine Erinnerung wohnt.

Er kam zu sich, als er seinen Namen rufen hörte. Erst aus der Ferne, dann immer näher.

»Mischa!«

Eine Taschenlampe wurde heruntergeworfen. Er versuchte, danach zu greifen, aber es war, als ob sein ganzer Körper auf einmal in Brand stünde.

Er war offenbar noch am Leben.

Da hörte er wieder Stimmen.

Ein ruckelndes Licht kam auf ihn zu. Ein Bergmannshelm.

Er hat Glück gehabt, sagte jemand. *Diese Bretter haben seinen Sturz abgefangen. Der andere ist mausetot.*

Wo war Valdin? Nicht hier, anscheinend. Hatten sie ihn schon weggeschafft?

Er mußte sich anstrengen, wach zu bleiben, zwinkerte mit den Augen, schüttelte den Kopf.

Schmerzen, überall Schmerzen, die ihn umhüllten wie eine Decke.

»Mischa, nicht aufstehen. Nicht umschauen. Bleib einfach liegen.«

Er fühlte etwas Glattes unter seinem Kopf. Er lag auf einem Schuh, einem glänzenden schwarzen Schuh. Und unter seiner Hüfte stach eine Hand hervor. Eine behaarte Hand voller Blut. Jetzt verstand er, was aus dem Fuß ragte. Es war ein Stück Knochen. Er spürte eine Welle der Übelkeit aufsteigen, verlor jedoch wieder das Bewußtsein.

Kurz bevor er wegsank, sah er ihr Gesicht. Ihr besorgtes Lächeln, ihre Tränen. *Vivien, ich habe sie nicht getötet*, wollte er sagen. *Ich weiß alles wieder. Es war keine Absicht, es war ein Unfall.*

Aber er konnte nicht sprechen.

In der Ferne ertönte Musik. Verführerische, schmachtende Klänge. Die Musik sang für ihn, für ihn allein, lockte ihn eine Treppe hinauf, die er sofort erkannte, über den kalten Fußboden, durch die dunklen Gänge, zum Flügel. Er stand im Wohnzimmer, wo er immer für seine Mutter gespielt hatte. Die dicken roten Vorhänge wehten herein, und der Wind spielte mit den Quasten, die daran hingen. Sie tippten auf die Tasten, und die Klänge tanzten umeinander herum. Er schob sie weg, öffnete den Deckel und setzte sich. Noten brauchte er nicht. Noten waren eine blasse Widerspiegelung der Musik, die er nun unaufhaltsam in sich aufwallen fühlte wie ein Strom von Leben, der ins Freie drängte. Es war pure Unbesiegbarkeit, die aus seinen Fingern herausfloß und um ihn herumwirbelte in einem Kreis, der immer breiter und höher wurde, die Erde umfing und immer weiter emporstieg, die unhörbaren Töne ins Weltall schleuderte.

Er brauchte die Augen nicht zu öffnen, um zu wissen, daß *sie* jetzt bei ihm war. Die Gesichter seiner Mutter, Sennas, Viviens und aller anderen Frauen, die er je geliebt hatte, flossen zu einem Gesicht zusammen, *ihrem* Gesicht. Sie wurde von den Klängen der majestätischen *Teufelssonate* zum Leben erweckt, die noch immer aus all seinen Zellen und Poren strömten. Sie war überall: neben ihm, hinter ihm, auf dem Flügel. Seine ewige Liebe. Ihr Gesicht kam näher, und er konnte ihre Haut riechen, ihre Lippen spüren. Und sie brauchte nichts zu sagen, denn ihre Gedanken waren nun eins und würden es für immer bleiben.

Ich laß dich nie mehr allein.

42

Bröll erhielt einen Tag Aufschub, um Luboš den nagelneuen BMW zurückzubringen. Das war jedoch längst nicht genug. Die französische Polizei hatte den Wagen beschlagnahmt. Es stellte sich heraus, daß er in Deutschland gestohlen worden war, aber davon wußte Bröll nichts. Er wußte nicht einmal, daß Notovich nach Paris gefahren war.

Und der BMW war nicht Brölls einzige Schuld bei Luboš.

Es waren große Abbuchungen von dessen Kreditkarte getätigt worden. Die Kleidung mußte finanziert werden. Die Essen, die Frauen und das Koks. Überdies hatte Luboš dem Sender, der das Duell ausgestrahlt hatte, eine große Summe gezahlt. Als Gegenleistung sollte Notovich eine Reihe von Konzerten geben, mit denen sie die Schulden abstottern konnten.

Aber mit Notovich war jetzt kein Geld zu verdienen.

Genau in dem Moment, als Bröll das Auto hätte abliefern müssen, kamen die Männer von Luboš ihn holen. Er saß in einem Restaurant und aß, mit der einzigen Kreditkarte, die Notovich nicht in der Tasche hatte, als er verschwand.

Bröll ging fügsam mit. Es hatte keinen Sinn zu fliehen. Außerdem spekulierte er darauf, daß sie ihn nicht umbringen würden. Vielleicht würde Luboš ja begreifen, daß ein Mord ihm keinen roten Heller eintragen würde.

Tomas, der Mann mit dem pockennarbigen Gesicht, und seine Handlanger nahmen Bröll mit zu einem abgelegenen Schrottplatz. Dort bearbeiteten sie ihn fachkundig mit einer Bleistange. Anschließend warfen sie ihn in eine zweieinhalb

Meter tiefe Grube, aus der der kleine Bröll nicht herausklettern konnte. Dann hörte er das Brummen eines Lastwagens. Für einen Moment dachte er, daß er doch noch ermordet werden sollte und daß sie seinen Leichnam zerstückeln und in einem Müllauto entsorgen würden.

Aber es war ein Jauchewagen.

An der Rückseite befand sich ein Schlauch, der in die Grube gehängt wurde. Bröll hörte ein laut röchelndes Geräusch. Dann kam zuerst der Gestank, der wie ein Luftstrom um ihn herum wirbelte. Danach spritzte ein Strahl flüssiger Scheiße heraus. Bröll mußte sich wegducken, um nicht voll ins Gesicht getroffen zu werden. Der stinkende Dreck füllte langsam die Grube, bis er Bröll an die Brust reichte. Darauf verschwanden die Männer von Luboš.

Bröll kam nicht aus der Grube heraus. Er konnte weder sitzen noch ruhen. Stundenlang schrie er, aber niemand hörte ihn. Erst nach dem Wochenende entdeckte ihn ein Mitarbeiter des Schrottplatzes, wie er, völlig erschöpft, an einer hervorstehenden Baumwurzel hing. Der Gestank umgab ihn noch nach zwei Tagen.

Inzwischen wurde in den Niederlanden bekannt, daß man Notovich in Paris gefunden hatte. Die polizeilichen Ermittlungen waren in vollem Gange, aber niemand wußte, ob Notovich unter Anklage gestellt werden würde.

Nach einem Notruf von Viviens Handy waren die Polizei und ein Rettungswagen schnell vor Ort. Am Grund des Fahrstuhlschachtes wurden die beiden Pianisten übereinanderliegend gefunden. Zwei herausragende Bretter in der zweiten Etage und Valdins Körper hatten Notovichs Fall abgefangen. Valdin hatte nicht überlebt.

Notovich wurde in ein Krankenhaus gebracht. Dort wurde er für zwei Wochen in ein künstliches Koma versetzt. Es war eine umstrittene Behandlungsmethode, eine Radikalkur, die manchmal angewendet wurde, wenn ein Patient unter einer Psychose litt und Erschöpfungssymptome zeigte. So konnten Körper und Geist die Ruhe bekommen, die sie brauchten, um sich zu erholen.

Notovichs französischer Anwalt versuchte herauszufinden, welche neuen Fakten aufgetaucht waren, doch die Polizei hüllte sich in Schweigen. Niemand erfuhr, was Vivien ihnen erzählt hatte und ob Notovich je wieder freikommen würde. Alle warteten darauf, daß er aufwachte.

43

Als Notovich langsam zu sich kam, zeigten die neuen Medikamente bereits ihre Wirkung. Er löste sich mit Mühe aus seiner Reise durch die Dämmerzone, die von Schlafmitteln hervorgerufen worden war. Es war eine Nebellandschaft ohne Gesichter gewesen, in der Gedanken keine Chance erhielten, Form anzunehmen. Als er die Augen wieder öffnete, befand er sich in einer ganz anderen Welt: einer mit künstlichem Licht, deutlichen Konturen und steriler Kleidung. Er fühlte sich unendlich nichtig im Käfig seines widerwilligen Körpers und seiner blassen Gedanken.

Der Schmerz schien von allen Seiten in seinen Körper zu dringen. Nach und nach gelang es ihm, die wichtigsten Quellen zu isolieren. Sein rechter Arm und die Hüfte waren gebrochen. Er hatte einen tiefen Schnitt an der Stirn. Auch seine Hände waren verbunden. Die Finger waren gequetscht. Der rechte kleine Finger war gebrochen.

Er hatte eine Menge Fragen, wagte aber nicht, sie zu stellen. Er wußte nicht, ob Valdin noch lebte, und auch nicht, was Vivien der Polizei gesagt hatte. Sie würden es ihm sowieso erzählen, sobald er wieder aufrecht saß und ein paar Bissen hinunterwürgte. Also blieb er liegen, obwohl sein Magen immer lauter knurrte.

Er war froh, Linda zu sehen. Sie kam am nächsten Morgen und schien empört, daß er aufgewacht war, ohne daß sie dabei gewesen war.

»Es stehen ein paar Männer auf dem Flur. Die wollen schon eine ganze Weile mit dir reden.«

»Laß sie nur warten. Schön, daß du da bist.«

»Ich habe jeden Tag an deinem Bett gesessen, Liebling.«

Es gelang ihm nicht zu reden. Sie streichelte ihn sanft, bis er wieder einschlief.

Am nächsten Tag kamen zwei Kriminalbeamte an sein Bett. Der ältere führte das Wort. Es war der französische Ermittler, der den Fall seinerzeit untersucht hatte.

»Wie fühlen Sie sich?«

»Einigermaßen.«

»Sie haben Glück gehabt.«

Notovich nickte.

»Sie verstehen, daß wir Ihnen gern ein paar Fragen stellen möchten.«

»Kann das nicht warten?«

»Es dauert nur einen Moment.«

Der Ermittler hängte seinen Regenmantel an einen Haken und schob sich einen Stuhl ans Bett. Dann setzte er sich. Sein jüngerer Kollege blieb stehen. Der Atem des Ermittlers roch nach Nikotin und schlechten Eßgewohnheiten. Notovich versuchte, ein wenig von dem stinkenden Mund abzurücken, aber der Schmerz wogte wieder durch seinen Körper.

»Soll ich jemanden rufen? Brauchen Sie ein Schmerzmittel?«

Notovich bedeutete ihm, daß das nicht nötig sei. Er wollte dieses Gespräch so schnell wie möglich hinter sich bringen.

»*Bien.* Beginnen wir mit dem Fahrstuhlschacht ... Vor drei Jahren haben wir dort schon einmal eine Leiche gefunden. Eine Frau, Ende zwanzig ...«

Aus den Fragen ergab sich, daß die Polizei vieles aufgeklärt hatte, das Wichtigste aber noch nicht. Dank der Hinweise Valdins wußten sie, daß die sterblichen Überreste höchstwahrscheinlich von Senna stammten, doch für eine DNA-Analyse war es zu spät, weil der Leichnam bereits eingeäschert worden war. Valdin hatte das Kettchen erkannt, das neben der Leiche gelegen hatte. Darum hatten sie zwei Jahre nach ihrem Tod den Raum nochmals durchsucht. Dabei hatten sie Fingerabdrücke von Senna gefunden, die mit denen übereinstimmten, die die niederländische Polizei in Sennas Elternhaus gesichert hatte, in ihrer Dachkammer.

Aber das bewies nicht hundertprozentig, daß die Tote tatsächlich Senna war. Es konnte kein Zusammenhang zwischen dem Blut auf Notovichs T-Shirt und den sterblichen Überresten hergestellt werden. Außerdem wäre es selbst dann noch schwierig gewesen, vollständig zu beweisen, daß Notovich sie absichtlich getötet hatte.

Notovich konnte sich zum ersten Mal verteidigen. Er erzählte genau, woran er sich erinnerte. Daß er ihr gefolgt sei. Daß sie Streit bekommen hätten. Und daß der Streit außer Kontrolle geraten sei. Aber er habe sie nie töten wollen. Es sei ein Unfall gewesen. Er fragte, ob die Schere gefunden worden sei, mit der Senna sich selbst verletzt habe. Das wollte der Ermittler nicht sagen.

»Eine Schere spricht Sie noch nicht frei. Die können Sie ihr auch in die Hand gedrückt haben.«

»Dann hätte ich ganz nach unten klettern müssen.«

»Eine kleine Mühe, wenn man einen Mord vertuschen will.«

»Aber angenommen, ich hätte sie mit einer Schere gestochen, nur mal angenommen. Dann ist sie trotzdem nicht an diesen Verletzungen gestorben. Sie ist durch den Sturz gestorben.«

»Sie wissen überhaupt nicht, woran sie gestorben ist.«

»Und ob, ich war doch dabei. Und warum sollte ich sie mit einer Schere bearbeiten, wenn ich sie einfach so hinunterstoßen konnte? Ich habe sie nicht umgebracht. Es war ein Unfall!«

»Warum haben Sie dann keinen Notarzt gerufen?«

»Das sagte ich doch gerade: Ich habe mich verlaufen. Ich war ...«

»*Exactement!* Sie befanden sich in einem äußerst verwirrten Zustand. Und trotzdem versuchen Sie mir weiszumachen, daß Sie logisch gehandelt haben und deshalb diese Schere nicht angerührt haben können. Aber wenn meine Erfahrung mich eines lehrt, Monsieur Notovich, dann daß ein Mord selten *logisch* ist.«

»Aber haben Sie denn nicht mit Vivien gesprochen? Sie kann bestätigen, was passiert ist. Sie war dabei, als alles wiederkam.«

Die Krankenschwester trat ein und sah, daß der Patient sich zu sehr aufregte. Sie beendete das Gespräch. Der Ermittler stand widerwillig auf und ließ sich zur Tür schieben.

»Hat Vivien eine Aussage gemacht, oder nicht?« fragte Notovich.

»*Oui, monsieur.*«

»Was hat sie denn gesagt?«

»Das sind vertrauliche Informationen. Es tut mir leid.«

Notovich blieb voller Fragen zurück.

Am nächsten Tag schaute Linda wieder vorbei.

»Du hast bestimmt Hunger. Komm, ich richte dich schnell auf.«

»Nein.«

»Ich habe dir leckeren Pudding mitgebracht. Besser als dieser laue Joghurt, den sie hier haben.«

Der Geruch von Vanille raubte ihm fast das Bewußtsein. Er versuchte verzweifelt, den Löffel wegzuschieben, aber sie zwängte ihn unsanft hinein, so daß sein ganzes Kinn mit gelbem Matsch beschmiert war. Sie schabte es mit dem Löffel wieder sauber. Da erst spürte er, was für einen Hunger er hatte.

»Dieses Mädchen hat vorige Woche angerufen.«

»Natasja?«

»Lieb von ihr, fand ich. Aber ich fragte: ›Mußt du nicht zum Unterricht oder so?‹«

»Sie hat nichts falsch gemacht«, sagte Notovich, der langsam Geschmack an dem Pudding fand. Er nahm ihr den Becher aus der Hand.

»Ich etwa? Habe ich vielleicht was falsch gemacht?«

»Das habe ich doch nicht gesagt.«

Aber es war schon zu spät. Die ganze angestaute Ohnmacht der letzten Wochen entlud sich in einem heftigen Schauer. Lindas Oberkörper zuckte unablässig, während sie nach Luft schnappte. Sie schien nicht ein einziges Mal auszuatmen.

»War. Sicher. Alles. Meine. Schuld.«

»Hör auf damit.«

»Nächtelang. Habe. Ich. Wachgelegen.«

Er löste sich von dem Schmerz und der Reue, die sich in ihm regten.

»Komm schon, Linda. Du bist die einzige, die ich noch habe.«

»Und Wim«, sagte sie. »Er ist noch in den Niederlanden, aber er ruft jeden Tag an und fragt, wie es dir geht.«

»Wim?«

»Wir gehen es vorläufig ganz langsam an.«

»Armer Wim.«

Sie lachten beide. Die Spannung schien zu verebben.

»Ach, Mischa. Wie bist du nur in dieses ganze Elend hineingeraten?«

Er wußte, welche Antwort sie erwartete. Er hätte natürlich auf sie hören müssen. Aber er sagte es nicht. Sie kroch aufs Bett und schmiegte sich vorsichtig an ihn. Notovich fragte sich, ob er die Intimität des Moments zerstören würde, wenn er weiteräße, oder ob er den Pudding lieber auf den Nachttisch stellen sollte. Er beschloß, daß er jetzt, wo er offiziell verrückt war, so ziemlich alles machen konnte. Linda klammerte sich an ihn, während er den Becher auskratzte. Sie roch gut, ein vertrauter Geruch.

»Wie lange muß ich noch hierbleiben?« fragte er.

»Bis sie sicher sind, daß du keine Dummheiten mehr machst.«

»Und dann? Muß ich dann ins Gefängnis?«

»Dein Anwalt tut, was er kann. Allerdings redet der Mann so schnell, daß ich ihn kaum verstehe. Man weiß natürlich nicht, ob diese Franzosen alle unter einer Decke stecken. Aber ich habe schon mal ein paar Sachen ins Gästezimmer gebracht für den Fall, daß du freikommst.«

»Das will ich nicht.«

»Komm, Mischa ... verdirb es jetzt nicht.«

Sie rieb ihm über den Bauch – das schmerzte, doch er ließ

es sich nicht anmerken – und preßte ihr Gesicht in seinen Nacken. Er verspürte ein gewisses Unbehagen.

»Ich laß dich nie mehr allein, Mischa.«

Sie rieb und streichelte immer weiter, bis er als Außenstehender in seinem eigenen Körper konstatierte, daß er eine beginnende Erektion hatte.

»Außerdem hast du kaum eine Wahl«, fuhr sie fort. »Wir haben ja nun alle gesehen, was passiert, wenn du selbst Entscheidungen triffst.«

Er legte ihre Hand neben sich und richtete sich mühsam etwas mehr auf. Er hätte ihr böse sein müssen, doch er konnte jetzt nicht zu diesem Gefühl gelangen. Medikamente schienen ihm plötzlich eine logische Lösung für all seine Probleme zu sein. Aber er wußte nur allzu gut, warum er dieses Zeug abgesetzt hatte. Dennoch wirkten die neuen Medikamente besser. Sie stumpften seine Gefühle weniger ab. Wenn er jetzt wieder damit aufhörte, würden die manischen Phasen zurückkehren, und die Depressionen würden heftiger werden. Das waren die Fakten. Die Frage war, ob er sich damit abfinden wollte.

Die Erinnerungen, die hochkamen, ließen sich nicht mehr so schnell beiseite schieben. Sie waren wie Gäste geworden, die zu lange auf einer Party bleiben. Wenn man am nächsten Tag mit einem Kater erwacht, sitzen sie noch im Wohnzimmer und verkünden, daß sie für immer bei einem einziehen würden.

Notovich hatte Valdin die Frau genommen, die er liebte, die Karriere und schließlich das Leben. Und doch hatte Valdin eine Art Genugtuung erhalten, denn Notovich würde die Bilder von Sennas letzten Augenblicken nie mehr aus seinem Kopf bekommen. Er hatte sie nicht umgebracht, trotzdem fühlte er sich schuldig an ihrem Tod. Mit diesen Erinnerungen zu leben war eine schwere Strafe und vielleicht auch die gerechteste. Oft hatte er Heimweh nach dem schwarzen Loch. Nur zu gern würde er wieder darin verschwinden.

An diesem Abend brachte Linda eine andere Besucherin mit: Natasja.

Er war froh, sie zu sehen, aber es tat auch weh. Mehr als er für möglich gehalten hätte.

Sie lächelte nervös. Er bat Linda, sie einen Moment allein zu lassen. Widerwillig verließ sie das Zimmer. Natasja setzte sich auf die Bettkante. Er wollte etwas sagen, doch sie holte einen Brief hervor.

Er war von Vivien.

Mikhael,

diesen Brief gebe ich Natasja, weil ich weiß, daß ich ihr vertrauen kann. Es geht mir einigermaßen gut. Ich bin lange von der Polizei verhört worden.

Ich habe ihnen gesagt, daß es ein Unfall war und daß Valdin ebenso schuldig ist an Sennas Tod wie Du. Ich weiß, ehrlich gesagt, nicht, ob das wirklich stimmt, aber das ist nun nicht mehr wichtig. Wir kommen sowieso nie wieder los von unserem Schmerz.

Ich denke, sie glauben mir.

Ich begreife jetzt erst, wie ähnlich Ihr Euch seid, Du und Valdin. Zwei Verrückte mit denselben Obsessionen. Doch für einen dieser Verrückten werde ich stets einen Platz in meinem Herzen bewahren, und vor dem anderen habe ich immer noch Angst, obwohl er tot ist.

Ihr habt um sie gekämpft, aber Ihr habt sie beide nicht

gekannt. Ihr wart viel zu sehr mit Euch selbst beschäftigt, um ihr Talent zu sehen. Irgendwo in Paris liegen die Bilder meiner lieben, phantastischen, tragischen Schwester. Ich werde sie finden, und wenn ich mein ganzes Leben lang suchen muß. Du denkst vielleicht, daß ich ihr nichts schuldig bin, doch das ist nicht so. Wir haben alle drei Schuld an ihrem Tod: Du, Valdin und ich. Du und ich müssen diese Last für den Rest unserer Tage tragen.

Mikhael, es wird mir nie gelingen, Dich zu vergessen, und ich fürchte, daß Du mich auch nie in Ruhe lassen wirst, aber unsere Liebe war von der ersten Sekunde an eine Lüge. Ich muß mich von diesem schrecklichen Wahn befreien. Wenn Du das liest, bin ich schon weit weg.

Ich bitte Dich nur um eins: Such mich nicht. Laß Senna und mich nun in Frieden.

Deine Liebste,
Vivien

Es gab ihm einen Stich. Sie hatte ihre Hand über ihn gehalten. Ihre Aussage würde ihn vielleicht freisprechen.

Dem Brief war ein Blatt Papier beigefügt, fleckig und zerknittert, mit einer handgeschriebenen Komposition. Darüber las er in einer Handschrift, die er erkannte, mit großen Schnörkeln und Schwüngen:

Teufelssonate, von Franz Liszt
Opus postumum.

Da stand es schwarz auf weiß. Aber es war seine Handschrift, und es waren seine Noten, in holprigen Linien, als ob sie in großer Eile aufs Papier geworfen worden wären.

Das musikalische Thema, das ihm immer wieder entfallen war, war seiner eigenen, unaufhaltsamen Phantasie entsprossen, in einer manischen Phase viel zu hochtrabender, nicht erfaßbarer Gedanken und Gefühle. Jetzt, mit der unvermeidlichen Nüchternheit betrachtet, die die Medikamente ihm verliehen, hatten die Noten ihren magischen Glanz verloren. Die *Teufelssonate* war eine Phantasie. Liszt hatte sie nie geschrieben.

Er konnte seine Tränen nicht bezwingen. »Natasja ... ich habe dir so weh getan.«

»Das warst nicht du selbst. Es war die Krankheit. Das verstehe ich jetzt.«

»Hast du mit ihr gesprochen – mit Vivien?«

Natasja nickte.

»Sie hat mir erklärt, daß deine Liebe ein Wahnbild war. Sie haben es bewußt genährt. Sie haben wirklich versucht, dich verrückt zu machen.«

»Das ist ihnen auch ganz gut gelungen.«

»Irgendwann wußte Vivien selbst nicht mehr, was echt war und was nicht. Sie fühlt sich genauso schuldig wie du.«

»Aber sie hat Senna nicht in den Tod getrieben.«

»So darfst du nicht reden.«

Er weinte wieder, während Natasja ihm über den Kopf strich. Eine Viertelstunde lang wiegte sie ihn tröstend auf dem Bett. Er verstand nicht, womit er ihre Sorge verdient hatte.

Von nun an besuchte sie ihn jeden Tag.

Er sprach kaum über die grauenhaften Bilder, die er immer wieder vor sich sah. Er hoffte, daß sie mit der Zeit verblassen würden. Auch Natasja sprach nicht darüber, aber sie wußte mehr, als sie sich anmerken ließ.

Nach einer Woche überbrachte sein französischer Anwalt die Neuigkeit. Der Staatsanwalt hatte es nicht eilig mit einem Prozeß, denn niemand konnte unumstößlich nachweisen, daß es sich bei der Leiche im Fahrstuhlschacht tatsächlich um Senna gehandelt hatte. Sennas Familie wollte die Angelegenheit ruhen lassen, und auch die öffentliche Meinung schien zu Notovichs Gunsten umzuschlagen. Vivien hatte einem französischen Journalisten ihre Version der Geschichte geschildert, ohne wirklich ins Detail zu gehen. Das wirkte.

Notovich würde nicht in Untersuchungshaft kommen. Wenn er seine Medikamente weiterhin einnahm, durfte er Ende der Woche nach Hause.

Linda war außer sich vor Freude. Notovich wurde schon müde, wenn er nur an Lindas Gästezimmer und Wims Computerspiele dachte. Er versuchte, den Gedanken an seine Zukunft abzuschütteln.

»Was soll's?« sagte er zu Natasja. »Ich kann sowieso nie mehr Musik machen.«

Sie munterte ihn auf.

»Es gibt genügend Künstler, die trotz ihrer ... Krankheit noch brillante Sachen gemacht haben«, sagte sie. »Aber wenn das nicht klappt, dann kannst du immer noch mir helfen, denn ich werde auch wieder spielen.«

Er freute sich für Natasja. Diesmal wollte er für sie dasein, gab ihr Tips für ihr Studium, wies sie auf Bücher hin, die sie lesen, CDs, die sie hören sollte. Vielleicht war es möglich, ihre Liebe in Freundschaft umzuwandeln. Das war er ihr schuldig, nach allem, was sie für ihn getan hatte.

Eines Nachmittags erhielt er Besuch von ihren Eltern. Er möge ihre Tochter bitte in Ruhe lassen. Dann würden sie eventuell nicht gegen ihn vorgehen. Denn er – ein Dozent– habe ihre Tochter nicht nur verführt und ihr den Kopf verdreht mit seinen Künstlergeschichten, sondern sie auch in den Abgrund gestürzt. Ihre Tochter sei nicht wiederzuerkennen; sie würde nichts essen, und man komme nicht mehr an sie heran. Und das Schlimmste von allem: Sie spiele kein Klavier mehr. Und jetzt, wo sie sie endlich soweit hätten, ihr Studium wiederaufzunehmen und Klavier zu spielen, komme Notovich erneut mit seinen großen Phantasien.

Er hörte schweigend zu, und am Ende des Gesprächs nickte er demütig. Sie hatten natürlich recht. Er würde den Kontakt zu Natasja abbrechen. Zweifellos würde sie sich sträuben, aber sie würde sehr bald begreifen, daß es das Beste für sie war. Er würde ihre Hand halten und sie dann nach Hause schicken. Und damit würde seine letzte Hoffnung verschwinden. Seine Hoffnung auf ein Leben mit Musik.

An diesem Abend erschien Natasja mit roten, verweinten Augen und einer zusammenhanglosen Geschichte. Sie hatte mit ihren Eltern und mit Linda gesprochen. Die hatten alle drei dieselbe Botschaft, doch sie wollte nur wissen, wie Notovich selbst darüber dachte.

»Es ist vielleicht besser, wenn ...«, begann er, aber er hatte seinen Text vergessen. »Was willst du mit mir, Natasja? Ich habe dir nur Kummer bereitet.«

»Möchtest du denn bei Linda und Wim einziehen?«

Die liebe, großartige, phantastische Natasja. Den ganzen Abend hörte er ihr zu. Sie zeigte ihm die Möglichkeiten einer anderen Zukunft auf. Notovich könnte Meisterkurse geben. Sie begleiten. Für sie kochen. Ein Buch über Musik schreiben. Den ganzen Tag fernsehen. An den Grachten entlangradeln. Und möglicherweise könnten sie sich, wenn sie ihm wieder vertraute, eine gemeinsame Wohnung suchen. Sie würden zusammen sein und einander wieder lieben.

Langsam begann er, Hoffnung zu schöpfen. Sie würden ein normales Leben führen und glücklich sein. Ein normales Leben – er wußte nicht einmal, was das war, aber mit Natasja würde er es schaffen. Und vielleicht hatte sie recht, vielleicht war das, was er für Senna und Vivien empfunden hatte, keine echte Liebe gewesen.

Doch er hatte ihren Eltern versprochen, mit ihr zu brechen. Nicht seiner selbst wegen, sondern um sie zu schützen.

Andererseits ... was war dieses Opfer wert, wenn dadurch alle unglücklich wurden? Und wenn er nun wirklich beweisen würde, daß er einen positiven Einfluß auf ihr Leben haben konnte? Denn womöglich brauchte sie ihn auch. Er sah, daß sich Natasja verändert hatte. Durch das Elend der letzten Zeit war sie reifer und klüger geworden. Er sah es in ihren Augen. Sie trug nun einen Schmerz mit sich herum, der zuvor nicht dagewesen war.

Natasja holte einen rosa iPod aus der Tasche und setzte ihm die Ohrstöpsel ein.

»Was ist das? Was machst du?«

»Das habe ich für dich aufgenommen«, meinte sie. »Sag ganz ehrlich, was du davon hältst.«

Es war das *Andante* aus der *Sonate für Violoncello und Klavier op. 19* von Rachmaninow, eines seiner Lieblingsstükke. Natasjas Spiel war voll zärtlichen Kummers. Es hatte eine verhaltene Glut, die sich wie Wärme in Notovichs Innerem ausbreitete. Er sah Sennas Augen wieder vor sich, als er neben ihr im Krankenwagen saß. *Es ist nicht dein Fehler*, schienen diese sagen zu wollen, *alles wird gut.*

Er weinte hemmungslos. Natasja küßte ihn, und er ließ sie

gewähren. Vielleicht hatte Senna recht gehabt, vielleicht würde alles gut werden. Natasja und er könnten klein anfangen, Schritt für Schritt. Und dann würden sie weitersehen.

Und als sie sich unter der Decke an ihn schmiegte, durchzog ein Prickeln seinen Körper. Erst jetzt erkannte er, wie gut sie ihn verstand. Niemand hatte ihn je so gut verstanden, außer *ihr*. Aber *sie* existierte nur noch in seinem Kopf, während Natasja hier neben ihm lag und lebte. Er küßte sie, und ihm wurde zum ersten Mal bewußt, wie sehr sie *ihr* glich. Er kroch näher an sie heran und versuchte, solch unsinnigen Gedanken keine Beachtung zu schenken.

DANKSAGUNG

Als ich vor Jahren eines Morgens zur Schule ging, hörte ich plötzlich herrliche Klaviermusik. Ich blieb stehen und erkannte, daß es kein Radio war; dort spielte jemand. Ich versuchte, durch die Bepflanzung vor dem Haus einen Blick auf den Pianisten zu werfen, und sah tatsächlich jemanden am Flügel sitzen. »Ein richtiger Pianist«, dachte ich, »bei mir um die Ecke!«

Es war der Konzertpianist Jan Beekmans, eine Legende in Brabant. Er trat nicht mehr auf, unterrichtete jedoch. Durch eine Fügung des Schicksals (und die richtigen Kontakte, aber die sind für ein Kind auch eine Fügung des Schicksals) wurde ich sein einziger Privatschüler; bei ihm zu Hause, an seinem Steinway. Das war eine große Gunst, denn mit Talent hatte das Ganze wenig zu tun. Ich sei *musikalisch genug* für seinen Unterricht, fand er. Das schon.

Er war wichtig für mich in den Jahren, in denen sich Persönlichkeit und künstlerisches Temperament entwickeln. Beekmans war ein brillanter Musiker, fern von Pomp und Großtuerei. Wir verschwendeten unsere Zeit nicht mit Tonleitern, ein richtiger Pianist würde ich doch nicht werden. Chopin hielt er für einen großartigen Komponisten, eine Meinung, die zur damaligen Zeit unter sogenannten Kennern nicht sehr im Trend lag. Viele Unterrichtsstunden widmeten wir den gesammelten Werken der Kabarettisten Koot & Bie und Freek de Jonge. Die hörten wir uns stundenlang an und brüllten vor Lachen. Beekmans war ein echter Brabanter, mit einem lupenreinen Gefühl für Humor. Aber hinter seinem jovialen Verhalten verbarg sich ein Perfektionist, der nur noch selten Klavier spielte. Er fand, daß er seinen eigenen Maßstäben nicht mehr genügte.

Ohne seine unausgesprochenen Lebensweisheiten wäre ich als Autor wahrscheinlich nicht der geworden, der ich bin, und hätte dieses Buch über Pianisten nie schreiben können.

Im Laufe der Jahre ging unser Verhältnis in Freundschaft über. Aber ich habe ihn bis zum Schluß gesiezt. Das hielt ich für angemessen, und er wahrscheinlich auch.

Konzertpianisten haben auch in meinem weiteren Leben eine magische Anziehungskraft auf mich ausgeübt. Bei der Vorbereitung für dieses Buch sprach ich mit zwei Gewinnern des Liszt-Concours, des schwersten und einzigartigsten Klavierwettbewerbs der Welt: Vitaly Pisarenko und Martyn van den Hoek, dem ersten – und bisher einzigen – niederländischen Gewinner. Die Gespräche mit diesen Größen und meine Begegnungen mit Quinten Peelen und Sander Louis haben mir sehr viel gegeben. Mein großer Dank gilt ihrem Enthusiasmus und Quintens Bereitschaft, über das Marketing für dieses Buch mit nachzudenken.

Mein Vater, Herman van Galen, war auch bei diesem Buch wieder ein geduldiger, aufmerksamer Zuhörer und achtete mit gnadenlosem Blick auf den Stil. Er ist der belesenste Mensch, den ich kenne, und sein literarischer Geschmack steckt mir in den Genen. Auch das Feedback meiner Frau Ingrid war von unschätzbarem Wert; eine bessere Leserin kann ich mir nicht wünschen. Außerdem danke ich meiner Mutter, Betty van Galen, für ihre Hilfe und Kritik, sowie meinen Lieblingen Yme, Ista und Ghita. Ich weiß, daß sie immer hinter mir stehen.

Für meine Recherche über manisch-depressive Künstler war mir das Werk von Kay Redfield Jamison eine große Hilfe. Die Zahl der Künstler mit dieser Erkrankung ist sehr hoch. Das Erschreckendste aber war, daß ihre Geschichten so wiedererkennbar waren. Das hat vielleicht mit dem Wechsel von Unsicherheit und Euphorie zu tun, den jeder Autor während des Schreibprozesses erlebt.

Alex van Galen

»Was für ein ergreifender Roman über die Wunder des Lebens.« ***Freundin***

Äthiopien in den sechziger Jahren: Die Zwillingsbrüder Marion und Shiva wachsen nach dem Tod ihrer Mutter und dem spurlosen Verschwinden ihres Vaters als Waisenkinder im Missionskrankenhaus heran. Beide sind unzertrennlich und wollen, wenn sie erwachsen sind, selbst Ärzte werden. Während Marion von seinem Ziehvater in die Chirurgie eingewiesen wird und die Schule besucht, bildet sich der hochbegabte Shiva autodidaktisch zum Arzt aus. Erst die Liebe zur selben Frau lässt die beiden Brüder zu Rivalen werden. Marion flieht aus dem von Unruhen erschütterten Land in die USA, wo er in seiner Arbeit als erfolgreicher Chirurg in einem New Yorker Krankenhaus aufgeht. Doch dann holt ihn die Vergangenheit ein, und er muss sein Leben in die Hände der beiden Männer legen, denen er am wenigsten vertraut: seinem Vater, der ihn im Stich gelassen, und seinem Bruder, der ihn betrogen hat.

Abraham Verghese, Rückkehr nach Missing. Roman
Aus dem Amerikanischen von Silvia Morawetz. insel taschenbuch 4000.
841 Seiten

»Hab den Mut zu leben, denn sterben kann jeder.«

Als Frida ein kleines schwarzes Notizbuch geschenkt bekommt, ahnt sie noch nicht, wofür sie es eines Tages benötigen wird. Auf der ersten Seite steht die Widmung: »Hab den Mut zu leben, denn sterben kann jeder.« Und Frida hat Mut. Sie trotzt den vielen persönlichen Rückschlägen und nimmt sich vom Leben, was sie will. Doch Frida lebt geborgte Tage. Ihr schmerzender Körper erinnert sie stets an ein Geheimnis, das sich in ihrem Notizbuch offenbart: Vor Jahren schloss sie einen Pakt mit einer geheimnisvollen Gestalt, die sie fortan begleitet, bis eines Tages der Zeitpunkt einer letzten Zusammenkunft bevorsteht …
Das geheime Buch der Frida Kahlo ist ein fesselnder Roman, der die geheimnisvolle Seite des extremen Lebens der Künstlerin schildert, aber auch ein kulinarischer Roman, mit vielen raffinierten, persönlichen Kochrezepten von Frida Kahlo.

Francisco Haghenbeck, Das geheime Buch der Frida Kahlo. Roman
Aus dem Spanischen von Maria Hoffmann-Dartevelle. insel taschenbuch 4001. 282 Seiten

Eine Geschichte von Abenteuerlust und weiblichem Freiheitsdrang.

Ein Neuanfang sollte es werden, als Harriet und Joseph Blackstone von England nach Neuseeland aufbrachen. Von einem Leben in Wohlstand träumten sie, aber als Joseph im Fluss neben seinem Haus einen Schimmer von Gold entdeckt, kennt er nur noch ein Ziel. Er lässt Harriet und seine Mutter zurück und macht sich auf zu den Goldfeldern, zusammen mit vielen anderen Glückssuchern. Auf der Suche nach ihrem Mann reist Harriet ihrem eigenen Traum entgegen.
»Rose Tremain schreibt die besten historischen Romane unserer Zeit.«
Evening Standard

Rose Tremain, Die Farbe der Träume. Roman
Aus dem Englischen von Christel Dormagen. insel taschenbuch 4002.
459 Seiten

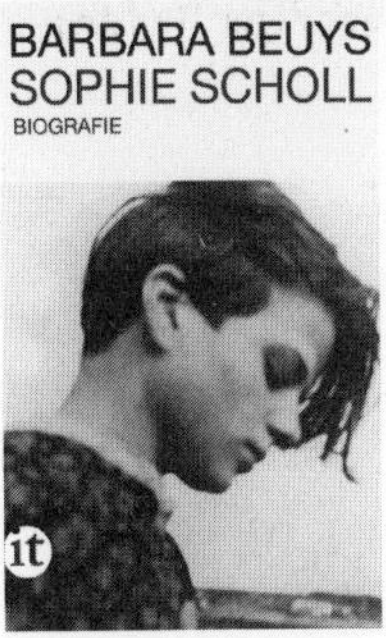

Das wahre Leben der Sophie Scholl

Von einer behüteten Kindheit über die Jahre beim BDM bis hin zur mutigen Widerstandskämpferin der *Weißen Rose* – die erste umfassende Darstellung des widersprüchlichen Lebens von Sophie Scholl.
Sophie Scholl ist eine der bekanntesten und gleichzeitig mythenumwobensten Figuren des Widerstandes. Barbara Beuys strickt jedoch nicht weiter am Mythos, sondern nähert sich Scholl von einer anderen Seite. Anhand einer Fülle neu gesichteter Dokumente widmet sie sich besonders der Zeit vor dem Widerstand. Sie entwirft ein menschliches Porträt, das Widersprüche und Spannungen offenlegt. Sie erzählt von Scholls Kindheit, ihrer Familie, ihrer Entwicklung hin zur kritisch denkenden Philosophiestudentin – und läßt so das wahre Bild der Sophie Scholl hinter der Legende sichtbar werden.

»Ein atemberaubendes, erschütternd bewegendes Buch.«
Nürnberger Zeitung

»Diese Sophie-Scholl-Biografie ist ein Ereignis: Sie ist nicht nur glänzend geschrieben, sondern öffnet auch neue Zugänge zum Verständnis der Widerstandskämpferin.« *Volker Ullrich, Die Zeit*

Barbara Beuys, Sophie Scholl. Biografie
insel taschenbuch 4049. Etwa 580 Seiten

Anleitung zum Glücklichsein

Was ist das Glück? Das fragte sich schon vor 2000 Jahren der römische Philosoph Seneca und verfaßte mit seinem Werk *Vom glücklichen Leben* die bis heute meistgelesene und genaueste Anleitung zum Glücklichsein. Alltagsnah beschreibt der Philosoph die höchsten Güter des Menschen – Gesundheit, Freiheit, Harmonie und Schönheit – und stellt sich die Frage, weshalb vor allem die innere Ruhe für das Wohlbefinden eines Menschen so bedeutsam ist. Kaum ein Text der Antike ist so klar und leicht verständlich zu lesen und so mühelos auf die heutige Zeit anzuwenden.

Seneca, Vom glücklichen Leben
Herausgegeben und aus dem Lateinischen übertragen
von Heinz Berthold. insel taschenbuch 4045
Etwa 160 Seiten

Wege zur inneren Ruhe

Schon Friedrich Nietzsche hat Marc Aurels Wege zu sich selbst als »Stärkungsmittel« empfohlen. Auch heutigen Lesern kann dieses Buch des großen Stoikers ein wertvoller Begleiter durch den Alltag und Anleitung zur inneren Ruhe und Gelassenheit sein.
Aurels meditative Gedanken und Aphorismen zeugen von großer Lebensweisheit und Liebe zu den Menschen. Das Glück im Inneren finden und sich nicht von den äußeren Stürmen mitreißen lassen – das ist die wertvolle Erkenntnis dieser unvergänglichen Sammlung von Leitsätzen.